ज्ञान गरिमा के
70 वर्ष

भारतीय
ज्ञानपीठ

मोरीला

(नवलेखन प्रतियोगिता में अनुशंसित उपन्यास)

मोरीला

बलराम कांवट

भारतीय ज्ञानपीठ

लोकोदय ग्रन्थमाला : ग्रन्थांक 1293

ISBN 978-93-263-5483-7

मोरीला

(उपन्यास)

बलराम कांवट

प्रथम संस्करण : 2016

मूल्य : 300 रुपये

प्रकाशक : **भारतीय ज्ञानपीठ**

18, इन्स्टीट्यूशनल एरिया, लोदी रोड, नयी दिल्ली–110 003

मुद्रक : विकास कम्प्यूटर्स ऐंड प्रिन्टर्स, दिल्ली–32

आवरण–चित्र : नरेन्द्र सहाय

आवरण : महेश्वर

MORILA

(Novel)

By Balram Kanwat

Published by

Bharatiya Jnanpith

18, Institutional Area, Lodi Road, New Delhi-110 003

Ph. : 011-24698417, 24626467; 23241619 (Daryaganj)

Mob. : 9350536020; e-mail : bjnanpith@gmail.com

sales@jnanpith.net; website : www.jnanpith.net

First Edition : 2016

Price : Rs. 300

उस लड़की के लिए—जिसने अपने शब्द कहे।

"कण-कण होग्यौ रंग रँगीलौ पग-पग याह बदड्यौ नीलौ
थारी प्रीत सुहाणी ऐसी याह जग सारौ मोरीलौ"

एक लोकगीत, जिससे मेरा परिचय उस लड़की ने करवाया। उसने इसका अर्थ भी बताया जिसे मैंने पेपर पर लिख लिया था।—"धरती का कण-कण रंगीन हो गया और आकाश का चप्पा-चप्पा नीले रंग से भर गया। तेरा प्रेम ऐसा मोहक है कि सारा संसार मेरे लिये 'मोर-सा' हो गया है।"

मोरीला

“आपको मेरे शब्द सुनने चाहिए।”—लड़की ने अनगिनत आग्रह किए।

“मैं तैयार हूँ”—मैंने अन्ततः हारकर कहा “लेकिन ध्यान रहे, जिस काम के लिए आया हूँ, तुम्हारी दलीलों के बाद भी फैसले का अधिकार मेरे पास है।”

“थैंक्स सर, मुझे नहीं पता मेरे शब्द कितना महत्त्व रखते हैं लेकिन विश्वास दिलाती हूँ कि वे सच्चे शब्द होंगे। इससे पहले कि आप कोई नतीजा निकालें, मेरा एक और आग्रह है”—उसने कहा “मेरे शब्दों के साथ-साथ आपको मेरी कहानी में उतरना होगा।”

मैं उतरा। मैं उसके साथ उसकी दुनिया में उतर गया। मैंने उसके सारे शब्द सुने। वे मुझे एक बिखरी हुई आत्मा के शब्द लगे और उसकी दुनिया कई अनसुलझे सवालों से भरी दिखाई दी।

बावजूद इसके—कहानी का ‘नतीजा’ पहले से मेरे सामने था।

मैं उस समय जंगल में था। जंगल में रहनेवालों को लेकर यह एक अधूरी धारणा है कि उजाड़ में केवल जानवर या देवता ही रह सकते हैं—नहीं! इनके अलावा कुछ अन्य प्राणी भी हैं जो जंगल में रहते या अपने अन्दर ही एक जंगल बसाए रखते हैं। दरअसल यह दुनिया उनके लिये कुछ कम पड़ गयी होती है इसलिये वे अन्ततः अकेले में चले जाते हैं—कोई कवि, सन्यासी, यायावर... *कोई वन विभाग का आदमी।* मैं ऐसा ही आदमी हूँ। वह जुलाई का एक सुन्दर सबेरा था जब मैं अपने सरकारी कमरे में सोया हुआ था। पिछले हफ्ते मौसम की शुरूआती बूँदें बरसी थीं इसलिये राहत में आँखें ज्यादा देर तक लगी हुईं थीं। यह जैसे बदले का भाव था जब हम गर्मियों की सूखी नींद का बदला बारिश में ज्यादा सोकर लेते हैं। मैं गहरी नींद में था और शायद कोई स्वप्न देख रहा था कि अचानक बढ़ते हुए क़दमों के साथ मेरे सहयोगी की आवाज़ मेरे कानों में पड़ी—

"वहाँ देवतावाली पहाड़ी पर"—उसने कहा "एक मोर की हत्या हुई है।"

मेरा स्वप्न टूटा, पता नहीं क्या अज्ञात कारण था कि मैंने इस सूचना को उल्टा सुन लिया।

"वहाँ मोरवाली पहाड़ी पर"—मैंने सुना "एक देवता की हत्या हुई है।"

मैं आश्चर्य में था और आँखें फाड़कर साथी को घूर रहा था, जब उसने दुबारा दोहराया कि 'उठो यार! वहाँ किसी ने एक मोर को मार डाला है' तो मेरा भ्रम दूर हुआ। मैंने वापस आँखें मूँद लीं और करवट बदलते हुए सिर्फ इतना-सा महसूस किया कि यह दुनिया लगातार बहुत बेरंग होती जा रही है।

कई वर्षों से ऐसी घटनाओं के बारे में सुनना और फिर कोई कदम उठाना मेरे लिये बहुत सामान्य बात थी। जंगल में हमारा पहला काम वृक्षों की रक्षा करना था क्योंकि लकड़हारों का काफी डर था। वे अकसर अँधेरी रातों में साहस दिखाते और सुबह हमें धरती से चिपके ठूँठ मिलते। किसी पेड़ की लाश देखना दुखद है लेकिन इससे भी दुखद वे घटनाएँ हैं जिनका सम्बन्ध 'खून' से होता। इन खूनी कारनामों को वे शिकारी अन्जाम देते जो बन्दूकों के साथ जंगल में प्रवेश करते और खरगोश, हिरन या किसी नीलगाय को लहूलुहान करके उठा ले जाते। सबसे भयानक घटना का आधार वह वन्यजीव होता जिसकी घटती संख्या के कारण ऊपरी कुर्सियों का भारी दबाव होता था—बाघ। अब तक यही सब होते देखा लेकिन यह मोरवाला मामला कुछ नया था। इसे लेकर कहीं से कोई दबाव नहीं आया। जो भी दबाव था, मेरे अन्दर का था। मुझे ऐसी खूबसूरत चीजों की मृत्यु बहुत बुरी लगती है। ड्यूटी के समय जब हम अपने कुत्तों की चेन पकड़े पगडंडियों से गुजरते और अचानक पैरों तले कोई फूल कुचल जाता तो मैं अपने साथियों से कहता—'फूलों की मृत्यु बहुत बुरी बात है, इन्हें अमर रहना चाहिए।' इस शोक-सम्वाद के बाद मेरे दोस्त 'साला सनकी' कहकर मेरा मजाक बनाने लगते और मैं खामोश हो जाता।

मुझे ख़ामोशी का लम्बा अनुभव है इसीलिये मैं शब्दों की तलाश में रहता हूँ।

जब इस हत्या का पता चला तो मैं देर तक विभिन्न पहलुओं पर गौर करता रहा और अन्ततः इस निष्कर्ष पर पहुँचा कि यह किसी पेशेवर शिकारी का काम नहीं हो सकता। मैं जितना जानता हूँ—इस इलाके के लोग माँसाहारी नहीं हैं, और अगर कोई है तब भी धार्मिक कारणों के चलते मोर को मारना लगभग असम्भव कृत्य है। हाँ! एक-दो बार नीलगायों की हत्या की पुष्टि जरूर हुई थी जब फसल नष्ट करने के जवाब में उन्हें मारा गया लेकिन यह बात किसी मोर पर लागू नहीं होती। वह एक सीधा-सादा सुन्दर पक्षी है जो कभी कोई ऐसा 'असहनीय-हस्तक्षेप' नहीं करता कि उससे व्यथित होकर उसे मार ही डाला जाए। जब मैं कोई ठोस कारण नहीं सोच पाया तो घटनास्थल पर जाकर तहकीकात के बारे में सोचने लगा। मैं अभी

खाली था और घर जाने के लिए जिन छुट्टियों के इन्तज़ार में था, वे थोड़ी दूर थीं। मैंने फैसला किया कि यहाँ ऊबते हुए वक्त बिताने से बेहतर है कि आज जंगल से बाहर निकलकर कुछ नये दृश्य देखें जाएँ।

इस तरह मैं उस पहाड़ी की ओर रवाना हुआ।

मैंने सरकारी खटारा जीप ली और घंटे-भर के सर्पिल रास्तों से बढ़ता गया।

मैं जंगल को पीछे छोड़ता गया, पहाड़ी के करीब आता गया।

मैं पहुँचा।

मुझे दूर से वह पहाड़ी दिखाई दी—वह एक सूखी पहाड़ी थी जो कई कतरों में बँटकर समतल मैदानों में लेटी थी। उसे देखकर कोई भी कह सकता था—वह किसी सुन्दर साँवली ग्रामीण स्त्री की तरह है जो करवट लेकर धरती पर लेटी हुई है।

अब मैं पहाड़ी पर था। मुझे सबसे पहले उसकी चोटी पर बना वह मन्दिर दिखाई दिया जिसकी वजह से इसे 'देवतावाली पहाड़ी' कहा जाता है। मन्दिर के पास एक पीपल का पेड़ था जिसकी बनावट को मैंने कड़कती बिजली से जोड़कर देखा—जैसे कोई बिजली पहाड़ी से उठकर आकाश की ओर फैली हो। मैं एक पत्थर पर बैठ गया और आँखों की अन्तिम सीमा तक ये दृश्य देखने लगा—मुझे दूर-दूर तक टुकड़ों में बँटे खेत दिखाई दिए। उनके बीच से जाती हुई सड़क एक नदी-सी लगी जिसमें इन्सान वाहनों के साथ बह रहे थे। वहीं छोटे-छोटे फासलों पर बिजली के खम्भे थे। उन्होंने एक-दूसरे को तारों से बाँध रखा था। इन्हीं खम्भों की एक कतार चढ़ती हुई मन्दिर तक आती थी। मुझे मन्दिर के दरवाजे पर लटका बल्ब दिखा। वह दिन में भी जल रहा था। मुझे सामने के मैदानों में कुछ गड़रिए दिखाई दिए जो छोटे-छोटे पशुओं के संग रेंग रहे थे। वहीं आम के पेड़ खड़े थे जो मुझे किसी पेपर पर टपकी स्याही की बूँदों-से लगे। मैंने नीचे उन घरों को देखा जो अलग-अलग झुंडों में बँटे थे और आँगनों से धुआँ उठ रहा था। मैंने गर्दन मोड़ी और पहाड़ी की दूसरी दिशा को देखने लगा। मुझे वहाँ बहुत दूर रेल की पटरियाँ दिखाई दीं जो सुनसान-सी लगीं। पटरियों के पार वह आबादी थी जिसे कुछ लोग 'छोटा शहर' और कुछ 'बड़ा क़स्बा' कहते हैं। जीवन की ये सारी झलकियाँ मुझे कविता के शब्दों की तरह प्रतीत हुईं।

मैं कविताई अहसास में था कि अचानक मेरी नज़र पैर के पास पड़े एक मोरपंख पर गयी। मैं वापस मुद्दे पर आया। मैंने उसे चुटकी से उठाया और देखने लगा—वह एक नन्हा पंख था जिसकी छोटी-सी सिरकी पर रंगीन सिक्काई चाँदा उभरा हुआ था। यह कितना बुरा है कि कुछ समय पहले तक वह अपने मूल शरीर से

जुड़ा हुआ होगा और अब अनाथ पड़ा है। यह दुखद है। मैंने उसे अपने पर्स की दरार में रख लिया और मोर के मृत शरीर को खोजने लगा। मुझे मिली सूचना के अनुसार वह मन्दिर के पास पीपल पर बैठता था इसलिये वहीं से देखना शुरू किया—वहाँ कुछ नहीं था। एक क्षण के लिए यह घटना अफ़वाह-सी लगी और मुझे वापस लौटने का भी ख्याल आया लेकिन जब पेड़ के अलावा इधर-उधर देखा तो पता चला कि मामला इतना खाली भी नहीं है। वहाँ कुछ था। मैंने पाया कि वहाँ बड़ी संख्या में मोरपंख बिखरे हुए हैं। वे कँटीली झाड़ियों और चट्टानों की आड़ से लेकर नीचे तलहटी तक फैले पड़े थे। मैंने ढलानों पर उतरते हुए उन्हें समेटना शुरू किया। यह पिछली बूँदों और अंधड़ का असर था कि वे इतनी दूर तक उड़कर चले गये थे और मिट्टी के गन्दले छीटों से सने थे। मैंने इकट्ठा करके गिना—वे एक सौ पच्चीस से अधिक थे यानी वह अवश्य ही कोई युवा या उम्रदराज मोर रहा होगा जो काफी जीवन जी चुका होगा।

बावजूद इसके—मुझे शरीर कहीं नहीं मिला।

"यह कौन कर सकता है?"

यह सवाल मैंने लगभग बीस लोगों से पूछा जिनमें दो पुलिसवाले भी शामिल थे। वे पहाड़ी के कोने पर सड़क-किनारे रहते थे जहाँ चौकी थी। "हमने कभी कोई मोर नहीं देखा।"—एक पुलिसवाले ने मुझसे कहा, जबकि दूसरे ने बताया कि यहाँ मोरों की संख्या इतनी अधिक है कि वे कभी किसी 'एक मोर' पर ध्यान ही नहीं दे पाए। उन दोनों ने फिर मिलकर बताया कि वे चोटी पर कभी गये ही नहीं, फुरसत ही नहीं मिली क्योंकि वे अपना काम बहुत जिम्मेदारी से करते हैं और उनका काम है—अवैध खनन रोकना। मैंने उनके कन्धों के बीच से देखा—मेरी नजर एक ट्रक पर पड़ी जहाँ कुछ आदमी पहाड़ी के कोने में 'व्यस्त' थे। "हम सिर्फ अपने काम से काम रखते हैं।"—उस ट्रकवाले ने मुझसे कहा "लेकिन मोर के बारे में कुछ जानना है तो गड़रियों, किसानों और दूसरे गाँववालों से पूछो।" उसके बाद मैं कुछ गड़रियों से जाकर मिला। वे मुझे बीते संसार की अन्तिम निशानियों-से लगे। उन्होंने वहाँ मोर के रहने की पुष्टि की, उसकी उपस्थिति को लेकर लम्बे-लम्बे बयान भी दिए लेकिन किसी ने नहीं बताया कि अब 'अनुपस्थिति' का क्या कारण है? कुछ किसान—जो तलहटी के एक खेत में ट्रैक्टर के पास खड़े थे और अच्छी बारिश की आस में नयी फसल बोने पर विचार कर रहे थे, मैंने उनसे पूछा। "मेरे हिसाब से वह देवता का पक्षी था।"—एक किसान ने कहा। "तब तो मरने का प्रश्न ही नहीं उठता।"—उस किसान की पत्नी बोली। उसके बाद मैंने कुछ अन्य महिलाओं से पूछताछ करनी चाही लेकिन उनमें से अधिकांश ने बात करने से मनाकर दिया और कुछ ने डाँवाडोल जवाब दिए। मैंने वहीं एक खेत में खड़ा खंडहर

देखा जिसकी छत पर कुछ लोग खिलखिला रहे थे। उनके पास गया तो पता चला कि वे बदनाम शराबी हैं जो सुबह-सुबह ही शुरू हो चुके हैं। "यहाँ मोरपंख बीननेवालों की बड़ी तादाद है।"—एक शराबी ने कहा। "हो सकता है पैसे के लालच में उसे सदा के लिए उड़ा दिया हो।"—दूसरे शराबी ने मुझसे कहा। उनके अन्य साथियों ने भी ऐसे ही नशीले जवाब दिए जिन्हें स्वीकारना असम्भव था। मैंने कुछ ऐसे युवाओं से भी जानना चाहा जो शहरों में पढ़ते या नौकरी करते हैं और थोड़े समय के लिए घर-परिवार से मिलने आते हैं। वे इस समय किसी शादी में शामिल होने आए थे। उन्होंने खुद को असमर्थ बताते हुए कहा कि वे अपने माता-पिता की खबर रख लें, यही काफी होगा। मैंने कुछ बच्चों से भी पूछा जो स्कूल-बस से उतरकर तेजी से घरों की ओर भाग रहे थे। उन्होंने मुझे कोई एलियन समझा जो पृथ्वी पर मोर ढूँढ़ता फिर रहा है। "आपने कभी मोर नहीं देखा?"—एक जरा-सी बच्ची बोली—"ये देखो।" उसने अंग्रेजी वर्णमाला की एक नन्हीं पुस्तक खोलकर दिखाई जहाँ नाचते मोर का चित्र था और लिखा था—P for Peacock पीकॉक यानी मोर।

इस तमाम पूछताछ के बाद मैं कहीं किसी ठिकाने पर नहीं पहुँच पाया। ये सारे जवाब बहुत उलझाऊ और अन्तर्विरोधों से भरे थे। मैं खाली हाथ वापस चला आता लेकिन इन जवाबों में मैंने एक इशारे को बहुत 'कॉमन' पाया। उस इशारे ने मेरा ध्यान खींचा। इन लोगों में से दो-तीन को छोड़कर लगभग सबने बताया कि पिछले साल से यहाँ एक लड़की को आते-जाते देखा गया है। उसका पहाड़ी से गहरा सम्बन्ध है। वह रोज शाम को यहाँ आती रही है इसलिये हो सकता है मोर की हत्या उसी ने की हो, और अगर नहीं! तब भी सबसे अधिक जानकारी वही दे सकती है।

यह ठिकाना पाकर लगा कि शायद अब कुछ खोजबीन हो सकती है।

मैं उस लड़की से मिला। यह दो लोगों की आपसी मुलाकात थी। हम पहाड़ी पर ही मिले। मैंने उसे देखा तो पाया उसकी उम्र बीस बरस से अधिक नहीं है, हालाँकि शरीर से वह परिपक्व लगी और ऐसी लगी जैसे अपनी कक्षा में सबसे बड़ी उम्र की छात्रा हो। वह एक सुन्दर साँवली लड़की थी जिसने गाढ़ी नीली जीन्स पर गेरुई रंग का कुरता पहन रखा था। मैंने गौर किया—उसके कुरते पर कई भाषाओं के छोटे-बड़े रंगीन शब्दों की छाप थी। इस पहले ही क्षण में वह मुझे शब्दों से भरी दिखाई दी। "आपको मेरे शब्द सुनने चाहिए।"—उसने भिड़ते ही कहा। इससे पहले कि मैं कुछ और सुन सकता, वह बार-बार यही दोहराती रही—'प्लीज, मेरे शब्द सुनिये।' मुझे लगता है कि आप कुछ भी नकारें लेकिन किसी के बार-बार दोहराए शब्दों को नहीं। वे उम्मीद से भरे घड़े की तरह होते हैं। वे ऐसे ही शब्द थे जिन्हें मैं नकार नहीं सका। उन्हें कहने का 'आग्रह' और सुनने का 'दायित्व' इतना

अधिक गहरा था कि अन्ततः मुझे तैयार होना पड़ा। मैंने उसे सुना—मुझे यह कहानी हाथ लगी। उसने सच्चे शब्दों का वादा किया था जिसका दूसरा अर्थ यह था कि 'सच्ची कल्पना' का अधिकार मुझे दे दिया गया है।

और अपने अधिकारों का तो हर कोई फायदा उठाता है!

दो

लड़की ने अपने शब्द शुरू किए। उसे पीपल और मोर से शुरुआत करनी चाहिए थी लेकिन उसने मन्दिर और देवता से बात शुरू की। मैंने मुद्दे से दूर जाती हुई बातें काटनी भी चाही लेकिन बचाव में कहा गया कि वह जो कुछ भी बताएगी, उसका सम्बन्ध अन्ततः मोर से ही होगा। उसका कहना था कि मैं सबकुछ समझे बिना मोर के पेचीदा मसले को नहीं समझ सकता। मैं क्या करता? मुझे यह भी मानना पड़ा। मैं सचमुच मसले को पूरा समझना चाहता था।

वह एक छोटा-सा मन्दिर था जो पहाड़ी के सबसे ऊँचे सिरे पर खड़ा था। उसकी बनावट से ही साफ़ था कि मन्दिर तो पुराना है लेकिन इसे समय-समय पर दुरुस्त किया जाता रहा है। उसकी चारदीवारी पर एक गोल नुकीली छत थी जिस पर एक पीला झंडा लटका था। मैंने देखा कि झंडे की लटकन काफी निराशा बयान कर रही है जो शायद शान्त हवा की वजह हो। दीवारों की कलई से पता चल रहा था कि उन्हें हर साल पेंट किया जाता होगा लेकिन धूप और बारिशों की वजह से फ़िलहाल वे कलात्मक पेंटिंग-सी हो गयी हैं। मन्दिर के सामने का चबूतरा, मैंने उस पर चढ़कर देखा—वहाँ चार दीवारी के बीच एक बेडौल-सा पत्थर रखा था। उस पर केसरिया रंग का लेप चढ़ा था जिससे जाना कि देवता के रूप में इसी को पूजा जाता है। "यह देवता की अन्तिम निशानी के रूप में रखा गया था"—लड़की ने कहा "इसकी स्थापना लगभग सात सदी पहले यहाँ के लोगों ने की थी।" उस जमाने में वह एक जीता-जागता इन्सान था जो इसी पहाड़ी पर विचरता था। वह एक युवा गड़रिया और 'एक महान प्रेमी' था जिसने अपने जीवन में जो प्रेम किया, वह इतना दृढ़, गरिमामय और त्याग से भरा था कि मरने के बाद उसके नाम मन्दिर बनवाया गया और उसे देवता कहा गया—प्रेम का देवता। आज भी यहाँ का हर आदमी देवता की कहानी को जानता है और महिलाएँ बार-बार अपने गीतों में उसे दोहराती रहती हैं। बच्चे जब भी किसी बात को सत्य साबित करने के लिए कसम खाते हैं तो इसी के नाम खाते हैं। मैं देवता के परिचय से इतना उत्साहित हुआ कि मैंने उसकी कहानी यहीं सुननी चाही लेकिन लड़की ने उसे बाद के लिए बचाकर रखा। मुझे धैर्य रखना

था। मैंने रखा। मैंने अभी सिर्फ इतना समझा कि वह अवश्य ही प्रेम का कोई विराट दृष्टा होगा जिसकी आत्मा अब भी पीपल की छाँव में बैठकर जलती-बुझती प्रेम कहानियाँ देखती रहती होगी।

मन्दिर के पासवाला पेड़, जिसे मैं पहले ही पहचान चुका था कि वह बूढ़ा पीपल है, बहुत थका और शान्त लग रहा था। उस समय हवा नहीं थी, अगर होती तो उसके पत्तों की भयावह फड़फड़ाहट से कोई बहरा भी समझ जाता—'अरे! ये तो पीपल है।' इस शान्ति में मुझे वह पेड़ भी देवता की तरह त्याग से भरा लगा। "इसकी उम्र भी लोग सदियों में गिनते हैं।"—लड़की ने बताया। उस पेड़ को देखकर मुझे लगा—काश! इन्सान पेड़ों की तरह होते। हमारी तरह चलना-फिरना उनके लिये सम्भव नहीं, वे जब तक जीते हैं कभी अपना स्थान नहीं बदलते, बहुत सादगी से वहीं मर-मिट जाते हैं जहाँ उगते और बड़े होते हैं। मुझे हमेशा लगता है कि पेड़ों का यही जमाव है जिसके चलते उनसे सच्चा प्रेम किया जा सकता है और अपना बनाकर रखा जा सकता है। यह इन्सान के लिए तरस खानेवाली बात है कि वे कभी पेड़ नहीं हो सकते, यहाँ तक कि जानवरों से भी ऐसी उम्मीद रखना बेकार बात होगी। "नहीं-नहीं"—लड़की ने मुझे काटकर कहा "आप उस मोर से यह उम्मीद रख सकते थे। वह बिलकुल देवता और पीपल की तरह दृढ़ था।"

उसने बताया कि वह एक सुन्दर मोर था जिसकी लम्बाई लगभग सात फीट थी। उसकी कद-काठी इतनी पूर्ण थी कि वह अपने-आप में बहुत गर्वीला लगता था। वह समस्त रंगों का एक उज्ज्वल घोल-सा था, हालाँकि नीला रंग ही सबसे अधिक दिखता था। शरीर की रंग-बिरंगी धारियों के पीछे पंखों का भारी हुजूम, वह इतना भारी था कि मोर जब चलता था, धरती को बुहारते हुए चलता था। इस बात पर मुझे किसी अखबार में पढ़ी एक पंक्ति याद आई कि डार्विन—वह कहता था कि उसे जब भी मोर की पूँछ दिखाई देती है, उसकी अनुपयोगिता देखकर उसका सिर दुखने लगता है। लड़की के साथ ऐसा नहीं था। वह उसे जीते-जागते इन्द्रधनुष की तरह देखती थी और देखकर आनन्द से भर उठती थी। उसे सुनकर मुझे बचपन की कुछ किताबें याद आईं जिनमें लिखा रहता था कि मोर समस्त पक्षियों का राजा है। वह संसार का सबसे बड़ा चित्रकार होगा जिसने उसे इतनी बारीकी से रँगा होगा, किताबों के अनुसार निश्चित ही वह चित्रकार स्वयं ईश्वर था इसलिये यह भी उन्हीं किताबों ने बताया कि जब भी मोर सुरीले स्वर में गाता है, उसी अनाम रचनाकार के नाम गा रहा होता है।

"वह देवता के नाम गाता था।"—ये लड़की के शब्द थे।

वह शायद एक छोटा बच्चा ही था जब उसने पहाड़ी को अपना घर मान लिया। वह यहीं बड़ा हुआ और पूरा युवा होने के बाद भी इस जगह को त्यागने की

जरूरत नहीं समझी। यह अद्‌भुत बात है। कुछ पक्षियों का यह स्वभाव होता है कि वे किसी एक पेड़ को अपना सारा संसार मान लेते हैं, यहाँ तक कि उन्हें एक निश्चित डाली पर ही बैठना रास आता है। वे पता नहीं क्यों संसार की खुली डालियाँ छोड़कर एक ही डाल चुनते हैं और उसी से अपनी पहचान कायम रखते हैं। वे दिन में कहीं भी रहें, रात होते ही वापस 'घर' लौट आते हैं। मैंने गौर से उसका घर देखा—मैं पीपल के नीचे खड़ा होकर पत्तों की झालर से वह शाख देखने लगा जहाँ पंजे जमाकर मोर रातें गुजारता था। वह एक मजबूत और लम्बी शाख थी। भयानक बारिशों से लेकर ठिठुरती सर्दियों, सर्दियों से तेज गर्मियों तक की सारी रातें उसने वहीं बिताई थीं। जिस तरह लड़की ने बताया, उसके अनुसार वह सुबह की पहली किरण के साथ ही नीचे उतर जाता था और दिन की शुरुआत चबूतरे पर नाचने से करता था। गर्दन उठाकर, देह को फड़फड़ाते हुए एक तेज झुर्राहट के साथ वह पंखों को खोलता और फिर गोल-गोल घूमते हुए नाचता रहता। लड़की को सुनते हुए लगा कि मोर नाच देखकर समय के उस पार देवता की आँखें खुल जाती होंगी, वह अपनी अन्तिम शक्ति तक उसे देखता रहता होगा।

नृत्य के बाद—वह नीचे तलहटी में खेतों की ओर चला जाता जहाँ से दूसरे मोर-मोरनियों के संग घूमने निकलता। इन संगी-साथियों के साथ वह कभी फसलों और झाड़ियों में बैठा रहता, कभी मेंड़ों पर टहलता रहता। वह खेतों-खलिहानों में दाने चुगता रहता और फिर दोपहर को किसी टंकी या डबरियों में पानी पीता दिखाई देता। वह दिन भर इसी तरह भटकता रहता लेकिन उसकी भूख शान्त नहीं होती। इस शान्ति के लिए उसे शाम का इन्तज़ार करना पड़ता जब खाने के लिए एकसाथ बहुत कुछ मिलता। वह शाम होने से पहले ही वापस पहाड़ी पर लौट आता और एक ख़ास चट्‌टान पर आ खड़ा होता। वह यहाँ ऐसे खड़ा रहता जैसा किसी चिन्तन में हो। मैंने खुद वह चट्‌टान देखी—वह पहाड़ी पर एक छज्जे की तरह जमी हुई थी जहाँ से नीचे के घर रंग-बिरंगे डिब्बों-से दिखाई देते हैं। वह यहीं से उन घरों के झुंड को ताकने लगता। उसकी सीधी अकड़ी देह, मटकती गर्दन और पंखों की हल्की कसरत से ही अन्दाज़ा लगाया जा सकता था कि वह अब उस ओर छलाँग लगानेवाला है। वह झुककर उड़ने की तैयारी करता और फिर उछलकर एक जोरदार छलाँग मारता। वह खेतों, पेड़ों और घरों के ऊपर से तैरता हुआ आगे बढ़ता। अपनी उड़ान की सीमाओं के कारण बीच में वह कुछ स्थानों पर विराम लेता और अन्ततः उस दो मन्जिले मकान की छत पर जाकर उतरता जहाँ पहुँचना उसके लिये किसी 'दैवीय कानून' को निभाने जैसा था।

"वह मेरा घर था"—लड़की ने बताया "जहाँ आना उसकी रोज की आदत थी।"

छत पर कूदकर वह पहले पंखों को व्यवस्थित करता। झटक-झटककर पंजों से गर्दन खुजलाता और चोंच से पीठ सँवारता। फिर इधर-उधर ताक-झाँक करते हुए नाजुकी से डग भरता हुआ मँडराना शुरू करता। इन आरामदायक हरकतों के बाद वह धीरे-धीरे मुँडेर की तरफ बढ़ता और फिर आसमान की ओर देखकर तेज-तेज गूँजें मारने लगता। "दरअसल वह बताता था कि देखो—मैं आ चुका हूँ"—लड़की ने कहा "वह समय का पक्का था और मेरे लिये उस घड़ी-सा था जो कभी गलत समय नहीं बताती। उसे देखते ही मैं समझ जाती—चार बज चुके हैं।" यह कुछ प्राणियों का वाकई अचरज-भरा व्यवहार होता है कि वे अपने निश्चित समय पर ही दस्तक देते हैं। मोर का यही व्यवहार था। इससे लड़की का परिवार अवगत नहीं था, सिर्फ वही परिचित थी और गूँज सुनकर इस ख़ास समय से सम्बन्धित कई बातें अपनी माँ से करने लगती थी।

– माँ! चार बज गये। अभी तक पापा घर नहीं आए।

– माँ! चार बज गये। भैंस को पानी नहीं पिलाया, बेचारी प्यासी खड़ी है।

– माँ! चार बज गये। किचिन में कुछ काम देख लो।

– माँ! चार बज गये। मैं 'वहाँ' जा रही हूँ, जल्दी ही लौट आऊँगी।

समय को इस तरह देखने की आदत से मेरा भी परिचय था। कई बार ऐसा होता है जब हम अनायास ही आसपास के दूसरे जरियों का सहारा लेकर समय जान लेते हैं। हम कभी-कभी तो उन पर निर्भर हो जाते हैं और ऐसे संयोगों को दैनिक जीवन में शामिल कर लेते हैं।

लड़की को सुनकर मुझे कुछ दृश्य याद आए—

पहले मेरे घर के दरवाजे पर रोज एक गाय आ खड़ी होती थी। उसे पहली बार शायद सुबह दस बजे रोटी खिलाई गयी थी इसलिये उसके बाद वह उसी समय दस्तक देने लगी, उसे देखकर मेरे पिता अनुमान लगा लेते थे—दस बज गये होंगे। बचपन में स्कूल की छुट्टी के बाद भागते बच्चों को देखकर मेरी माँ जान लेती थी—दोपहर का एक बजा है! मुझे कुछ बुजुर्ग याद आए जो एक छप्पर तले ताश खेलते रहते थे। वे सामने से गुजरते डाकिए को देखकर दो बजने का अन्दाज़ा लगाते थे। मेरे दादा दूर एक मस्जिद की अज़ान सुनकर कहते थे—उठो! चार बज गये। किसी गाँव के पास अगर रेलवे लाइन हो तो वहाँ के लोग अलग-अलग ट्रेनों से समय जानते हैं। पहले भीत की परछाईं से भी समय पता करते थे। मैंने लड़की को ऊपर-नीचे उँगलियाँ रोपकर समय देखने के तरीके पर भी बात की लेकिन ये सब पुरानी बातें थी जब आमतौर पर लोगों के पास घड़ी नहीं होती थी। अब ऐसा होना सिर्फ आदत और संयोग ही हो सकता है। यह एक संयोग ही था कि मोर की किलकारियाँ सुनकर वह शाम के चार बजने को पहचानती थी। वह जैसे ही मीठी

गूँज सुनती, ठीक उसी क्षण उस काम के लिए तत्पर हो जाती जिसका उसे पूरे दिन इन्तज़ार रहता था।

"वह पहाड़ी से एक सन्देश लाता था"—लड़की ने बताया "जैसे मोर का मतलब चार बजना था, चार बजने का मतलब था कि मुझे अपने प्रेमी से मिलने निकल जाना चाहिए।"

वह प्रेम में थी और उसके शब्द प्रेम की तरफ निकलेंगे, यह बात मुझे यहाँ पता चली।

वह जैसे ही मोर को सुनती, सबसे पहले उसकी नज़र दीवार पर लटकी घड़ी की तरफ उठती। घड़ी की सुइयाँ रोमन अंक 'IV' के आसपास ही रहतीं, कुछ मिनटों की हेर-फेर के अलावा किसी अन्तर की गुन्जाइश नहीं थी। समय का सही मिलान करते हुए वह किचिन में घुसती, मोर के लिए खाने की कुछ चीजें जुटाती और फिर सीढ़ियों से होती हुई सीधे छत पर चली आती। वह देखती—मोर कित्ता भूखा है, कित्ता उतावला है। लड़की ने बताया कि वह रोज उसे कुछ-ना-कुछ जरूर खिलाती थी। दोपहर की बची रोटियाँ, बिस्कुट के टुकड़े और अनाज के दानों से लेकर मोर का पसन्दीदा आहार—लम्बी लाल मिर्चियाँ। वह उसे प्यार से पुचकारते हुए पास बुलाती और मोर धीरे-धीरे उसकी तरफ कदम बढ़ाने लगता। मैं जानता हूँ इन्सानों से तमाम नजदीकियों के बाद भी इस प्राणी का यह स्वभाव नहीं कि वह पालतू पक्षियों की तरह हाथों में आ जाए। वह आधा जंगली, आधा समाजी प्राणी है जो छोटी उम्रवालों के पास तो कभी नहीं आता। लेकिन एक उम्र के लोगों से लगातार सम्पर्क के बाद थोड़ा करीब आने लगता है और क्योंकि लड़की की उम्र इतनी थी कि उस पर विश्वास दिखा सके इसलिये वह विश्वास दिखाता था। वह हिचकिचाते हुए पास आता और उसकी हथेलियों से खाना उठाकर गटक जाता। यह क्षण उन दोनों को असीम सन्तोष में डुबो देता था।

इस सन्तोष के बाद लड़की उसे आज़ाद छोड़ देती। वह एक झलक के लिए उस बर्तन पर नज़र डालती थी जो एक घड़े को काटकर मुंडेर पर रखा गया था। वह पानी का बर्तन था जिसमें पक्षियों के लिए पानी भरा जाता। पानी है? हाँ! भरा है। वह सन्तुष्ट होती और मोर को वहीं छोड़कर वापस नीचे किचिन में चली आती। वह अब प्रेमी के लिए कुछ सामग्री तैयार करती। वह गैस जलाकर चाय की केतली चढ़ाती और फिर आईने के सामने बैठकर खुद को सँवारने लगती। इस सँवारने में वह बालों में एक तितलीवाली क्लिप लगाना कभी नहीं भूलती जो उसके प्रेमी को बहुत प्रिय थी। वह इस दौरान समय का भी ध्यान रखती क्योंकि कभी-कभी देर हो जाने पर प्रेमी थोड़ा नाराज हो जाता था। वह उसे कभी नाराज नहीं होने देती। जैसा लड़की ने बताया—वह जल्दी से थरमस में चाय भरती और रोज अपनी माँ के

सामने एक झूठी पंक्ति दोहराती—''माँ! मैं 'अपनी फ्रैंड' के पास जा रही हूँ, जल्दी लौट आऊँगी।'' यह उसकी एक सहेली थी जिसके नाम का वह बहाना करती थी। सहेली का घर पहाड़ी के रास्ते में ही पड़ता था लेकिन उसके पास रुकना बहुत कम होता था।

वह अपनी स्कूटी उठाती और सीधे पहाड़ी की तरफ निकल जाती थी।

तीन

मोर के साथ प्रेम को जोड़ते हुए लड़की ने शब्द आगे बढ़ाए। उसने प्रेम और प्रेमी के बारे में बताना शुरू किया। मैंने भी प्रेम से जुड़े अपने सारे शब्दों और छवियों को समेटकर इकट्ठा कर लिया ताकि उसका साथ दे सकूँ। देवता की तरह मैं कोई महान प्रेमी या प्रेम का ऐसा दृष्टा तो कभी नहीं रहा लेकिन शायद प्रेम ही वह भावना है जिसके लिये किसी को किसी 'सिंहासन' की जरूरत नहीं होती, बल्कि प्रेम के बारे में वे सबसे अधिक सोचते हैं जिनके जीवन में प्रेम का स्थान थोड़ा कम रहा हो या रहकर मिट गया हो। इससे पहले कि शब्द आगे बढ़ें, मैंने उससे प्रेम का वह दूसरा 'पर्याय' शब्द पूछा जो उसके दिमाग में सबसे पहले आता हो। ''वह कौन-सा शब्द है?''—मैं उसके प्रेम को समझने के लिए वह शुरुआती शब्द समझ लेना चाहता था जो उसके अर्थ के रूप में उसके जीवन में मौजूद रहा हो।

''फूल''—उसने जवाब दिया ''मेरे प्रेम की शुरुआत फूलों से हुई थी।''

यह सुनकर उसके प्रेम को पढ़ने में आसानी हुई। यह सुनकर अनायास ही मुझे एक सनकी आदमी के कुछ किस्से याद आए जिसके प्रेम की शुरुआत एक 'पौधे' से हुई थी। वह 'प्रेम' के पर्याय में 'पौधे' शब्द को देखता था। यह समानता पाकर मैंने उसे उस आदमी के बारे में बताया- लोग कहते हैं एक बार उसने एक पौधा लगाती हुई लड़की को देखा और सिर्फ देखकर ही वह उसके प्रेम में पड़ गया। वह सम्भवत: उस इमेज में अटक गया था—'अहा! पौधा लगाती हुई लड़की।'

'क्या यह सम्भव है?'—मैंने लड़की से पूछा।

'पता नहीं, मेरे साथ ऐसा नहीं हुआ।'—उसने जवाब दिया।

उसने मुझे बताया कि उसे फूलों को लेकर कोई पूर्वाग्रह नहीं था बल्कि जब तक वह क्षण सामने नहीं आ गया, वह प्रेम शब्द से ही अपरिचित थी। वे कैसे फूल थे और कैसी सुगन्ध थी? यह जानने के लिए उसने थोड़ा अतीत में चलने की गुजारिश की, अन्य गुजारिशों की तरह मैंने इसे भी स्वीकार कर लिया।

लगभग एक वर्ष पहले - पिछले बारिश के मौसम में लड़की ने बीसवाँ साल

शुरू किया था। यही समय था जब पहली बार उसका अपनी उम्र और आकांक्षाओं से परिचय हुआ। वह जिस स्कूल में पढ़ती थी, वह पहाड़ी के उस पार कस्बे में पड़ता था। वहाँ जाने के लिए वह एक स्कूल-बस में सफर करती थी जिसमें पहली बार उसने उस लड़के को देखा। वह बारहवीं कक्षा की छात्रा थी जबकि लड़का कोई सहपाठी या स्कूली छात्र नहीं बल्कि उससे दो वर्ष बड़ा एक कॉलेज का छात्र था जिससे कुदरतन मुलाकात हुई। लड़के के पिता ने, जो शायद बसों को किराए पर देनेवाला व्यवसायी था, अपनी एक बस स्कूलवालों को किराए पर दी हुई थी। वह लड़का कई बार बाइक के अभाव में इस बस का सहारा लेता था जो कई रास्तों से गुजरती हुई पहले स्कूली विद्यार्थियों को ढोकर स्कूल छोड़ती थी, उसके बाद अकेले लड़के के लिए कॉलेज के सामने से गुजरती थी। उनकी कहानी इसी बस में शुरू हुई।

मैं जब भी प्रेम कहानियाँ सुनता हूँ, सबसे अधिक उत्सुकता दो लोगों की पहली मुलाकात और मुलाकात के पहले क्षण को लेकर होती है। संसार की विशाल भीड़ में एक को दूसरे से मिला देनेवाला कैसा संयोग रहता होगा? वह कौन-सी शक्ति रहती होगी जो अलग-अलग अतीतों से दो अनजान-अपरिचितों को चुनकर एक डोर में बाँध देती है?

''मेरे लिये वह सामान्य-सा क्षण था।''—लड़की ने कहा।

उसने बताया वह अगस्त की एक सुबह थी जब बारिश की वजह से खेतों और सड़क के गड्ढों में पानी भरा था। वह कई अन्य लड़कियों के साथ थी और कीचड़ से बचते हुए बस की तरफ बढ़ रही थी। तभी उसने दो-चार बूँदें चेहरे पर गिरती हुई महसूस कीं। उसे लगा फिर से बारिश होनेवाली है। उसने छाता निकाला और उसे खोलते समय आसमान की ओर देखा—वहाँ बादल दिखाई दिए। उसने गर्दन नीची की तो पहाड़ी और मन्दिर दिखा, फिर छाता खोलकर सामने देखने लगी—

उसने देखा—कोई नीली-मोरीले रंग की शर्ट वाला लड़का है, जो बस के दरवाजे पर हाथ लटकाए खड़ा है।

यह पहली छवि थी।

मैंने उस क्षण को गहराई से जानना चाहा तो लड़की ने याद किया कि उस क्षण उसने साथ चलती लड़कियों की खिलखिलाहट सुनी थी। उसने बस ड्राइवर को भी मुस्कुराते देखा। उसने उस क्षण को पूरी तरह टटोलते हुए बताया कि लगभग सारे लोग सुबह की मुस्कराहटों में गुम थे, सिर्फ स्वयं और वह लड़का ही था जो मुस्करा नहीं रहे थे। 'क्या मुस्कराते माहौल में दो अजनबियों का ना मुस्कराना आकर्षण की पहली छवि हो सकती है?'—मैं पूछना चाहता था लेकिन लड़की ने

साफ़ कर दिया कि पहली नज़र में कोई आकर्षण नहीं हुआ, बल्कि उसे यह एक सामान्य-सी सुबह लग रही थी और अभी तक उस लड़के के बारे में कुछ नहीं सोच रही थी।

"लेकिन उसके बाद जो हुआ"—लड़की ने कहा "वह बहुत असामान्य बात थी।"

वह रोज की तरह आज भी अपनी सीट पर बैठी, रोज की तरह बैग पीठ पर ही लादे रखा और रास्ते में पड़नेवाली सारी चीजों को खिड़की से चुपचाप उसी तरह देखती रही जैसे पहले देखती आई थी—

- सड़क से गुजरते हुए दूसरे वाहनों को...
- घूमते हुए घरों और खेतों को...
- पीछे छूटते हुए पेड़ों और बगीचों को...

लेकिन जैसे ही कक्षा में पहुँची और बैग खोला तो बिलकुल अचम्भित रह गयी—

"मैंने देखा कि मेरा बैग फूलों से भरा हुआ था।"—उसने बताया।

बिना किसी त्वरित विरोध के, उसने ना सिर्फ यह आश्चर्य सबसे छुपाकर रखा बल्कि कक्षा से बाहर निकली और भागती हुई वॉशरूम चली गयी। वह गौर से बैग को खँगालना चाहती थी। उसने वहाँ देखा, उसे विश्वास नहीं हुआ, वे सचमुच फूल ही थे जो जीवित कोशिकाओं की तरह हौले-हौले कुलबुलाते हुए लग रहे थे। ओह! यह कैसा आश्चर्य है? इससे पहले कि वह डरकर उन्हें कमोड में डाल दे और चेन खींच दे, उसके अन्दर की आवाज़ ने कहा कि ये तो कोई रोमांचक और बहुत भली-सी चीज है। उसने फूलों को छूकर देखा—वे बहुत मासूम और बुदबुदाते हुए-से लगे। उसने फूलों के नीचे दबी किताबें सतर्कता से बाहर निकाल लीं ताकि फूलों को कोई नुकसान ना पहुँचे। वह वापस कक्षा में आ गयी लेकिन इतनी-सी देर में सबकुछ बदल चुका था। अब वह फूलों के एक नये तूफ़ान में कैद थी। उस दिन वह कुछ नहीं पढ़ पाई। उसके सामने अध्यापक बोलते रहे और वह बैग में रखे इस 'चमत्कार' के बारे में सोचती रही।

स्कूल के बाद—जब वह घर लौटी तो सीधे छत पर चली गयी और उन्हें फिर से देखने लगी। वह ऐसे देखती रही जैसे वे कोई विचित्र चीज हों और पहली बार देखा हो। जब पहली बार लड़की ने फूलों को देखा तो फेंका नहीं, बल्कि सहेजकर रख लिया। उसने उन्हें छत पर बनी अटारी में छुपा दिया जहाँ वे घरवालों की नज़रों से बचकर रह सकते थे। उसके बाद यह आदत हमेशा के लिए साथ हो गयी।

वह रोज सुबह स्कूल जाती रही, रोज लड़का आता रहा, उसे देखकर वह बस

में बैठती रही और स्कूल में बैग खोलती रही—रोज फूल मिलते रहे।

"आप सोच सकते हैं यह उस लड़के की वजह से होता था"—लड़की ने कहा "वह रोज चलती बस में खिड़की से हाथ निकालता और रास्ते में पड़नेवाले पेड़ों से फूल तोड़कर बस्ते में डाल देता।"

वाह! मैं सोचने लगा। वह लड़का वाकई तेज दिमाग और किस्मतवाला रहा होगा। उसकी जगह यदि मैं किसी के लिए इस तरह फूल तोड़ने की कोशिश करता तो निश्चिय ही मेरा हाथ बबूल की टहनियों से टकराया होता, या सम्भव था कि कोई मनचला पहलवान खिड़की से मेरा हाथ खींचता और बाहर जोरदार पटकी दे मारता। यह सिर्फ मेरे साथ सम्भव था। उस लड़के के साथ नहीं। वह प्रेम में भाग्य का भोक्ता था जो रोज लड़की के पीछे खड़ा होता, जैसे ही रास्ते में बगीचे आते, वह खिड़की से टकराती डालियों का फायदा उठाकर फूल तोड़ लेता और चुपके से बैग की जिप खोलकर डाल देता।

लड़की के लिए यह एक मीठा सिलसिला था जो हर सुबह अपनी चमक के साथ चलता रहा। यह एक रोमांचक बात थी इसलिये उसने भी इसे सहजता से चलने दिया। तब एक दिन अचानक - लड़के ने फूलों को बस्ते में डालने के बजाय अपनी जेबों में भर लिया। लड़की अपने स्कूल के सामने बस से उतरी और लड़का उसके पीछे-पीछे चलने लगा। वह सड़क पर चलती हुई लड़की से बात करना चाहता था लेकिन इसके लिये साहस की जरूरत थी। वह डर रहा था इसलिये चलते समय उसकी जेबों से दो-चार फूल हिचकिचाहट के मारे टपक रहे थे। उन दोनों ने यहाँ पहली बार आमने-सामने की भेंट की। बिना कोई शब्द बोले लड़के ने फूल निकाले और लड़की के सामने पेश कर दिए।

"वह प्रेम का कोमल प्रस्ताव था"—लड़की ने मुझे बताया "जिसे बड़े-से डर और छोटी-सी ख़ुशी के साथ मैंने झोली में डाल लिया।"

उसे प्रेम का यह स्वीकार तो याद रहा लेकिन किस निश्चित क्षण में प्रेम हो जाने दिया, यह बिलकुल नहीं बता सकी। यह सच था कि फूलों को देखकर आकर्षण पैदा हुआ लेकिन कब वह गहरे प्रेम में बदल गया, ऐसा कोई क्षण नोट नहीं किया। वह अब प्रेम में थी। वह नये-नये स्वप्नों में रहने लगी। उसके स्वप्नों के बारे में सुनकर मुझे लगा सम्भवत: फूल ही वह चीज रही होगी जिसे देखकर इन्सान ने पहली बार कोई 'स्वप्न' देखा होगा। मुझे लगा कि हमारी आत्मा में प्रेम का विकास पौधों और फूलों के विकास की तरह होता होगा, जो होता तो सामने है लेकिन हमारी आँखें कभी उन्हें नोट नहीं कर सकतीं और फिर एक दिन अचानक पता चलता है—उस पौधे ने नये फूल दिए हैं।

मुझे उस सनकी आदमी का एक किस्सा याद आया जो पौधा लगाती हुई

लड़की को देखकर आकर्षित हुआ था। उसका आकर्षण शायद अब प्रेम में बदल गया था इसलिये वह उस स्थिति को समझने की कोशिश में रहता था।

मैंने लड़की को यह किस्सा सुनाया—

उस आदमी के आँगन में कुछ पौधे लगे हुए थे जिन्हें वह रोज सुबह उठकर देखता था। वह पेड़-पौधों का दीवाना था लेकिन इससे पहले उसके दिमाग में कभी यह बात नहीं आई, अब क्योंकि वह प्रेम में था इसलिये एक सुबह अचानक सवाल उपजा— ये फूल हमेशा अँधेरे में क्यों खिलते हैं? ये अपना विकास इतने अदृश्य-अगोचर तरीके से क्यों करते हैं? आँखों के सामने क्यों नहीं करते? वह इस सवाल में इतना खो गया कि उसने जवाब खोजने की ठान ली। अगली रात वह टॉर्च लेकर एक स्टूल पर बैठ गया और रात-भर छोटी-छोटी कलियों और पत्तियों को देखता रहा। उसने कहीं कोई हलचल महसूस नहीं की लेकिन जब सुबह फूलों को देखा तो पाया कि परिवर्तन तो हुआ है। शाम तक जो सिर्फ कलियाँ थीं वे अब फूलों में परिवर्तित हो गयी हैं और जहाँ कुछ ना था, वहाँ भी कुछ नयी कलियों ने जगह बना ली है। उसे लगा कि उसके देखने में कुछ कमी रह गयी। उसने अगली रात फिर टॉर्च उठाई और स्टूल पर बैठा। फिर वही हुआ। वह रोशनी में एकटक पौधों को देखता रहा लेकिन कोई हलचल नहीं पकड़ पाया। जब सुबह देखा तो फिर परिवर्तन दिखाई दिया। तीसरी रात भी वही किया और वही हुआ। वह सिर पकड़कर इस अबूझ पहेली को समझने लगा। उसके माथे पर एक लट्टू जला। वह सोचने लगा— कोई आदमी अनुमानतः एक मिनट में 10 बार पलकें झपकता है। उसने घड़ी लगाकर अपनी झपकियाँ गिनीं— 12 झपक प्रतिमिनट। तो वह एक घंटे में कितनी बार पलकें झपकेगा? 12 × 60 = 720 बार। वह रोज रात वहाँ आठ घंटे बैठा रहा यानी इस दौरान कितनी पलकें झपकी होंगी— 720 × 8 = 5760 बार। और फिर तीन रातों का हिसाब— 5760 × 3 = 17280 बार। उसने कुल 17280 बार पलकें झपकाई थीं यानी यह कम समय नहीं था। उसने निष्कर्ष निकाला कि पौधे बहुत 'बदमाश' चीज हैं जो खुली आँखों के सामने तो कोई हरकत नहीं करते लेकिन जैसे ही हम पलक झपकते हैं, वे उन नन्हें क्षणों का फायदा उठाकर उनमें विकास कर जाते हैं।

लड़की ने प्रेम के होने को नहीं समझा लेकिन उसे जीना शुरू कर दिया। ऐसी बहुत-सी चीजें हैं (बल्कि ज्यादातर) जिन्हें हम समझ नहीं पाते लेकिन जीने लगते हैं।

प्रेम स्वीकार करने के बाद वह ज़िन्दगी में आए नये-नये बदलावों को जीने लगी। अब वह समय के सारे हिस्सों को गहराई से जीती थी जैसे समय का एक अकेला हिस्सा अपने-आपमें ज्यादा समय समोए हुए रहने लगा हो। उसने हर चीज को नयी नज़र से देखना शुरू किया, हर चीज उसे ज्यादा नजदीकतर महसूस होने लगी। क्योंकि अब उसका परिचय फूलों से हो चुका था इसलिये वह हर चीज को कई रंगों, कई सुगन्धों के संग महसूस करती थी। उसने इस अनुभव को इन शब्दों में बयान किया—"मुझे लगा जैसे मैं पहली बार अपने-आपसे परिचित हुई हूँ।"

चार

इसके बाद फूलों का दूसरा सिलसिला शुरू हुआ। अब लड़के ने बस से आना बन्द कर दिया। वहाँ मिलना इतना कम होता था कि उसे सही से 'मिलना' भी नहीं कह सकते। वहाँ बस-ड्राइवर और दूसरे विद्यार्थी साथ होते थे इसलिये एक-दूसरे को खुलकर देखना भी असम्भव था। लड़की ने मुझे बताया कि वह अभी भी बस से आती थी लेकिन लड़के ने बाइक से आना शुरू किया। लड़की की स्कूटी—जिसे वह 'मेरी छोटी-सी गाड़ी' कहना पसन्द करती है, उसे लेकर इतनी दूर कस्बे तक आने की इजाजत नहीं थी। कई महीनों के अनुभव के बाद भी उसके माता-पिता उसकी ड्राइविंग पर शक करते थे जैसा कि दुनिया के सारे माता-पिता अपनी सन्तानों पर किया करते हैं।

अब वे स्कूल के आसपास ही मिलने लगे। लड़की अपनी नियमित क्लासों से सिर्फ आधे घंटे के लिए इंटरवल में मुक्त होती थी। वह इसी दौरान बाहर निकलती और फिर वे कहीं एकान्त ढूँढ़कर समय का सही इस्तेमाल करते। लड़का अभी भी अपने उस व्यवहार के लिए प्रशंसनीय बना रहा जिसके तहत रोज रास्ते में पड़नेवाली फूलों की दुकान से कोई अच्छा-सा फूल खरीदकर लाता था। वह मिलते ही पहले फूल देता और फिर किसी पार्क, रेस्टोरेंट या नयी-नयी खुली कॉफी-शॉप में लड़की के साथ बैठता। लड़की के लिए फूल अभी भी वरदान जैसे थे। वह उन्हें फेंकती नहीं थी बल्कि अभी भी जमा करती जा रही थी। इस बारे में उसका कहना था कि वह उन्हें किसी राह चलते आदमी के पैरों तले कुचलते नहीं देख सकती थी, और ना ही कचरेदानी में डालना चाहती थी। वह एक फूल को तब तक साथ रखती थी जब तक कि नया फूल ना प्राप्त कर ले। जब अगले दिन नया फूल मिल जाता था तो वह पिछले को अटारी में सहेजकर रख देती थी। उसने शायद कभी नहीं सोचा कि जब किसी दिन अटारी फूलों से भर जाएगी, तो क्या करेगी? ना ही फूल

यह जानते थे कि कभी लड़की का मन भर गया तो वह कैसा सलूक करेगी? अभी फूलों का काम सिर्फ खिलना था और लड़की सिर्फ उनकी संख्या पर ध्यान दे रही थी जो निरन्तर बढ़ती जा रही थी। वह उन्हें गिनती रहती और उसे गणित में माहिर होने का यह वरदान सरीखा काम लगता। फूलों की संख्या बढ़ती रही, बिलकुल उन नयी-नयी भावनाओं की तरह जो अब ज्यादा ज्वलित हो रही थीं।

"फूलों के बाद"—मैंने पूछा "क्या चीज थी जिससे प्रेम प्रकट करती थी?"

"भोजन"—उसने जवाब दिया।

उसने बताया कि वह फूल लेती तो थी लेकिन देने का ख्याल नहीं आया। उसने कभी फूल नहीं दिए। वह अपने लिये जो टिफिन लाती थी, उसे ही लड़के के साथ बाँट लेती और दायित्व पूरा हो जाता। उसे सुनकर मुझे लगा कि खाने-खिलाने का शौक स्त्रियों का कितना प्रसिद्ध व्यवहार है, आप तब तक किसी को प्रेम नहीं कर सकते जब तक कि आपने उसके हाथ से खाया ना हो। वह लड़का रोज खाता था और फूल प्राप्त करने की इच्छा भूख के साथ ही मर जाती थी। भोजन के अलावा—लड़की प्रेम को शब्दों और मुस्कराहटों से पहचानती थी। उसका मानना था कि हमेशा हँसते रहनेवाले लोग अधिक विश्वसनीय होते हैं क्योंकि वे बोलते बहुत हैं इसलिये उनका सच हमेशा सामने रहता है। वह बहुत हँसता-बोलता था इसलिये लड़की को बहुत सच्चा लगता था। लड़के को देखकर उसे शुरू में असहजता भी हुई लेकिन जब उसने खुद बोलना शुरू किया तो लड़के को चुप होना पड़ा। उसने उसके सामने साबित कर दिया कि ज्यादा बोलना क्या होता है?

"वह समय मेरे लिये एडवेंचर-सा था"—ये उसके शब्द थे "मुझे लगता था कि मैं जीवन से कितनी भरी हुई हूँ।"

इस बड़-बोलेपन के दौरान ही वे एक-दूसरे को छूने लगे। जब कॉफी पीते समय झाग से मूँछे बनती थी तो वे एक-दूसरे की मूँछे बिगाड़ने के लिए टूट पड़ते थे। वे इन क्षणों में मौका पाकर एक-दूसरे की उँगलियाँ दाँतों तले दबा लेते लेकिन दर्द होने से पहले ही मुक्त कर देते। वे एक-दूसरे का बहुत ख्याल रखते थे। उसका प्रेमी हमेशा खाने-पीने, पहनने-ओढ़ने और स्वास्थ्य की चिन्ता करता और लड़की एक अतिरिक्त चिन्ता 'पढ़ाई' को जोड़कर प्रेमी का ख्याल करती। उसने बताया कि जब लड़का लगातार बोलता था तो वह उसकी नक़ल करने लगती थी। वह जिस शब्द को बोलता, लड़की उसी शब्द को दोहराकर मुँह बिचकाते हुए हँसने लगती। इस दोहराहट से लड़का उकता जाता तो वह इस खेल का फायदा बहुत चालाकी से उठा लेता। वह कोई ऐसा शब्द बोलने लगता जिसे लड़की दोहरा ना सके।

लड़का : कितना सुन्दर पार्क है। लड़की : कितना सुन्दर पार्क है।

लड़का : थोड़ा तो साथ बैठो। लड़की : थोड़ा तो साथ बैठो।

लड़का : हमें कोई देख ना ले। लड़की : हमें कोई देख ना ले।

लड़का : चुपकर ना। लड़की : चुपकर ना।

लड़का : अच्छा! किस मी प्लीज़! लड़की !

इस आखिरी पंक्ति को वह कभी नहीं दोहरा पाई क्योंकि इसका अर्थ उसी की ओर आकर टकराता था। ऐसे संकट में लजाकर वह वहीं बात छोड़ देती थी।

इन हरकतों में मुझे उनकी उम्र नज़र आई जो जाहिर है—कच्ची थी। इन मीठी मुलाकातों के बाद जब वह घर लौटती तो हमेशा गेंद की तरह उछलती-फिरती। उसने बताया कि उन दिनों वह हमेशा गीत गुनगुनाती रहती। वह इंटरवल के आधे घंटे को चौबीसों घंटे जीती और हमेशा हर किसी से इसी बारे में बात करने की फिराक में रहती। क्योंकि वह इसी फिराक में रहती इसलिये सुननेवालों की संख्या बहुत कम प्रतीत होती। कभी-कभी उसका मन करता कि राह चलते किसी अबोध बच्चे या बहरे बुजुर्ग को पकड़कर बैठ जाए और उसे बताए कि आज उसने प्रेमी के साथ कैसे वक़्त गुजारा? उन्होंने क्या बातें कीं? क्या खाना खाया? कहाँ-कहाँ घूमे? वह इन्हें शब्दों में बाँटना चाहती थी लेकिन यह कहाँ सम्भव था? उसे सुननेवाला कोई नहीं था। वह सबसे ज्यादा निकटता अपनी दादी से महसूस करती थी जो अब उसके अंकल के पास दूर शहर में रहती थी। इसके बाद वह अपने भाई से खुली हुई थी लेकिन वह नौकरी और भाभी के चक्कर में और भी दूर शहर में था। उसके घर पर सिर्फ माता-पिता थे जिन्हें कुछ बताने को लेकर वह सशंकित थी। वह कभी-कभी सोचती थी कि सब ठीक रहा तो समय आने पर कुछ ख़ास सन्दर्भों के साथ अपनी बात रखेगी और परिवार को मना लेगी। वह अपनी सहेली, जो उम्र में बड़ी थी और जिसे कभी-कभी 'दीदी' कहना पड़ता था, के अलावा किसी से शब्द नहीं बाँट सकती थी। रोज शाम को वह उसके घर जाती और छत पर बैठकर दिन-भर के किस्से उगलती रहती। उसकी दोस्त शायद अपने लम्बे अनुभवों के आधार पर उसे सोच-समझकर चलने की सलाह देती जिसे वह दस-बारह बार गर्दन हिला-हिलाकर स्वीकार करती रहती। बावजूद इसके-उसने भावनाओं को छुपाना सीख लिया था।

''इस छुपाव में मौलिक आनन्द था जो रोमांचित करता था।''—उसने स्वीकारा।

वे धीरे-धीरे और करीब आने लगे। अब वे एक-दूसरे का हाथ पकड़कर बैठने लगे और कभी-कभी उन्हें कन्धों पर रखने लगे। किसी पार्क या सूनी गली में प्रेमी अलग-अलग भंगिमाओं में फोन से तस्वीरें लेता और कहता कि वे तस्वीरें उससे भी ज्यादा सुन्दर हैं। लड़की जानती थी कि ये तस्वीरें कई अन्य मित्रों के पास 'साझा' की जाएँगी और वहाँ से उसे अच्छे 'कमेंट' प्राप्त हों, इसलिये वह ज्यादा

सतर्कता से पोज देती। उसका प्रेमी कहता कि उसे उससे ज्यादा उसकी तस्वीरों से प्रेम है, बिलकुल उसी तरह जैसे वह लड़की के पारिवारिक किरदारों को यह कहकर नकारता था कि उसे तो हमेशा अपनी प्रेमिका के बारे में सुनना है। अपने परिवार को किनारे होते देखकर भी लड़की को बुरा नहीं लगता था, आखिरकार वह "स्व" के सिद्धान्त को जीने में व्यस्त थी। स्कूल के बाद—जब घर पहुँच जाती तब भी उसका प्रेमी उससे बातें करते रहना चाहता। वह कभी-कभी अपने पिता के फोन से बात करती लेकिन लड़का सन्तुष्ट नहीं होता। ऐसे में वह उसे 'अगले वर्ष' का आश्वासन देती जब कॉलेज में पहुँचकर वह खुद का फोन रखेगी।

उसके बाद प्रेमी शान्त हो जाता।

लगभग महीने-भर की बात और मुलाकात ने उन्हें इतना करीब ला दिया जैसे वे एक-दूसरे को समय की शुरुआत से पहचानते आए हों। अब इस मिलाप का अगला चरण वह था जिसे प्रेम की कोमल अभिव्यक्ति के रूप में देखा जाता है—वे काफी हिम्मत और सतर्कता के साथ एक-दूसरे को चूमने लगे। लड़की ने पहली बार का यह अनुभव बताते हुए कहा—"मुझे लगा मैं मरनेवाली हूँ।" वह मरी नहीं, बल्कि पहले चुम्बन के बाद उसे उल्टा लगा—"मुझे शक था कि पता नहीं क्या होगा, जबकि वहाँ तो कुछ नहीं हुआ।" उसे वह एक सामान्य-सा सुख लगा। उसे सुनकर मुझे लगा कि सम्भवत: कोई भी चीज उतनी सुन्दर नहीं होती, जितना उसका विचार होता है। इस सामान्यता के बाद भी लड़की ने उस सुख के महत्त्व से इनकार नहीं किया, बल्कि कहा कि उसे पहले पता ही नहीं था कि देह भी कोई ऐसा सुख देती है। इस सुख के लिए उन्हें अधिक एकान्त की जरूरत पड़ती थी जिसकी खोज प्रेमी की जिम्मेदारी थी। वे कस्बे में नये-नये एकान्त खोजते और उनका भरपूर इस्तेमाल करते। यह सब इसी तरह चलता रहता अगर स्कूल के आसपास की कानाफूसियों ने उन्हें परेशान नहीं किया होता। अपनी प्रेमिका को लेने और फिर इंटरवल के बाद वापस छोड़ते समय कई बार उनका सामना ऐसे लड़कों से होता जो उन्हें देखकर काफी पीड़ित रहते थे।

"वे जलते थे, एक दिन उन्होंने रंगे हाथों पकड़ लिया।"—लड़की ने मुझे बताया।

वह प्रेमी के साथ एक सूनी गली में थी। अँधेरी गली के आसपास कोई नहीं था, पतली-सी फाँक के ऊपर आसमान था जिससे उन्हें कोई खतरा नहीं लगा। उन्होंने गली की सारी दिशाएँ देखीं—कोई तीसरी आँख नहीं थी। उन्होंने ऊपर देखा—आसमान में बहुत ऊपर उड़ती हुई एक चील दिखाई दी। वह बहुत ऊपर थी। जब सुनिश्चित हो गया कि कहीं कोई नहीं है तो उन्होंने चूमना शुरू किया। होठों की कोमल टकराहट—अँधेरे में बहते हुए संगीत की तरह—उड़ती हुई, लहराती हुई,

तैरती रही। इस लय में यदि कोई विघ्न डाले तो उसे बजते सितार पर पत्थर फेंकने की तरह लिया जाना चाहिए। वे देह से उपजे शून्य में थे कि अचानक गली की दीवारों से झाँकती कुछ आँखों ने धुन तोड़ दी। वे तीन स्कूली लड़के थे जो पहले भी कानाफूसी में शामिल रह चुके थे। प्रेमी ने विरोध किया तो वे नीचे उतर आए और मामला हाथापाई तक पहुँच गया। एक लड़के ने चेतावनी देकर बताया कि दरअसल जिस गली में वे खड़े हैं—वह उसके बाप की है। जबकि दूसरे लड़के ने यह कहकर धमकाया कि इन हरकतों से छोटे बच्चों पर गलत असर पड़ने की सम्भावना को बल मिलता है। एक तीसरा लड़का, जिसके चेहरे पर स्पष्ट लिखा था कि तमाम कोशिशों के बाद भी उसे यह आनन्द पाने का सुअवसर नहीं मिल पाया है और वह अभी भी बहुत संघर्षरत है, उसने इसे संस्कृति के खिलाफ एक 'अन्तर्राष्ट्रीय-षड्यन्त्र' का हिस्सा करार दिया।

इस घटना के बाद वे इतना डर गये कि वहाँ मिलने का किस्सा ख़त्म हो गया। जब स्कूल के आसपास कोई सुरक्षित स्थान नहीं रहा तो उन्होंने दूसरे विकल्पों पर विचार करना शुरू किया। उन्होंने कई स्थानों की चिटों से चुनकर पहाड़ी को नया ठिकाना बनाने का फैसला किया। ''यह मेरा फैसला था''—लड़की ने बताया ''हमने रोज शाम साढ़े चार बजे मिलने का प्लान किया।'' पहाड़ी पर मिलना इसलिये भी सही था क्योंकि यहाँ सबकी नजरों से दूर काफी ज्यादा समय के लिए मिला जा सकता था। वह रोज शाम को सहेली के पास उसके घर आती थी, अब इसी समय का तबादला उसने प्रेमी के लिए कर दिया। रेल की पटरियों के पार जहाँ लड़के का घर था, वहाँ से स्कूल और पहाड़ी की दूरी लगभग समान थी इसलिये लड़के ने भी इस फैसले को उचित समझा।

उसके बाद—बारिश के ढलते मौसम से वे पहाड़ी पर मिलने लगे।

पाँच

उसने मुझे उस पहले दिन के बारे में बताया जब प्रेमी से पहाड़ी पर मिली। यह सितम्बर महीने का दूसरा शनिवार था। उस दिन सुबह से वह माँ के साथ थी। वे दोनों खेत पर थीं। माँ घास काट-काटकर गट्ठर तैयार कर रही थी और वह उन्हें स्कूटी पर लाद-लादकर घर पहुँचा रही थी। इस थकान के बाद जब दोपहर को वह घर आई तो ऐसी गहरी नींद में सोई कि उसे प्रेमी से मिलने का समय याद ही नहीं रहा। तन की थकान मन को नकार देती है। वह थकान में प्रेमी को भूल-सी गयी। वह सोई रही। वह उस क्षण नींद में थी और शायद कोई '*नीला-स्वप्न*' देख रही थी

कि अचानक कुछ किलकारियों ने उसके कान खटखटाए। वह जागी। उसने घड़ी देखी—सुई 'IV' अंक के पास दिखाई दी। उसे याद आया—'अरे! मुझे पहाड़ी पर जाना है!' इससे पहले कि वह जाने की तैयारी करती, उसने सुखद आश्चर्य से उस अज्ञात स्त्रोत को देखना चाहा जिसने जगाया था। वह बिस्तर से उठी और लगभग नींद में हिलती हुई छत पर आई—

"मैंने वह मोर देखा जो सुन्दर शगुन-सा था"—लड़की ने कहा "वह मुझे जीता-जागता इन्द्रधनुष-सा लगा और लगा जैसे देवता ने मेरे लिये भेजा हो।"

यह एक सुन्दर-संयोग था कि मोर और प्रेमी का समय एक था। यहीं से लड़की ने मोर को खाना खिलाने की आदत पकड़ी और इसी नियत स्त्रोत से प्रेमी के आगमन को जोड़कर देखने लगी।

इसके बाद—हर बार यही होता रहा—

रोज शाम को चार बजे मोर आता रहा, वह उसे खाना खिलाती रही और प्रेमी से मिलने जाती रही। उसका प्रेमी बाइक से पहाड़ी पर पहुँचता था और अभी भी रास्ते में पड़नेवाली किसी दुकान से फूल लाता था जिसे मिलते ही प्रेमिका को भेंट करता था। लड़की प्रेमी के लिए चाय बनाती थी और स्कूटी उठाकर पहाड़ी की तरफ निकल जाती थी। वे दोनों रोज इसी तरह पहाड़ी पर मिलते रहे और अपने होठों को मीठा करते रहे—यह सब देखकर प्रेम का देवता खुश होता रहा।

जब पहाड़ी पर मिलने की शुरुआत हुई—उस समय बाजरे के खेतों में बालियाँ पक रही थीं और तिल्ली के खेत पीले पड़ रहे थे। फसल की रक्षा के लिए वहाँ बूढ़े रखवाले बैठते थे जो गोपिए फेंक-फेंककर भूखे पंछियों को उड़ाते रहते थे। बारिश थमी। मौसम बदलने लगा। समय के साथ बाजरे की बालियाँ भूरी हुईं और तिल्ली की सीपियाँ खनकने लगीं। फसल पकी। बुजुर्गों ने जिम्मेदारियों से छुटकारा पाया और गिनकर आराम की साँसें लीं। अब किसान कटाई के लिए तैयार हुए। उन्होंने ट्रैक्टर मल-मलकर नहलाए और बोनट पर लम्बे-लम्बे तिलक लगाकर पूजा की। फसल कटनी शुरू हुई। महिलाएँ ट्रैक्टरों में बैठकर आती रहीं, कमर कसती रहीं। पसीना सिर से पाँव तक सरकता रहा और खेत खाली होते रहे। कुछ ही दिनों में सारी धरती का मुंडन हो गया। अब थ्रेसर चले। परिवारवालों के साथ बच्चे काम करते रहे, वे खिलखिलाते हुए बोरियाँ भरते रहे, बोरियाँ सिलने में अपने-अपने परिवारों की मदद करते रहे। उसके बाद किसानों ने ट्रॉलियों में अन्न और भूसा भरा। वे हुक्के की तरह गड़गड़ाते ट्रैक्टरों में लदकर घरों की ओर लौट आए।

सबकुछ समेट लिया गया, सिर्फ अरहर के खेत खड़े रह गये जिन्हें लम्बी पकन के लिए छोड़ा हुआ था।

कुछ दिन खेतों में शान्ति पसरी रही...

अन्तिम बारिश का गीलापन ख़त्म ना हो इसलिये अगली फसल के लिए किसान फिर से तैयार हुए। उन्होंने ट्रैक्टरों को खूब नहलाया और फिर (जाहिर है) तिलक लगाए गये। अब गेहूँ और सरसों की बारी थी। अब ट्रैक्टरों ने हल की पैनी नोकों से खेतों में कंघियाँ करनी शुरू कीं। पीछे उड़ते हुए बगुलों ने इसका जोरदार स्वागत किया। वे फुदक-फुदककर धरती में चोंच मारते रहे। इस बार भी पसीने ने अपना आना नहीं भूला, वह आया और बिना यह बताए कि कब सूखेगा-पूरा भिगोकर चला गया। इस बार भी बुजुर्गों ने अपने होने को निरर्थक नहीं जाने दिया। उन्होंने मेंड़ों पर बैठकर बिजूके तैयार किए और साबित किया कि वे अभी भी परिवारों के लिए 'वजन' नहीं हैं। इन दृश्यों में लड़की भी माता-पिता के संग भूमिका निभाती रही।

उसके बाद दिवाली का सबसे सुन्दर मौसम आया। लक्ष्मी पूजी, पटाखे फूटे, दीप जले। मिट्टी के अन्दर बीजों ने आँखें खुजलाईं और बाहर झाँकना शुरू किया। सरसों दो पत्ते हुई। फिर चार, छह और आठ हुई। गेहूँ के पौधे घुटनों पर हाथ रखकर खड़े होने लगे। वे हवाओं से खेलने लगे। सर्दियाँ बढ़ने लगी। सारी फसल ने सिर उठाकर लहलहाना शुरू किया। अब हर तरफ फूल खिले और सारे मैदान हरे-पीले हो गये।

यह लगभग तीन माह का समय था। इस दौरान उन दोनों ने पहाड़ी के चारों ओर बहुत कुछ बदलते देखा—धरती से आसमान तक। इन सारे दिनों में वे मिलते रहे—नित्य ही मोर आता रहा, लड़की घर से निकलती रही, लड़का फूल लाता रहा और दोनों गले मिलते रहे, बावजूद इसके—उनकी मुलाकातों का रंग तब्दील नहीं हुआ। वह वैसा ही बना रहा जैसा कस्बे में था—अपूर्ण। अभी उनके मिलने में वह सुख शामिल नहीं था जो सम्पूर्ण प्रेम की जरूरत थी। अभी वहाँ एकरसता थी। उन्हें समझना चाहिए था यह प्रेम के लिए घातक है। एकरसता के बाद भी प्रेम मरा नहीं—वह जीवित रहा लेकिन उसमें एक अन्तिम पकन शेष थी। यदि साफ़ शब्दों में कहा जाए तो उनका प्रेम चुम्बन तक ही सीमित रहा। आप प्रेम में आध्यात्मिक पक्ष को नकार सकते हैं, दैहिक पक्ष नहीं—और वे इसी को नकार रहे थे।

"दरअसल मैं नकार रही थी।"—लड़की ने मुझसे कहा।

उसने बताया कि इस लम्बी एकरसता के पीछे वह कठोर अनुशासन था जिसके तहत वह आसानी से स्वयं को 'सम्बन्ध' में नहीं डालना चाहती थी।

"क्यों?"—मैंने पूछा।

"मैं पहले उसे पूरी तरह परखना चाहती थी"—उसने जवाब दिया।

उसकी यह कोशिश मुझे काफी बचकानी लगी। क्या यह सम्भव है कि हम दूसरों को परख सकें? मेरे ख्याल से जब इन्सान दुनिया की ज्यादातर चीजों को समझ लेगा, तब भी यह समझना बचा रहेगा कि एक इन्सान दूसरे इन्सान को कैसे समझे? बल्कि वह अपने-आप को कैसे समझे? यही एक जिन्दा सवाल है।

"क्या तुम उसे समझ सकी?"—मैंने पूछा।

उसने कोई जवाब नहीं दिया।

उसका कहना था कि वह लड़का काफी तमीजदार था जो सारी बातें नम्रता से रखता था। अपनी इच्छाओं का प्रदर्शन भी वह बहुत शान्ति और भावुकता के साथ करता था। वह चाहता था कि उसका प्रेम चुम्बन से आगे बढ़े, वह प्रेम में देह की अनिवार्यता को काफी अन्दर तक महसूस करता था लेकिन साफ़ शब्दों में जताता नहीं था। जैसा कि लड़की का मानना था—"वह अप्रत्यक्ष रूप से मचलती भावनाएँ जाहिर करता था।" वह हमेशा हँसी-मजाक में रहता और इसी दौरान कुछ ऐसे दृश्य रचने की कोशिश करता जिससे उसकी याचना का भान पाया जा सके।

लड़की ने मुझे वे दृश्य बताए—

वे अकसर एक चपटी चट्टान पर बैठते थे जहाँ लड़का उसका हाथ पकड़े रहता। इस समय धीरे-धीरे उसकी हथेलियाँ इतनी गर्म होने लगतीं कि लड़की यह जान ले, सिर्फ हाथों का चिपके रहना काफी नहीं है। उसका प्रेमी जो गुलाब लाता था, वह उसे लड़की के चेहरे पर फिराता रहता और धीरे-धीरे उसकी नाक के पास ले जाकर सुगन्ध में डुबोने लगता। इससे पहले कि पूरी डूब जाए—लड़की यह कहकर फूल छीन लेती कि उसे सुगन्ध बाद के लिए बचाकर रखनी है। लड़का पास बैठकर घास के तिनके तोड़ लेता और अचानक उसकी गर्दन और गर्दन के नीचे फिराने लगता। इससे एक सनसनाहट का जन्म होता लेकिन इससे पहले कि वह चेतना पर हावी हो, लड़की तिनका छीनकर नौंच देती। कभी-कभी ढलानों पर टहलते हुए लड़का जंगली घास की कुछ कँटीली बालियाँ तोड़ लेता और उन्हें एक-दूसरे से चिपकाकर कोमल इशारा करता रहता। लड़की उन्हें झपटकर अलग कर देती और वापस फेंककर प्रेमी के कपड़ों पर चिपका देती। प्रेमी बैठा-बैठा अकसर अपने पास पड़े कंकड़ों से खेलता रहता था। इसी समय उसके दिमाग में एक मजाक उपजता—वह हथेली में एक कंकड़ के पास दूसरे कंकड़ को इस तरह सटाता कि लड़की समझे—हमें इस तरह होना चाहिए। चाय पीने के बाद—वह प्लास्टिक के कपों को ऊपर-नीचे फँसाकर ऐसे रखता कि लड़की अर्थ समझकर शरमा जाए। मन्दिर के चबूतरे पर चढ़ने से पहले वे स्लीपर या जूते उतार देते। लड़का प्रेमिका के स्लीपर या जूतों पर अपने जूते रखकर कहता—प्लीज! इन्हें ऐसे रखा करो। वह प्रेमिका की गोद में सिर टिकाए हुए अपनी तेज साँसों से लालच जताता रहता। वह

लड़की के चेहरे को अपने सीने से चिपकाकर बताता—सुनो! धड़कनें कितनी तेज हैं? वह पीड़ा से निढ़ाल होकर आँखें बन्द कर लेता और लड़की बार-बार आँखें खोलने की गुहार लगाने लगती। लड़की अपनी उँगलियों से पलकें खोलने लगती और आखिर लड़के को खोलनी पड़तीं। जब वे किसी चट्टान या चबूतरे पर एक-दूसरे को चूम रहे होते, लड़का गर्दन और छातियों तक आने की कोशिश करता। लड़की इस कोशिश को बीच में बोल-बोलकर तोड़ देती और प्रेमी समझ जाता कि ज्यादा इधर-उधर मुँह मारने की कोशिश की तो होंठ भी कब्जे से बाहर निकल जाएँगे। जब वह लड़की के कन्धों पर हाथ रखता तो अकसर अपने आस्तीन के बटन को प्रेमिका की कॉलर की घिटिन में डाल देता। वह आगे-आगे चलकर लड़की को घिसटने के लिए मजबूर करता और ऐसी जगह ले जाना चाहता जहाँ वे 'कुछ' कर सकें। लड़की पैरों से जाम लगा देती और लड़के का बटन टूटकर गिर पड़ता। लड़की के बालों में लगी क्लिप, जिसमें तितली बनी होती थी—वह उसे हाथों में भींचकर खोल देता और बाल खुलकर बिखर जाते।

ठीक इसी क्षण—उनके बीच एक खेल शुरू हो जाता जिसमें 'पकड़ा-पकड़ी' और 'छुपम-छुपाई' चलती थी। वे उस 'तितली' को लेकर छीना-झपटी शुरू करते और ढलानों पर दौड़ने लगते। वे पास आकर खड़े हो जाते और 'एक-दो-तीन' कहकर एक दौड़ प्रतियोगिता की घोषणा करते जिसमें जो पहले छू लेता, विजयी समझा जाता। लड़की दौड़ में तेज थी, वह अकसर विजयी होती। वह जब कभी हारती थी तो सिर्फ इसलिये कि कहीं प्रेमी को बुरा ना लग जाए। इस खेल में लम्बी दौड़ की गुंजाईश कम थी क्योंकि पत्थरों और झाड़ियों का अवरोध था इसलिये वे उन्हीं का फायदा उठाकर उन्हीं में कहीं छुप जाते थे। जब दौड़ते-छुपते हुए कोई एक व्यक्ति दूसरे को दबोच लेता तो खेल ख़त्म हो जाता। इस समाप्ति पर यह दबिश उन्हें ज्यादा करीब ले आती और वे थोड़ी देर के लिए इसी तरह पकड़ में बने रहते। यह लड़के के लिए किसी अचूक मौके में ना बदल जाए इसलिये लड़की पकड़ तोड़कर कोई नया किस्सा शुरू कर देती और अन्ततः प्रेमी गर्दन झुकाए निराश रह जाता।

मैंने इन दृश्यों से उनके रिश्ते को जाँचने की कोशिश की। मुझे लगा कि लड़के ने जितने जतन किए, वे उसकी उम्र के हिसाब से काफी थे। कोई शुरू में उतना ही कर सकता था और लड़की के लिए भी उतनी ना-नुकर तो बनती थी। दोनों में यह एक प्राकृतिक-प्रतिस्पर्धा थी जिसके तहत लड़का जितनी कोशिश करता, लड़की उतनी ही सावधानी से उसे सीमाओं में रहने के लिए मजबूर करती। सम्भवतः यह इसलिये हो रहा था क्योंकि यह उनका पहला कदम था जिसे उठाना आसान नहीं रहा होगा।

जो भी हो—मुझे लड़के पर दया आई।

यह अचरज-भरी बात है—जब दुनिया कहती हैं कि स्त्रियों की दैहिक इच्छाएँ पुरुषों से कहीं तेज होती हैं। मैंने हमेशा सुना है कि सम्भोग की शक्ति मादाओं में नरों के मुकाबले कई गुना अधिक होती है लेकिन जहाँ तक देखने की बात है—हमेशा यही देखा है कि नर पूरी जान लगाए मादाओं के पीछे पड़े रहते हैं जबकि वे ज्यादातर समय सिर्फ नखरे झाड़ती रहती हैं।

मैंने कुछ उदाहरण गिनाए—

एक गाय को पाने के लिए उसका नर कई खेतों तक पीछे मँडराता है। वह कई किलोमीटर की अनचाही यात्रा कर लेता है लेकिन आप गाय की आँखों में (जिन्हें दुनिया की सबसे सुन्दर आँखें कह सकते हैं) अपने नर के लिए कभी प्रेम नहीं देख सकते। कुत्ते—वे टोलियाँ बनाकर पीछे पड़े रहते हैं लेकिन उनकी मादाएँ हमेशा आध्यात्मिक शान्ति ओढ़े हुए उन्हें नकारती रहती हैं। मुझे उन कबूतरों का ख्याल आया जो गुलाम की तरह गर्दन झुका-झुकाकर प्रार्थना करते रहते हैं लेकिन मादाएँ तीखी निगाहों से घूरती हुई टहनी से उड़ जाती हैं। मोर—जिन्हें जंगल में अकसर देखा है, वे पंखों का वैभव दिखा-दिखाकर मोरनियों को रिझाते रहते हैं और पता नहीं किस अकड़ में मोरनियाँ चुपचाप दाने चुगती रहती हैं।

मैंने लड़की से उस कठोर नियन्त्रण के बारे में जानना चाहा जो मादाओं के अन्दर निर्दयता की हद तक पाया जाता है। मैं जानना चाहता था कि 'प्रेमी को परखने के अलावा' वह क्या कारण था जिसके चलते उसने उसे इतना तरसाया। उसने कुछ ही शब्दों में जवाब दिया और फिर मैं चुप हो गया—

"आखिर मैं भी एक मादा हूँ।"—उसने कहा।

वह सचमुच एक मादा थी जिसने अपनी प्रजाति का प्रसिद्ध व्यवहार बरकरार रखा लेकिन लड़का भी कोई कम नहीं था। वह भी सब्र और मेहनत में विश्वास करनेवाला नर साबित हुआ। उसने अपने-आपको विनम्र बनाए रखा लेकिन वह जानता था कि उसे क्या हासिल करना है। उसकी बातों का असर धीरे-धीरे हुआ लेकिन अन्ततः वह इतना ताकतवर अवश्य था कि लड़की उसके उद्देश्य पर विचार करना शुरू करे। उसकी लगातार कोशिशों के बाद वह समय भी आया जब लड़की के व्यवहार को एक पड़ाव, एक ब्रेक लगनेवाला था।

"और क्या कारण था कि अचानक फैसला लिया गया?"—मैंने पूछा।

"मुझे लगा कि जितना परख सकती थी, परख चुकी। अब विश्वास करना चाहिए।"—उसने जवाब दिया।

उसने कहा कि सम्बन्ध में पड़ने के बाद तो थोड़ा पछतावा भी हुआ। उसे लगा कि यह फैसला तो पहले भी लिया जा सकता था। पहले सोचकर ही जैसा अजीब

लगता था, करने के बाद लगा कि इतनी-सी बात के लिए उतना हो-हल्ला तो व्यर्थ था। 'कंट्रोल'—इसके बाद मुझे इस जाति का वह दूसरा पहलू पकड़ में आया जिसे इनका दूसरा गुण समझा जाता है—'कन्फ्यूजन।'

इस पूरे सिलसिले के बाद आखिर वह शाम आई जब उन्होंने प्रेम को सम्पूर्णता दी। लड़की ने जो फैसला लिया—वह किसी अन्य की बात स्वीकार कर लेने की ही शक्ति रखता था। इससे ज्यादा की कोई गुंजाईश नहीं थी। वह प्रेम में थी इसलिये यह फैसला एक नैतिक-हस्ताक्षर की तरह भी लगा। यहाँ बस इतना-सा सच था (जैसा कि लड़की ने माना)—वह पिछले महीनों के एक-एक क्षण को टटोलकर, अपने जीवन से पूछकर ही इस दिशा की ओर निकली थी।

"आप सोच भी नहीं सकते, मेरे लिये वह दिन कैसा रहा होगा?"—उसने कहा।

"मैं सोच सकता हूँ।"—मैंने कहा और सोचने लगा।

छः

वह दिसम्बर की एक धुँधली शाम थी जब पहाड़ी कोहरे में दुबकी थी। पहाड़ी के उस पार गिरते सूरज की किरणें छन-छनकर बरस रही थीं। सब शान्त था, एक अकेले तिनके को छोड़कर जो किसी के हल्के स्पर्श से हिला। उसके बाद आसपास की कुछ झाड़ियाँ हिलीं। वहाँ थोड़ी और सरसराहट हुई। एक नीले रंग का स्पर्श पाती हुई झाड़ियों में हलचल तेज होती गयी और फिर एक नीली गर्दन ने अपने-आपको बाहर निकाला। सीली टपकती झाड़ियों से रास्ता बनाते हुए उसने पूरी देह उजागर की—*मैं मोर हूँ।* वह धीरे-धीरे चलता हुआ चट्टान के पास आया और उछलकर खड़ा हो गया। उसने गर्दन मोड़कर अपनी पीठ देखी—वह ओस में भीगी थी। उसने चोंच से खुद को खुजलाया और फिर एक तेज फरफरी ली ताकि रोओं को छितराकर थोड़ा सुखा सके। वह गर्दन मटकाते हुए थोड़ी देर ऐसे ही कसरत करता रहा। फिर उसने पश्चिम की ओर देखा—वह आसमान में लटकी घड़ी देखने लगा—*हाँ! समय हो गया है।* उसने लक्ष्य की ओर आँखें सीधी कीं, थोड़ा झुककर उड़ान के लिए तैयार हुआ और तेज छलाँग लगाकर तलहटी की ओर सरक गया।

हमेशा की तरह उसने सीमित-उड़ान का पहला विराम एक झोंपड़ी पर लिया। झोंपड़ी खेतों के बीचों-बीच खड़ी थी। कुछ क्षण बाद वहाँ से एक उठती हुई उड़ान भरी और एक सूखे पेड़ पर जा बैठा। यहाँ थोड़ा आराम किया और फिर उड़कर एक खम्भे की शरण ली जहाँ पंजे टिकाने के लिए बहुत कम जगह थी। अब उसकी

नज़र उस दो मन्जिले मकान पर टिक गयीं जहाँ पहुँचना एक दैवीय-कानून को निभाने की तरह था। उसने यह आखिरी उड़ान भी भरी और छत पर पड़ी एक चारपाई के पास उतर गया। वहाँ पहुँचकर उसने पूर्णतः आराम पाया। उसने पहले आसपास का माहौल जाँचा और फिर धीमे-धीमे क़दमों से मुँडेर की तरफ बढ़ने लगा। वह धीरज के साथ नीचे बरामदे की तरफ देखता रहा। जब कोई नहीं दिखा तो उसने अधीरता का परिचय दिया। उसने एक साथ कई लहरदार गूँजें दीं और पूरे दम से बताया—*देखो! मैं आ चुका हूँ।*

हमेशा की तरह गूँजें सुनकर निचली मन्जिल की एक खिड़की खुली। एक सुन्दर चेहरा बाहर निकला। उसने ऊपर मुँडेर की ओर देखा—उसे नीला आकाश दिखाई दिया। वह मुस्कराई—एक चिड़िया जैसी मुस्कराहट उसके चेहरे पर डोल गयी। उसने वापस गर्दन अन्दर ली और किचिन में चली गयी। वहाँ कई डिब्बों और बर्तनों को बजाते हुए मोर के लिए खाना तलाश किया। आज उसने रोजवाली चीजों के अलावा कुछ नयी चीजें जुटाईं—सबसे पहले एक प्लेट में मूँगफली के दाने भरे, दोपहर की बची आधी रोटी उठाई, उसके बाद फ्रिज खोलकर केक के कुछ टुकड़े निकाले और फिर सारा भोजन लेकर छत पर आ गयी।

—'आह! मेरा मोर कित्ता भूखा है!'

उस दिन बहुत सर्दी थी और मोर बहुत भूखा था। उसने मुस्कराकर देखा—वह ठंड में परेशान-सा दिखा और ऐसा उतावला लगा जैसे मुख से बोलेगा। उसके पंख नम थे और कलगियों पर ओस की नन्हीं बूँदें चमक रही थीं। लड़की ने मूँगफली की प्लेट सामने सरकाई और मोर टूट पड़ा। उसकी चोंच के झपट्टों से दाने छितराते हुए लुढ़कने लगे। वे लुढ़कते हुए छत के कोने तक जाते रहे। लड़की उन्हें लुढ़कते हुए देखती रही। मोर एक भूखे बच्चे की तरह खाता रहा, वह एक माँ की तरह सन्तुष्ट होती रही। वह रोटी के टुकड़े करने लगी ताकि मोर को तोड़ने में संघर्ष ना करना पड़े। उसने टुकड़े डाले और फिर गर्दन उठाकर पहाड़ी की ओर देखने लगी—धुँधले मौसम में उसे एक-आध आड़ी-तिरछी रेखाओं के अलावा कुछ नहीं दिखा। 'वह आने ही वाला होगा।'—उसने प्रेमी के बारे में सोचा और फिर केक के बचे हुए टुकड़े भी मोर के सामने रख दिए। 'ओके—अब कल मिलते हैं! चल बाय!'—उसने हँसते हुए मोर से कहा और ठंडी हवा से किटकिटाती हुई नीचे उतरने लगी।

वह नीचे आई। अब उसने चाय चढ़ाई और खुद को आईने के सामने रखकर सँवारने लगी। उसने बालों को सँवारकर उनमें तितलीवाली क्लिप लगाई और फिर अलमारी से एक सफ़ेद स्वेटर निकाला। उसने स्वेटर पहना। उसने चाय को चम्मच से घोलकर एक बूँद हथेली पर रखी। चखकर देखा—मीठा? हाँ सही है! उसने चाय

छानकर थरमस में भरी, बिस्कुट का एक पैकेट और प्लास्टिक के दो डिस्पोजल कप निकाले। वह दरवाजे की ओर बढ़ने लगी। वह एक क्षण के लिए रुकी और माँ के सामने वही पुरानी पंक्ति दोहराई जिसमें सहेली से मिलने का झूठ शामिल था।

"वह रोज की बात थी"—लड़की ने मुझसे कहा "लेकिन पता नहीं क्यों, उस दिन बहुत डर लगा।"

उसने बरामदे से बाहर आकर अपनी गाड़ी एक गन्दे कपड़े से साफ़ की और फिर मकानों के सामने से, गलियों से गुजरते हुए पहाड़ी का रास्ता पकड़ा। रास्ते में सहेली का घर पड़ा। उस दिन वहाँ से गुजरते हुए उसे डर-सा लगा। जब घरों के झुंड से बाहर निकल आई तो थोड़ी राहत मिली। खेतों तक आकर उसने सर्दी को काफी बढ़ा हुआ महसूस किया और ठंडी हवा से बार-बार आँखें मिचमिचाने को मजबूर होती रही। गेहूँ और सरसों के खेतों में उभरी पगडंडियों पर बढ़ते हुए वह तलहटी तक पहुँची। उसने एक बबूल के पेड़ के पास गाड़ी खड़ी की और थरमस को बच्चे की तरह गोद में लेकर पहाड़ी पर चढ़ने लगी।

एक से दो, दो से दस और फिर सैकड़ों कदम चढ़कर वह चोटी तक पहुँची। वह हाँफ रही थी। उसने मन्दिर के चबूतरे पर थरमस, बिस्कुट और कप रखे। ठंडे झोंकों से किटकिटाते हुए उसने स्वेटर का ऊपरी बटन बन्द किया, हाथ रगड़े और मुँह से गरम फूँक मारने लगी। प्रेमी अभी नहीं पहुँचा था। उसे आज थोड़ी देर हो गयी। वह इन्तज़ार और अकुलाहट में मन्दिर और पेड़ के पास टहलने लगी। वह आसपास के दृश्य देखने लगी। उसने दूर धुँधली सड़क की ओर देखा जहाँ धुन्ध में हल्की-हल्की बत्तियाँ बहती हुई दिख रही थीं। उसने मैदानों में बिछे खेतों को देखा जहाँ बिजूके खामोश खड़े थे। उसे दूर ट्यूबवैल और इंजनों की आवाज़ें सुनाई दे रही थीं जिनसे खेतों की सिंचाई की जा रही थी। उसने नीचे घरों की ओर देखा जहाँ कुछ नहीं दिखा—सिर्फ घरों की टिमटिमाती रोशनी के धब्बे दिखाई दिए। वह सोचने लगी—आखिर वह यहाँ क्यों आती है? आज क्या लेने आई है? वह मन्दिर के सामने चबूतरे पर चढ़कर उस पत्थर को देखने लगी जो देवता के नाम रखा हुआ था। वह चुप था। देवता भी कोई जवाब देने को तैयार नहीं हुआ।

"उस समय मेरी हालत स्कूली-परीक्षा देने जैसी थी"—उसने कहा "जिसके लिए पूरी तैयारी की हो लेकिन ऐन-वक़्त पर आप ही टल जाने की दुआ करने लगो—काश! कोई भूकम्प आ जाए।"

उसे अपने उद्देश्य से दूर करने कोई भूकम्प नहीं आया।

वह धड़कते दिल से प्रेम के पिछले क्षणों को सोच रही थी। उसे वे फूल याद आए जो बस्ते में कुलबुलाते हुए दिखे थे। उसे प्रेम का प्रस्ताव याद आया। उसने कस्बे की सारी जगहों को याद किया जहाँ वे साथ बैठते थे। उसने पहाड़ी पर जितना

समय बिताया, सब याद किया। वह सारे शब्द, स्पर्श और सुखों के बारे में सोचती रही। वह पीपल के नीचे एक चट्टान पर सिमटी बैठी थी और सोच में थी। अचानक सोच का तार उस हॉर्न से टूटा जिसे वह दुनिया के सारे शोर-शराबे में दूर से पहचानने की क्षमता रखती थी।

—प्रेमी आ गया था।

लड़की ने तलहटी में एक परछाईं देखी जो बाइक से अलग होते हुए पहाड़ी पर चढ़ रही थी। परछाईं धीरे-धीरे पास आई और सामने आकर एक हँसते हुए लड़के में परिवर्तित हो गयी। लड़के ने जैकेट की जेब से एक फूल निकाला—'अहा! कितना सुन्दर फूल है! दुनिया का सबसे प्यारा फूल!' लड़की ने उसे लेकर थरमस के पास चबूतरे पर रख दिया। वे गले मिले, देर तक मिलते रहे। तेज सर्दी में उनकी गर्म साँसों ने एक-दूसरे को राहत दी।

''उस दिन मुझे वह एक छोटे बच्चे-सा लगा''—लड़की ने बताया ''मैंने अचानक उसका ठंडा कान दाँतों में भींच लिया था।''

वे रोज जिस पत्थर पर चाय पीते थे, उस दिन वहाँ नहीं बैठे। वे आज मासूम-सी खुसफुसाहट के साथ हिचकोले खाते हुए चहलकदमी करने लगे। वे एक-दूसरे के गालों पर चिकोटियाँ काटते रहे और बनावटी 'नकार' से चिढ़ाने की कोशिश करते रहे। उन्होंने कँटीली झाड़ियों में अटके बेरों के पास सतर्कता से उँगलियाँ चलाईं—उन्होंने बेर तोड़े। उन्होंने लाल-पीले बेरों को कुतरते हुए एक दूसरे से बेर छीनने के लिए खींचतान की। रबर की दो गेंदों की तरह उन्होंने टप्पे खाना, उछलना शुरू किया। इसी समय वह खेल शुरू हुआ जो अकसर होता था—पकड़ा-पकड़ी का खेल। इस बार बेरों ने बहाने का काम किया। वे बेर झपटने के लिए दौड़ने-भागने लगे। इस खेल में कई बार लड़की ने प्रेमी का पीछा किया, प्रेमी ने उसका। वे भागते हुए अचानक किसी चट्टान या झाड़ी के पीछे छुप जाते और दूसरा व्यक्ति छुपे हुए चोर को ढूँढ़ निकालता। हमेशा की तरह आज भी लड़का लुका-छुपी करते हुए एक क्षण के लिए गायब हो गया। वह खेल-खेल में अकसर गायब हो जाता था लेकिन इससे पहले कि लड़की परेशान हो, प्रकट हो जाता था। आज वह झीने कोहरे में कहीं गुम हो गया। कहाँ है? लड़की आसपास झाड़ियों और चट्टानों के पीछे देखती रही। वह नहीं मिला। जब लड़की परेशान होने लगी तो अचानक लड़का सामने आकर कूदा जैसे आसमान से गिरा हो। लड़की डर गयी। वह एक चट्टान की ओट में था और मजाकिया चीख के साथ सामने आया जिससे लड़की को डराने का उद्देश्य पूरा हो गया। लड़की एक क्षण के लिए डरी और फिर हँसकर सामान्य हो गयी। उसने प्रेमी के कन्धे पर थाप मारी। वे इसी तरह छुपते-ढूँढ़ते रहे और अन्ततः एक लम्बी दौड़ के लिए तैयार हुए जो ढलानों से नीचे तक पूरी होती थी।

'एक दो तीन—कैच मी'—लड़के ने कहा और वे दौड़ने लगे। ढलते सूरज की लाल किरणों से जन्मी परछाइयाँ माँझे की तरह एक-दूसरे को काटती हुई नीचे सरकने लगीं। कँटीली घास, झाड़ियों और पत्थरों से बचते हुए उनके कदम ढलान की तरफ उतरने लगे और हमेशा की तरह लड़की विजयी हुई।

''वह अकसर हारता था।''—लड़की ने बताया ''वह कितना भी भागे, कहीं भी छुपे—मैं उसे खोजकर पकड़ लेती थी।''

वे अब तलहटी से चिपके खेत के पास खड़े थे। बिलकुल वहीं जहाँ थोड़ी देर पहले उनकी परछाँइयाँ थीं। उन्होंने बहुत गौर से एक-दूसरे को देखा। वे अब एक पेड़ के नीचे खड़े हो गये और बार-बार गले मिलने लगे। वे किसी 'बिन्दु' पर बात कर रहे थे। उनकी बातें इतनी धीमी थीं जैसे वे मुँह से शब्द नहीं निकाल रहे हों—सिर्फ बुदबुदा रहे हों। यह कोई फैसला था जो किसी अज्ञात भाषा में लिया गया। वे फैसले के समय कई बार गले मिले, मिलते रहे और फिर लड़का खेत में घुसने लगा। वह सरसों का खेत था। लड़का सरसों की फूलभरी डालियाँ हाथों से हटा-हटाकर रास्ता बनाता रहा, डालियों के छूटे हुए पछाँटों को सहती हुई लड़की पीछे-पीछे चलती रही। वे पीले फूलों को उँगलियों से दुलारते हुए काफी आगे चले गये। अब वे खेत के बीचों-बीच थे। उन्होंने एक बार चारों तरफ देखा—कोई नहीं था। खेत में एक बिजूका था जो सर्दी में शान्त खड़ा दिखाई दिया।

दोनों कुछ क्षणों के लिए रुके। शान्त रहे। उसके बाद फूलों ने उन्हें निगल लिया।

वे फूलों में गायब थे। ऊपर कुछ पंछी थे जो सूरज में समय देखकर घरों की ओर लौट रहे थे। दूर-दूर तक खेतों में खड़े सारे बिजूके ख़ामोशी से खड़े रहे। इस बात से बेखबर कि खेत में क्या कुछ जीवित हो उठ रहा है। अभी पहाड़ी पर मोर भी नहीं लौटा था। वह पेट भरकर छत के आसपास ही मँडरा रहा होगा।

''लेकिन मुझे विश्वास है, उन क्षणों में देवता ने जरूर देखा होगा।''—ये लड़की के शब्द थे।

प्रेम का देवता पहाड़ी पर आसन लगाए बैठा होगा और डबकती आँखों से इस प्रेम को पुष्ट होते देख रहा होगा। हो सकता है उसे मर्यादा का ख्याल हुआ हो और आँखें फेरकर उन्हें परे छोड़ दिया हो। शायद वह अपने प्राचीन क्षणों को याद करने लगा होगा जब उसने इसी पहाड़ी पर महान प्रेम किया था।

सूरज डूबा। अब सिर्फ कत्थई उजास बाकी था। वे दोनों फूलों की सतह से ऊपर उठे। वे खेत से बाहर निकलने लगे। इस बार लड़की आगे थी, लड़का पीछे। दोनों तलहटी के उस पेड़ के पास आए जहाँ लड़के की बाइक खड़ी थी। वे फिर गले मिले, मिलते रहे। लड़के ने प्रेमिका की आँखों पर अँगूठा फिराया। वहाँ आँसू

थे। लड़की ज्यादा देर खड़ी नहीं रह पाई। अँधेरा हो रहा था और घर पहुँचना था। वह लड़के से अलग होकर चोटी की ओर बढ़ने लगी। वह मुड़-मुड़कर पीछे देख रही थी। उसका प्रेमी वहीं खड़ा उसे जाते हुए देखता रहा। वह चबूतरे तक पहुँची। उसे याद आया कि आज वे चाय पीना तो भूल गये। उसने थरमस, बिस्कुट और कप उठाए। उसने वह फूल उठाया जो थोड़ी देर पहले ही मिला था। बढ़ते अँधेरे और ठंड में लड़के ने हाथ हिलाकर लड़की को चले जाने का इशारा किया। लड़का कहना चाह रहा था कि पहले तुम जाओ, फिर मैं जाऊँगा। लड़की ने भी यही इशारा किया—पहले तुम जाओ, फिर मैं जाऊँगी। आखिर लड़की ने साँस खींचकर करवट बदली और दूसरी तरफ उतरने लगी।

अब तलहटी के एक तरफ लड़की थी, दूसरी तरफ लड़का, बीच में पहाड़ी थी और पहाड़ी पर देवता था। दोनों अपनी-अपनी गाड़ियों के पास पहुँचकर ठिठके जैसे एक बार फिर से गले लगना चाहते हों। तभी लड़की ने दूसरी तरफ बाइक की आवाज़ सुनी। प्रेमी चल दिया था। वह चला गया। लड़की भी अपनी गाड़ी पर बैठी और पगडंडियाँ ढूँढ़ते हुए बढ़ने लगी।

देवता उन्हें अँधेरी धुन्ध में गायब होते देखता रहा।

लड़की ने रास्ते में गाड़ी की लाइट जला ली। वह इस समय एक गेहूँ के खेत में थी और सँभल-सँभलकर बढ़ रही थी। अचानक उसने अपने हाथों को लड़खड़ाते हुए पाया। उसने गाड़ी रोकी। उसने सामने देखा—अँधेरे में उसे झोंपड़ी दिखाई दी जिसकी छत पर मोर खड़ा था। वह पहाड़ी की ओर लौटने के क्रम में यहाँ था और सीमित उड़ान के इस पड़ाव पर अटका हुआ था। लड़की ने बिस्कुट खोलकर उन्हें झोंपड़ी पर फेंका। उसे याद आया—थरमस खाली करना है। उसने पगडंडी के पास थरमस उड़ेलकर खाली किया और कपों को वहीं फेंककर गाड़ी की रोशनी में खड़ी हो गयी। वह ओस से भीगे कपड़ों पर चिपके सरसों के फूलों को झाड़कर दूर करने लगी ताकि कोई सबूत ना रहे। वह फिर से सीट पर बैठी और एक बार फिर से मोर को देखने लगी। वे एक-दूसरे को एकटक देखते रहे।

कुछ क्षण बाद मोर लाल रोशनी को खेतों से जाते हुए देखता रहा।

मोर का पेट भरा हुआ था। उसने अब बिस्कुटों पर ध्यान नहीं दिया। उसने गर्दन उठाई और पहाड़ी की ओर उड़ान भरी।

आज घर पहुँचकर लड़की अपने माता-पिता से नज़रें बचाती रही। वह चुपचाप किताबों के सामने बैठी रही जैसे सचमुच पढ़ रही हो। इस गुमसुमी का अहसास जाहिर ना हो इसलिये अकेले चलते टेलीविजन की आवाज़ तेज कर दी गयी। उसने अकेले में बैठकर खाना खाया और फिर कमरे में जाकर लेट गयी। उसके पैर दुख रहे थे। उसे देर रात तक नींद नहीं आई। उसने बिस्तर के सिरहाने वह

फूल रखा हुआ था जो आज ही मिला था। आधी रात को सब के सोने के बाद वह उठी। उसने फूल उठाया। उसने एक शॉल ओढ़ा और अँधेरे में धीमे कदमों से सीढ़ियों को ढूँढ़ते हुए छत पर आई। उसने आसमान की तरफ देखा जहाँ कोहरे में चाँद का हलका उजास दिखाई दिया। वह उस अटारी के पास गयी जहाँ सारे जमा फूल थे। जब कल दूसरा फूल मिलेगा तो वह इसे भी जमा कर देगी। वह छत पर टहलने की कोशिश करने लगी। अचानक पैरों के नीचे मूँगफली का कोई दाना चटका। उसे याद आया—शाम को मोर ने उन्हें छिटकाया था। उसे वहीं एक मोरपंख पड़ा दिखा। शायद भोजन के बदले मोर यह कर्ज उतार गया था। उसने पंख उठाया और सोचने लगी—वह अपने प्रेमी के लिए इससे कोई उपहार बनाएगी।

उसने पहाड़ी की दिशा में देखा, कुछ नहीं दिखा। देवता, पीपल, मोर।

उसे लगा—सब सो गये होंगे।

सात

अब वह पूर्ण प्रेम में थी। अगले दिन से सर्दियों की सारी शामें प्रेम करने की शामें बन गयीं जिसे लड़की ने 'सुहाना-संसार' नाम दिया। एक ऐसा संसार जो उसे इसी धरती पर दूसरे ग्रह के सुख का आभास देता था। अब उसे बार-बार पछतावा हुआ कि इतने महीनों अपने प्रेम को अधूरेपन में क्यों जकड़े रखा? अब शायद यही वजह थी कि वह सारे एकरस दिनों की भरपाई कर लेना चाहती थी। वह थोड़ी उग्रता से प्रेम को जीना चाहती थी। अब उसने पिछली शुष्कता से एकदम उलट अपने प्रेम को नया रूप दिया जो उसके शब्दों में 'बहुत ही आवश्यक कदम' था।

लड़की शब्द कहे जा रही थी और मैं सुन रहा था। यहाँ उसने मुझसे तलहटी के खेत तक चलने का आग्रह किया। अपने शब्दों के सबूत के लिए उसने मुझे वह स्थान दिखाना चाहा जहाँ पहली बार 'सम्बन्ध' बनाए गये थे। वहाँ क्या साक्ष्य मिलता, कुछ नहीं! फिर भी मैंने खेत में उतरकर जमीन का वह टुकड़ा देखा जो नयी फसल की आस में फिलहाल खाली पड़ा था। वहाँ कुछ नहीं था लेकिन पता नहीं क्यों, मैं लड़की के उन क्षणों को कल्पनाओं में देखने लगा। मैं ऐसे मुआयना कर रहा था जैसे किसी हत्या के बाद लाश उठ चुकी हो और खून के धब्बे भी धुल गये हों, वहाँ अब कोई सुराग ना हो लेकिन फिर भी सफ़ेद चूने की घेर में उस छोटी-सी जगह का अपना महत्त्व था। मैं देखता रहा। मैं उन क्षणों की हत्या जैसे घृणित दृश्य से तुलना कर रहा था लेकिन लड़की के लिए वह कोई दुखद या दयनीय क्षण नहीं था। वह खुश थी।

“मैं उन्हें फूलों के दिन कहती हूँ”—उसने कहा “अब मुझे उसके फूल ज्यादा रंगीन और खुशबूदार लगने लगे, वह खुद भी अब ज्यादा अच्छा लगता था।”

उसने बताया कि पहला अनुभव थोड़ा पीड़ादायक रहा, कुछ-कुछ पहली तैराकी सीखने की तरह। पहली झिझक और टीस बिलकुल इस तरह जैसे तैराकी के समय नाक में पानी की फेंक लग जाए। लेकिन उसके बाद के अनुभव अलग थे। वे मछली बनकर तेज बहाव में तैरने जैसे थे। पहली पीड़ा समय के संग धुँधली होती गयी और अब केवल सुख रह गया। जिस खेत में अनुभव शुरू हुआ—उसने धीरे-धीरे अपना दायरा बढ़ाना शुरू किया। वह बढ़ता ही गया जो अवश्य ही एक मछली के लिए फैलते समन्दर की तरह था।

खेत के अलावा—अब वे दूर खड़े एक खंडहर की तरफ जाने लगे जिसकी हालत से लगता था कि बरसों से इन्सानों ने इसे छुआ नहीं है। उन्होंने उसे छुआ और छूकर उसका कौमार्य भंग किया। वे अब एक पानी की टंकी को भी उपयुक्त समझने लगे जो ज्यादातर समय पानी से अछूती पड़ी रहती थी। वे टंकी पर चढ़ जाते और इस ऊँचाई का फायदा उठाते हुए प्रेम सम्पन्न करते। यहाँ उन्हें एक नयेपन का अहसास होता हालाँकि इन चीजों का फायदा तभी मिलता जब कोहरा मेहरबान हो। शायद कोहरा उनके प्रेम को समझता था। वह हमेशा गाढ़े रूप में उपस्थित रहता। वे कोहरे में कभी गेहूँ, कभी सरसों के खेत में चादर बिछाते और देर तक लेटे रहते। अगर किसी दिन कोहरा कम हो तो वे वहीं किसी खेत में खड़े घास के टोप में शरण ले लेते या कभी-कभी तलहटी के पास ही एक गड्ढे में उतर जाते। वे ईंधन बीनकर जला लेते और अलाव तापते रहते। वे अब पकड़ा-पकड़ी के खेल में दबिश पसन्द करने लगे। लड़की अकसर खेल के दौरान पकड़ में आने लगी और खुद भी प्रेमी को दबोचने को तैयार रहने लगी। अब वे किसी चट्टान की ओट में, कभी-कभी चट्टान के ऊपर ही प्रेम करने लगे। वे लेटकर, बैठकर, खड़े रहकर प्रेम करने लगे। वे काफी रचनात्मक तरह से अलग-अलग स्थानों और प्रेम करने के तरीकों की खोज करने लगे। उन्होंने प्रेम की सारी कलाएँ सीखीं और उनके निशान हर तरफ छोड़ते चले गये।

“हमारे लिये सबसे उत्कंठित क्षण वे थे”—लड़की ने कहा “जब हम मन्दिर में प्रेम करते थे।”

क्या यह सच नहीं कि दैहिक उत्तेजनाओं की मौत भयरहित वातावरण में होती है—हाँ! सच है। उन्हें मन्दिर में करते हुए भय का आभास होता जिससे उनके अन्दर नयी सिहरन पैदा होती। वे उन क्षणों में सोचते—क्या देवता हमें देख रहा होगा? वह क्या सोचता होगा? वह रुष्ट तो नहीं हो जाएगा? कहीं हमारे प्रेम को

बिगाड़ तो नहीं देगा? उनको कभी-कभी लगता कि देवता सात सदियों पुराना जीवन याद करता होगा और उसे जलन होने लगती होगी। वह प्रेम का महान द्रष्टा था इसलिये दोनों यह सोचकर गलती ढक लेते थे कि वह जरूर कुछ अच्छा सोचता होगा। यह सोचकर लड़की देवता को और अधिक आदर देने लगती। उन दिनों वही उसका अकेला ईश्वर था। अब उसकी आत्मा अकसर गुमान में रहती कि वह हमारे प्रेम को पलते देखकर आशीष देता होगा।

उसे सुनकर लगा—क्या आत्मा अकसर गुमान में रहती है?

वे कई बार पीपल पर चढ़ जाते। वहाँ डालियों पर प्रेम करना भी अलग अनुभव था। वह सुरक्षित भी था क्योंकि पत्तों की झालरें उन्हें बाहरी संसार से बचा लेती थीं। उन्होंने पहाड़ी और तलहटी के आसपास हर जगह प्रेम किया—सिर्फ मन्दिर के छज्जे को छोड़कर जहाँ चढ़ने का ख्याल तो आया लेकिन टूटने के डर ने प्रयोग पर पानी फेर दिया। मैंने अपनी आँखों से वह छज्जा देखा—वह वाकई बहुत कमजोर था और मैं भी उनकी समझदारी को सोचकर सन्तुष्ट हुआ। उनकी तेज इच्छाओं पर सोचते हुए ख्याल आया—क्या आदिम समय में पहला रचनात्मक विचार ऐन्द्रिक सुख की ऐसी ही किसी कोशिश के दौरान नहीं आया होगा?

"शायद हाँ!"—मैंने अपने-आपसे कहा।

इसके बाद लड़की कुछ ऐसे स्थानों के बारे में बताने लगी जो उन दिनों उसके सुख में शामिल थे। वे चार स्थान थे जहाँ प्रेम सम्पन्न होने के बाद वे खाली समय में अकसर जाते। मैंने उसके शब्दों का सच जानने के लिए खुद वहाँ रहनेवाले लोगों से बातें की ताकि इस प्रेम की कुछ पुष्टि हो सके। मुझे जो बयान मिले, उनसे पुष्टि हुई। मुझे लगा कि मैं मोर की नहीं, प्रेम की तहकीकात करने आया हूँ।

उनका पहला स्थान एक ऐसा जमीन का टुकड़ा था जो फसल से अछूता पड़ा था। वह चारागाह के लिए छोड़ी हुई सरकारी जमीन थी जहाँ कुछ गड़रिए अपने पशुओं के संग डोलते रहते थे। दैहिक शान्ति के बाद वे इसी तरफ घूमने निकलते थे क्योंकि खाली जमीन पर उसके प्रेमी को बाइक दौड़ानी होती थी। वह बाइक पर लड़की को पीछे बिठा लेता और करतब दिखाने लगता। इस दौरान लड़की अच्छे चालक के गुण गिनवाती रहती और वह कान बन्द करके सुनता रहता। यह सुनकर लड़का ज्यादा करतब दिखाने लगता और इस तरह बाइक हिलाने-डुलाने लगता कि डरी हुई लड़की उसे पीछे से पकड़ ले। वह ज्यादा भींचकर पकड़े—इसके लिये वह और ज्यादा करतब दिखाने लगता। उन्हें देखकर वहीं रेंगते हुए गड़रिए तिरछी आँखों से टकटकाने लगते और मौका मिलते ही दो-चार उपदेश दे डालते, अगर लड़का थोड़ी देर ठहरकर सुने ले तो उपदेशों की संख्या बीस से चालीस तक पहुँच सकती थी। वह नहीं पहुँची। उनकी उम्र किसी भी ज्ञान मीमांसा के लिहाज से कम थी

इसलिये वे गड़रियों को देखकर दिखावा करने लगते कि हमने तो आपको देखा ही नहीं, भेड़-बकरियों के झुंड में किसी आदमी को देख पाना इत्ता आसान भी तो नहीं है।

''हाँ! वे अकसर ऐसा ही करते थे।''

जब मैं गड़रियों से मिला और इस बारे में बात की तो सबने दोहराया। उन्हीं में से एक ने मुझे बताया कि उसने उन दोनों को कई महीनों तक साथ देखा, हालाँकि वे रुकते नहीं थे फिर भी उन्हें देखना भला लगता था। ''लेकिन मैं हमेशा लड़की के पक्ष में रहा''—एक दूसरे गड़रिये ने मुझसे कहा ''मैंने जब भी देखा, यह नहीं सोचा कि लड़के के साथ लड़की है, बल्कि सोचा, लड़की के साथ कोई लड़का घूमता है।''

''वह कैसा लड़का था?''—मैंने उन सबसे पूछा।

सबने जवाब दिया कि वे उससे अनजान थे और अनजान ही रहे।

प्रेम सम्पन्न होने के बाद—इससे पहले कि लड़की माता-पिता, दादी या सहेली की बात छेड़ दे, प्रेमी पहाड़ी के कोने की तरफ चल पड़ता। यह उनका दूसरा पड़ाव था जहाँ पुलिस-चौकी थी। वे चौकी के पास खाली दीवारों पर जा बैठते। इससे पहले कि पुलिसवाले लड़की को कुछ और लगें, वे सिर्फ डरावने लगते। यही वजह थी कि वह वहाँ रुकने को लेकर हमेशा मना करती लेकिन प्रेमी पुलिसवालों से 'हाल-चाल' पूछना कभी नहीं भूलता। 'क्या हाल है?' के जवाब में 'सब ठीक है'—कहकर पुलिसवाले मच्छर की तरह भिन्नाते हुए मुस्कराते। ''दरअसल वह प्रभावित करने की कोशिश करता था कि देखो, मेरी जान-पहचान पुलिसवालों से है''—लड़की ने मुझसे कहा ''वह पुलिसवालों को भी प्रभावित करता था कि देखो, मेरे पास कित्ती सुन्दर प्रेमिका है।'' यह बात सम्भवतः लड़की ने अपनी तारीफ में मुझे बताई, हालाँकि वह कोई झूठी तारीफ नहीं थी।

''हमें सिर्फ लड़का पसन्द था।''—एक पुलिसवाले ने मुझसे कहा।

जब मैं उनसे मिला तो उन्होंने बताया कि वह अकसर रुकता था और हाल-चाल पूछकर अच्छे व्यवहार का परिचय देता था। उन्होंने यह भी बताया कि वे जानते थे—लड़की मना करती है। उन्होंने लड़के के पक्ष में काफी गुणगान किया जो शायद इसलिये था कि वह प्रेमिका की इच्छा से उलट जाकर बतियाता था। इसी तारीफ में दूसरे पुलिसवाले ने अपनी बात बीच में घुसाई और कहा—''उसे देखकर लगता था, वह हमारी ही तरह एक पुलिसवाला बनेगा।'' उसके बाद मैंने उन पुलिसवालों को देखना बन्द किया और उनके कन्धों के बीच से सामने देखा—मुझे वह ट्रकवाला वहीं 'व्यस्त' दिखाई दिया जहाँ वह 'अपने काम से काम' रख रहा था।

जब लड़का प्रेमिका की बात मानते हुए चौकी पर नहीं रुकता तो उनका

अगला पड़ाव एक चाय की दुकान होती थी। वहाँ एक बूढ़ा आदमी बैठता था जिसके बारे में प्रसिद्ध था कि वह जीवन में कभी नहीं मुस्कराया। वह मुस्कराहट को सत्य का खंडन मानता था। वह कमाल का किरदार था जिसके मुँह से बमुश्किल ही कोई शब्द निकलता था और जब भी निकलता था, अजीब-सी गहराई के साथ निकलता था। वह मुँह में जर्दा दबाए रहता और गर्दन झुकाए चाय बनाता रहता। जब किसी दिन लड़की किसी ख़ास वजह से थरमस नहीं ला पाती तो यहाँ चाय पीना जरूरी था। वे कई बार चाय के बिना भी यहाँ आ बैठते। वे कोई सस्ती-सी चीज खरीद लेते और बैठने का अधिकार हासिल कर लेते। वहाँ ऊँचे ड्रम पर एक छोटा-सा टीवी रखा था और सामने अखबार पड़े रहते इसलिये भी यह उन्हें मनोरंजक लगता। लड़की ने बताया कि उसे वहाँ इसलिये भी अच्छा लगता था क्योंकि वह आदमी ना गड़रियों की तरह ज्ञान देता, ना पुलिसवालों की तरह डरावना लगता—वह बस भला लगता था। वह सचमुच एक शान्त आदमी था जो किसी की बहुत कोशिशों के बाद ही कोई ठोस शब्द बोलता था। जब मैंने जाकर बातचीत की तो उसने कुछ नहीं बताया। मैं उसके शब्दों के इन्तज़ार में उसके सामने बैठा रहा, उसने बहुत देर बाद सिर्फ एक अकेली पंक्ति बाहर छोड़ी जो लड़की के नाम थी—

''उन दिनों वह आकाश में उड़ती थी।''

– उसने यह कहा और फिर मैं काफी देर तक आकाश की ओर देखता रहा...

उनके घूमने का आखिरी स्थान एक क्रेशर था। वह पहाड़ी से कस्बे की ओर सड़क पर पड़ता था जहाँ उड़ती धूल में मजदूर पत्थर काटते रहते थे। वे कई बार वहाँ भी जाते और मशीनों के शोर में पत्थरों को कटते, कटकर नीचे सरकते हुए देखते रहते। यह उनके लिये एक आकर्षण का बिन्दु था जिसे वे बच्चों की तरह आश्चर्य से देखते थे। मैं क्रेशर पर काम करते मजदूरों से मिला। वे धूल में नहाए हुए सारे एक-से लगे और हरेक दुखी-सा लगा। मैंने पूछा तो उन मजदूरों ने बताया कि वे उनसे कभी परिचित नहीं हो सके। ऐसे टूटे-बदन पसीने में किसी जोड़े को निहारना अच्छा नहीं लगता। उन्होंने कहा कि यहाँ बहुत-से लोग हमें देखते रहते हैं, उन्हें देखने का हक़ है लेकिन वे खुद किसी को नहीं देख सकते।

''यह हमारे अधिकार से बाहर है।''—एक मजदूर ने कहा।

लड़की के कहे अनुसार वह इस क्रेशर से आगे प्रेमी के संग कभी नहीं गयी। उसे वापस पहाड़ी पर लौटना पड़ता था। प्रेमी उसे पीछे बिठाकर वहाँ तक छोड़ता था। वह बबूल के पास सूनी खड़ी गाड़ी उठाती थी और अँधेरा होने तक घर पहुँच जाती थी।

आठ

जिस सुहाने-संसार के बारे में लड़की ने बताया वह बहुत अनोखा और आकर्षक था। उसने अपने खुशहाल दिनों के बारे में कुछ और भी बातें बताईं लेकिन वे इतनी ज्यादा थीं कि मैं याद ना रखकर उन्हें सिर्फ महसूस कर सकता था। मैंने महसूस किया—वे मुझे गहरे सुख की संचित मणियों-सी लगीं। उसके सुख में कोई दाग, कोई विराम नहीं था। वह जैसे कोई शाश्वत सुख था। नित्य मोर आता रहा, वह प्रेमी से मिलती रही और भरपूर प्रेम पाती रही। जब कभी किसी जरूरी काम से प्रेमी नहीं आ पाता था (हालाँकि ऐसा कम ही होता था) तो लड़की उस दिन भी प्रेम का एक प्रतीक साथ रखती थी। उसके प्रेमी को अगर एक-दो या अधिकतम तीन दिनों के लिए गायब होना पड़ता तो लड़की एक माँग रखती। ''मैं उससे इन अनुपस्थिति वाले दिनों के फूल भी माँग लेती''—उसने बताया ''और वह बिना ना-नुकर के दे भी देता।'' यह एक सुन्दर रिवाज था जिसे वह हमेशा निभाती थी। वह लड़के से पहले ही बोल देती थी कि अगर वह कल के बाद अगले दो दिनों तक नहीं आ सकता तो कल ही एक साथ तीन फूल लेकर आने होंगे। लड़का बिना विशेष कारण पूछे यह इच्छा पूरी कर देता और लड़की सन्तुष्ट हो जाती। वह इस अन्तराल में इन्हीं फूलों के साथ रहती और जब प्रेमी लौट आता—उन्हें धन की तरह अटारी में जमा कर देती थी।

लड़की के सुख पर सोचते हुए मुझे उसी सिरफिरे आदमी का एक और किस्सा याद आया जो पौधा लगाती हुई लड़की को देखकर आकर्षित हुआ था, और जिसने बाद में टॉर्च लेकर फूलों के विकास से सम्बन्धित निष्कर्ष निकाले थे। इस बार वह अवश्य ही सुखमय प्रेम का हिस्सा रहा होगा जब उसने एक नया पागलपन पेश किया।

मैंने लड़की को यह दूसरा पागलपन सुनाया—

वह आदमी गहरे सुख में था और चाहता था कि उसका सुख सदा यूँ ही बना रहे। वह हमेशा अपने प्रेम को अधिक गहरा और स्थायी बनाने के चक्कर में पड़ा रहता था। एक दिन उसने अपने आप से पूछा— ऐसा क्या तरीका हो सकता है? वह सुख को हर जगह, हर समय साथ रखना चाहता था। इसके लिए उसने कुछ तरकीबें निकालनी शुरू कीं। एक दिन उसने अपनी प्रेमिका से पूछा— उसकी सबसे प्रिय चीज क्या है? उसकी प्रेमिका की आँखों के सामने वे गमले रखे हुए थे जिन्हें देखकर उस आदमी ने पहले निष्कर्ष निकाले थे। प्रेमिका ने उन्हीं गमले को अपनी

प्रिय वस्तु बता दिया। फिर क्या था! उस आदमी ने भी गमलों को ही सुख का केन्द्र मान लिया और फैसला किया कि उन गमलों को सदा साथ रखा जाए तो वह सुख को साथ रख सकता है। उसके बाद वह जहाँ भी जाता, एक गमला हमेशा साथ रखकर चलता। यह हास्यास्पद बात थी लेकिन वह भी बेशर्म इन्सान था। वह गमले को कन्धे पर रख लेता और घर से बाहर जहाँ भी जाता—ऑफिस, बस या ट्रेन में हमेशा हर जगह उसे पास रखे रहता। यह काम थोड़ा आरामदायक बना रहे, इसके लिये उसने बाद में एक बेबी-बैग खरीद लिया ताकि गमला सुविधा से रखा जा सके। वह साथ में एक पानी की बोतल भी रखता जिसे खुद भी पीता और जब जरूरत हो—कुछ बूँदें गमले में टपकाकर कर्तव्य निभाता रहता। धीरे-धीरे वह गमलों के प्रति इतना साइको होता गया कि अब वह उन्हें चोर की नज़र से देखने लगा। वह गमलों की चोरी करने लगा। कभी किसी नर्सरी से, कभी पार्क से, कभी ऑफिस से, कभी किसी के घर से, मन्दिर, मोहल्ले, सड़क से—हर जगह से, जहाँ भी गमले दिखते—वह उन्हें चुपके से उठाकर घर ले आता। समय के साथ उसका सारा घर उन गमलों से भर गया और उठने-बैठने या सोने लायक भी स्थान बाकी नहीं रहा। वह इस हरकत के लिये इतना प्रसिद्ध होता गया कि लोगों ने उसे 'गमला-चोर' और उसके घर को 'गमला-घर' कहना शुरू कर दिया।

वह लड़की भी अपना प्रेम इसी तरह सुरक्षित रखती थी। उसने कभी गमले तो नहीं चुराए लेकिन वह प्रत्येक फूल अटारी में सँभालकर रखती थी ताकि प्रेम को एकत्रित करके रख सके। वह उन मोर पंखों को भी सुरक्षित रखती थी जिन्हें कभी-कभी वह नीला प्राणी छत पर उतार जाया करता था। मोर अपना कोई पंख छोड़कर जाता और लड़की उसे पाकर सोचने लगती—चलो यह भी किसी काम ही आएगा। वह उन पंखों से कई चीजें बनाना जानती थी, ऐसी चीजें जो उपयोगी हों ना हो लेकिन उन्हें सदा साथ रखा जा सके। वह कई बार पंखों की झुमकियाँ बना लेती और कानों में पहनकर फुदकती रहती। उसने एक बार प्रेमी के लिए उसकी बाइक की चाबी की चेन बनाई जिसमें मोरपंख की लटकन गढ़ी। प्रेमी बिना उस पंख का रहस्य जाने कि यह कहाँ से आया है, साथ रखता था। उसने उसे चाबी में लटकाया हुआ था जो बाइक के माथे पर हवा के साथ फरफराता रहता था।

यह फरफराहट अबाध गति से चलती रहती लेकिन कोई भी चीज सदा के लिए कहाँ चलती है? यही तो सीमा है जो किसी भी 'असीमितता' को अन्ततः सीमित करती है। मैंने लड़की को जितना सुना—उस तरह से अब तक की कहानी उस समन्दर की तरह थी जिसके बीचोंबीच रहकर आप किनारा नहीं देख सकते। मैं

उस समन्दर में इतना खो गया था कि किनारों पर ध्यान ही नहीं गया, बिलकुल उस तरह जैसे मोर की तहकीकात करने आया था लेकिन शब्दों में बहकर इतना दूर चला आया कि ड्यूटी का उतना अहसास ही नहीं रहा। उसकी कहानी में बहते हुए मैंने उस किनारे की कल्पना भी नहीं की थी जिसे अभी सचमुच आना था। अपने इन्हीं दिनों से निकालकर उसने ऐसी 'दो घटनाओं' और 'एक स्थान' के बारे में बताना शुरू किया जहाँ से उसके सुखों को ढलते हुए सुनना था। मैं बिलकुल तैयार नहीं था। मैं उसके सुख को ढलते हुए नहीं सुनना चाहता था लेकिन अब यही होना था। मुझे लगा कि किसी भी सुख का सबसे बड़ा दुर्भाग्य उसके साथ जुड़ा यही 'अस्थायित्व' वाला पक्ष है जो कभी नहीं मिटता। मुझे लगा कि कुछ शाश्वत है तो अन्ततः यही चीज है।

"तुम्हें कब लगा कि वह छोड़कर जानेवाला है?"—मैंने लड़की से साफ पूछा।

"कभी नहीं।"—उसने जवाब दिया।

उसने मुझे बताया कि उसने खुद भी कभी नहीं सोचा था कि आनेवाले दिनों में उसका प्रेम ढल जाएगा। वह उन दिनों इतने अन्धे-उल्लास में थी कि कभी ठहरकर दूसरे पक्ष पर सोचा ही नहीं। उसे लगा ही नहीं कि उन्मुक्त दौड़ में कभी गिरना भी पड़ेगा। वह बहुत बुरी तरह गिरी।

"यह कुछ ऐसे था"—उसने कहा "जैसे जीते हुए हम मरने की सच्ची अनुभूति नहीं भोग सकते।"

उसने प्रेम के मरने को तभी जाना जब वह सचमुच मर गया।

उसने जिन चार स्थानों के बारे में बताया और जहाँ जाकर मैंने लोगों से पुष्टि की, उन्हीं ने उजले शब्दों के बाद उनसे जुड़ा दूसरा पहलू भी बताया। यही पहलू था जिससे मुझे उसकी कहानी के दुखद पक्ष के बारे में पता चला। जिन गड़रियों ने मुझे बताया था कि वे लड़की के पक्ष में थे और उन्हें साथ देखना अच्छा लगता था, उन्हीं ने आगे यह भी बताया कि कुछ महीनों बाद लड़की को अकेले भटकते हुए पाया। "बाद में वह एक सूखे-पत्ते की तरह भटकती फिरी।"—ये एक गड़रिए के शब्द थे। इसके पीछे क्या कारण था?—यह बात वे कभी नहीं समझ सके क्योंकि लड़के से अनजान थे। वे कई-कई महीनों तक दोनों को खेलते-कूदते देख चुके थे इसलिये एक दूसरे गड़रिए का कहना था कि यह कुछ ऐसे था जैसे कोई आँखों के सामने हो और बातों ही बातों में अचानक गायब हो जाए। "वह लड़का जैसे हवा में घुल गया हो।"—ये दूसरे गड़रिए के बोल थे। मैंने जब पुलिसवालों से पूछा तो उन्होंने बताया था कि कई महीनों बाद पता नहीं क्या हुआ, लड़के ने दिखना बन्द कर दिया। हालाँकि वे अभी भी उसे उत्कटता से याद करते थे। तीसरा व्यक्ति—वह चायवाला

जिसने पहले कहा था कि वह लड़की को आकाश में देखता था, उसने आगे कहा कि शायद वह आकाश में काफी ऊपर चली गयी थी इसलिये जब गिरी तो इतनी तेज गिरी कि जमीन पर नहीं रुकी, बल्कि अन्दर धँस गयी। *"वह लगभग मिट्टी में मिल चुकी थी।"*—यह चायवाले का कहना था। उसने यह कहा तो मैंने आँखें आकाश से नीचे उतारीं और फिर काफी देर तक मिट्टी को देखता रहा।

उनके घूमने का आखिरी स्थान — वह क्रेशर जहाँ मैंने मजदूरों से बात की, उन्होंने कहा था कि किसी को देखना उनके अधिकार से बाहर है। उन्हीं ने मुझे बताया कि बाद में कई बार अकेली लड़की आती थी। वह कई दिनों तक आती रही, प्रेमी का अता-पता पूछती रही और वे उससे मना करते रहे। कई दिनों बाद लड़की ने भी आना बन्द कर दिया। दरअसल वह बहुत थक गयी थी।

लड़की के बताए उन चार स्थानों के अलावा 'एक पाँचवाँ स्थान' भी था जिसके बारे में मुझे अब पता चला। यह लड़की ने मुझे बाद में बताया और यह भी कहा कि वहाँ जाकर मैं किसी से कोई पूछताछ नहीं कर सकता। यह सच था। वहाँ किसी से बात नहीं हो सकती थी। वहाँ कोई नहीं रहता था। वह एक ऐसी वीरान जगह थी जहाँ लड़की भी जाने से बचती थी। पता नहीं क्यों, उसे अनजाने ही महसूस होता था कि वह बहुत अशुभ जगह है। उसका प्रेमी कई बार वहाँ चलने को कह चुका था और हर बार कई वजहों से वह मना कर चुकी थी।

"क्या हमारा अवचेतन"—लड़की ने पूछा "हमें अनजाने ही किसी बुरे क्षण का पूवार्भास दे सकता है?"

"पता नहीं"—मैंने कहा "मुझे कभी ऐसा आभास नहीं हुआ।"

उसने बताया कि उस मनहूस जगह पर जाने का ख्याल उस स्वप्न जैसा था जिसका आभास आपको तब तक नहीं होता जब तक कि वह स्वप्न सचमुच एक घटना की तरह घट ना जाए। जब सामने घट रहा होता है... तभी आपको अचानक याद आता है—'अरे! इसे तो मैंने पहले सपने में देखा था।' जिस क्षण उसने अपने प्रेमी को खोया, उससे पहले वह कई बार यह स्वप्न देख चुकी थी। उसने कई छोटे-छोटे भागों में उसे देखा। ये सारी झलकियाँ पहाड़ी पर पकड़ा-पकड़ी के खेल में देखी गयी थीं। उसका प्रेमी भागते-दौड़ते हुए जब अचानक कहीं छुपकर अदृश्य हो जाता था तो लड़की इन क्षणों में उसे खोने का हलका-सा अहसास पा लेती थी। वह थोड़ा-सा डर महसूस करती, तभी प्रेमी सामने चीखता हुआ निकलता और डर को बढ़ा देता। जब वह सामने प्रकट हो जाता तो लड़की मिनटों में डर भुला देती थी। उन दिनों उन क्षणों में उसे कभी किसी अनहोनी का अहसास नहीं हुआ जो बाद में सचमुच झेलनी पड़ी। ये सारी घड़ियाँ पहाड़ी पर सम्पन्न की गयी थीं जबकि उनकी वास्तविक और अन्तिम 'सम्पन्नता' के लिए किसी अन्य स्थान की तलाश थी।

– और दुर्भाग्यवश एक शाम वह तलाश पूरी हो गयी।

"वह कौन-सा स्थान था?"—मैंने सवाल किया।

"वह एक बीहड़ जगह थी"—उसने जवाब दिया "जहाँ मिट्टी के टीले थे।"

वह एक असहज दिशा में पड़नेवाला स्थान था जो पहाड़ी से थोड़ा दूर पड़ता था। प्रेम सम्पन्न करने के लिए नये-नये स्थानों की जरूरत पड़ती थी। इसलिये यह भी उनकी सोच में आया, हालाँकि अभी गये नहीं। जिस दिन वहाँ जाने का फैसला किया, उसके सारे सुख मर गये। उस जगह जाने में उन्हें समय लगा लेकिन वे गये अवश्य। जो प्रेम बारिश के दिनों में शुरू हुआ और जो सर्दियों में परवान चढ़ा, अब जल्दी ही सूखनेवाला था। अब उस मौसम को जल्दी ही आना था जिसके शुरू होते ही वे एक दिन उस स्थान पर गये।

ये आनेवाले दिन गर्मियों के दिन थे।

नौ

इससे पहले कि सर्दियाँ पूरी तरह ख़त्म हों, लड़की ने उन्हीं दिनों से चुनकर कुछ ऐसी बातें निकालीं जिन्हें वह प्रेम को खोने से जोड़ती आई थी। वे दो बातें थीं। वे हमेशा लड़की के लिए सवाल ही बनी रहीं और मेरे सामने भी उन्हें उसी तरह पेश किया गया। उन बातों की सबसे बड़ी विशेषता, जिसे मैंने भी आश्चर्य से नोट किया—वह अनजाने में ही अपने प्रेमी से उन्हें छुपाती आई थी। हालाँकि उस छुपाव में कोई स्वार्थ या छल नहीं था। वह सिर्फ संयोग था कि उसने अभी तक उन बिन्दुओं पर प्रेमी से कभी कोई चर्चा नहीं की। वह उन्हें जाहिर करना भी नहीं चाहती थी क्योंकि लड़की के अनुसार—वे उसके 'स्व' से जुड़ी हुई थीं। उसने शायद यही गलती की, जब समय आया तो उसे वे बातें बतानी पड़ीं। उस समय उसने उन्हें गम्भीरता से नहीं लिया लेकिन बाद में अहसास हुआ—जब उन्हीं बिन्दुओं के आधार पर बुरा नतीजा सामने आया। वह उन्हीं दो घटनाओं के अन्दर उन बीजों को ढूँढ़ती रह गयी जिनकी बेलियाँ आनेवाली गर्मियों में फूटनेवाली थीं।

पहली घटना—

उसने बताया कि वह एक धुँधली शाम थी जब पहली बार उसने पहाड़ी पर पहुँचने में देरी की। वह देर से पहुँची। हालाँकि ऐसा कम ही होता था। वह हमेशा

समय का ध्यान रखती थी और जानती थी कि प्रेमी को देरी अच्छी नहीं लगती। कभी-कभी कुछ मिनटों की देर साधारण बात थी लेकिन इससे ज्यादा नहीं। आज उसे ज्यादा देर हो गयी और जब वह पहुँची तो उसने प्रेमी को मन्दिर के चबूतरे पर उदास बैठा पाया। वह घंटे-भर से इन्तज़ार में बैठा था। उस दिन वे गले मिले तो इस मिलने में खुशी नहीं थी। प्रेमी ने मिलते ही फूल नहीं दिया, बल्कि पहले नाराजगी से इस लेट-लतीफी का कारण पूछा। कोई विशेष कारण ना था। लड़की ने बताना जरूरी भी नहीं समझा। उसने जवाब में सूरज की तरफ उँगली उठाई। दोनों सूरज को देखने लगे। वह ढल रहा था। उसके बाद लड़की ने कई बार 'सॉरी' कहा और बचे हुए समय का सही इस्तेमाल करना चाहा।

थोड़ी देर बाद वे ऊँची टंकी पर बैठे हुए थे। अब सबकुछ शान्त था। वे प्रेम सम्पन्न कर चुके थे। लड़के ने फूल दे दिया था और लड़की भी कप में चाय पकड़ा चुकी थी। वे आलस में डूबे हुए एक-दूसरे को दुलार रहे थे। इस शान्ति में धीरे-धीरे लड़के ने बोलना शुरू किया। उसने अपने रूखेपन पर अफ़सोस जाहिर किया लेकिन फिर से पूछा—वह इतनी देर से क्यों आई? लड़की चुप रही। वह कुछ छुपाना चाहती थी। उसके चेहरे का रंग देखकर लड़के ने सवाल को ज्यादा बलवती आवाज़ में दोहराया और बार-बार छुपाव खोलने के लिए दबाव डालने लगा। लड़की को जब लगा कि वह किसी बुरे शक की शिकार हो रही है तो अन्ततः बोलना पड़ा। उसने साधारण से छुपाव को खोलते हुए पहली बार बताया कि उसकी छत पर एक मोर आता है। वह रोज शाम को इतने नियत समय पर आता है कि उसे देखकर ही वह समझ पाती है—पहाड़ी पर मिलने जाना है। "उस दिन मोर देर से आया था"—उसने मुझे बताया "इसलिये मैं भी देर से पहुँची थी।" उसके प्रेमी को यह एक असाधारण और अजीब-सी बात लगी। वह समझ नहीं पाया। वह प्रेमिका को गौर से देखने लगा जैसे विश्वास ना हो। वह झुँझला गया। लड़की ने पुष्टि के लिए अपने प्रेमी से कहा कि उसकी चाबी में लगा मोरपंख उसी मोर का है जिसे उसने उपहार में दिया था। लड़का चाबी को हाथ में लेकर एकटक देखने लगा। लड़की बार-बार अपने छुपाव के पुर्जे खोल-खोलकर दोहराती रही ताकि प्रेमी विश्वास कर सके। उसने अन्ततः विश्वास तो किया लेकिन बहुत नाराजगी से प्रतिक्रिया दी। वह इस तरह नाराज हुआ जैसे उसे वह रंगीन प्राणी नापसन्द हो, जैसे उसे रंगों से नफरत हो। वह शायद खुद को किसी मोर से जोड़ना नहीं चाहता था। वह नहीं चाहता था कि उससे मिलने का समय घड़ी के अलावा किसी दूसरी चीज में देखा जाए।

"उसने रूखी-सी आवाज़ में इतना कहा कि छत पर काँटे बिछा दो"—लड़की ने बताया "ताकि मोर दुबारा ना आ सके।"

दूसरी घटना—

यह बात फूलों से सम्बन्धित थी। यह भी लड़की ने प्रेमी को कभी नहीं बताई। वह एक उजली शाम थी जब धुन्ध का मौसम छँट चुका था और जाती हुई सर्दियों का अन्तिम असर बाकी था। उस दिन उन्होंने खंडहर का सहारा लिया। प्रेम सम्पन्न होने के बाद प्रेमी ने उसको बताया कि वह कल के बाद अगले दो दिनों के लिए जरूरी काम से बाहर जा रहा है इसलिये बीच में दो दिन नहीं आ पाएगा। इतने महीनों में पहाड़ी पर मिलने की दिनचर्या को उन्होंने कभी-कभार ही तोड़ा था। इससे पहले वह जब भी जाता था, इसी तरह अपनी बात रखता था। इससे पहले कि वह कुछ दिनों के लिए गायब हो, लड़की ने हर बार की तरह कहा कि उसे इन अनुपस्थितिवाले दिनों के भी फूल चाहिए। लड़का कई बार ऐसा कर चुका था हालाँकि उसको अन्दर ही अन्दर यह बात बहुत बेकार लगती थी। इस बार जब लड़की जिद पर अड़ी रही और दो दिनों के हिसाब से दो अतिरिक्त फूलों की माँग करती रही तो वह इस जिद को समझने लगा। वह झुँझलाया। वह कोई वाजिब कारण पूछने लगा। लड़की बार-बार टालती रही और माँग पर अड़ी रही। जब लगा कि इस बार प्रेमी बिना कारण जाने माँग नहीं मानेगा तो उसे दूसरे छुपाव के बारे में बताना पड़ा। उसने पहली बार प्रेमी को फूलों के बारे में बताया कि जिन फूलों को वह अब तक देता आया है, वह उन्हें फेंकती नहीं, बल्कि सबकी आँखों से दूर अटारी में जमा करती जाती है। प्रेमी इस छुपाव को भी समझ नहीं पाया और यह भी उसे एक असामान्य बात लगी। "उसने उसी तरह रूखे शब्दों में कहा—फूल सिर्फ एक दिन के लिए होते हैं"—लड़की ने मुझे बताया "मैं रोज एक फूल देता हूँ यानी एक दिन ही रखा जाना चाहिए, अगर जमा ही करना है तो नये फूल क्यों दिए जाएँ? बोलो?"

—वह कुछ नहीं बोल पाई।

उसके प्रेमी ने ऐसे रूखे शब्द कहे लेकिन जब वह अगले दिन आया तो एक साथ तीन फूल लेकर आया। अहा! लड़की को खुशी हुई कि थोड़े-से रूखेपन के बाद भी उसने उसकी बात मानी। उन रूखे शब्दों का रूखापन नये फूलों की महक से दूर हो गया। इस मानी हुई बात के बाद लड़की ने प्रेम पर पड़नेवाले किसी बुरे असर को नोट नहीं किया, बल्कि सामान्य-सी कसक समझकर इन्हें दूर टालकर भूल गयी। अब वह सहज थी। उसके प्रेमी ने मोर को लेकर जो रूखे शब्द बोले, उसके बाद उसने कभी इस प्राणी के बारे में कोई गलत बात नहीं की, बल्कि मोर और फूलों पर फिर कोई बात ही नहीं की—जैसा कि लड़की का कहना था—"इस बारे में वह खामोश हो गया था।"

"क्या किसी मुद्दे पर रूखे शब्द बोलने के बाद"—उसने मुझसे पूछा "यदि

कोई ख़ामोशी ओढ़ ले तो नतीजा काफी बुरा होता है?''

''हाँ! यह सम्भव है।''—मैंने कहा।

मुझे यह सचमुच सम्भव लगा क्योंकि जिस तरह लड़के ने नाराजगी जताई थी, उसने इन दो बातों को अपने 'तयशुदा आगामी कदम' के साथ जोड़कर देखा होगा। इस जोड़-तोड़ में जो तस्वीर बनी होगी, वह सम्भवतः बहुत बुरी होगी और उसने उसे सोचने पर मजबूर किया होगा। उसे डर लगा होगा कि पहले से तय घटना के घटित होते समय कैसा क्षण सामने आएगा? कितना डरावना क्षण! इसका अर्थ यह हुआ कि शायद वह नाराजगी एक डर की पैदाइश थी और वह डर जरूर किसी 'घातक-कदम' की आहट से पैदा हुआ होगा।

लड़की का मानना था कि वह इन्हीं बातों में उस कुत्सित रहस्य को खोजती रह गयी जिनके नतीजे में उसे खोया। वह जिस जगह को लेकर टालमटोल कर रही थी, अब वहीं जाने की गलती करनेवाली थी। वे अपना प्रेम बहुत धूमधाम से जी रहे थे और सर्दियों का समय इसके लिये सबसे सुन्दर समय रहा जब कोहरे से लेकर गेहूँ और सरसों के खेत बहुत उपयुक्त साबित हुए। उन्होंने धुँधले मौसम को उल्लास से जिया लेकिन अब जो मौसम आना था, उसमें उजास ही उजास था। अब फसलें कटनेवाली थीं और उनके सामने एक ही सवाल था—'अब कहाँ मिला जाए?' यह सवाल लड़के ने अपनी प्रेमिका से पूछा। ''मैंने उसे खंडहर का सुझाव दिया जो उसे बहुत बेकार बात लगी।''- लड़की ने बताया। उसे वह बात बेकार लगी क्योंकि अब उजास में कुछ शराबी खंडहर का इस्तेमाल करने लगे थे इसलिये वे वहाँ बिलकुल सुरक्षित नहीं थे। प्रेमी ने हँसते हुए खंडहरवाली बात को चिढ़ाने लायक बना दिया और सुझाव सुनकर लड़की को 'इस' मामले में काफी 'माहिर' करार दिया। वह इस मजाक पर इतना लजा गयी कि 'पहले की तरह ही' पहाड़ी पर मिलते रहने को ही सही ठहराया और अन्ततः एकान्त ढूँढ़ने की सारी जिम्मेदारी प्रेमी के कन्धों पर डाल दी। प्रेमी के कन्धे बहुत मजबूत थे। उसने अन्ततः उन्हीं टीलों का विकल्प चुना जिनसे लड़की बचती आई थी।

सर्दियाँ ढलने लगीं। अब सरसों के फूल झड़ चुके थे और फलियाँ पककर ललास पर आ गयी थीं। गेहूँ के खेतों को पकने के लिए थोड़ा और समय चाहिए था लेकिन वे भी सरसों का पीछा करते हुए पीले पड़ रहे थे। इन्हीं दिनों एक शाम लड़के ने प्रेमिका को मिलते ही एक साथ बारह फूल भेंट किए। *बारह फूल?* इसका अर्थ था कि वह बारह दिनों के लिए विदा चाहता है। इससे पहले किसी ख़ास काम से वह एक या दो दिन के लिए गायब रहा करता था लेकिन यह पहली बार था जब उसे इतना लम्बा समय चाहिए था।

''वह क्या कहकर गया था?''—मैंने लड़की से पूछा।

"उसके पास कुछ परीक्षाओं का बहाना था।"—उसने जवाब दिया।

"और फिर कभी नहीं लौटा?"

उसने बताया कि वह आखिरी मुलाकात नहीं थी। वह आया था लेकिन आखिरी बार के लिए। वह आया, जब उसने फूलों का एक बड़ा उपहार दिया और आखिरी बार साथ बैठकर चाय के कप पकड़े। जब आखिरी बार 'पकड़ा-पकड़ी' का खेल खेला गया जिसमें वह प्रेमी को पकड़कर नहीं रख पाई और हमेशा के लिए उससे उसका प्रेमी छिटककर कहीं दूर चला गया। इन बारह दिनों में लड़की को कहीं कोई शंका नहीं थी। वह सहज थी और उसकी वापसी से पहले अपने जमा किए सारे मोरपंखों से एक उपहार बनानेवाली थी ताकि अगली बार मिलते ही यह दिया जा सके।

"मैं मोरपंखों का एक बीजणा, एक हैंड-फैन देना चाहती थी।"—उसने बताया।

यह उपहार प्रेमी के किसी काम का नहीं था लेकिन वह चाहती थी उसका प्रेमी उसे कमरे में सजाकर रखे। लड़की की इच्छा कभी पूरी नहीं हो सकी। उसने तेरहवें दिन के बारे में बताने से पहले मुझे बारह दिनों के बारे में बताया जब वह बिना कोई आहट सुने चुपचाप जी रही थी। मैंने उसके वे दिन सुने। वे इस तरह थे जैसे कोई बच्चा मासूम खिलौनों के बीच खेल रहा हो, बिना यह जाने कि कल माँ मर जानी है और पिता किसी अन्य औरत के संग भाग जानेवाला है। यह एक दयनीय अभिशाप है कि हमें आज में जीते हुए पता नहीं होता, कल का कदम किस उजाले या अँधेरे में पड़ेगा? हमें पता नहीं होता कि कदम रेतीली मिट्टी में पड़ेगा या नुकीले पत्थर पर। उसका कदम नुकीले पत्थर पर पड़ा। वह अब तक अपने छोटे-से जीवन में छोटे-से अर्थ के साथ जी रही थी, बिना अर्थ की निरर्थकता जाने, बिना यह जाने कि अर्थ ही सबसे अधिक निरर्थक साबित होते हैं।

दस

ये बारह दिन फसल-कटाई के दिन थे। किसानों ने सरसों की अधहरी-अधलाल फलियाँ चुटकी में मसलकर परखीं—हाँ! पक चुकी हैं। उन्होंने ट्रैक्टर निकाले। ट्रैक्टरों को साबुन से झागम-झाग करके नहलाया और माथे पर नये-नये तिलक लगाए। महिलाओं ने पुराने गीत गाए और मेंड़ों पर खड़े छोटे-छोटे देवताओं का मुँह मीठा किया। अब कटाई शुरू की। इन दिनों लड़की को माता-पिता के साथ सुबह जल्दी उठना पड़ता था। दोपहर को काम की गति शिथिल हो जाती थी इसलिये

जरूरी था कि जितना हो, सुबह के ठंडे मौसम में काम निपटा लिये जाए। वह सबसे पहले माँ के साथ नाश्ता तैयार करती या कहें कि नाश्ता तैयार करती हुई माँ की मदद करती। उसके बाद खेत पर ले जानेवाले जरूरी सामान को ट्रैक्टर में रखवाती और खेतों की ओर निकल पड़ती। वह स्कूटी से आगे-आगे इस तरह चलती जैसे माता-पिता को रास्ता दिखा रही हो और वे पीछे-पीछे ट्रैक्टर से घिसटते रहते। वह मुड़-मुड़कर पीछे देखती रहती और आश्वस्त होती रहती कि वे सही तरह आ रहे हैं या नहीं। उनके ज्यादातर खेत तिरछी दिशा में उत्तर की ओर थे। इतने दिनों में पहाड़ी के अलावा किसी और दिशा की ओर जाना अलग अनुभव था।

"मैं भूल-सी गयी थी कि कहीं कोई अन्य दिशा भी है।"—ये लड़की के शब्द थे।

वह इन दिनों नयी दिशा में थी। वह खेत में माता-पिता का हाथ बँटाना शुरू करती और शुरू होते ही थक जाती। माँ इस थकान पर खिलखिलाने लगती और उसे आम के नीचे जाकर आराम करने की सलाह देती। यह कटाई उसके अनुभव से बाहर की बात थी इसलिये वह छाँव में चली जाती। वह छाँव में खड़े ट्रैक्टर की गद्दीदार सीट पर जा बैठती और गर्दन उठाकर पेड़ को जाँचने लगती। आम का पेड़ बौर से लदा हुआ था जिसे देखकर वह अनुमान लगाने लगती कि कितने दिनों में कैरियाँ दिखने लगेंगीं? पन्द्रह दिन? महीना? डेढ़ महीना? वह यूँ ही स्टेरिंग घुमा-घुमाकर छोटी बच्ची की तरह टैक्टर के गड़गड़ाने का स्वर निकालने लगती और फिर अपनी हरकत पर खुद ही शरमाकर हँस पड़ती। उसके पिता—जो इस सन्तान को बहुत मजबूत देखना चाहते हैं, रीपर-मशीन पर काम करते हुए मुस्कराने लगते और कहते (जैसा कि लड़की ने बताया)—"तुझे जल्दी ही ट्रैक्टर हाँकना सिखाऊँगा, समझी?" वह समझ जाती। जब थोड़ी देर में वह गद्दीदार आराम से भी थक जाती तो कोई दूसरा सहारा ढूँढ़ने लगती। उसकी माँ उसे एक पल्ली और खुरपी पकड़ा देती और भैंस के लिए घास खोदने का जिम्मा सौंप देती। वह पल्ली के साथ पिता का फ़ोन भी उठा लेती और कानों में कोई गीत सुनते हुए मेंड़ों पर मँडराने लगती। वह खुरपी से घास के गुच्छे खोदकर पल्ली में डालती रहती और अचानक किसी झाड़ी में मौसम का अन्तिम बेर दिख जाता तो तोड़कर मुँह में रख लेती। ये बेर उसे ज्यादा मीठे लगते, ठीक उसी तरह जैसे निरन्तर प्रेम को जीने के बाद एक छोटे-से 'खंड' के लिए दूर रहना उसे और भी अधिक महसूस करना है। एक लम्बे समय बाद वह प्रेमी से बारह दिनों के लिए मुक्त हुई थी। यह मुक्ति उसे अच्छी लग रही थी और आगे भी अच्छी लगती अगर 'सदा' के लिए ना होती।

इस समय वह दूर-दूर तक कई खेतों की निरुद्देश्य यात्राएँ कर लेती थी। मेंड़ों, पगडंडियों और खेत के कोनों में बची घास खोदकर पीछे लटकी पल्ली में

खोंस लेती और गुनगुनाती हुई बढ़ती रहती। इस बीच वह किसी खेत से चने के अधहरे पौधे उखाड़ लेती और दाने चबाती हुई बसन्ती हवाओं को महसूस करती रहती। इस पूरी यात्रा में वह जीन्स और कुरते से चिपके चींचड़ों को छुड़ाकर दूर छिटकती रहती। उसने लम्बे समय बाद हर चीज को पैनेपन से महसूस किया। वह आकाश में किसी चीलगाड़ी की छोड़ी बादलदार लकीर देखती और भविष्य के किसी विचार में खो जाती। वह किसी उड़ते पंछी को देखकर अन्दाज़ा लगाने लगती कि कौन-सा पंछी है—कौआ? तोता? परेवा? तभी उसे अपने प्यारे मोर का ख्याल आता और सोचने लगती कि वह संगी-साथियों के संग यहीं आसपास किसी खेत में मटरगश्ती कर रहा होगा। उसकी नज़र अचानक किसी खेत में मची भगदड़ की ओर जमती और पता चलता कि नीलगायों का एक टोला फसल में डूबता-तैरता हुआ बह रहा है। वह वहीं बिजूकों को देखती जो फसल कटने के बाद अब गर्मियों में उद्देश्यहीन हो जाएँगे और तेज लू के थपेड़ों में तपते रहेंगे।

कोई मौसम क्यों बदलता है?—वह सोचने लगती।

जब दोपहर का सूरज चढ़ने लगता तो उसकी माँ आँखों पर हथेलियाँ डालकर अपनी बेटी को ढूँढ़ने लगती—कितनी दूर चली गयी? आ जा! इस बुलावे का मतलब था कि अब घर चली जा और खाना तैयार करके ले आ। लड़की ने बताया कि उसके माता-पिता दोपहर को यहीं काम करते रहते थे और वह घास की गठरी लेकर घर चली जाती थी। वहाँ पहले भैंस को सानी-पानी करनी होती फिर परिवार के लिए खाना पकाती।

वह सूने घर में रेडियो खोलकर कोई गीत लगा लेती और किचिन में सब्जियाँ काटने, आटा गूँथने का काम करती रहती। इस समय जब कोई ऐसा गीत बजता, जिसमें नायिका प्रेमी के इन्तज़ार में कुछ गा रही है तो लड़की अपने प्रेमी के बारे में सोचने लगती। वह इस समय क्या कर रहा होगा? क्या वह भी मुझे याद कर रहा होगा? यह उन जवान होते दिमागों की हरकत थी जो गीतों के साथ अपने-आपको फिल्म के नाचते-गाते नायक-नायिकाओं के रूप में देखते हैं और अपनी स्थितियों-अनुभवों के आधार पर साम्यता बनाते हुए कल्पनाओं में खो जाते हैं। ''बाथरूम के बाद किचिन ही है जहाँ ऐसी कल्पनाओं में खोया जा सकता है।''—लड़की ने कहा। उसने मुझसे कहा कि वह इस समय अनूठी कल्पनाओं में खोई रहती। खाना तैयार करके वह दीवार घड़ी की तरफ देखती और कल्पना-लोक से वापस किचिन में उतर आती। यह शाम का समय नहीं था जब मोर के बुलावे पर कदम अपने-आप बढ़ें, उसे वापस खेत पर पहुँचने की कोशिश करनी पड़ती थी। वह कोशिश करती—वह किसी लहराती सुरीली धुन को तोड़कर रेडियो बन्द कर देती और घर सुनसान हो जाता। वह भोजन टिफिन में पैक करती, टिफिन स्कूटी की

सीट के नीचे अच्छी तरह जमाती और खेत के लिए निकल पड़ती।

दूर पगडंडियों पर धूल उड़ाती आती लड़की को देखकर उसके माता-पिता पहले ही पेड़ के नीचे पहुँच जाते। वे आसपास खेतों में काम कर रहे दूसरे किसानों को भी आमन्त्रित कर लेते जो अपना खाना लेकर साथ बैठते और एक-दूसरे को बाँटते हुए खाते रहते। यहाँ अच्छी-खासी मंडली जम जाती जिसमें बूढ़े, अधेड़, युवा और बच्चों तक सब शामिल रहते। यहाँ किसानों के अलावा उनके खेतों में काम कर रहे कुछ मजदूर भी शामिल रहते जो सम्भवतः कुछ वर्ष पहले तक खुद भी कहीं किसान रहे होंगे। इस समय मंडली में हँसी-मजाक का एक दौर शुरू होता ताकि थकान कम की जा सके। इन मजाकों में लड़की आसानी से अपनी मासूमियत का शिकार बन जाती जब पिता मजाक करते। ''मेरे पिता चुटकियाँ लेते कि तू जिसे मिलेगी, वह इत्ता खाएगा कि मोटा हो जाएगा।''—उसने बताया। यह टिप्पणी भोजन की तारीफ में की जाती और वह पिता के पैरों पर माथा टिकाकर शरमाने लगती। गोद में लेटी हुई बेटी के सिर पर हाथ फेरते हुए पिता खाना खाते रहते और लड़की भविष्य के किसी स्वप्न में गुम हो जाती। वह प्रेमी के बारे में सोचने लगती। वह पिता से तुलना करते हुए कल्पना करती कि आनेवाली उम्र में उसे मेरे पिता की तरह होना चाहिए। खाना खाने के बाद लोग तम्बाकू सुलगाते और धुआँ उड़ाते हुए सुस्ताने लगते। एक-दूसरे पर टीका-टिप्पणी का यह दौर चलता रहता। सारे चेहरे अभी भी हँसी-ठहाकों और रस्साकशी में खोए रहते। इन्हीं सारे हँसते हुए चेहरों में एक युवा चेहरा ऐसा था जिसे शायद सकपकाहट का नया-नया रोग लगा था। वह वहाँ बुद्ध की मूरत बना शान्त बैठा रहता।

''वह रिटायर्ड फौजी का लड़का था''—लड़की ने बताया ''जो पासवाले खेत से आता था।''

उसने बताया कि वह अपनी आध्यात्मिक चुप्पी के कारण अकसर मजाक का केन्द्र बना रहता। उस लड़के ने शायद पाठ्य-पुस्तक में नया-नया पढ़ा था कि विपरीत लिंग के प्रति आकर्षण एक सामान्य बात है, इसलिये सामान्य बने रहने के चक्कर में वह हमेशा 'असामान्य' बना रहता। वह लड़की के प्रति आकर्षित था। इसके अलावा सकपकाहट का दूसरा कारण उसकी उम्र थी जो लड़की से थोड़ी-सी कम थी। जब ठहाकों के दौरान हँसती हुई लड़की भूमिका निभाती रहती तो वह दाएँ-बाएँ ऐसे देखता रहता जैसे लड़की को देख ही ना रहा हो। जब वह चुगली का शिकार स्वयं बनता तो 'हाँ-हूँ' करते हुए बेमन से हँसता। वह हँसने के नाम पर आगे के दो दाँत ही दिखा पाता था जैसे वे सचमुच कोई अनमोल रत्न हों और सिर्फ उसी के पास हों। लड़की उसे काफी पहले से पहचानती आई थी लेकिन वह परिचय 'जान-पहचान' से आगे कोई महत्त्व नहीं रखता था, जैसा कि लड़की ने मेरे सामने

स्वीकार किया—''अभी वह समय दूर था जब हमारी पहचान आगे बढ़नी थी।'' यह कहकर उसने मुझे आगे किसी दूसरी कहानी का संकेत दिया जिसे मैंने धीरज के साथ दबा लिया।

लड़की ने बताया कि तम्बाकू ख़त्म होते ही ठहाके कम होने लगते और सभा विसर्जित हो जाती। वे किसान शायद थोड़ा आराम और करते लेकिन इस आसरे में कहीं मजदूर ज्यादा आराम ना कर लें, इसलिये खुद भी आराम कम करते थे। इस समय लड़की को घर जाकर आराम करने की छुट्टी मिल जाती। उसके माता-पिता देर शाम तक यहीं रहेंगे इसलिये इस सलाह में एक आग्रह भी छुपा होता कि उनके लौटने से पहले तक जितना हो सके—घर का काम निपटाकर तैयार रखा जाए। वह कई बार यहीं ट्रॉली के नीचे पल्ली बिछाकर लेटने की कोशिश करती लेकिन उड़ती हुई धूल उसे सोने नहीं देती थी।

—आखिर वह घर लौट जाती और गहरी नींद में डूब जाती।

बारह दिनों की ये थकान-भरी नींदे शाम को टूटती, उसी गूँज के साथ जो सदा सुन्दर शगुन जैसी थी। नींद में मोर की आवाज़ सुनकर वह कुछ क्षणों तक तय नहीं कर पाती थी कि यह सच्ची गूँज है या सपनों में घटित किसी घटना की आहट? जब वह मिचमिचकार आँखें खोलती तो सामने खिड़की का उजाला नज़र आता। वह इस क्षण सुबह और शाम के फेर में उलझने लगती लेकिन फिर से गूँज सुनाई देती और स्पष्ट होता कि यह सुबह नहीं, शाम का उजाला है। वह उन दिनों तेजी से खिड़की या किचिन की तरफ नहीं बढ़ती थी। उसके आलस का कारण साफ़ था कि इन दिनों जल्दी-जल्दी तैयार होकर पहाड़ी पर नहीं जाना है। इन दिनों वह कुछ देर ऐसे ही बिस्तर पर पड़ी रहती और छत को देखती रहती। वह कलई पर उभरी कुछ आकृतियों और रंगों को देखती रहती और अपनी सोच की कैंची से काट-काटकर पेड़-पौधे, मनुष्य या किसी जानवर की आकृति बना लेती। जब मस्तिष्क में कोई रूप बनता तो सोचती कि ये रेखाएँ स्वत: ही कैसे सार्थक आकार ग्रहण कर लेती हैं? वह कुछ देर और ऐसे ही छत को देखते रहना चाहती लेकिन मोर की निरन्तर तेज गूँजें उठने को मजबूर कर देतीं। 'ओह! थोड़ा सब्र कर लिया कर! भूखे!'—आखिर वह उठ जाती और खिड़की खोलकर बाहर झाँकती। वह खिसटती चप्पलों से किचिन में घुसती और मोर के लिए खाने का सामान जुटाने लगती। इन दिनों चूल्हे पर चाय चढ़ाने की जरूरत नहीं थी। उसे अकेले चाय पीने की आदत ही नहीं थी। बारह दिन थरमस प्यासा ही पड़ा रहा।

वह खाना लेकर छत पर आती—'अरे! देखो तो, मेरा बेबी कित्ता उतावला है?' वह उसे इन्हीं नामों से दुलारती थी—'मेरा बेबी, सोना, मुन्ना, माई क्यूटू।' उसका व्यवहार एक माँ जैसा था जो अपने लाड़ले को कभी परेशान नहीं देख

सकती। वह एक पक्षी था जिसके साथ सारा समय नहीं बिताया जा सकता था लेकिन जितना समय बिताती थी, उसे पूरा प्यार देती थी। उसने मोर के साथ सबसे ज्यादा समय इन्हीं बारह दिनों में बिताया। वह छत पर टहलते हुए, कभी टूटी पड़ी चारपाई में धँसकर, कभी मुँडेर पर बैठकर अपने मोर को खिलाती रहती। वह पानी के बर्तन को देखती और पानी कम होता तो नीचे से एक बोतल लाकर उँडेल देती। वह छत पर कभी मोर, कभी आसपास की दूसरी छतों, कभी दूर दिखाई देती पहाड़ी और उसके पीछे गिरते सूरज को निहारती रहती। यह वही समय होता, जिसे वह प्रेमी के साथ पहाड़ी पर बिताती थी लेकिन अब उसकी अनुपस्थिति में समय का दूसरा इस्तेमाल करती। वह छत पर बैठकर अब तक के जमा किए सारे मोर-पंखों को अपने सामने रखती और एक बीजणा बुनने की कोशिश करती। वह पंखों की लम्बी सिरकियों को चीरकर आपस में इस तरह गूँथती कि एक 90° का अर्ध-गोलाई आकार उभरता चला जाए। वह किनारों पर रंगीन चाँदे की ऐसी लटकन बनाती कि उनकी सरसराहट मोहक लगे। जब धीरे-धीरे बीजणा अपना रूप ग्रहण करने लगा तो अतिरिक्त सजावट के लिए कुछ दूसरी चीजें इस्तेमाल की गयीं। उसने कपड़े की बारीक किनारियाँ सिलीं और बीच में सुई से काँच के छोटे-छोटे चाँद-सितारे पिरोये। उसने इस सब में जरी का धागा इस्तेमाल किया और हत्थे के लिए एक शीशम के पेड़ की पतली चमकीली शाख चुनी।

जब सूरज पीछे की ओर गिर जाता और अँधेरा होने लगता तो मोर भी छत से उतर जाता। वह छत से कूदकर अपने देवता, अपने मन्दिर, अपने पीपल को मुकाम बनाता हुआ उड़ जाता। अब मोर के बिना छत सूनी लगती, बढ़ते अँधेरे में बीजणा की कारीगरी भी मुश्किल होती और किचिन का काम भी याद आ जाता। इसलिये वह वापस नीचे आ जाती।

वह नीचे आकर चेहरा धोती, चुन्नी से चेहरा पोंछती, फिर टेलीविजन ऑन करके सूने घर में कई आवाज़ें भरती और घर के काम में जुट जाती। वह किचिन में काम करते हुए आँखें बाँट लेती थी—एक चूल्हे पर, दूसरी परदे पर। यह खेल अँधेरे के बाद तब तक चलता रहता जब तक अचानक ट्रैक्टर की खड़खड़ाहट ना सुनाई दे। अचानक ट्रैक्टर की आवाज़ सुनाई देती और वह किचिन को इसी तरह छोड़कर भागती हुई बाहर निकलती। वह बाहर का फाटक खोलती ताकि ट्रैक्टर अन्दर आ सके। उसके बाद सारा काम माँ के हवाले कर पूरी तरह टीवी के सामने जम जाती।

पूरे बारह दिन लगभग इसी तरह बीते। इन दिनों की कुछ बातें ऐसी थीं जिन्हें लड़की ने रोजमर्रे में शामिल ना करके अलग से बताया। उसने मुझे बताया कि इस बीच वह तीन बार सहेली के घर उससे मिलने गयी थी। ''उसकी शादी की तारीख तय हुई थी''—लड़की ने बताया ''मैंने शुभकामनाएँ दीं और तैयारियों पर बातें

कीं।'' इन्हीं दिनों उसकी एक मुलाकात अपने अंकल से हुई जो कुछ घंटों के लिए आए हुए थे। वे कटी हुई फसल का हिसाब-किताब करने आए थे। उन्होंने लड़की को प्यार दिया और सन्देश दिया कि दादी उसे बहुत याद करती है। उन्होंने दादी का 'बुलावा' भी पेश किया। लड़की ने बुलावा स्वीकार किया और स्वीकार करते ही भूल गयी। उसने बताया कि इस बीच उसने दो बार पिता का फ़ोन लेकर प्रेमी से बात की और उन सामान्य बातों में कोई असहजता महसूस नहीं की। इस बीच कई बार वह ऊपर अटारी में पड़े पुराने फूलों को देखती रही और सुनिश्चित करती रही कि वे सही-सलामत हैं या नहीं—वे पूरी तरह सलामत थे। इनके अलावा एक बात अहम थी। उसने बताया कि एक बार उसने मोर के भोजन को लेकर लापरवाही बरती। ''यह पहली गलती थी और शायद मुझे इसी की सजा मिलनेवाली थी।''—उसने कहा। यह प्रेमी के लौटने के ठीक एक दिन पहलेवाली शाम थी जब उसे मोर से दूर रहना पड़ा। उस शाम वह खेत पर थी जहाँ कटी हुई सरसों को थ्रेसर से निकाला जा रहा था। वह देर तक माता-पिता के साथ खेत पर हाथ बँटाती रही और अँधेरे के बाद ही मुक्त हुई। जब लौटी और छत पर जाकर देखा तो मोर कब का जा चुका था। लड़की ने इस लापरवाही के बाद यह सोचकर सन्तोष पा लिया कि कोई बात नहीं—मोर ने पिछली बार के बचे रोटी के टुकड़े खा लिये होंगे।

इसके अलावा इन दिनों कुछ नहीं हुआ। सबकुछ सामान्य था। एक रात पहले उसने कमरे में बैठकर बीजणा को अन्तिम रूप दिया था। वह अगले दिन प्रेमी से मिलने के लिए बहुत उतावली हो रही थी, मिलने का समय निकट था इसलिये, या शायद इसलिये कि उसे बिछड़ने की जल्दी मची थी।

''आप कल्पना कर सकते हैं, मैं कितनी पागल थी?''—लड़की ने मुझसे कहा और मैं कल्पना करने लगा।

ग्यारह

यह तेरहवाँ दिन था। यह एक सामान्य-सा दिन था जब हर चीज अपनी जगह पर थी। सब कुछ सहजता से चल रहा था। सूरज अपनी जगह पर उगा और अपने रास्ते से होता हुआ पश्चिम की ओर जाने लगा। मोर भी समय पर आया और समय पर ही जाने को तैयार था। कहीं कुछ भी अलग, अजीब या अचरज-भरा नहीं हुआ। लड़की भी सहज थी। वह सिर्फ मिलने के लिए उतावली थी और सुबह से ही बार-बार कुछ चीजें सोच रही थी। वह सोच रही थी—आज कौन-से कपड़े पहने जाएँ? कौन-सी क्लिप लगाऊँ? चाय बनाऊँ या कॉफी तैयार की जाए?

धीरे-धीरे दोपहर ढली। शाम हुई। मोर आया। इतने दिनों बाद प्यासे थरमस ने आज कॉफी का स्वाद चखा। काले जीन्स पर लाल छींट का कुरता पहनकर लड़की ने खुद को आईने के सामने रखा। बालों में एक फूलवाली क्लिप लगाई। मोर को भरपेट भोजन खिलाया। उसने एक पीले रंग की पॉलीथिन में बीजणा खोंसा और स्कूटी से रेंगती हुई पहाड़ी पर पहुँची।

वह जैसे ही पहुँची, उसने देखा कि लड़का तलहटी में दूसरी तरफ एक पेड़ के नीचे बाइक की टेक लगाए खड़ा है। यह काफी असम्भव बात थी। ऐसा मुश्किल से ही होता था कि प्रेमी पहले पहुँच जाए। इससे पहले कि लड़की ऊपर चढ़ आने का इशारा करती, लड़के ने हाथ से बुलाते हुए नीचे आ जाने का इशारा कर दिया। वह नीचे उतरने लगी। यह उस शाम की दूसरी असम्भव हरकत थी क्योंकि हमेशा मिलते ही वे पहले पहाड़ी पर चाय पीते थे और उसके बाद ही किसी दूसरी जगह जाने की युक्ति बनाते थे। इससे पहले कि नीचे तलहटी में आकर वह गले मिलने की प्रथा का निर्वाह करती, लड़के ने बाइक चालू कर ली और उसे इस तरह पीछे बैठने को कहा जैसे किसी जल्दबाजी में हो।

''यह पहली बार था जब उसने मिलते ही गले नहीं लगाया''—लड़की ने कहा ''और यह भी पहली बार था कि कोई फूल नहीं दिया।''

उसने बताया कि इस हड़बड़ाहट और असहजता को उसने काफी दिन बाद मिले प्रेमी की उत्तेजित भावनाओं का स्वाभाविक परिणाम समझा। उसने यह भी समझा कि दूर-दूर तक फसलें कट चुकी हैं इसलिये आज उन्हें निश्चित ही टीलों की ओर जाना होगा। इस नयी जरूरत के चलते लड़के ने उस दिशा का रुख कर लिया। वह आसानी से आगे बढ़ता रहा और पीछे बैठी लड़की उसके कन्धों के ऊपर से सामने लटकी चाबी को देखती रही, बाइक का वह छल्ला जिस पर मोरपंख लटका हुआ था। इस दौरान वह उड़ता हुआ, उचकता हुआ, लहराता रहा।

वह एक सुनसान जगह थी। वहाँ कई टीले थे जो आपस में सटे थे। उन टीलों पर मरी हुई घास की पीली चादर चढ़ी थी जो दूर से सुन्दरता का झूठा भान देती थी। टीलों के आसपास कूँचे के लम्बे सिरकीले पौधे थे। उनके झुरमुटों से झींगुरों की झन्नाती हुई आवाज़ इस जगह को और भी डरावना बना रही थी। उन्होंने कच्चे दलदली रास्ते में बाइक खड़ी की और एक टीले पर पहुँच गये। यहाँ से काफी दूर एक आखिरी टीला दिखता था जिस पर एक बबूल का कँटीला पेड़ खड़ा था। ''वहाँ ऐसा वीरानापन था कि पहली बार में कोई श्मशान ही समझ ले।''—लड़की ने कहा ''लेकिन पता नहीं क्यों, यह अहसास उस क्षण ऐसा नहीं था जैसा बाद में हुआ।''

वे एक टीले की ढलान पर बैठ गये। लड़की ने थरमस खोलकर कॉफी निकाली। पहला घूँट लेते हुए लड़के ने प्रेमिका की ओर गौर से देखा और कहा कि

वह बहुत दुबली-पतली लग रही है। लड़की ने अपने दुबलेपन को जाँचते हुए कहा कि यह शायद फसल-कटाई के समय की मेहनत का असर है। उसने प्रेमी से पिछले बारह दिनों के बारे में पूछा तो लड़के ने एक साथ कई बातें बताईं और किसी भी बात में किसी अनहोनी की गन्ध नहीं छोड़ी। इन्हीं बातों की समाप्ति उसने एक सुन्दर उपहार से की जिसे वह लड़की के लिए लाया था। उसने अपने बैग से उपहार निकाला।

"वह कॉटन का एक आसमानी कुरता था"—लड़की ने मुझे बताया "जिस पर असंख्य फूलों की रंगीन छाप थी।"

आज वह फूल नहीं लाया लेकिन फूलोंवाला कुरता लाकर उसने उस प्रथा का निर्वाह कर लिया। कुरते पर बेल-बूटों और फूलों की कभी ना कुम्हलानेवाली 'शाश्वत-छपाई' देखकर लड़की खुश हो गयी। वह 'थैंक्स' कहकर खड़ी हो गयी और कुरते को कन्धों से मिलाकर नाप लेने लगी। 'बिल्कुल सही है, बहुत प्यारा है।'—वह मुस्कराई और वापस बैठकर कॉफी पीने लगी। उसे सन्तोष था कि उसका प्रेमी इन दिनों लगातार उसके बारे में सोचता रहा है और आखिर उसने उसका ख्याल भी रखा। अब लड़की ने थरमस के पास रखी अपनी पॉलीथिन उठाई और लड़के के हाथों में दी। लड़के ने खोलकर देखा—वहाँ सुन्दर बीजणा था जिसमें मोर-पंखों का निपुणता से इस्तेमाल किया गया था। वह चाहता तो मोर के नाम पर तुरन्त नाराज हो जाता लेकिन नहीं। वह प्रसन्न लगा। वह हैंड-फैन को शान्ति से देखता रहा और एक क्षण के लिए उसे चारों ओर फिराकर स्वीकार-भाव से अपने बैग के पास रख लिया। अब वह लड़की के चेहरे को देखने लगा। उसकी आँखों में कोई रहस्य था जिसे कामुकता समझकर लड़की ने गर्दन झुका ली। वह सकपका गयी जबकि लड़का अभी भी उसे देख रहा था। लड़की इन सीधी आँखों से शरमाती हुई मुस्कराने लगी और आँखें तीरती हुई प्रेमी की गोद में सिर टिकाने के लिए झुकी। लड़के ने इठलाते हुए एक छोटा-सा धक्का दिया और गोद पीछे सरका ली। लड़की का सिर घास पर टिक गया। वह बालों से चिपके सूखे तिनके झाड़ती हुई वापस उठ गयी। अब लड़का मन्द-मन्द मुस्करा रहा था। उसने कॉफी का आखिरी घूँट भरा और कप फेंकते हुए घास पर लेट गया। वह आसमान की ओर आँखें उठाकर लम्बी साँसें लेने लगा। लड़की भी मजाक भाँपकर मुस्कराने लगी और खिसककर प्रेमी के पास आने लगी। वह लड़के की बाँह को पकड़कर सीधा करने लगी ताकि तकिया बनाकर खुद भी लेट सके। वह जैसे ही लेटने लगी, लड़के ने बाँह खींच ली और फिर से धक्का देकर उसे घास पर टिकने को मजबूर कर दिया। लड़की झुँझला गयी। इस समय जिन धक्कों को वह मजाक समझ रही थी, आनेवाले दिनों में वे एक त्रासदी के रूप में याद रहनेवाले थे। लड़के को इस तरह इतराते देख वह हार

मान गयी और अपनी ही कोहनी का तकिया बनाकर लेटने लगी। वह ज्यों ही लेटी, लड़का एकाएक उठ बैठा। उसने हाथों में फूलोंवाला कुरता उठा लिया और लड़की के सामने उसे हवा में लहराने लगा। अब वे दोनों साथ मुस्करा रहे थे। ये हल्की-फुल्की हरकतें उनके प्रेम में आम थीं जिन्हें देखकर लड़की को लग रहा था कि वे जल्दी ही चूमने लगेंगे और उतनी ही जल्दी एक-दूसरे में समा जाएँगे। एक-दूसरे में उतरने से पहले वे हमेशा ऐसे खेल खेलते आए थे जब किसी चीज के बहाने खींच-तान शुरू करते और उसकी परिणीति एक सन्तोषजनक सुख में होती। प्रेमी को मुस्कराते देख लड़की भी उठकर बैठ गयी। उसने उँगलियों से पास पड़ा एक छोटा-सा कंकड़ उठाया और चूमकर हवा में उछाल दिया। लड़के ने कैच करने की कोई कोशिश नहीं की। कंकड़ स्थिर खड़े कूँचों में जाकर गिरा जहाँ से गिरने की एक खुरदरी आवाज़ आई। उसी क्षण अचानक हवा का एक झोंका आया और कूँचे लहराने लगे। उनकी चोटियों पर चिपकी मुलायम रूइयों के फाहे छितरकर टीलों के ऊपर आकाश में उड़ने लगे। वे दोनों एक क्षण के लिए शान्त हो गये। वे कूँचों को देखने लगे। इस शान्ति में उन्होंने झींगुरों की कँपकँपाती आवाज़ महसूस की। लड़की ने बताया कि कूँचों को देखते हुए उसे ख्याल आया कि खुली घास पर कुछ करने से बेहतर तो कूँचों के पीछे की जगह है। लड़का अभी भी उसके सामने स्थिर खड़ा था। उसने अब एक हाथ कमर पर रख लिया और दूसरे से कुरते को गोल-गोल घुमाता रहा। कुरते पर छपे असंख्य फूल भी हवा में चक्कर खाते रहे। उसके सामने बैठी लड़की ने हाथ बढ़ाकर कुरता दे देने का इशारा किया जिसे लड़के ने गर्दन हिलाकर मनाकर दिया। वह बार-बार अपनी इस 'सम्पत्ति' को माँगती रही जैसे यह कोई ईश्वर प्रदत्त वरदान हो और लड़का हर बार हिचकोले खाते हुए नकारता रहा। वह जैसे उसके सामने नाच-कूद करने लगा और लड़की को 'हिम्मत है तो' कुरता ले लेने के लिए चुनौती देने लगा। इस पुनर्मिलन के बाद कुरते का सहारा काफी था जिससे वे पहले-सी हँसी-ठिठोली में खो सके और अन्ततः कुछ सन्तोष पा सके। वह सन्तोष कभी नहीं मिला। उस दिन उसी कुरते को लेकर 'पकड़ा-पकड़ी' का खेल शुरू हुआ। वह आखिरी खेल था।

लड़की बैठी रही, लड़का खड़ा रहा। अचानक एक झटके-से लड़की ने उसके पैरों को पकड़कर अपनी ओर खींचना चाहा। लड़का उतना ही तेज था, उसने उसी गति से खुद को पीछे किया और लड़की की उँगलियाँ पैंट को कुरचती रह गयीं। 'कैच मी।'—लड़का पकड़ से दूर होते हुए उल्टे पैरों से पीछे चलने लगा और चैलेंज करने लगा—'लो पकड़ो।' वह आसानी से माननेवाला नहीं था, आखिर लड़की उठ खड़ी हुई और उसी त्वरित वेग से पीछा करने लगी। वे दोनों दौड़ने लगे। वे एक-दूसरे पर छीना-झपटी करने लगे। लड़की के हाथों से बचते हुए लड़के

ने उसे चारों ओर दौड़ाया और अचानक चकमा देकर कहीं गायब हो गया। वह ढलान से उतरते हुए कूँचों के पीछे झुरमुटों में कहीं छुप गया था। 'अहा! छुपम-छुपाई। अब मजा आएगा।'—वह लड़की को थोड़ी देर ही परेशान कर पाया। लड़की बहुत शान्त क़दमों से पौधों के बीच उसको ढूँढ़ती रही और आखिर उसने उसे ढूँढ़ निकाला। उसने लड़के को वहीं दबोचते हुए कुरता छीनकर अपने पास कर लिया। इससे पहले कि वे दबिश में आकर थोड़े गम्भीर होते और चूमना शुरू करते, लड़की ने 'अब मुझे पकड़ के दिखाओ' कहा और खुद भागकर प्रेमी के सामने चुनौती पेश कर दी।

अब लड़के की बारी थी। वह पैंट झाड़ते हुए खड़ा हुआ। 'अच्छा! उल्टा चैलेंज!'—उसने एक क्षण के लिए गर्दन उठाकर ऊपर आकाश को देखा—आकाश में परिन्दों की कतारें थीं जो चहकती हुई कहीं लौट रही थीं। उसने वापस गर्दन नीची की और भागती हुई लड़की पर नज़र डाली। 'मुझसे बचके दिखा।'—वह किसी ताकतवर घोड़े की तरह हिनहिनाने की आवाज़ निकालने लगा। उसने एक तेज हुंकार भरी और पीछा करना शुरू किया। लड़की ने बचने की पूरी कोशिश की। वह कई बार गिरफ्त में आते-आते बची और लड़के को चुकाते हुए एक झुंड के पीछे जा छुपी। वह लहराती सिरकियों के बीच से देखने लगी—किधर है? उसे लड़का बहुत चोर क़दमों से करीब आता दिखाई दिया। वह लगातार कूँचों के अगल-बगल घूम रहा था और टटोलती आँखों से ढूँढ़ रहा था। वह नाकाम रहा, वह बहुत बारीकी से लड़की की तेज साँसें सुनने लगा। वह फिर भी कामयाब नहीं हुआ और ढूँढ़ते हुए आगे जाने लगा। वह परेशान होने लगा तो उसने लड़की से कोई हिंट माँगा—'चुटकी बजाओ।' लड़की ने प्रेमी को ज्यादा परेशान नहीं किया। उसने हल्की-सी चुटकी बजाई। लड़के ने उस दिशा में ध्यान लगाया। इससे पहले कि वह लड़की को घेरकर दबोचता, लड़की बाहर निकली और झुकी हुई कमर से भागती हुई ढलानों की ओर पहुँच गयी। वह एक ढलान पर थी कि अचानक लड़का उभरा, उसने अड़ंगी लगाई, लड़की फिसली और उसी क्षण उसे दबोच लिया गया।

अब कुरता वापस लड़के के हाथ में था।

इस पड़ाव पर भी खेल ख़त्म नहीं हुआ। अब थोड़ी देर में सूरज डूबनेवाला था और समय का सही ख्याल रखते हुए उन्हें प्रेम सम्पन्न कर लेना चाहिए था। यह खेल पहले जब भी चलता था, एक ख़ास सतह पर जाकर शान्ति में बदल जाता था लेकिन आज ऐसा नहीं था। वे दोनों ही आवेश में थे और आवेश निरन्तर बढ़ता जा रहा था। वे खिलखिलाहट के साथ कुछ गिनती की साँसें लेते रहे और फिर से अगली पारी के लिए तैयार होते रहे। खेल इसी तरह चलता रहा। उन्होंने इस दौरान किसी टीले, किसी कूँचे को नहीं छोड़ा। वे बार-बार हारते-जीतते रहे, बार-बार

कुरता हाथों में इधर-उधर आता-जाता रहा। हर जगह का पूरा इस्तेमाल करते हुए उन्होंने बार-बार एक-दूजे को पकड़ा, छीना, चौंकाया। वे काफी देर तक ऐसे ही चौंकते रहे, चौंकाते रहे। टीलों के ऊपर छोटा-सा आकाश हँसती-हाँफती किलकारियों से गूँजता रहा। वे अट्टहास से आवेश का आनन्द लेते रहे और शायद यही आनन्द प्रकृति को खुद के खिलाफ लगा। उनकी आवाज़ें परिन्दों और झींगुरों के शोर में घुलती, उठती, मिटती रहीं। ढलती शाम की रोशनी में दौड़ती-भागती लम्बी-लम्बी परछाइयाँ टीलों और ढलानों पर नाचती रहीं। परछाइयाँ पतंगों की तरह पेंच खाती रहीं और एक-दूसरे को काटती रहीं। ये सुनसान टीले किसी छोटे-से सौरमंडल की तरह नाद में कम्पित होकर गूँजते रहे। यह अपार आनन्द था जिसे लड़की ने देह और देह की अन्तिम कोशिका तक महसूस किया। वह एक नर्तकी की तरह उछलती-कूदती रही और पूरे वेग से अपने होने का दावा ठोकती रही। बावजूद इसके—खेल किसी भी स्थायी दबिश तक नहीं पहुँच पाया। वे पकड़ते रहे, छूटते रहे और फिर से चुनौती पेश करते रहे। आज आसानी से खेल ख़त्म होनेवाला नहीं था। आज वे जैसे भूल ही गये थे कि प्रेम सम्पन्न करने का उद्देश्य अभी बचा हुआ है।

वे जिस टीले से शुरू हुए थे, वहाँ से दाँव-पेंच चलाते हुए काफी आगे आ गये। अब कुरता लड़की के हाथ में था और दोनों घुटनों पर हाथ रखे हाँफ रहे थे। उन्होंने गर्दन उठाकर दूर एक आखिरी टीले को देखा जहाँ बबूल का पेड़ था। अब यहाँ तक आ ही गये हैं और खेल इतना खेला ही जा चुका है तो क्यों ना एक और बाजी खेल ली जाए।

"हमने उस कँटीले पेड़ को छूने की शर्त रखी।"—लड़की ने बताया।

उसने बताया—यह आखिरी पारी थी।

इससे पहले कि वे दौड़ की पोजीशन लें या 'एक-दो-तीन' बोलकर नियमानुसार घोषणा करें, लड़के ने नियमों को धक्का देकर कुरता छीन लिया और दौड़ शुरू कर दी। 'नहीं-नहीं, चीटिंग नहीं।'—धक्के से गिरती हुई लड़की ने खुद को सँभाला और एक झटके-से खड़ी हुई। दौड़ शुरू हो चुकी थी। वह भी प्रेमी का पीछा करने लगी। उसने पूरी शक्ति लगाई और तीसरे टीले तक आते-आते लड़के की बराबरी करने लगी। उसने पीछे से लड़के को पकड़ने की कोशिश की लेकिन उँगलियाँ पीठ को कुरचती रह गयीं और लड़का लड़खड़ाकर उससे दूर हो गया। लड़की ने उसके हाथ से कुरता छीना और अब आगे निकल गयी। कभी आगे-पीछे, कभी साथ-साथ दौड़ते हुए उनकी गति तेज से भी तेज होती गयी। लड़की ज्यादा तेज दौड़ सके, इसके लिये उसने स्लीपर हवा में छिटका दिए। एक-एक करके स्लीपर अलग-अलग दिशाओं में उछलकर दूर हो गये। अब वह पूरी तरह आगे थी। इस दौड़ में वह बार-बार अगल-बगल देखती रही, उसे पीछा करता लड़का

दिखता रहा। उसका प्रेमी भी बहुत तेज दौड़ रहा था। 'दौड़ का आनन्द तभी है जब कोई आपका पीछा कर रहा हो।'—यह ख्याल मुझे लड़की को सुनते समय आया। वे एक के बाद एक कई टीले पार करते गये। अब सामने कुछ छोटे टीले और फिर समतल जमीन का एक टुकड़ा बाकी था। उसके बाद उस आखिरी टीले और बबूल के पेड़ को आना था। अब प्रतियोगिता के अन्तिम क्षण शेष थे। लड़का बार-बार जीत के करीब आ रहा था। यह देख लड़की जितनी जान लगा सकती थी, उसने लगा दी। अब नीचे जमीन उसे उल्टी भागती दिखाई दी और हवा के झोंके कानों को फरफराते हुए पीछे बहते रहे।

वह भागती रही, भागती रही, भागती रही...

उसका कुरता असंख्य फूलों के साथ हवा में फरफराता रहा...

अब उसने पीछे मुड़कर देखना बन्द कर दिया। उसने आँखें मींच लीं। अचानक उसने महसूस किया कि उसके बाल खुल गये हैं और खुलकर बिखर चुके हैं। उसने माथा छुआ तो पाया कि फूलोंवाली क्लिप कहीं छिटक गयी है। उसने कोई परवाह नहीं की। वह भागती रही। वह बचे हुए टीले भी पार कर चुकी थी और समतल जमीन पर पहुँच गयी। वह लक्ष्य के पास थी इसलिये एक क्षण के लिए धीमी हुई। उसने पीछा करते लड़के को सुनना बन्द कर दिया था। उसने घुटनों पर हाथ रखकर एक तेज साँस ली और हाँफते हुए पीछे देखा—उसे लड़का दिखाई नहीं दिया। उसे लगा वह ढलानों से उतरकर किसी दूसरे गुप्त रास्ते से आ रहा होगा। वह चीटिंग करके आगे निकलना चाहेगा। इस उम्मीद में उसने फिर से क़दमों को गति दी। लक्ष्य के बिलकुल पास पहुँचकर वह फिर मुड़-मुड़कर देखने लगी—लड़का नहीं था। वह अभी भी नहीं रुकी। वह दौड़ती रही और आखरी टीले पर पहुँच गयी।

उसने बबूल के कँटीले पेड़ को छूकर किस्सा ख़त्म किया।

वह थकान में चूर होकर वहीं ढह गयी।

लड़का अब भी नहीं आया। वह हँसती हुई हाँफ के साथ इन्तज़ार करने लगी। वह अपना पेट पकड़कर हँस रही थी और कुरता जीत लेने की खुशी में मुग्ध थी। उसने सोचा कि प्रेमी चकमा देकर किसी भी दिशा से अचानक आ धमकेगा। उसने सोचा—हो सकता है वह हार से निराश हो गया हो इसलिये धीरे-धीरे आ रहा हो। कुछ क्षण इसी तरह बीते, उसने चारों ओर देखकर पता करने की कोशिश की। वह कहीं नहीं दिखा। अचानक लड़की ने अपने अन्दर एक अजीब-सा सन्नाटा महसूस किया और डूबते सूरज को देखा। सूरज डूब चुका था, सिर्फ रोशनी के कुछ धब्बे रह गये थे। इसी आस में कुछ क्षण और बीते लेकिन लड़का नहीं आया। अब काफी क्षण गुजर चुके थे। जब लग गया कि लड़का नहीं आएगा तो वह खड़ी हो गयी।

'ये क्या मजाक है?'

वह रूठे क़दमों से वापस उसी दिशा में चलने लगी जहाँ से खेल शुरू हुआ था। उसे चिड़चिड़ाहट होने लगी—'यार! हद है!' इस तरह बीच में खेल ख़राब नहीं करना चाहिए। इसका क्या तुक है? उसे पेड़ तक तो आना ही चाहिए था। वह वापसी में अब समतल जमीन पर थी। वह नंगे पैर थी और कुरते को मृत जानवर की तरह सूखी घास पर घसीट रही थी। उसने यहाँ एक क्षण के लिए क्लिप ढूँढ़ने की कोशिश की, क्लिप नहीं मिली। उसने खुले बालों को खुला ही रहने दिया और आग़े चलने लगी। अब टीलों से गुजरते हुए उसे रास्ते में उल्टे पड़े अपने स्लीपर मिले जिन्हें पैरों में पहनने के बजाय उसने हाथों में उठा लिया। यहाँ चलते हुए उसे आशंका हुई कि शायद वह किसी कूँचे के पीछे छुपा होगा और अचानक चिल्लाते हुए निकलेगा ताकि मुझे डरा सके। उसे किसी ने नहीं डराया। एक के बाद एक सारे टीले पीछे छूटते गये और आशंका खाली होती गयी। उसे लौटना बहुत खल रहा था। उसे खीज मच रही थी। यह सारा रास्ता उसे बहुत वीरान और दहशत भरा लगा। अब ऊपर आकाश के सारे परिन्दे गायब थे और झींगुरों का आलाप भी बन्द हो चुका था। वह अन्ततः उस स्थान पर आ गयी जहाँ थरमस और पीली पॉलीथिन रखी थी। उसने गौर किया—थरमस के पास रखा लड़के का बैग अब नहीं है। उसने झुँझलाहट में स्लीपर पटके और पहनने लगी। उसने थरमस और पॉलीथिन में रखा बीजणा उठाया। वह कुरते को कन्धे पर रखकर उस रेतीले रास्ते की ओर चलने लगी जहाँ उन्होंने बाइक खड़ी की थी। वहाँ भी कुछ नहीं था। इस रास्ते में पहियों के अनगिनत निशानों के बीच वह उसके निशान ढूँढ़ने लगी, जिन्हें वह कभी नहीं ढूँढ़ पाई। वह टूट रही थी। उसने एक बार मुड़कर सूरज और टीलों की ओर देखना चाहा लेकिन वहाँ अँधेरा छा गया था। वह अँधेरे को ज्यादा देर तक नहीं देख पाई। उसकी आँखों में पानी आ गया। उसने आँखें बन्द कर लीं।

"वह पूरी तरह गायब हो गया था।"—लड़की ने मुझसे कहा।

बारह

यह क्या था? यह तो सचमुच एक खेल था जिसमें बिलकुल मजाक की तरह कुछ घटित हुआ हो। मुझे आश्चर्य हुआ कि यह कैसे सम्भव है? फिर तुमने क्या किया?—मैं पूछना चाहता था लेकिन यह सही नहीं था। किसी ने कैसे दुख झेले?—यह पूछना विनम्रता से बाहर लगा इसलिये मैंने उस दुख को सिर्फ उसके दृश्यों में देखा।

अब मैंने उसे बीच-बीच में रोकना-टोकना कम किया और ज्यादा शान्ति से शब्द सुनने लगा। उसका कहना था कि वह अभी भी इस खेल को खेल ही समझ रही थी जबकि यह कोई खेल या मजाक नहीं था। यदि इसे मजाक कहा भी जाए तो कम-से-कम लड़की के लिए त्रासद मजाक था। जब उसने इसे 'त्रासद' कहा तो मुझे लगा कि प्रेम को खो देना बहुत आम बात है, ऐसा तो कितनों के साथ रोज होता है। मुझे इस शब्द से जुड़े कुछ दूसरे सन्दर्भ भी याद आए और लगा कि दुनिया की बड़ी त्रासदियों के सामने तो यह कुछ नहीं है, लेकिन क्योंकि लड़की की दुनिया, उसके स्वप्न और उम्र ऐसी थी कि यह घटना उसके लिये 'एक छोटी-सी त्रासदी' जितना असर रखती थी। मुझे यह भी लगा कि जैसे दुनिया की ज्यादातर त्रासदियाँ मजाक से शुरु होती हों और वही आगे काले सूखे रक्त में परिवर्तित हो जाती हों।

"अब मुझे ऐसा समय झेलना था जिसे मैं भी नहीं समझ पाई।"—उसने कहा।

उसने कहा कि अचानक प्रेमी को गायब पाकर वह बिलकुल सुन्न थी। टीलों पर अकेली पड़ जाने के बाद वह उस दिशा की ओर चलने लगी जहाँ तलहटी में उसने अपनी गाड़ी खड़ी कर रखी थी। उसने थरमस और कुरते को कन्धों पर लटका रखा था और पॉलीथिन हाथों में पकड़ रखी थी। प्रेमी अपना अन्तिम उपहार तो दे गया लेकिन उसका दिया हुआ उपहार वहीं छोड़ गया था। ऐसा क्यों हुआ? यह बात वह कभी नहीं समझ पाई। वह नाराजगी भरे दो आँसू रोकर टीले से वापस आ रही थी तभी बीच में सड़क पार करते हुए उसने एक ऐसा क्षण नोट किया जिसे दृश्य में ही समझा जा सकता था।

उसने मुझे एक दृश्य में समझाया—

"अब अँधेरा हो चुका था और मैं सड़क पार कर रही थी। अचानक मेरे सामने से एक मोटरसाइकिल गुजरी। मैंने गर्दन उठाकर देखा—मुझे एक क्षण के लिए एक अनजान-अधेड़ औरत दिखी जो एक आदमी के साथ सवार थी। उस औरत ने मेरी तरफ देखा और एक जोरदार ठहाका मारा। इससे पहले कि मैं उस ठहाके का कोई अर्थ समझ पाती, उसका चेहरा पहियों की गति के साथ दूर अँधेरे में खो गया। वह एक रहस्यमय ठहाका था जिसे मैं कभी नहीं भूल पाई।"

वह अज्ञात हँसी एक अशुभ शंका थी जिसमें उपहास की कड़वी गूँज थी। जिस सड़क पर यह ठहाका सुना, वह उसी सड़क का दूसरा स्थान था जहाँ पिछले साल अगस्त की एक सुबह उसने दूसरी मुस्कराहटें सुनी थीं। उस दिन वह खिलखिलाती लड़कियों के साथ स्कूल-बस की ओर बढ़ रही थी और लड़के को दरवाजे पर हाथ लटकाए खड़े देखा था। वह एक क्षण के लिए यहाँ ठहर गयी और इस ताजे ठहाके की तुलना पुरानी मुस्कराहटों से करने लगी जब हर कोई सुबह की

सहजता में गुम था। उसने जाना कि एक हँसी दूसरी हँसी से कितनी भिन्न हो सकती है और हर हँसी के कितने अलग-अलग रंग और अर्थ हो सकते हैं।

वह घर पहुँची। उसने मनहूस कुरते और हैंड-फैन को अलमारी में फेंका और सीधे छत पर चली गयी। उसने वहाँ अँधेरे में फूलों को देखना चाहा जो नहीं दिखे। वे अंधेरे में कहीं दुबके पड़े थे। वह दूर पहाड़ी पर मन्दिर को देखने लगी। उसे वहाँ भी कुछ दिखाई नहीं दिया। वह वापस नीचे आकर चुपचाप कुर्सी पर बैठ गयी और सोचने लगी—यह क्या था? मेरे साथ क्या हुआ है?—वह अपने आपसे कई सवाल करती रही और फिर तमाम तर्क-वितर्क के बाद खुद को दिलासा देने लगी—'अरे! कुछ नहीं, मज़ाक है!' वह खुशफहमी जगाने लगी। वह सोचने लगी कि यह सचमुच एक मजाक है और कल जब वह आएगा तो इस बुरे मजाक को लेकर खूब झगड़ा करेगी। उसे इस ख्याल से थोड़ी शान्ति मिली। उसने सोचा कि वह उससे नाराज हो जाएगी और मजा चखाकर बताएगी कि ऐसे घटिया मजाक का जवाब कैसे दिया जाता है। वह अवश्य ही माफ़ी माँगेगा, वह कितनी ही माफ़ी माँगे तब भी वह उसे माफ़ नहीं करेगी और इस लड़ाई को कई दिनों तक जारी रखेगी। वह तब तक नाटक करती रहेगी जब तक कि प्रेमी हज़ार बार कान ना पकड़ ले। वह उसे दुबारा ऐसा ना करने की कसम खाने को मजबूर कर देगी और क्योंकि लड़का प्रेम करता है, इसलिये उसे मजबूर होना पड़ेगा। वह सोचती रही कि कल वह जोरदार बदला लेगी।

''मैं सचमुच बदला लेना चाहती थी।''—लड़की ने कहा।

अगले दिन उसने मोर का इन्तज़ार नहीं किया। यह सम्भव नहीं था। उसने मोर के आने से पहले ही छत पर रोटी के टुकड़े डाल दिए ताकि वह अपने समय पर आकर पेट भर ले। उस शाम लड़की ने थरमस को भी किचिन में अकेला छोड़ दिया ताकि बिना चाय या कॉफी लाए देखकर लड़का उसकी नाराजगी और गुस्से को महसूस कर सके। उस शाम उसने आईने के सामने बैठना भी जरूरी नहीं समझा, वह नहीं चाहती थी कि वह सुन्दर लगे और उसे देखकर प्रेमी कोई मीठी बात कहे। वह आज अपना सबसे बुरा रूप दिखाना चाहती थी। वह चाहती थी कि लड़का भयभीत हो और गलती के लिए पछतावा करे। वह मिलने के नियत समय से काफी पहले ही पहाड़ी पर पहुँच गयी और इन्तज़ार करने लगी। अभी वहाँ कोई नहीं था। पहाड़ी सूनी लग रही थी। वह अकुलाहट में टहलने लगी। वह थोड़ी देर ऐसे ही टहलती रही। अचानक उसकी नज़र उस छज्जे जैसी चट्टान पर गयी जहाँ मोर उड़ान की तैयारी कर रहा था। मोर ने आज भी नियत समय पर उड़ान भरी और छत के लिए रवाना हो गया। उसे इस बात से कोई मतलब नहीं था कि लड़की कहाँ है? उसे भोजन चाहिए था जो पहले से छत पर रखा था। लड़की ने मोर से ध्यान हटाया और

प्रेमी के बारे में सोचने लगी। उसने आज पहले की तरह चपटे पत्थर को नहीं चुना जहाँ बैठकर वह अकसर इन्तज़ार करती थी। वह नहीं चाहती थी कि उसे बाट जोहते देखकर माहौल सामान्य समझा जाए। वह अपने-आप को थोड़ा छुपाकर मन्दिर की ओट में बैठ गयी जहाँ से सड़क तो दिख सके लेकिन सड़क से यहाँ बैठी लड़की को देख पाना मुश्किल हो। वह चाहती थी कि लड़के के आ जाने के बाद ही वह प्रकट होगी और जताएगी कि देखो—मैं तुम्हारे लिये इतनी उतावली नहीं हूँ, बल्कि मैं तो तुम्हारे बाद अभी-अभी यहाँ पहुँची हूँ। वह पूरे उतावलेपन से प्रेमी का इन्तज़ार करने लगी और उस अवसर के लिए लालायित होती रही जब वह झगड़ा करके बदला ले सके।

"मैं कभी बदला नहीं ले सकी।"—लड़की ने मुझसे कहा।

वह काफी देर ऐसे ही इन्तज़ार करती रही लेकिन धीरे-धीरे इन्तज़ार महत्त्वहीन होता गया। लड़की ने घड़ी देखी—अब साढ़े पाँच बजनेवाले थे। वह थकने लगी। उससे रहा नहीं गया। वह मन्दिर की ओट से बाहर आ गयी और चबूतरे पर चढ़कर सड़क की ओर देखने लगी। अब अगर प्रेमी इन्तज़ार में परेशान होता पकड़ ले तब भी कोई फर्क नहीं पड़नेवाला था। वह चबूतरे और चट्टानों पर चढ़-चढ़कर बार-बार बाट जोहती रही लेकिन उसे कुछ दिखाई नहीं दिया। वह यहाँ इन्तज़ार करने से उकता गयी तो पहाड़ी से उतरकर सड़क की ओर जाने लगी जैसे प्रेमी सिर्फ सड़क तक ही आनेवाला हो। वह सड़क-किनारे जाकर खड़ी हो गयी और किसी गुमशुदा बच्चे की तरह उस दिशा से आते हुए वाहनों को एकटक देखने लगी। वे दूर छोटे आकार में दिखाई देते, फिर पास आकर पूरे प्रकट होते और सामने से गुजरते हुए दूसरी दिशा में गुम हो जाते। वह हर बाइक को इसी तरह जाँचती रही। वह पराये वाहनों की आवाजें सुनती रही और उन पर सवार चेहरों को बार-बार नकारती रही। उसे वह बाइक कभी दिखाई नहीं दी जिसे वह दुनिया की विशाल भीड़ में भी पहचानने का विश्वास रखती थी।

वह समझ नहीं रही थी या समझना नहीं चाहती थी कि वह कभी नहीं आएगा। वह उसे खो चुकी है। आज देर तक इन्तज़ार करने बाद वह खाली हाथ घर लौटने लगी तो नाराजगी दुख में बदल गयी। वह लौटते समय अचानक एक पगडंडी पर रुक गयी, उस छप्पर के पास जहाँ उसे पहाड़ी पर लौटता मोर दिखाई दिया। वह शायद अभी इस पड़ाव पर अटका हुआ था। अँधेरे छप्पर पर मोर को पता नहीं किस तरह देखा—वह वहीं बैठकर रोने लगी। मोर ने उसकी ओर ध्यान नहीं दिया। वह शायद उड़ान की सीमाओं से थका था और जल्दी पहाड़ी पर पहुँचना चाहता था। उसने उसी क्षण एक उड़ान भरी और अँधेरे में गायब हो गया। लड़की उसे जाते हुए देखती रही। वह अपने आँसुओं को घर तक नहीं ले जा सकती थी

इसलिये खूब रोकर उसने अपनी आँखें साफ़ कर लीं। वह अँधेरे खेतों में रास्ता ढूँढ़ते हुए आगे बढ़ने लगी।

आज वह घर पहुँचकर गुमसुम हो गयी। वह पिछले असंख्य क्षणों के साथ आनेवाले असंख्य क्षणों को जोड़कर देखती रही। वह अपने कमरे में जाकर बैठ गयी। उसे पता नहीं क्या-क्या ख्याल आए। उसने फिर से रोना शुरू कर दिया। वह तब तक सिसकती रही जब तक कि माँ ने खाने के लिए आवाज़ नहीं लगा दी। माँ का आग्रह सुनकर वह सामान्य होने का अभिनय करने लगी। उसने आँखें पोंछकर थाली अन्दर कमरे में ले ली ताकि परिवार इस बारे में अनजान रह सके। वह अकेले में बैठकर खाने लगी। 'अकेले में खाता हुआ इन्सान सबसे ज्यादा दयनीय लगता है।'—उसे सुनते हुए मुझे लगा। मुझे लड़की का बताया वह दृश्य काफी गहन लगा कि एक रोता हुआ इन्सान आँसू पोंछकर थाली के सामने बैठे और खाना खाने लगे।

वह उस रात देर तक जागती रही। वह जागी आँखों से कमरे की छत को देखती रही। वह छत के पलस्तर पर दिखनेवाली आकृतियों में उस शाश्वतता को ढूँढ़ती रही जो हमेशा दिखाई देती थी। उसने सोचा कि क्या आकृतियों ने अपने-आप को कुछ बदल लिया है? नहीं—उसे आँखों पर पूरा विश्वास था। यदि इतना विश्वास है तो इनका अर्थ बदला हुआ क्यों लग रहा है? सम्भवत: यह आँखों की बदली हुई स्थिति से ऐसा लग रहा हो। उसने खुद को दिलासा दिया कि यह भ्रम है, कहीं कुछ नहीं बदला, सबकुछ पहले जैसा है। देखना! पहले जैसा ही रहेगा। देखना! वह कल मुझसे मिलने जरूर आएगा, बल्कि वह पहाड़ी पर पहले से ही मेरा इन्तज़ार करता मिलेगा।

''मैं अगले दिन फिर पहाड़ी पर आई''—उसने बताया ''मैं रोज इसी तरह आती रही लेकिन वह नहीं मिला।''

उसने बताया कि अगले कई दिनों तक वह मोर के आने से पहले ही पहाड़ी पर पहुँचती रही और सड़क-किनारे इन्तज़ार करती रही। वह चुपचाप इन्तज़ार भी नहीं कर सकती थी। उसने अब उन सारे स्थानों पर प्रेमी को ढूँढ़ना शुरू किया जहाँ तक प्रेम फैला हुआ था। उसने उन गड़रियों से जाकर पूछा जिनको वे अकसर अहसास दिलाते थे कि हमने तो आपको देखा ही नहीं, ऐसे में अब पूछताछ बहुत संकोच-भरी लगी। वह ऐसे पूछती फिरी जैसे खुद की आँखों पर भरोसा ना हो और दूसरे सबकुछ जानते हों। जब उसने पूछा कि 'क्या किसी ने उसके प्रेमी को देखा है?' तो लम्बे-लम्बे उपदेशों के लिए विख्यात गड़रियों ने सिर्फ 'ना' में सिर हिला दिए। वह कई दिनों तक पूछती रही और हर बार वे 'ना' में गर्दन हिलाते रहे। उसने उन पुलिसवालों से जाकर पूछा जिनसे बात करना कभी अच्छा नहीं लगता था। ''वे मुस्कराते हुए मना करते थे जैसे उन्हें पता हो—अहा! यही तो होनेवाला था।''—

उसने बताया। वे इस तरह जवाब देते थे जैसे इसी दिन की आस में चौकी खोलकर बैठे हों। वह चायवाला जो कम बोलने के लिए प्रसिद्ध था और जब भी बोलता था, अजीब तरह बोलता था। उससे पूछा तो उसने लड़की से कहा कि उस लड़के को देखे हुए तो जैसे 'सदियाँ' गुजर चुकी हैं, बल्कि ऐसा लग रहा है जैसे वह कभी रहा ही ना हो। उसने लड़की को सान्त्वना दी कि यदि वह दिखाई दिया तो उसे जरूर सूचित करेगा। लड़की ने अपने अन्तिम पड़ाव क्रेशर पर मजदूरों से जानकारी माँगी लेकिन उन्होंने भी मना कर दिया। सबके जवाब सुन-सुनकर वह वहीं मशीन से कटते पत्थरों को देखती रह गयी जिन्हें पहले प्रेमी के साथ देखती थी और जो पहले काफी आश्चर्यजनक लगते थे। अब वहाँ कोई आश्चर्य नहीं था।

उसने आसपास कोई व्यक्ति नहीं छोड़ा जिससे पूछा ना हो। उसने आते-जाते राहगीरों से पूछा। पहाड़ी के पास काम करते ट्रकवालों और खेतों में ईंधन बीनती महिलाओं से पता किया। उसने कुछ ऐसे लोगों से भी पूछा जिनसे कोई सम्बन्ध नहीं था, बल्कि जो सारी कहानी से ही अनभिज्ञ थे। उसने सबसे पूछा—सिर्फ उन बिजूकों को छोड़कर जो कटे हुए खेतों में अब महत्त्वहीन-से खड़े थे। उसने अभी देवता से भी कोई सवाल नहीं किया था (जिससे सवाल करना अभी बाकी था।) जो ख़ामोशी से सबकुछ होते देख रहा था और जो लड़की के शब्दों में उसके "प्रेम का असली कर्ता-धर्ता" था।

हो सकता है वह बीमार हो गया हो? उसे कोई जरूरी काम पड़ गया हो? वह झूठे अन्देशों से अपने-आप को बहलाती रही। वह घर में सहज रहने का अभिनय करती रही लेकिन क्योंकि अभिनय निरन्तर नहीं किया जा सकता इसलिये वापस अपनी हकीकत की ओर पलट जाती थी। वह किसी अँधेरे ख्याल से निकली रुलाई को रेडियो के संगीत में घोल देती थी ताकि दुख कमरे से बाहर सुनाई ना दे। उसने छोटे-से जीवन में पहली बार ऐसा क्षण देखा था जो उसके कच्चेपन की वजह से और भी भारी पड़ रहा था। उसके पास अब कोई उपाय, कोई रास्ता नहीं रहा। वह अपनी ज्वलन्त आशंकाओं को झूठी आशाओं के छींटों से बुझाती रही। यह जलाने-बुझाने का खेल देर रात तक चलता और अलसुबह ही खेल की बची हुई पारियाँ फिर से शुरू हो जातीं। इस बीच उसने कई-कई बार थरमस छूकर देखा। कई बार पीली पॉलीथिन, कुरते और तितलीवाली क्लिप को छुआ। उसने बार-बार अटारी के पास जाकर उन फूलों को देखा जो अब मृत पक्षियों-से सिकुड़े पड़े थे। वह रोज तरह-तरह के बहाने बनाकर पिता से फ़ोन माँगती रही ताकि प्रेमी का कोई शब्द सुन सके, उसे हर बार उसके 'अस्तित्व में ना होने' के शब्द सुनाई देते रहे। उसने सब तरह के सारे प्रयास किए। वह किसी तरह अपने स्कूल के बस-ड्राइवर से सम्पर्क साधने की कोशिश करती रही। इन छुट्टियों में उसका कोई सुराग नहीं मिला। वह

अब पटरियों के पार कस्बे में जाने के बारे में सोचने लगी जहाँ किसी चर्च के पास लड़के का घर था और जिसके बारे में उसे और कुछ पता नहीं था। अपनी अन्तिम परीक्षाओं के बाद से वह स्कूली-छात्रा नहीं रही इसलिये वहाँ जाने का कोई बहाना भी नहीं था। अब उसे कोई बहाना चाहिए था जिसके बल पर एक पूरे दिन के लिए माता-पिता से इतनी दूर जाने की इजाजत मिल सके।

"अब मैं टूटती जा रही थी।"—उसने कहा।

उसने मुझसे कहा कि अब उसे उन सारे ख्यालों पर ग्लानि होने लगी जो लड़ने-झगड़ने और बदला लेने से सम्बन्धित थे। अब उसे लग रहा था कि अगर वह लौट आए तो बिलकुल नहीं झगड़ेगी बल्कि बहुत कोमलता से पूछगी कि क्या मजबूरी थी जिसकी वजह से उसे गायब रहना पड़ा? अगर उसे इस पूछने से भी ऐतराज हो तो वह कुछ नहीं पूछेगी बल्कि बिना कोई सवाल किए पहले की तरह रहने लगेगी। अब वह खुद उससे माफ़ी माँगने के लिए तैयार थी कि मैंने तुम्हें कितनी बुरी-बुरी शंकाओं में घेर लिया था जबकि तुमने कुछ बुरा नहीं किया। तुम बिलकुल ऐसे नहीं हो।

—उसे माफ़ी माँगने का कोई मौका नहीं मिला।

इन ख्यालों में जीते हुए उसे एक झलक बार-बार याद आती रही, वह अन्तिम झलक जब पकड़ा-पकड़ी के खेल में उसने उसे अन्तिम बार मुड़कर देखा था। उसके प्रेमी ने आँखें बन्द कर रखी थीं और दाँत भींचकर हाथ-पैरों को दौड़ने की अवस्था में आगे बढ़ा रखा था। "वही क्षण था जो आँखों से नहीं गया"—लड़की ने कहा "अब वही तस्वीर मेरे साथ रहती थी।"

तेरह

हफ्ते-भर बाद एक दिन वह पहाड़ी पर नहीं पहुँची, जैसा कि मुझे बताया गया—वह रास्ते में सहेली के घर रुक गयी। वह वहाँ से रोज गुजरती थी लेकिन रुकना कम ही होता था। अब रुकना हुआ। वह सहेली के साथ छत पर बैठ गयी और उसे अपनी घटना से अवगत कराया। सहेली ने लम्बी तसल्ली के साथ उसे कई डरावने सच और शंकाएँ गिनाईं और फिर तरह-तरह की सलाह देकर सान्त्वना देती रही। उसने प्रेम में घटनेवाली असहज स्थितियों पर बातें कीं और फिर अपनी शादी की तैयारियों पर बात करने लगी जैसे उसके लिये यही सच हो। उसे शायद ऐसी स्थितियाँ झेलने का अनुभव था इसलिये इस मसले को ज्यादा लम्बा खींचना जरूरी नहीं समझा। जब लड़की छत से नीचे उतरी तो सहेली के कई मशविरों और दिलासाओं के साथ

उतरी।

"मेरी सहेली की एक बात ने मुझे छुआ।"- लड़की ने कहा।

"क्या बात?"—मैंने पूछा।

"सहेली ने कहा कि हम खोने पर इसलिये बहुत ज्यादा रोते हैं क्योंकि कभी पाते समय बहुत ज्यादा मुस्कराए होते हैं।"—उसने सहेली के शब्द बताए। यह सुनकर मुझे उन माताओं की बातें याद आईं जो बचपन में हँसते-खिलखिलाते शिशुओं को देखकर हँसानेवाले से कहती थीं—'ज्यादा मत हँसाओ, अभी जितना हँसेगा, थोड़ी देर बाद उतना ही रोएगा।'

"क्या तुम्हारे साथ भी ऐसा था?"—मैंने उससे पूछा।

"हाँ"—उसने जवाब दिया "मैंने सुख की सबसे ऊँची चोटी छू रखी थी इसलिये जब गिरी तो उतना ही दुख हुआ।"

उसने बताया कि उस शाम पहाड़ी पर जाने के बजाय उसने एक टेढ़ा-तिरछा रास्ता पकड़ा जो मनहूस टीलों की ओर जाता था। अब वह पता नहीं क्या चाहती थी? किस आस में गयी? वह ऐसे गयी जैसे उस दिन खेल के बाद प्रेमी वहीं रह गया हो और अब तक वहीं बैठा हो। उसने रेतीले रास्ते में गाड़ी खड़ी की जहाँ हफ्ते-भर पहले प्रेमी ने बाइक खड़ी की थी। उस दिन वह कितनी खुश थी, आज कितनी दुखी है। कितना जल्दी कितना कुछ बदल जाता है। उसने आज टीलों को पहले से कहीं ज्यादा वीरान पाया। उसने वह जगह देखी जहाँ बैठकर अन्तिम बार कॉफी पी थी। वह किसी निरीह प्राणी की तरह अकेली भटकती रही और सारी चीजें दुबारा देखकर अथाह सन्नाटा महसूस करती रही। वह सूखी घास और कूँचों को देखकर उन किलकारियों को याद करती रही जो उस शाम खेल के दौरान छोटे-से आकाश में गूँज रही थीं। वह बहुत गुमसुम क़दमों से चलती हुई समतल जमीन तक आ गयी जिससे आगे आखिरी टीले पर कँटीला पेड़ था। वह पेड़ को दूर से देखती रही। उसे छूकर अब कोई खेल नहीं जीतना था। अब कोई उसका पीछा नहीं कर रहा था। अब वह हार-जीत के किसी भी प्रश्न से बहुत दूर खड़ी थी।

वह वापस आकर थोड़ी देर के लिए उस टीले पर उसी जगह बैठ गयी जहाँ पहले दोनों साथ बैठे थे। वह हफ्ते-भर पुराने समय को आँखों में जीवित करने लगी, उसे झींगुरों की अनवरत सनसनाहट के बीच गूँजती किलकारियाँ, धक्का-मुक्की, दौड़ की शर्तें और प्रेमी की अन्तिम झलक याद आती रही। एकाएक उसकी नज़र कूँचों की जड़ों की तरफ गयी जहाँ चाय के दो सूखे कप पड़े थे। उसे पता नहीं क्या महसूस हुआ। काश! उस दिन जीतने की कोशिश ना की होती। काश! वह हार जाती जैसे पहले लड़के को निराश ना करने के लिए अकसर हार जाया करती थी। यदि पता होता कि उसे पकड़ना इतना असम्भव होगा तो उस दिन उन्हीं क्षणों में उसे

हमेशा के लिए पकड़कर रख लेती। वह पूरी शक्ति से भींच लेती और कभी उसे आज़ाद नहीं होने देती। अफ़सोस! ऐसा नहीं हो सका। हमें आनेवाले क्षणों की रचनाएँ कहाँ पता होती हैं? वे क्षण अपनी लीलाएँ दिखाते हैं और हम उनके शिकार होते रहते हैं।

वह जी भरकर रोना चाहती थी। यहाँ चीख सुननेवाला कोई नहीं था। वह देर तक रोती रही, आँसू पोंछती रही, फिर रोती रही। जैसे इस सुनसान दुनिया में उसे अकेले छोड़ दिया गया हो, जैसे अब जाने के लिए कोई जगह न हो, करने के लिए कोई कार्य हो।

वह रोती रही, सामने सूरज ढलता रहा।

''मैं टीलों को देखना चाहता हूँ।'

इससे पहले कि लड़की खोए प्रेम को पाने की अन्य कोशिशो के बारे में बताए, जिनमें 'एक दूसरे लड़के' की मदद से कस्बे में उसके घर तक पहुँचाना भी शामिल था, मैंने लड़की के सामने यह इच्छा रखी।

उसने छोटी-सी शर्त के साथ इसे स्वीकार कर लिया।

मैं पहाड़ी से टीलों की तरफ गया। वहाँ लड़की नहीं ज़ाना चाहती थी लेकिन मेरा आग्रह मानते हुए उसने वहाँ का रास्ता दिखाया। वह अपनी शर्त के अनुसार खुद टीलों से पहले दूर एक जामुन के पेड़ के नीचे खड़ी रह गयी जैसे उसे अब भी वहाँ जाने से बहुत डर लगता हो। मैंने प्रेम की तहकीकात करते हुए वहाँ से अकेले ही जाने का मन बनाया और उस मनहूस स्थान का मुआयना करने लगा।

मैंने खुद अपनी आँखों से देखा—वह जगह वाकई बहुत उजाड़ थी। वह ज्यादा डरावनी शायद इसलिये लगी क्योंकि लड़की वहाँ के वीरानेपन को पहले से बता चुकी थी। पहले से ज्ञात डर ज्यादा डरावना होता है। मैं वहाँ हर चीज को टहलते हुए देख रहा था। मुझे अपने स्वार्थ पर थोड़ी-सी ग्लानि हुई कि मैं किसी की पीड़ा को कैसे एक 'सब्जेक्ट' की तरह लिये फिर रहा हूँ। वहाँ लड़की के प्रेम की नन्हीं-मृत्यु हुई थी और आप किसी की मृत्यु पर सहजता से तर्क-वितर्क नहीं कर सकते। आपको शान्त और विनम्र रहना पड़ता है। मैं रहा। मैंने सूखी घास, कूँचों और कँटीले पेड़ को देखा तो लड़की के शब्द प्रमाणित हुए। यह प्रमाण अधिक ठोस तब हुआ जब मैंने सामने कूँचों के एक झुंड की जड़ों में कुछ विचित्र देखा—वहाँ प्लास्टिक के कप थे। वे सचमुच दो थे। वे जर्जर हाल में पिचके पड़े थे। मैं झुका और एक डंडी में फँसाकर उन्हें बाहर निकालने लगा। वे इतने महीनों में बहुत क्षीण और मृतप्राय हो चुके थे। अब उन्हें मसलकर हवा में फूँका जा सकता था। मैंने फूँका नहीं। मैंने उन्हें हल्की उँगलियों से उठाकर हथेलियों पर रख लिया। मैं अन्दाज़ा

लगाने लगा कि कौन-सा कप किसने पिया होगा? मैं गौर से देखता रहा। मैं कोई अन्दाज़ा नहीं लगा पाया। मैं उनमें से किसी एक कप को शायद फूँकना चाहता था लेकिन इस कोशिश में कहीं लड़कीवाला कप नष्ट ना कर दूँ इसलिये उन्हें वहीं रख दिया। ठीक वहीं—उसी जगह मेरी नज़र एक नन्हें-से पौधे पर गयी जिसके सिर पर एक इतना-सा फूल खिला था। मैं उसे देखने लगा, मैं लगातार देखता रहा। मैंने उसकी ओर उँगली की और अनायास ही मेरे मुँह से निकला—

''ओ नासमझ! तू यहाँ क्यों है?''

मुझे लगा—वह फूल ना इस दुनिया के लिए है, ना दुनिया उसके लायक है। ये दोनों एक-दूसरे के लिए अनुपयुक्त हैं, दोनों विरोधी हैं।

मैं 'प्रेम' शब्द के बारे में सोचने लगा। यह भोजन के बाद सबसे महत्त्वपूर्ण शब्द है। मैं सोचने लगा कि दुनिया की विशाल भीड़ में रोज कितनी प्रेम कहानियाँ घटती होंगी। हर घड़ी, हर क्षण कितनी कहानियों का जन्म और अन्त होता होगा। प्रेम के असंख्य पात्रों के साथ कितना कुछ घटता होगा। प्रेम में क्या नहीं होता। मासूम नादानियों से लेकर छल और खून तक यह शब्द फैला है, फिर भी आश्चर्यजनक ढंग से सबकुछ चलता रहता है। मुझे असन्तुष्ट दार्शनिकों का वह पुराना कथन याद आया जो हमेशा ऐसे ही दोहराया जाता रहा है—'सभ्यता के हज़ारों-लाखों वर्ष बाद भी इन्सान यह नहीं समझ सका कि प्रेम क्या है और उसे कैसे किया जाए?' इस लड़की के भीतर कितना कुछ बदल गया होगा जबकि बाहर की दुनिया अभी भी वही थी। वे टीले और कूँचे उसी तरह मौजूद थे जबकि लड़की के अनुसार उन्हें थोड़ा बदल जाना चाहिए था। किसी अन्य रंग में, अन्य रूप में। मैंने वहाँ से दूर जामुन के पेड़ के नीचे खड़ी लड़की को देखा और सोचने लगा कि वह टीलों तक क्यों नहीं आना चाहती? उसे एक स्थान से क्यों इतनी घृणा है? एक ऐसा स्थान जिसकी धरती के असंख्य स्थानों के बीच कहीं कोई पहचान भी नहीं है। वहाँ से वापस पहाड़ी की ओर लौटते हुए मैं उन इन्सानों के बारे में सोचता रहा जिनके साथ प्रेम एक अनन्त प्रश्न की तरह चिपका रहता है। वे उसे समझने और जीने के लिए सदा परेशान रहते हैं। वे कभी नहीं समझ पाते इसलिये अन्ततः झूठे-मूठे विश्वास पाल लेते हैं ताकि किसी तरह जीवित रह सकें। मुझे उस सनकी आदमी का तीसरा और अन्तिम किस्सा याद आया जिसने पिछली बार गमलों को साथ रखकर सुख के स्थायित्व पर बल दिया था।

मैंने लड़की को यह किस्सा सुनाया—

इस समय वह आदमी निश्चित ही प्रेम के अन्तिम छोर पर था। अब शायद प्रेम को

लेकर उसकी सारी मान्यताएँ ध्वस्त हो चुकी थीं और सारे अर्थ निरर्थक हो गये थे। उसके आँगन के सारे फूल मुरझा गये थे, पौधे सूख चुके थे और गमलों ने अपने-आप को तोड़कर मिट्टी में मिला लिया था। अब वह दिन-रात रोता था। वह जिस दुख को झेल रहा था, सम्भवत: बहुत असहनीय रहा होगा इसलिये फ़िलहाल उससे मुक्ति पाना ही उसका अन्तिम लक्ष्य रह गया। पौधों, फूलों और गमलों से आगे इसी क्रम में उसने सोचना शुरू किया और पागलों की तरह नये निष्कर्ष निकालने लगा। यह उस व्यक्ति के प्रति लोगों का झूठा मजाक ही रहा होगा, लोग कहते हैं—उसने इन्सानों और पेड़ों के आपसी गैसीय-सम्बन्धों को ध्यान में रखकर यह निष्कर्ष निकाला। जो भी रहा हो, उसने फैसला किया कि अब उसे एक पेड़ बनना है। वह पेड़ बनना चाहता था। लोगों के अनुसार उसने पेड़ों के गैसीय आदान-प्रदान के नियम को समझा और सोचा कि इस तरह तो एक-दूसरे के गुणों और लक्षणों को भी इधर से उधर बाँटा जा सकता है। उसने सोचा कि पेड़ उसके दुख को अवशोषित कर सकते हैं और वह पेड़ों का असीम धैर्य व शान्ति पा सकता है, बशर्ते एक कदम उठाया जाए। उसने वह कदम उठाया। उसके बाद वह रोज सुबह घर से निकलकर सूने पेड़ों को ढूँढ़ता रहता था और उनसे चिपका दिखाई देता था। वह सूनी दोपहरों में उन्हें चूमता रहता था और लगभग रोते हुए उनसे गले मिलता रहता था। सिर्फ इस आस में कि उसकी पीड़ा किसी तरह अवशोषित हो और शान्ति पाकर वह खुद भी एक दिन एक पेड़ की तरह हो जाए।

''पेड़ों से गले मिलने के बाद''—लड़की ने पूछा ''क्या वह कभी पेड़ बन पाया?''

''पता नहीं।''—मैंने कहा। मैंने उसे बताया कि उस आदमी से मेरा कभी कोई परिचय नहीं रहा। यह तो एक चुटकुले की तरह फैली हुई बात है जिसे मैंने जंगल में अपने साथियों से सुना है। हम बीहड़ में ऐसे ही किस्सों से मनोरंजन करते हैं।

''वाकई?''—उसने मुझे गौर से देखा।

''हाँ।''—मैंने जवाब दिया।

''अगर वह पेड़ नहीं बन पाया होगा तो क्या किया होगा? कहाँ गया होगा?''

उसने यह सवाल करके मेरी कल्पनाओं का इम्तेहान लेना चाहा लेकिन मेरे पास कोई जवाब नहीं था। मुझे नहीं पता कि वह आदमी कहाँ गया होगा लेकिन यह पता था कि लड़की ने अभी दुख से छुटकारा पाने की कोई कोशिश नहीं की। वह किसी पेड़ से गले नहीं मिली और ना ही कोई पेड़ बनना चाहती थी, बल्कि वह उम्मीद में थी। वह अभी भी अपने सुख को खोजकर जीना चाहती थी।

"मेरे पास उम्मीद का अन्तिम सिरा शेष था"—उसने कहा "मैं उसे ढूँढ़ने उसके घर जानेवाली थी।"

वहाँ पहुँचने के लिए उसे किसी का सहारा चाहिए था। वह चाहती थी कि कोई उसकी मदद करे।

"आपको लगता है भीषण क्षणों में भी"—उसने पूछा "किसी सुन्दर-सुखद क्षण की गुंजाईश बची रहती है?"

"गुंजाईश? इस बारे में मुझे बहुत कम पता है।"—मैंने जवाब दिया।

उसने बताया कि वह उसके लिये सबसे बुरा समय था लेकिन फिर भी उस क्षण उतना बुरा नहीं था जब उन्हीं दिनों उसकी मुलाकात एक 'सहयोगी' से हुई। वह सहयोगी जो ना सिर्फ कस्बे तक साथ गया बल्कि उससे आगे भी साथ रहा। उसकी नियति कितनी भी बुरी होने के बावजूद उस क्षण बुरी नहीं थी जब इन्सानों की इसी भीड़ से निकलकर बहुत सन्तुलित शब्दों में एक व्यक्ति ने पूछा—"तुम्हारे दुख का नाम क्या है?"

वह दूसरा लड़का था।

चौदह

उसने कहानी के दूसरे हिस्से के बारे में बताना शुरू किया जिसमें नये किरदार और स्थानों का जिक्र था। हालाँकि अभी पहला हिस्सा पूरी तरह ख़त्म नहीं हुआ था। पहले से दूसरे की ओर जाना एक घर्षण की स्थिति को जन्म देना है। इसलिये दो दहलीजों पर एक साथ शब्द रोपना मुश्किल काम था। उसने बताया कि उसके कुछ आगामी दिन इसी तरह बीते। मोर आता रहा, वह पहाड़ी पर निकलती रही और अकेले ही बैठकर वापस आती रही। यह ठहराव का समय था जब तेज लहरें थोड़ी स्थिर हो रही थीं। रोज एक ही प्रश्न झेलते रहने के कारण उसके व्यवहार में एक 'शक्ति' पैदा होती रही हालाँकि वह स्थायी नहीं थी। वह ठहराव था लेकिन लहर के लिए उसका स्रोत 'जल' तो उपलब्ध ही था। वह कई दिन और रातों का नतीजा था जब दिन से रातें होती रहीं और इस बीच वह सूनी शामें झेलती रही। इन दिनों उसके दिमाग में हमेशा चलता रहा कि क्या करूँ, कहाँ जाऊँ? सहेली के पास? दादी के पास? किसके पास? या सबकुछ अपनी माँ को बताकर तसल्ली पा लूँ? अपने दुख से थोड़ा विलगते हुए—इन नयी-नयी गर्म दोपहरों में उसे सिर्फ समय काटना था।

—इसी कोशिश में एक दिन उसने गाड़ी उठाई और खेतों की ओर चली गयी।

घर की ऊब और एकरसता से दूर वहाँ जाना उसे ज्यादा भला लगा। वहाँ आम के पेड़ थे। पहले भी कभी-कभार वह रखवाली के लिए वहाँ जा बैठती थी लेकिन वो पिछले साल की बात थी जब प्रेम-कहानी शुरू भी नहीं हुई थी। इस बार दूसरा उद्देश्य था। अभी कैरियों ने विकास नहीं किया था और चुराने लायक तो बिलकुल नहीं थीं (वे अभी सिर्फ बेर के बराबर थीं) फिर भी उसने वहाँ बैठना जरूरी समझा। उसने इतनी जल्दी रखवाली पर जाने का कारण माँ को बताया कि तेज हवा के थपेड़ों और शैतान पक्षियों (खासकर तोतों की कुतरन से) कैरियों की रक्षा करनी है। इसके लिये वहाँ जाकर शोर मचाना जरूरी था और झड़ी हुई कैरियाँ पड़ी-पड़ी ख़राब ना हों, इसलिये उन्हें बीनकर घर लाना होता था। जैसा लड़की ने बताया—उसके लिये कैरियाँ सचमुच उतनी जरूरी नहीं थीं जितना मन-बहलाव जरूरी था। वह कुछ नये लोगों और नयी तस्वीरों से आँखें बहलाना चाहती थी।

वह सन्नाटेदार दोपहरियों में अपने पेड़ के नीचे बैठ जाती और आसपास के दृश्य देखती रहती—दूर-दूर खड़े आम के पेड़, धूल के डोलते गोल गुबार और धूप में छाँव ढूँढ़ते बुजुर्ग रखवाले। यहाँ आसपास उसे बूढ़े ही ज्यादा दिखाई देते, ऐसे लोग जिनके पास घर पर कोई काम नहीं है, जो रखवाली के नाम पर सिर्फ इसलिये दूर आ बैठते हैं ताकि उनके मरने का इन्तज़ार कर रही सन्तानें थोड़ा कम वजन महसूस करें। इन बूढ़ों के अलावा कुछ ऐसे बच्चे और नवयुवक भी यहाँ आ बैठते थे जिनकी परीक्षाएँ ख़त्म हो चुकी हों और जो खाली समय में मौज-मस्ती करना चाहते हों। इनमें कई उन माता-पिताओं के बच्चे शामिल होते थे जो शहरों में नौकरी-पेशा करते हैं और छुट्टियों में वक़्त बिताने पुश्तैनी घरों की ओर आ जाते हैं।

इसी समूह में वह नवयुवक भी था जिससे लड़की का परिचय हुआ। हालाँकि यह पहला परिचय नहीं था, जैसा कि लड़की ने बताया—इससे पहले वे फसल-कटाई के दिनों में मिल चुके थे और उससे भी पहले कई बार ऐसी ही साधारण मुलाकातें हो चुकी थीं। वह वही रिटायर्ड फौजी का लड़का था जो खेत-पड़ोसी था और विपरीत लिंग के प्रति ताजा आकर्षण से परेशान रहता था। वह उन दिनों लड़की को टकटकाये रहता था और मजाक पर दो दाँत दिखाकर मुस्कराता था। वे उसके बाद भी कई बार आते-जाते रास्तों में मिले लेकिन औपचारिक बातचीत 'क्या हाल है?' से 'सब ठीक है' तक ही ख़त्म हो जाती थीं। अब परिचय आगे बढ़नेवाला था। वह कितना आगे बढ़ेगा? यह बाद की बात है। अभी तो लड़की सिर्फ मदद लेने की फिराक में थी। उसके अनुसार वह साधारण-सा लड़का था जिससे यह मदद लेना सम्भव था। वह इतना साधारण था कि उसके साथ उसके 'लड़का' होने को महसूस नहीं किया जा सकता था, बल्कि वह लड़की जैसा लगता था।

"आप मुझे स्वार्थी कह सकते हैं"—लड़की ने स्वीकारा "लेकिन मैं सचमुच

फायदा चाहती थी।''

'दुख में स्वार्थ सामान्य रूप ग्रहण कर लेता है।'—उसे सुनकर लगा।

एक दिन लड़की अपनी गाड़ी से धूल उड़ाती हुई वहाँ पहुँची और फिर कई दिनों तक ऐसे ही जाती रही। कुछ शुरुआती दिनों में वह इस लड़के को पड़ोसवाले खेत में आम के पेड़ के नीचे देखती रही लेकिन हालचाल पूछने से अधिक बात नहीं हो सकी। वह लड़का अकसर वहाँ कुछ किताबें लिये घूमता दिखता था। वह सम्भवत: उन विद्यार्थियों की तरह था जो पढ़ते तो हैं लेकिन इससे ज्यादा किताबों को साथ लिये फिरने में यकीन रखते हैं। लड़की अपने समय से परेशान थी जबकि लड़का अन्दरुनी चाह की वजह से उदासीन दिखाई देता था। उसके संकोच का एक स्थायी कारण उसकी उम्र थी। वह तुलनात्मक-गणित में लड़की से पूरे दो महीने सत्रह दिन छोटा था जो शायद उसके लिये लज्जा का विषय था। वह उससे एक कक्षा कम था इसलिये भी कमतरी का भाव लड़की के सामने कमजोर बनाता था। इनके अलावा सबसे बड़ा मसला था कि वे दोनों ही 'अकेले' में बात करने को लेकर आशंकित थे। सबके सामने होनेवाली सामान्य बातों से अलग किसी सूने स्थान पर बातें करने का अर्थ क्या 'दूसरा' नहीं निकाला जा सकता था?

''लेकिन जैसे ही हमें एक सार्वजनिक स्थान पर मिलने का मौका मिला''—उसने बताया ''हमने खुलके बात की।''

उन्हें जल्दी ही वह अवसर मिला।

कुछ दिन खेतों पर अनमने ढंग से टकराने के बाद—उन्हीं दिनों जब एक धार्मिक स्थान पर सत्संग का आयोजन हुआ तो वे सहजता से बात कर पाए। इसकी वजह निश्चित ही यह साबित करना था कि देखो—हमारे मन में खोट नहीं है। यह स्थान एक माता का मन्दिर था जो आमों से आगे उत्तर की ओर पड़ता था। वहाँ कथावाचन के लिए एक मोटे पुजारी को बिठाया हुआ था जिसके पास सिर्फ इत्ती-सी विद्वता थी कि वह दूसरों को मूर्ख बना सके। एक दोपहर जब प्रवचन के बाद सामूहिक-भोज की बारी आई तो उन्होंने बातचीत की सही शुरुआत की। लड़की के अनुसार वह भोजन करनेवाली महिलाओं की लम्बी कतार में बैठी थी और लड़का खाना परोसनेवालों के साथ हाथ बँटा रहा था। वहाँ भोजन की लेन-देन में थोड़ी बात हुई और जब सारे लोग खाना खाकर उठ गये तो भीड़ में खड़े-खड़े लड़की ने बात शुरू की। उसने सहजता से पूछा कि क्या उसके आम की कैरियाँ सब्जी लायक हो गयी हैं? तो लड़के ने ''ना'' में जवाब दिया और फिर यही सवाल पलटकर लड़की से पूछ लिया। लड़की ने जवाब दिया—नहीं। अभी तो कैरियों में गुठली भी नहीं पड़ी लेकिन शायद दस-पन्द्रह दिनों में खाने लायक हो जाएँ। उसने बात बढ़ाते हुए पूछा कि क्या वह खेतों की ओर पैदल ही आता है? तो लड़के ने खिसियाकर

इस मजबूरी के लिए अपने फौजी पिता को जिम्मेदार ठहराया। उसने कहा कि उसके पिता दुर्घटनाओं का हवाला देकर मोटरसाइकिल चलाने से मना करते हैं, यह और बात है कि उन्हें जान से ज्यादा पैट्रोल की चिन्ता रहती है। कंजूस पिता के बारे में सुनकर लड़की मुस्कराई। यह एक क्षणिक मुस्कराहट थी जो लगातार रोते हुए चेहरे पर झूठी लग रही थी। लड़की ने आगे बात चलाई कि खेतों पर किताबें लिये फिरने की क्या वजह है? लड़के ने उसको जवाब दिया कि उसे आगे गणित में जाना है जो निस्सन्देह बहुत मुश्किल विषय है। उनकी बातें यहाँ अटककर टूट जातीं लेकिन गणितवाली बात ने आगामी मुलाकातों का धरातल तैयार कर दिया। क्या वह गणित में उसकी मदद कर सकती है? जब लड़के ने पूछा तो लड़की एक क्षण के लिए शान्त हो गयी। आखिर असली मदद तो वह लड़के से चाहती थी लेकिन यहाँ तो उल्टा मौका लग गया। जिस कक्षा में लड़का आनेवाला था, वह उससे गुजर चुकी थी इसलिये मना नहीं कर पाई। इन्हीं सीखने-सिखाने की बातों ने आगे मिलने का रास्ता इख्तियार कर दिया।

अगले दिन लड़की खेतों पर पहुँची तो उसने पाया कि लड़का अपने पेड़ के नीचे तीन बुजुर्गों को साथ लेकर बैठा है। इससे पहले कि वह गाड़ी अपने खेत में रोकती, लड़का खड़ा हो गया और इशारा करके बताया कि इधर ही आ जाओ, इधर अच्छी मंडली जमी हुई है।

उसके बाद वह कई दिनों तक मंडली में शामिल होती रही।

'जिस चीज को हम अकेले में खोते हैं, उसकी भरपाई सदा समूह में होती है।'—उसको सुनते हुए मैंने सोचा।

वह रोज दोपहर का समय होता था जब गर्म हवाओं से बचने के लिए सबको एक झोंपड़ी के नीचे आसरा लेना पड़ता था। सपाट मैदान में एक पेड़ के नीचे बना वह छोटा-सा कमरा था जिसकी छत पर सीमेंट की टीन डली हुई थी। उन दिनों वही आश्रय-स्थल था। आसपास के सारे बुजुर्ग अपने-अपने पेड़ों से सरककर वहीं जमा हो जाते और हुक्के के साथ तोतली गप्पे हाँकते रहते। कुछ छोटे बच्चे जो इस समूह में शामिल रहते, उन्हें बीच-बीच में तोते उड़ाने का काम सौंपा जाता। इसके लिये उनमें एक प्रतियोगिता पैदा की जाती कि देखते हैं—कौन पहले तोते उड़ाकर आता है? बच्चे पूरी जान लगाकर दौड़ते, वापस आते और जीत का फैसला सुनने के लिए लालायित रहते। लड़की के हिस्से में दूर एक टंकी से पानी ले आने की जिम्मेदारी थी क्योंकि यह काम उसकी गाड़ी से आसान हो जाता था। वह दिन में कई बार सूखे खेतों में आड़ी-तिरछी लकीरें खींचती हुई आती-जाती रहती और बुजुर्गों का गला गीला करती रहती। वे सब साथ बैठकर खाना खाते, आसपास की बातें करते और फिर बातें बढ़कर समय और स्थान से आगे निकल जातीं। वे नये

और पुराने जमाने को लेकर बहस करने लगते। जब लड़की या लड़का अपने समय के पक्ष में कोई दलील देते तो बुजुर्ग एक पंक्ति को बार-बार दोहराने लगते—"अरे छोड़ो! हमारे ज़माने की बात ही कुछ और थी।" वे दोनों वहाँ शिक्षक की भूमिका निभाने लगते और बुजुर्गों को अँग्रेज़ी के कुछ शब्द सिखाने और बार-बार रटाने की कोशिश करते। इसके नतीजे में तोतली जुबानें 'ब्यूटीफुल' को 'बूटीपुल' कह देतीं और सब लोटपोट हो जाते। वे 'वन-टू-थ्री' से लेकर 'हंड्रेट' तक की गणना सिखाते रहते जो 'टेन' तक ही आते-आते टूट जाती। बुजुर्ग इन नये बदलावों पर शोक प्रकट करते हुए अपने ज्ञान और उपलब्धियों को पुराने किस्से-कहानियों और गीतों से जताने लगते। वे कभी किसी कहानी या चुटकले पर पेट उचकाने लगते और हँसते-हँसते बूढ़ी आँखों में पानी आ जाता। वे राजनीति और इतिहास के किसी वाक़िए को उम्र से जोड़कर पेश करते और अन्तत: लड़की और लड़के को उनकी उम्र का सम्मान करना पड़ता। लड़की का मानना था कि इन सामूहिक वार्ताओं में शामिल होना उसके लिये अपनी सच्चाई से इतर नयी हवा में साँस लेने जैसा साबित हुआ।

जब सारे बुजुर्ग हँसने-हँसाने से थक जाते तो अपने-अपने पेड़ों के नीचे सुस्ताने चले जाते। अकेले पड़ते ही दोनों के बीच एक असहजता जन्मने लगती, वे असहज ना हों इसलिये अब गणित के प्रश्न हल करने लगते। यह सामान्य बने रहने का एक नायाब तरीका था जिसके बारे में दोनों जानते थे कि यह अच्छा बहाना है। वे उन क्षणों में 'एक-दूसरे' के बजाय ज्यादातर 'तीसरों' की बातें करते रहते लेकिन घूम-फिरकर अपने पर बातें आ ही जातीं। इस अकेलेपन में थोड़ी खुशी भी शामिल हो, इसलिये लड़का उसे अपने बारे में नयी-नयी बातें बताता रहता। वह अपने होठों के ऊपर आई भुरभुरी मूँछों के बारे में बताता कि ये उसे बिलकुल पसन्द नहीं लेकिन फौजी पिता इस मरदाना पहचान को ख़त्म नहीं होने देते। वे मूँछों को भी सरकारी सम्पत्ति की तरह देखते हैं जिन्हें कभी कोई नुकसान नहीं पहुँचाया जाना चाहिए। वह ऐसी ढेर-सारी बातें बताता रहता और लड़की मुस्कराकर दाद देती रहती।

इस बातचीत से जो सम्बन्ध कायम हुआ, वह लड़की के शब्दों में "साधारण" था लेकिन इतना था कि उसे अच्छा लगे। वह नये लड़के से उतनी बातें बनाना चाहती थी कि एक दिन मदद के लिए कह सके। वह इन सारी बातों को करते हुए उस क्षण के इन्तज़ार में थी जब अपनी समस्या से अवगत कराएगी। जिन मुस्कराहटों को वह दोपहर और दोपहर बाद तक बरक़रार रख पाती थी, दोपहर ढलने और शाम के आगमन के साथ ही वे ख़त्म हो जाती थीं।

"अभी दोपहर बदली थी, शाम नहीं"—लड़की ने कहा "शाम होते ही मैं मोर से मिलकर पहाड़ी पर जाती थी।"

उस मन-बहलाव के बाद वह अपने घर पहुँचती। नियत समय पर मोर आता। वह (पहले जैसी खुशी से नहीं लेकिन) उसको खाना डालती और फिर पहाड़ी पर पहुँचती। उसने बताया कि वह कभी भी इस क्रम को तोड़ती नहीं थी। उसे लग गया था कि प्रेमी नहीं आएगा फिर भी मन्दिर के पास बैठ जाती थी। यह देवता का दुर्व्यवहार ही था जो उसे झेलना पड़ा। अब वह सड़क की दिशा में बहुत उतावलेपन से नहीं तकती थी और ना ही गड़रियों या अन्य लोगों से कोई पूछताछ करती थी। अब वह सड़क-किनारे ना जाकर सिर्फ चबूतरे पर बैठी रहती और देवता के सामने अपनी उपस्थिति दर्ज करा आती जैसे उसका कोई कर्ज बाकी हो।

''अब उसके घर जाना ही एकमात्र रास्ता था।''—ये लड़की के शब्द थे।

उसने वहाँ जाने की युक्ति बनाई। जिस नये लड़के से वह मिल रही थी, अब उनमें इतनी सहज दोस्ती हो गयी थी कि वह उससे मदद माँग सके। एक दोपहर वह लड़के के साथ आम के पेड़ तले बैठी थी जब इस मसले पर बात की। लड़का इतने दिनों में अन्दर-ही-अन्दर जान चुका था कि वह जरूर किसी बुरी घटना से गुजर रही है लेकिन खोजबीन करने की कोशिश नहीं की। वह उतने ही शब्द सुनता था जितने लड़की कहती थी। उस दिन लड़के ने इस अनमनेपन की वजह पूछी जिसका जवाब दिए बिना लड़की ने खुद उससे पूछ लिया—'क्या वह उसकी मदद कर सकता है?'

लड़के ने 'हाँ' में जवाब दिया।

वे झोंपड़ी में बैठकर अगले दिन की योजना बनाने लगे।

पन्द्रह

वह एक सामान्य से अधिक चमकीला दिन था। शायद लड़की के लिए पिछली रात बहुत छोटी रही इसलिये सुबह जल्दी हो गयी। वह काफी कम सो पाई थी और बेसब्री से सूरज की बाट देख रही थी। लड़की ने अपने साथी को रास्ते में एक पुरानी दुकान के पास दस बजे मिलने को कहा था। यह ऐसी जगह थी जहाँ दोनों का मिलना आसान था। लड़का समय पर आकर वहाँ खड़ा हो गया और नयी दोस्त का इन्तज़ार करने लगा।

लड़की सुबह से तैयारी में लगी रही। उसे परिवार से झूठ बोलना पड़ा क्योंकि इतनी दूर गुप्त उद्देश्य से जाने की इजाजत नामुमकिन थी। पिता घर पर नहीं थे, उसने माँ से बोला कि खेतों के पारवाली धर्मशाला में बुजुर्गों के साथ पार्टी करनी है जिसमें वे 'दाल-बाटी' बनाकर खाएँगे। इस काम में पूरा दिन लगेगा

इसलिये उसे वहीं रहना पड़ेगा। उसने इसमें 'माता के भजन' शब्द को शामिल किया ताकि यह सार्थक उद्‌देश्य प्रतीत हो। उसने सबूत के लिए अपने हिस्से की उगाही में आनेवाला आटा थैली में भरा, थोड़ी-सी दाल ली और माँ को दिखाते हुए गाड़ी की डिग्गी में रख ली। जाहिर है भोजन देर से तैयार होगा इसलिये नाश्ते के लिए कुछ पराठें और अचार भी टिफिन में पैक कर लिये। उसने फ्रिज से पानी की एक बड़ी बोतल निकाली और माँ को आश्वस्त किया कि चिन्ता ना करे, शाम होने से पहले ही वह वापस लौट आएगी,।

माँ ने इजाजत दे दी।

घर से निकलने से पहले वह कमरे में गयी। वहाँ अलमारी खोलकर कुछ देखने लगी। उसने टी-शर्ट उतारी और आईने के सामने खड़ी हो गयी। वह उघाड़ी देह को सँवारती नज़र से देखती रही और फिर उसने वह फूलोंवाला कुरता पहना जो पिछली बार उसको उसके प्रेमी से उपहार में मिला था। कमरे से निकलते-निकलते उसने पीली पॉलीथिन भी अपने साथ ले ली जिसमें उसका अपना बनाया बीजणा रखा था।

वह निकली, उसकी माँ उसे जाते हुए देखती रही।

वह एक तेज गर्म दोपहर थी। लड़की रास्ते में पुरानी दुकान के पास रुकी जहाँ लड़का इन्तज़ार करता मिला। वह लू से बचने के लिए एक सफ़ेद कपड़ा चेहरे से लपेटे हुए था जिसे देखकर लड़की ने भी स्कार्फ चढ़ा लिया। वे लू के अलावा जानी-पहचानी आँखों से बचना चाहते थे। वे किसी मिशन पर निकले दो अपराधियों-से लग रहे थे जिनकी यह युक्ति मुझे नौजवान दिमागों की जुगत-सी लगी। उसने लड़के को पीछे बिठाया और आमों से उल्टी दिशा में सड़क की ओर बढ़ने लगी।

लड़की ने बताया कि उस दिन जैसे सारे झींगुरों ने सन्नाटे का ठेका ले लिया था। जब वे जा रहे थे, सड़क-किनारे झाड़ियों से उठता झींगुरों का आलाप सुनते रहे और बढ़ते रहे। चिलचिलाती धूप में उन छुपे प्राणियों का स्वर ज्यादा सन्नाटा पैदा कर रहा था। रास्ते में उड़ते 'भरभूड़े'—धूल के छोटे-छोटे गुबार देखकर उन्हें किसी आपात-सी स्थिति का भान होता रहा। वे भँवर पता नहीं कहाँ से उठते थे और आड़ा-तिरछा रास्ता काटकर जाने कहाँ जा रहे थे? उन्होंने पुलिस चौकी पार की, क्रेशर पार किया और फिर आगे खाली सड़क से पीछे छूटते हुए खेतों को देखते रहे। उन्होंने वह रेलवे पुल पार किया जिसके सिर से धड़धड़ाती ट्रेनें गुजरती हैं और जो दोपहर में भयावह लगता है। वे जानते थे कि सूनी दोपहरों और रात में वहाँ लुटेरों का डर रहता है इसलिये उसके पास पहुँचने से पहले थोड़ी देर के लिए ठहर गये। वे दूसरे राहगीरों का इन्तज़ार करने लगे जिनके साथ महफूजियत से पुल पार किया जा सके। उन्हें ज्यादा इन्तज़ार नहीं करना पड़ा, पीछे से तीन ट्रैक्टर और एक कार आती

दिखाई दी जिनकी ओट में वे पुल से गुजरे।

जब वे पार हो गये तो लड़के ने पीछे मुड़कर देखा—उसे एक चीखती हुई रेल जाती दिखाई दी।

वे दोनों रास्ते-भर चुपचाप चलते रहे। लड़का कहानी के बारे में ज्यादा नहीं जानता था। वह पूछना भी नहीं चाहता था इसलिये शान्त रहा, जबकि लड़की इसलिये गुमसुम थी क्योंकि तेज उतावलेपन और आशंकाओं से ग्रस्त थी। वह आगामी क्षणों को लेकर उधेड़बुन में थी—पता नहीं क्या होगा? क्या उसे ढूँढ़ पाएगी? नहीं मिला तो? अगर मिल गया तो क्या बोलेगी? क्या तैश में आकर बताएगी कि वह कितना इन्तज़ार करती रही है? उसके ठोस कारण सुनकर वह चुप तो नहीं हो जाएगी? हो सकता है वह किसी मजबूरी का हवाला दे और फिर खुद को कोसकर वापस मिलने लगे? अगर ऐसा होता तो क्या वह इस तरह छोड़कर जाता? इन बातों का अभी कोई जवाब नहीं था।

''मैं इतने सवालों में खोई थी कि गाड़ी चलाना मुश्किल हो रहा था।''—उसने बताया।

अब वे मुख्य सड़क से उतरे और एक पतले रास्ते पर चलने लगे। वहीं से छिटपुट आबादी शुरू होती थी और लगभग आधे घंटे के घुमावदार गन्दे रास्तों के बाद एक लम्बी सड़क पड़ती थी जो आगे ईसाइयों के किसी पुराने कब्रिस्तान की तरफ जाती थी। वे चलते गये। रास्ते में आते-जाते लोग उन्हें टेढ़ी आँखों से देखते रहे जैसे उन्हें भी पता हो कि वे कहाँ जा रहे हैं। यह अहसास ऐसे ही जर्जर क्षणों में होता है जब आपको लगता है सबकी नज़रें आप पर हैं। वे कई घुमावदार रास्तों और फिर एक लम्बा रास्ता तय करके कब्रिस्तान के पास से गुजरे तो उन्हें यह काफी अशुभ और आतंकित करनेवाला लगा। वहाँ कब्रों पर क्रॉस थे, जहाँ उन विदेशियों के नाम उकरे थे जो काफी पहले यहाँ रहते और राज करते थे। उस ज़माने में रेलवे लाइन बिछाते समय उन्होंने ही यह कॉलोनी बसाई थी जिसमें उनके जाने के बाद अब यहीं के लोग बस गये थे। कब्रिस्तान से दायीं ओर आगे उन्हें एक चर्च दिखाई दिया जिसके बारे में उसका प्रेमी कई बार जिक्र करता था।

''वही उसके घर की निशानी थी।''—लड़की ने बताया।

वे एक पेड़ के पास रुक गये। वह गुलमोहर का बड़ा पेड़ था जो फूलों से इतना भरा था कि पत्तियों की संख्या कम लगीं। उन्होंने छाँव में खड़े रहकर आराम की साँसें लेनी चाहीं लेकिन छाँव घनी नहीं थी। सूरज की किरणें फूलों को पार करते हुए नीचे आ रही थीं जैसे जता रही हों—छाँव के लिए फूलों की नहीं, पत्तियों की जरूरत होती है। उन्होंने पसीना पोंछा और पानी की बोतल बाँट-बाँटकर पीने लगे। एक क्षण का विराम लेकर वे आसपास के रास्तों और घरों को देखने लगे। इस गर्मी

में सारा आलम निर्जनता का अहसास दे रहा था। लोग घरों में बन्द थे और बाहर फैले रास्ते शाम के इन्तज़ार में खाली पड़े थे। उस रेगिस्तान-से सन्नाटे में कुछ रेहड़ीवालों की आवाज़ें सुनाई दीं जो मकानों की परछाँइयों में किनारे-किनारे चलते हुए इक्के-दुक्के ग्राहक ढूँढ़ रहे थे।

उन्होंने सबसे पहले एक रेहड़ीवाले से पता पूछा। ठेले की ओर आती हुई लड़की को देखकर उसने सोचा होगा कि कुछ खरीदने आ रही है लेकिन उद्देश्य जाना तो कोफ़्त हुई। उसने मना कर दिया। वे स्कूटी पर सवार होकर उन रास्तों पर भटकने लगे और एक के बाद एक कई रेहड़ीवालों से पूछते रहे। सब के सब पहलेवाले का ही जवाब दोहराते गये—'नहीं पता।' वे घर का नम्बर नहीं जानते थे इसलिये नाम और पहचान के आधार पर ही पूछ रहे थे। उन्होंने कुछ ऐसे मजदूरों से भी पूछा जो मकानों की चुनाई-पुताई में व्यस्त थे और जिनके लिये शायद दुनिया ने सर्वसम्मति से आराम करने की मनाही कर रखी थी। वे भी इस मदद के लिए असमर्थ थे। उन्होंने कई दुकानदारों से जाकर पूछा जो इस समय अधमिची नींद में थे और शायद लम्बे युग से पता पूछनेवालों से उकताए हुए थे, उन सबने सुनने से पहले ही अपने-आपको इस पते से अपरिचित करार दिया। रास्ते से गुजरनेवाले कुछ स्कूटरवालों और इक्के-दुक्के पैदल लोगों से भी पता पूछा लेकिन वे अजनबी निकले और खुद पता पूछने के लिए भटक रहे थे।

कई घंटों की मेहनत के बाद वे थक गये और एक पार्क में जाकर बैठ गये।

वे एक नीम के नीचे घास पर बैठे हुए थे जहाँ घनेरी छाँव थी। लड़की ने टिफिन निकाला, पराँठे बाँटकर अचार रखा और दोनों खाने लगे। वह बहुत शान्ति से बैठी खाना खा रही थी और इस निरर्थक दोपहर के बारे में सोच रही थी। वह सोच रही थी कि वह क्या लेने आई है? उसे क्या मिलनेवाला है? वह क्यों ऐसे भटकती फिर रही है? खाने के बाद खाली हो चुकी बोतल भरने के लिए लड़का खड़ा हुआ और पास ही एक प्याऊ की ओर चला गया। उन्होंने पानी पिया और थोड़ा आराम करते हुए सोचने लगे—अब क्या करें? हो सकता है उद्देश्य पूरा ना हो और उन्हें फिर किसी दिन आना पड़े? वे यह बात कर ही रहे थे कि अचानक लड़की की नज़र एक शख्स पर पड़ी जो साइकिल से गुजर रहा था। उसकी पोशाक से लग रहा था कि वह डाकिया है। उन्होंने जल्दी से सामान समेटा और उसे आवाज़ देते हुए उसके पीछे दौड़ने लगे।

वह शख्स रुका। उसने पता बताया। घर बिलकुल पास में था।

"उसका पता जानते ही मैं काँप गयी"—लड़की ने बताया "मैं सोचने लगी—काश थोड़ा दूर होता।"

उसने बताया कि वह अचानक इतनी घबरा गयी थी कि उसे तैयार होने में

समय लगा। उसने डाकिए को धन्यवाद दिया और उस तरफ मुड़ गयी जहाँ वह खुद नहीं जानती थी कि अब उसे क्या करना है!

डाकिए ने जिस मकान का नाम बताया, वह एक 'गुलाबी घर' था। वह घर अब उनके सामने था।

वह रुकी। उसने एक दीवार के किनारे छाँव में गाड़ी खड़ी की और लम्बी साँस ली। उसने स्कार्फ से पसीना पोंछा, दो घूँट पानी पिया और पीछे खड़े लड़के को एक क्षण के लिए गौर से देखा। लड़का पसीना ना पोंछकर सिर्फ चुपचाप खड़ा था। वह अब सड़क के पार उस घर को देखने लगी। घर सुनसान लग रहा था। यह मध्यम आकार का मकान था जो गुलाबी रंग से रँगा था। उसके दरवाजे गहरे लाल रंग से रँगे थे और बिना रंगवाली काँच की खिड़कियाँ बन्द पड़ी थीं। उसने देखा कि ऊपर छत और छज्जों पर कई गमले रखे हैं जिनमें कौन-से पौधे हैं, यहाँ से जाँचना मुश्किल था।

उसने डिग्गी खोलकर पॉलीथिन हाथ में ली और लड़के से वहीं रुकने को कहा।

वह सड़क पार करने लगी।

उस घर के चारों ओर बाँस की बल्लियों का बड़ा-सा घेर था जिसके अन्दर मकान और बगल में एक गैरेज जैसी जगह थी। उसने देखा—गैरेज की शटर बन्द है। उसे ख्याल आया—सम्भवतः छुट्टियों में बसें अन्दर रखी होंगी। उसने बाँस का झूलता हुआ फाटक खोला और फुलवारियों के बीच बनी एक लम्बी पट्टी पर चलने लगी। उसने चलते हुए पौधों और फूलों के सिर पर हाथ फिराने की कोशिश की। उसके हाथ-पैर किसी दहशत में काँप रहे थे। वह सोच रही थी कि शायद दोपहर में सब सो रहे होंगे, हो सकता है उसकी माँ या पिता दरवाजा खोलें? ऐसे में क्या होगा? उसने हिम्मत करके बरामदे तक का रास्ता तय किया।

वह दरवाजे के पास खड़ी हो गयी और एक छोटे-से स्विच को घूरने लगी। उसने दो कदम और बढ़ाए, स्विच पर हल्की-सी उँगली रखी और अगले ही क्षण सारा सन्नाटा घंटी की भर्राई हुई आवाज़ से बिखर गया।

इसके बाद वह और ज्यादा सहम गयी जबकि ज्यादा सहज होने की जरूरत थी। उसने जल्दी से बालों में हाथ मारा और सूखे होठों पर जीभ फिराई ताकि वे थोड़े सामान्य लगें। उसने पॉलीथिन सलीके से पकड़कर छाती से चिपका ली ताकि जरूरत पड़े तो जता सके कि इसमें तो किताब है जिसे लौटाने आई हूँ। घर के अन्दर सन्नाटा पसरा रहा। वह इन्तज़ार करती रही, दुबारा बैल बजाने की हिम्मत नहीं थी। जब उम्मीद से ज्यादा समय तक सन्नाटा महसूस किया तो दुबारा बैल बजाने की हिम्मत जुटाने लगी। उसने स्विच की ओर उँगली उठाई ही थी कि घर के अन्दर कुछ

सरसराहट सुनाई दी। उसकी छाती एक अजीब से आतंक में डूबने लगी। उसने सरसराहट को अपनी ओर बढ़ते हुए सुना। एक छोटी-सी कटकट के साथ दरवाजा खुला—सामने एक अधेड़ उम्र की महिला थी। वह अवश्य ही प्रेमी की माँ थी।

लड़की ने महिला को 'नमस्ते' कहा।

महिला ने गर्दन हिलाई और फिर "कौन हो तुम?" वाले भाव से देखा।

"मैंने चेहरे पर बनावटी मुस्कान उतारी और विनम्रता से वह नाम लिया जिससे मिलने आई थी।"—लड़की ने मुझे बताया।

नाम सुनने के बाद महिला अन्दर खिसक गयी।

अब काफी समय लगा।

घर में बातचीत की धीमी खुसपुसाहट होती रही जिसे लड़की ने गौर से सुनने की कोशिश की। उसे कुछ समझ नहीं आया, बस इतना पता चला कि खुसपुसाहट में महीन आवाज़ों के साथ-साथ एक मोटी आवाज का भी घालमेल है। वह अन्दाज़ा लगा सकती थी कि पुरुषवाली आवाज़ प्रेमी की हो सकती है लेकिन उस बातचीत का अर्थ समझने में असमर्थ रही। वह बाहर खड़ी हुई दरवाजे को देखती रही, थोड़ा और समय लगा तो झुककर अपने पैरों को देखने लगी। उसे पैर देखकर लगा कि वे गन्दे हैं, अगर उसे अन्दर बुला लिया गया तो कितनी शर्म आएगी। उसने एक बार मुड़कर दूर उस लड़के को देखा जो स्कूटी का रखवाला बनकर बाहर खड़ा था। वह भी इधर एकटक झाँक रहा था और जानने की कोशिश में था—क्या हुआ?

अभी कुछ नहीं—लड़की ने उसकी तरफ इशारा किया।

अचानक फिर दरवाजा खुला।

इस बार एक अलसाई-सी लड़की अवतरित हुई जो सम्भवत: प्रेमी की बहन थी।

"हाँ! वह बहन ही थी, उसकी शक्ल मिलती थी।"—लड़की ने मुझसे कहा।

उस लड़की ने छूटते ही मिलने का कारण पूछा। इससे पहले कि कोई जवाब सुनती, उसने खुद ही बोलना जारी रखते हुए कहा कि वह घर पर नहीं है, किसी काम से बाहर गया है।

कहाँ?

पता नहीं। बताकर नहीं गया।

प्लीज, मुझे मिलना है, बहुत जरूरी काम है।

जिस तरह लड़की ने मुझे बताया—इस दृश्य को बाहर स्कूटी की टेक लगाए खड़ा लड़का देख रहा था। वह देखता रहा कि लड़की किस तरह मिलने की विनती कर रही है जबकि दूसरी लड़की समझाने की कोशिश में लगी है। वह उन लड़कियों

के हाथों की हलचल देखता रहा जो रिरियाने और बतलाने की शैली में हिल रहे थे। उसने हाथों की शैली में बदलाव महसूस किया। वे धीरे-धीरे हिल रहे थे लेकिन अब उनमें तेजी आ रही थी। उनकी आवाज़ें जो यहाँ तक सुनाई नहीं दे रही थीं, अब सुनाई देने लगीं हालाँकि सीधे-सीधे अर्थ समझ पाना नामुमकिन था। उनके हाथों और आवाज़ों की तेजी लगातार बढ़ती जा रही थी यानी लड़कियाँ सम्भवत: किसी बहस की ओर मुड़ रही थीं। लड़की शायद अन्दर जाने की जिद कर रही थी जिसे दूसरी लड़की रोकना चाहती थी। लड़की ने हाथ में जो पॉलीथिन पकड़ रखी थी, वह अब छिटककर गिर पड़ी। यह देखकर लड़का एक क्षण के लिए स्कूटी की टेक से अलग हुआ और सीधा खड़ा होकर इस उलझन को गौर से समझने लगा।

उसने देखा कि अचानक लड़की फट पड़ी है।

वह उस ओर भागा।

लड़की दरवाजे के अन्दर घुसने के लिए टूट पड़ी थी। उसे रोकने के लिए दूसरी लड़की ने उसे पकड़ना चाहा जिसके नतीजे में दोनों गुत्थम-गुत्था हो गयीं। 'अन्दर है, मुझे अभी मिलना है, वह अन्दर है।'—इन शब्दों को दोहराती हुई लड़की ने चीखना शुरू कर दिया जिसके जवाब में दूसरी लड़की भी चीखें निकालने लगी—'फूट यहाँ से।' चीखती लड़कियों को सुनकर महिला भी बाहर आ गयी और अपनी बेटी के पक्ष में दखल देने लगी। उन दोनों से जीतना मुमकिन नहीं था, उन्होंने मिलकर उसको धक्का दिया जिससे वह पथरीले फर्श पर गिर पड़ी। तेजी से भागकर आए लड़के ने उसे उठाया और चुप कराने की कोशिश करने लगा। वह असफल रहा। लड़की रो रही थी, पूरे तैश में थी और बार-बार दरवाजे को लपक लेना चाहती थी। सुनसान दोपहर में शोर-शराबा सुनकर आसपास की कई खिड़कियाँ खुल गयीं और मुस्कराने लगीं। यह कोहराम देखकर बाहर सड़क पर भटकनेवाले कुछ कदम भी ठहर गये और आनन्द उठाने लगे। पड़ोसियों और तमाशबीनों को भाँपकर माँ-बेटी ने जल्दी से झंझट निपटाना चाहा। उन्होंने सारी शक्ति लगा दी और लड़की को हर तरीके से पछाड़ने में लग गयीं। उन्होंने बाल पकड़े, कोहनी और लात मारी। वह बार-बार उनके कब्जे से फिसल रही थी इसलिये उन्होंने मिलकर उसके हाथ-पैर पकड़े और घसीट कर बाहर फेंक दिया। वह जैसे ही बाहर हुई, मौके का फायदा उठाकर उन्होंने पीछा छुड़ा लिया। उन्होंने तेज-तेज बड़बड़ाते हुए दरवाजा बन्द कर लिया। वे अब अन्दर से ही गालियाँ देती रहीं जिनमें कुछ गालियाँ उसके लिये भी थीं जो लड़की को सँभालने में लगा था। उसने लड़की को भींचकर पकड़ा लेकिन वह बार-बार हाथों से आज़ाद होती रही और दरवाजा पीटती रही। वह याचना और क्रोध में रो-रोकर अध-घायल हो गयी। लड़का उसे चुप होने और वापस चलने के लिए मनाता रहा। वह वहीं टूटकर बैठ गयी और अब तेज आवाज़

में रोने लगी।

कुछ क्षण बाद उसने अन्तिम बार दरवाजे की ओर देखा और बहुत जोर से गाली दी—'हरामजादा।'

यह उसके लिये थी जो घर के अन्दर छुपा सब सुन रहा था।

इसके बाद आसपास की खिड़कियाँ बन्द हो गयीं, राहगीर अपनी राह चलने लगे, लड़की ने भी साँसें थाम्पना शुरू कर दिया।

अब वह ख़ामोशी से सिर्फ सिसक रही थी।

वह अचानक उठी।

उसने सामने फुलवारी में हँसते हुए पौधों को देखा। उसने तेजी से क्यारियों की तरफ कदम बढ़ाए और अब फूलों पर टूट पड़ी। उसने गिरते-पड़ते हुए एक-एक पौधे, एक-एक फूल को नोंच-नोंचकर तहस-नहस कर दिया। वे फूल उसके वारों से उछट-उछटकर दूर दीवारों से टकराने लगे और औंधे मुँह गिरने लगे, वह उन्हें चुन-चुनकर पैरों तले रौंदती रही। उसने कुछ ही क्षणों में सारी फुलवारी को उजाड़ में बदलकर रख दिया। लड़का अभी भी उस पर काबू पाने की कोशिश करता रहा। वह उसे किसी तरह दूर गाड़ी की ओर ले जाना चाहता था। उसने एक हाथ में पॉलीथिन उठाई और लड़की को घसीटने लगा।

सोलह

"अब किस्सा खत्म था।"—लड़की ने कहा। उसने मुझे बताया कि उसे पहले भी आभास था लेकिन अब उसकी पुष्टि हो गयी। उसके सारे अन्देशे जिनमें बीमार होने और किसी जरूरी काम का बहाना शामिल था, अब ख़त्म हो चुके थे। वह फुलवारी से उठकर वापस आने लगी लेकिन यह नहीं था कि उससे उसकी स्थिति सही हो गयी। उसके बाद ही वह समय आनेवाला था जब पिछले कई महीनों को अगले कई महीनों तक वह अपने दिमाग में दोहरानेवाली थी और सोचनेवाली थी यदि यह सच है तो फिर वो क्या था? क्या हर बात झूठ थी, प्रेम झूठा था? उसने कभी अपने आपको इसका जवाब नहीं दिया, सिर्फ प्रश्न थे जो मुड़-मुड़कर परेशान करनेवाले थे। उस दोपहर जिस रास्ते से वह मुकाम तक पहुँची, वहाँ जाते समय उसने हर चीज देखी लेकिन लौटते हुए कोई चीज महसूस नहीं की। धूप और धूल से लेकर सड़क, पुल और लुटेरों तक उसने कुछ नहीं देखा। उसे रास्ते की कोई चीज याद नहीं रही। अब वह शून्य में थी। उसे सिर्फ इतना याद रहा कि पुरानी दुकान के पास लड़के ने गाड़ी से उतरते हुए कहा था कि 'कल खेतों पर मिलते हैं, वहीं बात करेंगे।' ऐसी

स्थिति में वह अधिक बात करने से कतरा रहा था।

"मेरा ऐसा हाल था जैसे कोई अंग कटा हो"—उसने कहा "और कटने के तुरन्त बाद दर्द ना हो बल्कि शरीर सुन्न होकर सामान्य लग रहा हो।"

"तुम्हारे साथ उसने ऐसा क्यों किया?"—मैंने एक बेकार-सा सवाल किया।

"उसके अन्दर प्रेम ही नहीं था"—उसने जवाब दिया "अगर था तो ख़त्म हो गया होगा।"

इसके बावजूद भी उसने कहीं 'धोखे' शब्द का (जिसकी मुझे उम्मीद थी) इस्तेमाल नहीं किया। "इसे बस छोटी-सी त्रासदी कहा जाना चाहिए।"—उसने कहा "जिसके बाद कहानी का अन्त समझा जाए।" लेकिन क्या किसी चीज का पूरी तरह अन्त सम्भव है? मैंने पूछा तो उसने 'ना' में जवाब दिया। उसने भी माना कि कहानी तो अन्त के बाद भी लम्बे समय तक बनी रहती है। मैं लड़की को सुनकर सोचने लगा कि किसी के मन में प्रेम कैसे ख़त्म होता होगा? गन्ध या वाष्प की तरह? नहीं—किसी निर्णय पर पहुँचना मुश्किल है। मैं सोचने लगा कि शायद उस लड़के के अन्दर आधा-अधूरा प्रेम रहा होगा जो आधे खालीपन को भरने के बजाय आधे भरे हुए को रीता करना चाहता था। उसने वही किया। मैं सोचता रहा कि क्या प्रेम हमेशा अधूरा ही होता है? सम्भव है वह कुछ होता ही ना हो। जो भी है—इतना अवश्य है कि वह बड़ी खुशी और बड़े दुख का कारण बनता है, कम-से-कम लड़की की कहानी में ये दोनों चीजें थीं। अब वह अपने परखने की पुरानी कोशिशों पर लम्बा विलाप करनेवाली थी जिसका कोई फायदा नहीं था। उसके लिये जो चीज अब भी बची रह गयी थी वह उसी के शब्दों में सिर्फ यह थी—"मेरे मरे हुए फूल।"

उसने बताया कि उस दोपहर वहाँ से लौटने के बाद वह अपने कमरे में पहुँची, पॉलीथिन अलमारी में फेंकी और कुरता उतारकर दूसरे कपड़े पहने। उसने गन्दी-सी टी-शर्ट पहनी और माथे पर स्कार्फ खींचकर बिस्तर पर लेट गयी। वह सुन्न थी और थकान के अलावा कोई दूसरा भाव चेहरे पर नहीं था। उसे अभी उन क्षणों का इन्तज़ार करना पड़ा जब 'सामान्यता' ख़त्म हो जाएगी और 'असामान्यता' झेलनी होगी। वह लम्बी नींद लेना चाहती थी ताकि निस्तब्ध क्षणों को लम्बा खींच सके।

वह अधिक नहीं खींच पाई।

उसकी आँखें बन्द थीं। वह नींद और जागृति के बीच कहीं भटक रही थी। कुछ भी सोचने या महसूस करने से परे। उसकी 'चेतना' किसी अदृश्य 'केन्द्र' में समाहित होकर गुम थी जबकि खिड़की के बाहर सूरज था। वह नियत गति से आकाश को पार करते हुए पश्चिम में झुक रहा था। सूरज को झुकते देख उसकी चेतना खिड़की से निकली और पहाड़ी की ओर चली गयी। उस पक्षी ने पहाड़ी पर

बैठकर अपने आपको उड़ान के लिए तैयार किया। उसने गर्दन उठाई, आकाश में लटकी हुई घड़ी देखी और फिर नीचे छत को देखने लगा। 'हाँ! समय हो गया है'—उसने एक जोरदार छलाँग मारी और कई पड़ावों से गुजरते हुए अन्तत: छत पर उतरा। उसने अपना दैनिक कर्तव्य निभाया। एक के बाद एक कई गूँजें सुनकर लड़की ने आँखें खोलीं। वह कराह उठी। उसे लगा मानो ये क्या हो गया है? उसने अपने छोटे-से जीवन में कभी इतना दुख महसूस नहीं किया। *"मुझे जैसे हज़ार बिच्छुओं ने काट लिया हो।"*—उसने कहा। उसका प्रेम बिखर चुका था लेकिन प्रेम का सबसे बड़ा दाता अब भी उसके समक्ष था। वह मानो पलकों पे आ बैठा हो और उन्हें पानी से भर दिया हो। लड़की ने कानों पर चादर खींच ली और आँखें मूँद लीं। उसने पहली बार मोर को अनसुना करके उसका आमन्त्रण ठुकरा दिया। अब कोई औचित्य नहीं था। वह अँधेरा होने तक लेटी रही। मोर ने कब तक भोजन की गुहार लगाई और कब निराश होकर लौट गया, पता नहीं चला। शाम हुई। अँधेरा होनने लगा। उसकी माँ ने उजाले और अँधेरे के मिलने के समय सोते रहने को अशुभ बताया और जाग जाने को कहा। उसने तबियत खराब होने का बहाना बनाया और लेटी रही। तबियत? माँ ने हाल जानना चाहा। क्या हुआ? लू लग गयी? पसीने में पानी पी लिया? या घी नहीं पच पाया? जरूरी था पार्टी करना? माँ ने उन बुजुर्गों के नाम गन्दी-गन्दी गालियाँ देनी शुरू कर दीं जहाँ जाकर बेटी बीमार हो आई है। उसकी माँ को उसके बारे में पता नहीं था जो गालियों का वाजिब हकदार था। माँ ने लड़की को आगे से ख्याल रखने और अब उठकर भोजन कर लेने का आदेश दिया। कोई शक ना हो इसलिये लड़की ने सहज होने का नाटक किया। उसने अधूरा खाना खाया और फिर से लेट गयी। उसने माँ से ड्रॉइंग-हॉल में टेलीविजन ऑन करने को कहा और कहा कि अब वह ठीक है, सो नहीं रही है।

माँ ने लड़की के सामने टीवी को चलता छोड़ दिया।

माँ घर का काम निपटाकर सो गयी और वह अँधेरे में टीवी का धीमा शोर सुनती रही। उसने आँखें बन्द कर रखी थीं और कुछ सोच रही थी। उसने भूखे मोर के बारे में सोचा जो शायद अभी पहाड़ी पर परेशान बैठा होगा। उसने एक क्षण के लिए नये लड़के के बारे में सोचा—वह भी मेरे कारण परेशान हुआ है। मैं इतने दिनों से उसे कस्बे के लिए तैयार कर रही थी और आज उससे ढंग से बात भी नहीं की। वह अब कस्बे के बारे में सोचने लगी। वह आधी रात तक सोचती रही।

वह सोचती रही, उसे बाहर से कुत्तों की लम्बी भौंकें सुनाई देती रहीं।

आधी रात बाद वह अचानक उठी। उसने टीवी के धुँधले उजास में देखा, घर की हर चीज धुँधली दिखी। वह एकबारगी लाइट जलाने को हुई लेकिन याद आया कि माँ जाग जाएगी। वह धीमे क़दमों से अलमारी की तरफ बढ़ी। वहाँ कुछ ढूँढ़ने

लगी। उसने फूलोंवाला कुरता और पॉलीथिन बाहर निकाली। वह पलंग और कुर्सी को छूती हुई किचिन की तरफ गयी। वहाँ थोड़ी देर किसी बर्तन की खटपट होती रही। वह किचिन से थरमस लेकर निकली और बरामदे की ओर जाने लगी। वह सीढ़ियों का दरवाजा तलाश करने लगी। उसने नंगे पैरों से टटोलकर पहली सीढ़ी को छुआ। छत पर अँधेरा था। आसमान में चाँद भी नहीं था। उसे दूर कहीं से एक फ़िल्मी गीत का धीमा स्वर सुनाई दिया जो हवा में बहता हुआ आ रहा था। उसने सोचा कोई अपनी छत पर सोया होगा और रेडियो बजता छोड़ दिया होगा। उसे कुछ दिखाई नहीं दे रहा था। वह पहाड़ी की ओर देखने लगी जहाँ मन्दिर का जलता पीला बल्ब दिखाई दिया। उसने गर्दन झुकाई और अटारी की ओर मुड़ी। अटारी का दरवाजा खोला। वह अन्दर झाँकने लगी। वहाँ कुछ नहीं दिखा। उसने कुरते को नीचे बिछाकर अटारी को बुहारना शुरू किया। कई महीनों से मृत पड़े फूलों की गन्ध से हल्की-सी छोंक का अहसास हुआ। उसने एक-एक फूल और झड़ी पत्तियों को समेटकर इकट्ठा कर लिया। उसने फूलों, पत्तियों, थरमस और पीली पॉलीथिन को एक साथ कुरते में डालकर गठरी बना ली।

वह गठरी उठाकर नीचे उतरने लगी।

वह कमरे में वापस पहुँचने के बजाय बरामदे से बाहर निकल गयी। उसने चप्पल ढूँढ़नी चाही जो नहीं मिलीं। उसने अन्दर से चप्पल पहनने और टेलीविज़न को बन्द करने के बारे में सोचा लेकिन मन नहीं हुआ। वह नंगे पैर ही बरामदे से नीचे उतर गयी।

वह घर के बगल से गुजरी और पीछे खेतों की ओर चलने लगी।

वह आसपास के घरों को देखती रही जहाँ सन्नाटा था और जिनके बल्ब खेतों तक चमक रहे थे। वह काँटों के डर से धीरे-धीरे कदम जमा रही थी। इस छोटे से रास्ते में उसे मोहल्ले का एक काला कुत्ता मिल गया जो पहले तो थोड़ा सतर्क हुआ लेकिन अगले ही क्षण परिचय पाकर शान्त हो गया। वह उठकर उसके पास आने लगा। उसने पास में सोए हुए एक अन्य साथी सफ़ेद कुत्ते को भी आमन्त्रित किया और फिर दोनों लड़की के पीछे-पीछे चलने लगे। वे शायद सोच रहे थे कि इसे यहाँ क्या काम पड़ गया है?

वह घर से पाँच खेत दूर आकर ठहर गयी। उसे देखकर कुत्ते भी स्थिर हुए। उसने सामने गठरी पटकी। उसकी धमक सुनकर कुत्तों ने कान खड़े कर लिये—ये इतनी रात क्या बवाल है? वे जानने के लिए पास आए और गठरी को सूँघने लगे। अँधेरे में गठरी स्पष्ट नहीं दिखी। लड़की झुककर सामने बैठ गयी और जेब में हाथ डालने लगी। कुत्ते अभी भी समझने में लगे रहे—चाहती क्या है? लड़की अब उँगलियाँ रगड़ने लगी। उसने दो-तीन बार रगड़ मारी और एक माचिस की तीली ने

चमककर खेत को जगमगा दिया। काँपती लौ में गठरी, उबासी लेते कुत्ते, खेत और झाड़ियाँ झिलमिलाने लगीं। लड़की सामने पड़ी गठरी को देख रही थी। धीरे-धीरे तीली ख़त्म हो गयी और सारे दृश्य फिर से अँधेरे में डूब गये। कुत्ते लड़की को छोड़कर एक-दूसरे को देखने लगे। लड़की ने दूसरी तीली जलाई जिसमें उसका चेहरा पीला पड़कर काँपने लगा। इससे पहले कि यह तीली ख़त्म हो, उसने उसे गठरी के एक कोने पर रख दिया। गठरी जलने लगी, आग बढ़ती गयी और चड़चड़ाहट की आवाज़ के साथ धीरे-धीरे पूरी गठरी भभकने लगी। सब कुछ दृश्यमान हो उठा। आसपास के पेड़ और झाड़ियाँ दिखने लगीं। आग को देखकर कुत्ते चारों ओर मँडराने लगे जैसे सोच रहे हों—गर्मियों में अलाव?

वह देर तक अलाव तापती रही।

लड़की को सुनकर मैं सोचने लगा कि यह देख पहाड़ी पर सोए देवता ने आँखें खोल ली होंगी। उसने खेत में जलती आग का रहस्य जानना चाहा होगा और जब पता चला होगा कि फूल जल रहे हैं तो दया आई होगी। उसने जलता कुरता और उस पर छपे फूल ध्यान से देखे होंगे। उसे उस अज्ञात दर्जी पर दया आई होगी जिसने बिना यह जाने कि क्या बर्ताव होनेवाला है, शिद्दत से कुरता सिला होगा। उसे थरमस पर तरस आया होगा जो कितने महीनों से मीठा स्वाद चखता था और आज उसे जलना पड़ रहा था। उसे मोर पर दया आई होगी जिसके पंखों का एक सुन्दर उपहार बनाया गया था। उसे हर चीज पर दया आई होगी सिर्फ लड़की को छोड़कर जिसने प्रेम की सबसे सुन्दर निशानियों को जलाकर क्रोध जताया और उसे इस पर कोई पछतावा भी नहीं था।

"बल्कि मुझे तो हल्की-सी शान्ति मिली।"—उसने मुझसे कहा।

सत्रह

मैं उसकी फूलों से भरी दुनिया को तहस-नहस होते सुन रहा था। जब उसने इसे 'छोटी-सी त्रासदी' कहा तो मैंने पूछा कि इसके लिये कौन जिम्मेदार था? उसने जवाब दिया—"फूल।" उसने बताया कि इसके बाद वह फूलों से पूर्णतः रुष्ट हो गयी थी। अब फूलों से ना सिर्फ विश्वास उठ गया, बल्कि वह उनसे डरने लगी और घृणा करती थी। उसने मुझे कुछ तफ़सीलें दीं जो आनेवाले दिनों से ताल्लुक रखती थीं। अब यदि वह कहीं जा रही होती और रास्ते में फूल दिख जाते तो वह उन्हें काली बिल्ली की तरह मानने लगी। वह उन्हें देखकर ठहर जाती और रास्ता बदल लेती। अगर पड़ोस में किसी लड़की ने बालों में कोई फूल टाँक लिया तो वह

शैतानी करते हुए उसे नौंच देती। अगर उसे किसी मन्दिर जाना होता और वहाँ फूल चढ़ाने होते तो वह टेढ़ी नज़रों से देखते हुए पूजा से दूर हो जाती। अब वह पूरी तरह फूलों से दूर रहती थी और उन्हें एक शत्रु के रूप में देखती थी। इस शत्रुता के बारे में उसका कहना था कि हम उसी चीज से सबसे अधिक घृणा कर सकते हैं जिससे कभी सबसे अधिक प्रेम किया हो। जो फूल उसके प्रेम के जन्मदाता थे, जो प्रेम के पर्याय थे और जीवन सरीखे लगते थे, अब वही चीज उसे मृत्यु-सी लगती थी। उसे सुनते हुए मुझे लगा कि 'सम्भवतः फूल ही वह चीज रही होगी जिसे देखकर इन्सान ने पहली बार कोई 'झूठा-स्वप्न' देखा होगा।'

"अब मैं सिर्फ पछता रही थी।"—उसने कहा। उसने बताया कि वह इस बात को सोचकर ही दुखी थी कि आखिर किस्सा पनपने ही क्यों दिया? हालाँकि उसने यह भी माना कि दरअसल किस्से इसी तरह होते हैं। वे पनपते हैं, ख़त्म होते हैं और फिर पनपते हैं। *"वे जीवन की तरह होते हैं।"*—ये उसके शब्द थे। उसका कहना था कि यह पूरा सिलसिला तकलीफदेह है क्योंकि जब हम खोते हैं तो बाद में यही पीड़ा बची रह जाती है कि आखिर 'पाया' ही क्यों था? अब वह कोसती रहती थी कि उसने पहली बार फूलों को देखकर कमोड में क्यों नहीं डाल दिया? कोशिकाओं की तरह कुलबुलाते फूलों को देखकर क्यों इतनी प्रभावित हुई कि उन्हें सहेजने लगी? उसका यही सहेजना वह श्रम था जिसकी व्यर्थता पर हानि महसूस होती थी। 'काश! यह सब नहीं हुआ होता!'—उसके दिमाग में हमेशा ऐसे ही वाक्य तैरते रहते थे—'काश! वह कोई बुरा स्वप्न देख रही होती और जब आँखें खुलतीं तो पता चलता कि बाहर तो सबकुछ अच्छा है।' अफ़सोस! वह स्वप्न नहीं था, बल्कि यूँ था जैसे आप नींद में हों और जागो तो एकाएक पता चले कि बाहर सचमुच कुछ बुरा हुआ है। यह अहसास अगले कई महीनों तक चलनेवाला था लेकिन पहले उसने अगले दिन के बारे में बताया जिसके बाद उन अहसासों की सिलसिलेवार शुरुआत हुई थी।

वह नींद में थी। उसने बताया कि जब अगले दिन नींद खुली तो चेहरे पर दाढ़ी-मूँछों का एक सरसराता-सा स्पर्श महसूस किया। उसके पिता—वे कई दिनों बाद घर लौटे थे। वे जब भी इस तरह लौटते, सोई हुई बेटी को इसी तरह प्रेम करते। उन्होंने उसे चूमा और छाती से चिपकाकर मुनमुनाते हुए भींचने लगे। लड़की ने पिता की बाँहों में आँखें खोलीं और अलसाई हुई मुस्कान के साथ उनका स्वागत किया। सुबह का यह पहला क्षण सुखद लगा लेकिन अगले ही क्षण उसे अपनी वास्तविकता याद आ गयी। उसे याद आया कि कल उसने कितना कुछ जला दिया था। उसके लिये पहला क्षण अकसर मीठा होता था क्योंकि जागने के एवज में माँ-बाप का दुलार मिलता था लेकिन उसके तुरन्त बाद ही वह खालीपन महसूस करने लगती

थी। ऐसा लगता था जैसे माँ-बाप के प्रेम पर किसी पराए व्यक्ति का (जो अब उसके लिये है भी नहीं) असर भारी है।

मैंने लड़की से उन दुर्दान्त क्षणों के बारे में जानना चाहा जब प्रेम के बाद वह उसके 'ना' होने में जीती थी। उसने बताया कि वह दोपहर को कमरे में तनी हुई पड़ी रहती और खालीपन को भरने के लिए पड़ोसियों से ऐसी बातें करती रहती जिनका कोई सिर-पैर ही ना हो। वह निरर्थक किस्से, टीका-टिप्पणी और चुगली में साथ देती रहती ताकि अपने आप में खोने से बच सके। इन दिनों उकताहट में वह किसी से भी बात करने के लिए मचल जाती थी। "आप ऐसे में उन दुश्मनों के बीच भी शामिल होने की कोशिश करते हैं जिन्हें सामान्यत: नकारते आए हों।"—उसने कहा। अब वह दिनभर खिन्न रहती थी, यह एक बात है लेकिन उस खिन्नता का लगातार बढ़ते जाना उसे कुछ-कुछ कुटिल बना रहा था। अब वह मौका पाते ही, जिसे लपेटे में ले सकती, लेती रहती। वह दिन-भर गुस्साई हुई मारी-मारी फिरती। उसने अपनी तुलना उस कुत्ते से की जिसकी खोपड़ी में कीड़े पड़े हों, जो इधर से उधर अँधेरा ढूँढ़ता हुआ मक्खियों से छिपता-फिरता हो। उसने उन दिनों की ऐसी हरकतें गिनाईं जिन्हें मैंने याद रखा। वह कई बार इतनी चिढ़ी रहती थी कि दूसरों को नुकसान पहुँचाना भी सन्तुष्टि देता था।

कुछ दृष्टान्त—

वह एक दोपहर घर के बाहर फाटक के पास खड़ी थी। एक अनजान राहगीर ने उससे कोई रास्ता पूछा, उसने गलत रास्ता बता दिया। एक बच्चा, जो पड़ोस की एक लड़ाकू बहु का था, पहले रोता था तो वह प्यार से चुप करा देती लेकिन अब ताड़कर ज्यादा रुलाने लगती। अगर वह लेटी हुई है और माँ ने किसी काम के लिए उठाना चाहा तो वह सोने का बहाना बना देती। उसे अब जहाँ भी कोई सोता हुआ कुत्ता दिखाई देता तो वह मुँह से डरावनी दहाड़ निकालती और कुत्ते को डरा देती। वह किसी कुत्ते को देखकर बेवजह झुककर कुछ उठाने का नाटक करती, कुत्ता इसे पत्थर उठाने की कोशिश समझता और भाग जाता। एक दिन वह सामान खरीदने बाजार गयी। एक बनिया, जिसे सौ रुपये देकर अस्सी का सामान खरीदा, बदले में उसे 'चार सौ बीस' वापस थमा दिए गये। वह चाहती तो चार सौ लौटा भी सकती थी लेकिन 'भाड़ में जाए' वाले भाव से उन्हें लेकर आ गयी। वह अपनी भैंस के लिए सानी-पानी करती और अगर भैंस ने भूख में सींग हिलाकर परेशान किया तो वह झुँझलाकर उसे डंडे से पीट देती। भैंस की पीठ पर डंडे की लकीर को वह देर तक देखती रहती और अन्तत: अपनी झूठी सन्तुष्टि पर पश्चाताप करने लगती।

जब मैंने उससे उन कड़वे क्षणों के बारे में पूछा जिन्हें वह स्मृतियों के कठोर चाबुक के रूप में झेलती थी तो उसने दैनिक जीवन से उठाकर कुछ बातें साझा कीं।

इसमें उसने उस टीस के बारे में बताया जो पिछले समय को बार-बार याद करते रहने से उपजती थी।

कुछ और दृष्टान्त—

उसके परिवार ने तेज गर्म मौसम में पशुओं के लिए हरियाली पैदा कर रखी थी। वे हर तीन-चार दिन में ट्यूबवैल से पानी देते और चरी का खेत लहलहाता रहता। खेत में पानी देते समय, चारा काटते हुए वह हमेशा गुमसुम रहती। उसका ध्यान कहीं पीछे पड़ा रहता और पानी फूटकर मेंड़ से व्यर्थ बहने लगता। वह चारा-मशीन का हत्था घुमाती तो जरूरत से ज्यादा घास जमा कर लेती। वह तब तक चारा काटती रहती जब तक माँ टोक ना दे—'बस कर!' वह उसके बाद ही तेज साँसों और झरते पसीने का हिसाब पता कर पाती थी। ये काम वे थे जो पहले से एकाग्रता पैदा करते, ऐसे में यादें और अधिक एकाग्र बना देती। घर में सफाई करते समय, झाड़ू-पोंछा करते हुए वह हमेशा खोई रहती और एक ही कमरे को कई बार बुहार देती। वह मेज पर किसी किताब के सामने बैठी होती। वह पढ़ते-पढ़ते कई पृष्ठ आगे निकल जाती और किसी ख़ास बिन्दु पर याद आता कि पीछे क्या पढ़ा था, कुछ पता नहीं! अब वह टीवी पर किसी सीरियल में प्रेम-दृश्य को देखकर असहज हो जाती और चैनल बदल देती। अब बाहर की दुनिया में किसी भी स्थान, दृश्य या संवाद (जो कहीं उसके अतीत से टकराता हो) को खुद से जोड़कर देखने लगती और खीजकर वहाँ से भागने की कोशिश करने लगती। अब उसने मोर-पंखों से बनी झुमकियों को (जो भूलवश पिछली रात जलने से बच गयीं) पहनना छोड़ दिया था। बल्कि एक रात किचिन में खड़े-खड़े उन्हें चूल्हे पर रख दिया और वे रबर की तरह पिघलती हुई भस्म हो गयीं।

यह उसकी कई अनगिनत दोपहरों का हिसाब था। शुरुआती दोपहरों में ऐसी भंगिमाओं के बीच उसे कभी-कभी वह वाक्य याद आ जाता जो पुरानी दुकान के पास गाड़ी से उतरते हुए लड़के ने कहा था—"कल खेतों पर मिलते हैं, वहीं बात करेंगे।" लेकिन इससे पहले कि वाक्य के आगामी रूप दिमाग में आते, वह उलझन में उलझ जाती थी। वह लड़का आम के पेड़ के नीचे बैठा इन्तज़ार में था और लड़की चारदीवारी से बाहर कहीं नहीं जाना चाहती थी। अब वह घर में ही बन्द रहना चाहती थी जबकि लड़का बार-बार उस रास्ते को देखता रहता था जो निश्चित ही खाली पड़ा था। वह कई दिन ऐसे ही आम के नीचे बैठा रहा, फिर एक दोपहर उसने स्वभाव से उलट कुछ हिम्मत जुटाई। उसने वह कदम उठाया जो उसके लिये मुश्किल रहा होगा। जिस रात को लड़की ने 'फूलों की मृत्युवाली रात' कहा, उसके पाँच दिन बाद एक दोपहर वह घर में अकेली पड़ी हुई थी। वह किसी सोच में थी और टेलीविजन के सामने आँखें बन्द करके बैठी थी, तभी उसे किसी के बढ़ते हुए

क़दमों की आहट सुनाई देने लगी। वह आहट धीरे-धीरे उसकी तरफ आते हुए तेज होती गयी। उसे अचानक दरवाजे पर कोई खटक सुनाई दी। उसने आँखें खोलीं—कुछ नहीं, शायद वहम है। उसने दुबारा आँखें बन्द करनी चाहीं लेकिन फिर से खटखटाहट सुनाई दी। कोई है—उसने सोचा। वह खड़ी हुई और दरवाजे के पास पहुँची।

एक क्षण के लिए दरवाजा खुला... बन्द हो गया!

वहाँ लड़का था। वह किसी गाय की तरह बाहर ही खड़ा रह गया। उसने हाथ में एक किताब पकड़ रखी थी जो यहाँ आने का ठोस बहाना थी—देखो मैं पढ़ाई की बात करने आया हूँ। वह लड़की से बात करने और खेतों पर बुलाने आया था। एक झलक के बाद दरवाजा बन्द होने का अर्थ था कि लड़की को बात नही क़रनी! वह दुबारा दरवाजा खुलने की आस में खड़ा रहा। दरवाजा नहीं खुला। थोड़ी देर बाद लड़की ने पर्दा हटाकर खिड़की से देखा—वह लौट रहा था। वह लौट गया।

उसके बाद लड़के ने दरवाजे तक आने की कभी हिम्मत नहीं की।

लड़की ने बताया कि उसे अपनी बेरुखी पर कोई पछतावा नहीं था लेकिन बाद में सिर्फ इतना सोचती रही—*'उस किताब में क्या लिखा था?'*

मुझे लड़की का यह व्यवहार काफी कठोर लगा।

"क्या अपने दुख में हम दूसरों को दुखी क़रने का हक पा लेते हैं?"

"नहीं।"— उसने कहा। उसने जवाब में कहा कि उन दिनों वह पूरी नर जाति से ही घृणा करती थी। उसकी अजीब स्थिति थी। वह एक नन्हें शिशु से लेकर एक वृद्ध व्यक्ति तक सबको उसी श्रेणी में रखने लगी। वह पशु-पक्षियों और कीड़े-मकौड़ों को भी उसी तरह देखती रहती कि आखिर उनमें कौन नर, कौन मादा है? यहाँ तक कि अपने पिता को भी शक से देखने लगती जैसे यह सारी नर जाति का दोष हो। यह सुनते हुए एक क्षण के लिए मुझे अपने पुरुष होने पर शर्म आई।

लड़की के लिए यह आसान था कि वह दरवाजे पर खड़े नर को बाहर का रास्ता दिखा दे लेकिन यह उस बड़े-से नर पक्षी के लिए महत्त्वहीन बात थी जो शानदार पंखों का धनी था और चार बजते ही छत पर पहुँचता था।

"प्रेमी गायब हो चुका था लेकिन मोर अब भी आता था"—लड़की ने कहा "अब यही मेरा सबसे बड़ा दुखदाता था।"

अब यही समस्या थी। यही दुर्दान्त क्षणों और स्मृतियों के कठोर चाबुक का सबसे बड़ा वाहक था जो बचा हुआ था। वह छत पर उतरता, लड़की की आस में मँडराने लगता और मुँडेर से झाँक-झाँककर तकता रहता। जब खैर-खबर लेनेवाला कोई नहीं दिखता तो वह अपना आपा खोने लगता। वह व्याकुल हो उठता और कई-कई गूँजें देकर बताता रहता—'मैं आ चुका हूँ, आओ! छत पर आओ!'

"सोचिए—मुझ पर क्या गुजरती होगी... ?"

मैं सोचने लगा। जो पक्षी प्रेम लेकर आता था, अब क्या लेकर आता होगा? जिसे सुनकर लड़की चमक उठती थी, अब उसे कैसा लगता होगा? मुझे यह स्थिति घोर पीड़ाजनक लगी। उसने बताया कि अब वह मोर को सुनकर डरावनी सिहरन में सिमटने लगती थी। उसके सीने में दर्द उठने लगता था जैसे किसी लम्बी चोंच ने खोद-खोदकर अनन्त गहराइयों में धकेल दिया हो। वह फालतू कामों में डूबकर उसे नकारती रहती लेकिन नकार कितनी सम्भव थी? नकार अकसर टूट जाती थी। मोर की आवाज़ सुनते ही वह पुरानी आदत के चलते मचल जाती। वह पहाड़ी की ओर जाने को तत्पर हो उठती। उसके कदम चाहते थे कि बिना कुछ सोचे छत पर जाया जाए और मोर से वही पुरानी पहचान कायम रखी जाए। उसके कदम सीढ़ियों की ओर बढ़ना चाहते थे लेकिन क्योंकि उन्हीं कदमों को पहाड़ी की ओर निकलने की आदत थी इसलिये उन्हें रोकना पड़ता था। अब पहाड़ी का कोई अर्थ नहीं था। मोर की आवाज़ से बचने के लिए वह जितना अपने आपको घर में छुपाती, वह आवाज़ उतनी ही तेज होकर बुलाने लगती थी। लड़की को लगता था कि नकारते रहने के बाद वह वापस चला जाएगा और शायद एक दिन उसका यह आना हमेशा के लिए छूट जाएगा, लेकिन ऐसा नहीं हुआ।

वह पिछली चार शामों से मोर को नकार रही थी। पहले दिन पता नहीं वह कितनी देर तक चिल्लाया और कब वापस गया? वह परेशान थी और कानों में चादर ठूँस रखी थी इसलिये सुन्न अवस्था में मोर को ज्यादा महसूस नहीं किया। दूसरे दिन मोर आया तो वह टीवी के सामने जमी रही। वह टीवी पर ध्यान नहीं दे रही थी लेकिन छत से ध्यान हटाना चाहती थी। उस पक्षी ने ऊपर बुलाने की बहुत कोशिश की लेकिन लड़की ने एक नहीं सुनी। वह दो दिन का भूखा था फिर भी छत पर पानी पीकर चुप हो गया। तीसरे दिन जब वह आया और चिल्ला-चिल्लाकर थक गया तो शायद लड़की की अनुपस्थिति का कोई उचित कारण समझ लिया इसलिये छत के पीछे छोटी-सी बगीची में उतर गया। वहाँ उसे कुछ खाने की अन्य चीजें मिल सकती थीं। उसने किसी तरह कुम्हलाए हुए मिर्ची के पौधों से भूख शान्त की और थोड़ी देर टहलकर लौट गया। चौथे दिन वह फिर आया और पूरी जान लगाकर लड़की से भोजन माँगता रहा। लड़की आज भी नहीं आई। वह मोर की आवाज़ सुनकर नीचे सोच में गुम थी। मोर ने घंटे-भर उसकी प्रतीक्षा की और फिर थक-हारकर नीचे चरी के खेत में उतर गया।

"वह पाँचवें दिन फिर आया और आज अडिग हो गया।"—लड़की ने कहा।

उसने बताया कि वह कमरे में किताबों की धूल साफ़ कर रही थी, जब उस

शाम मोर की पहली गूँज सुनी। वह ठिठकी। उसने सामने लटकी घड़ी देखी, वहाँ वही नियत समय था। वह स्थिर खड़ी रही। उसके कदम बढ़ना चाहते थे लेकिन वह नहीं बढ़ी। पहली गूँज को अनसुनाकर वह फिर से सफाई में ध्यान देने लगी लेकिन बार-बार गूँजें सुनकर ध्यान ऊपर खिंचता रहा। उसने सोचा कि वह थोड़ी देर में चिल्ला-चिल्लाकर थक जाएगा और लौट जाएगा। वह नहीं गया। आज वह खाली हाथ नहीं लौटनेवाला था। आखिर वह कब तक पीछे खेत में वक़्त काटता? नहीं! बस बहुत हुआ। अब हर दिन, हर बार यह नहीं चल सकता। अब अडिग होना था। आज बहुत भूख थी। वह चाहता था कि लड़की का हँसता हुआ चेहरा खिड़की से बाहर निकले, वह किचिन में घुसे और छत पर आए। लड़की नहीं आई। वह बार-बार बुलाता रहा और लड़की अपने आपको रोकती रही। आज सचमुच मोर जिद पकड़ गया और लौटने का नाम नहीं ले रहा था। लड़की दुबकी रही, वह लगातार उसे सुनकर परेशान होती रही। जब उसे लगा कि वह तो पूरी तरह अड़ गया है और आसानी से वापस नहीं लौटेगा तो उसने अपने कान भींच लिये। उसने दो कदम बढ़ाकर खिड़की बन्द कर ली लेकिन इससे भी आवाज़ कम नहीं हुई।

लड़की अन्ततः टूट गयी। उसने स्लीपर पहने और बिना किचिन से गुजरे सीधे छत पर आ गयी। उसने देखा—मोर पागल हो रहा था। अब वे आमने-सामने थे और एक-दूसरे को एकटक देख रहे थे। वह पक्षी गर्दन लम्बी करके ऐसे देखता रहा जैसे उसे चैन आ गया हो। उसने लड़की से अपना लगाव बयान किया। वह उसे देखने के लिए उतावला था लेकिन गुमसुम पाकर शान्त हो गया। लड़की पहले की तरह हँस नहीं रही थी। उसकी आँखें सूजी हुईं और लाल लग रही थीं। मोर ने एक क्षण के लिए गर्दन नीची की और धीरे-धीरे डग भरता हुआ पास आने लगा। वह लड़की के हाथों को देखने लगा, हाथ खाली थे। उसे बुरा लगा। वह भी मायूस हो गया। वह वापस दो कदम पीछे हुआ और लड़की का चेहरा देखने लगा। लड़की कुछ नहीं बोल रही थी। जिन भोले शब्दों को वह मोर के लिए दोहराती थी, अब वे नहीं निकले। वह शान्त खड़ी रही और मोर को थोड़ा पीछे हटते देखकर मुँडेर की टेक लगा ली। मोर ने आँखें हटाईं और छत पर इस कोने से उस कोने तक टहलने लगा। वह निराश होकर ऐसे टहल रहा था जैसे भूख शान्त हो गयी हो। वह एक कोने में जाकर ठहर गया और फिर से लड़की को देखने लगा। उसने अचानक गर्दन ऊँची की और तेज फरफरी लेकर पंख फैला दिए। वह नाचने लगा। उसके पंजे आगे-पीछे थिरकते हुए गोल-गोल घूमने लगे। वह मुड़-मुड़कर नाच रहा था और लड़की ने पहली बार गौर किया कि वह पीछे से कितना भद्दा दिखता है। वहाँ कोई रंग नहीं, कोई सुन्दरता नहीं। लड़की ने आँखें फेर लीं और दूसरी छतों को देखने लगी—वे छतें ज्यादा सुखी दिखाई दीं। लड़की को इस तरह उचटा पाकर मोर ने

वापस पंख नीचे कर लिये। उसने पंखों को जमाया और पूँछ की तरह पीछे कर लिया। वह छत को बुहारता हुआ वापस लड़की के पास आया। लड़की ने उसे फिर देखा, वह कुछ नहीं बोल रही थी। उसे शान्त देखकर मोर ने आकाश की ओर आँखें उठाईं और लहराती हुई गर्दन से किलकारियाँ मारने लगा। उसने लगातार छह-सात किलकारियाँ मारी। लड़की ने कोई हरकत नहीं की। मोर उसे उत्तेजित करने में नाकाम रहा। वह थककर शान्त हो गया। लड़की ने मोर की आँखों में वह सन्देश, वह आग्रह पढ़ा जो वह पहाड़ी से लेकर आया था—'चलो, थरमस में चाय भरो, निकलो, देर करोगी तो प्रेमी नाराज हो जाएगा।'

वह किसी पहाड़ी की तरफ नहीं निकली। वह कहीं नहीं जा सकती थी। उसने मोर को देखते हुए पता नहीं क्या सोचा, वह वहीं टूटने लगी। उसने मोर के पंखों पर हाथ फिराना चाहा लेकिन मोर पीछे हट गया। लड़की ने सामने घुटने टेक दिए और रोने लगी। उसे रोते देखकर मोर ने भी गर्दन झुका ली जैसे उसे भी दुख हो। वह लड़की के कन्धे के पास आकर उसे झुक-झुककर देखने लगा। वह शायद आँसुओं को अनाज के दाने समझ रहा था और उन्हें चुगना चाहता था। लड़की ने आँखें बन्द कर लीं।

अट्ठारह

अब प्रेमी नहीं था, मोर था।

प्रेमी नहीं तो मोर क्यों है? अब यही प्रश्न था।

लड़की का कहना था कि जिस तरह सितम्बर के महीने में मोर से पहला परिचय हुआ था, उस नियम से अब उसे कहीं चले जाना चाहिए था। वह जिस दिन दिखा था, उसी दिन प्रेमी से पहाड़ी पर पहली मुलाकात हुई थी। अब वह नहीं रहा तो मोर को भी नहीं रहना चाहिए था जबकि वह निरन्तर बना रहा। अब वह अपने ही नियमों के खिलाफ था। वह बीच में एक अकेले दिन का भी विराम नहीं लेता था। उसकी यही निरन्तरता थी जो आगे अनिश्चित समय तक दुख का कारण बनी।

"अब वह असहनीय था।"—ये लड़की के शब्द थे।

फूलों की मृत्यु के बाद—(लड़की ने इस नामकरण को इतिहास के किसी काल-विभाजन की तरह रट रखा था) जिस पाँचवें दिन मोर ने अडिगता दिखाई, उसकी अहम वजह थी। वैसे तो हो सकता था कि लड़की की बेरुखी के बाद वह धीरे-धीरे नाता कम कर लेता और कहीं दूसरा ठिकाना खोज लेता, या अभी साधारण-सी आवाजाही बरकरार रखता और आसपास के खेतों, बगीचियों और

दूसरी छतों पर घूमता-फिरता हुआ पेट भरता रहता। इसकी सामान्यता गर्मियों के बाद आनेवाली बारिशों में और बढ़ जाती क्योंकि अभी खेत खाली थे, कुछ महीने बाद वह फसलों में आहार ढूँढ़ने को लेकर सहज हो सकता था। यदि ऐसा करता तो निश्चित ही एक दिन उसका लगाव कम हो जाता और लम्बी आदत एक दिन सदा के लिए छूट जाती। इससे पहले कि ऐसा कोई अवसर मिलता, इन्हीं दिनों जल्दी ही एक छोटी-सी आहट ने उसकी कलगी खड़ी कर दी। वह एक छोटी-सी हरकत देखकर इतना सचेत हो गया कि अभी से जिद पर अड़ने को तैयार था।

"उस दिन अडिगता का कारण था—दूसरा लड़का"—लड़की ने मुझे बताया।

लड़की के ये शब्द सुनकर मैं थोड़ा अचम्भित हुआ। उसका कहना था कि जब नया लड़का दरवाजे पर आया तो मोर को यह बात नागवार गुजरी। वह नहीं चाहता था कि उसके दरवाजे पर कोई दूसरा लड़का दस्तक दे इसलिये उस शाम वह तेजी में आ गया और लौटने का नाम नहीं ले रहा था। यह बात सचमुच अचरज-भरी थी। मैं इतना समझ सकता था कि लम्बे समय से लगातार आते रहने की आदत ने मोर को ऐसा बना दिया होगा और इसी वजह से उसका अटल स्वभाव लड़की को परेशान करने लगा होगा। ऐसा सम्भव था लेकिन लड़की ने 'दूसरे लड़के की दस्तक' को कारण बताकर मेरा मामला पेचीदा कर दिया।

'यह शब्दों को ज्यादा करके बता रही है।'—मुझे लगा। मुझे लगा जैसे वह काफी सुनियोजित तरीके से बात रख रही है लेकिन मैं फिर से उसकी उम्र, अनुभव और छोटी-सी दुनिया के बारे में सोचने लगा और तब लगा—'शायद मैं ही कुछ कम करके आँक रहा हूँ।'

"यह कैसे सम्भव है?"—मैंने पूछा।

"बिलकुल सम्भव है।"—उसने जवाब दिया।

उसने कहा कि वह पक्षी अगले प्रेम, जिसे दूसरे प्रेम की एक आगामी-आहट कहा जा सकता है, को पहले से पहचान गया था इसलिये सचेत हो गया। उस दोपहर दरवाजे पर दूसरे लड़के को पाकर वह आशंकित हो गया और उसकी पूर्वध्वनि को भाँपकर जिद पर अड़ गया। वह किसी भी दूसरी आहट से लड़की का ध्यान वापस खींचना चाहता था ताकि लड़की पहाड़ी की ओर अपनी असली आहट से जुड़ी रह सके। वह छत पर आकर उसे वश में रखना चाहता था। यह उसकी सोची-समझी कोशिश थी जिसे मोर का सामान्य व्यवहार कहकर किनारे नहीं किया जा सकता।

मैं फिर सवाल में था।

उसने जवाब में अब उस कहानी की ओर इशारा किया जो प्रेम के देवता की थी और जिसे अभी जानना बाकी था। उसने एक बार फिर से सच्चे शब्दों के कठोर

वादे को दोहराया और विश्वास दिलाया कि मैं सब कुछ समझ जाऊँगा, बशर्ते उसे पूरा मौका दूँ। मेरे पास कोई चारा ना था, अब मुझे उसके शब्द उसी के अनुसार सुनने थे और फिर उसने मेरी समझदारी की तारीफ भी जो की थी।

इससे पहले कि बात आगे बढ़ती। मैं कुछ कहता या वह देवता की कहानी कहती, मैंने अन्ततः उन दिनों की उसकी स्थिति को एक निचोड़ के रूप जानना चाहा जिसमें वह किसी दृश्य, छवि या शब्द से अपने खोने और खोने के दुख को बता सके। कोई लड़की प्रेम में लुट जाने के बाद किस तरह रहती या अपनी स्थिति का संज्ञान रखती होगी? यह मेरे लिये एक ख़ास अवसर और कौतूहल का विषय था। वह अपनी समझ से अपनी छवियों पर बात करने के लिए तत्पर हुई लेकिन तभी उसने मेरे साथ एक अदला-बदली का खेल खेलना चाहा। वह एक गम्भीर खेल था जिसमें उसने अपनी ओर से उन छवियों को एक सूत्र में पिरोना चाहा जिनमें वह उन दिनों अपने सच को जीती थी। उसने एक शर्त रखी जिसमें कहा गया कि मैं भी उसके सामने छवियों का एक गुच्छा पेश करूँ, ऐसा गुच्छा जिसमें ऐसी ही स्थिति पर मेरे विचार हों। उसने मुझे कल्पना का सहारा लेने और 'तीसरे-व्यक्ति' के हिसाब से भी सोचने की आज़ादी दी, इसलिये मैं भी तैयार हो गया।

हमने दुखद प्रेम की ये छवियाँ साझा कीं—

उसकी छवियाँ—

उसने मुझे बताया कि वह उन दिनों के अनुभवों को एक ऐसे तिकोने कमरे से जोड़कर देखती है जिसमें कोई दरवाजा नहीं है। वह इतना छोटा है कि उसमें ना खड़ा हुआ जा सकता, ना सीधा लेटा जा सकता, बल्कि सही से बैठा भी नहीं जा सकता। उसकी हर दीवार में एक छोटी-सी सुरंगनुमा खिड़की है और तीनों खिड़कियों के नन्हें किवाड़ अध-झुकी दशा में तिरछे लटके हुए हैं। कमरे में सिर्फ तीन चीजें हैं—एक खाली कटोरी, एक गन्दा झाड़ू और सिकुड़कर लेटी हुई एक लड़की। वह दिन और पहर में कई बार उठने की कोशिश करती है। वह बाहर निकलना चाहती है। वह बार-बार सारी खिड़कियों को आजमाती रहती है। निकलना असम्भव है, सिर्फ उसकी गर्दन बाहर निकल पाती है जो कन्धों की ओट से वापस वहीं निढाल रह जाती है। उसे बाहर कुछ दिखाई नहीं देता, वहाँ सिर्फ नीला अँधेरा है। वह अँधेरे को देखना नहीं चाहती, बस लेटी रहती है। वह इतनी शान्त है कि उसकी छाती की उठन-गिरन ही एक सबूत है कि वह जिन्दा है।

अब मेरी बारी थी। मुझे अपने बयान के लिए कुछ सन्दर्भों और कल्पनाओं का सहारा लेना पड़ा। मैं सोचने लगा कि दुखद प्रेम में किसी व्यक्ति की क्या दशा होती होगी? मैं अपने देखे, सुने और सोचे हुए लोगों के बारे में सोचने लगा ताकि कल्पना को एक आधार मिल सके। अब क्योंकि मैं लड़की से बात कर रहा था और अपनी तरफ से कुछ किस्से भी सुना चुका था इसलिये मुझे 'सनकी आदमी' का ही ख्याल आया। मैं उसके तीन किस्सों के आधार पर कुछ सोचना चाहता था। लड़की पहले मुझसे पूछ चुकी थी कि उस आदमी का दुख ख़त्म नहीं हुआ होगा तो उसने क्या किया होगा, कहाँ गया होगा? मैं अब इस सवाल के आधार पर कुछ सोचने लगा। उस आदमी के प्रेम की शुरुआत पौधा लगाती हुई लड़की को देखकर हुई थी। पहले किस्से के अनुसार उसने प्रेम के विकास को समझने के लिए टॉर्च लेकर फूलों का विकास समझना चाहा। दूसरे किस्से के अनुसार वह प्रेम में इतना सुखी था कि 'गमला-चोर' नाम से प्रसिद्ध हुआ। उसका अन्तिम किस्सा जिसमें वह दुखी था और पेड़ों से गले मिलता रहता था ताकि दुख अवशोषित हो सके। मैंने तीनों किस्सों को साथ रखा और उन बिन्दुओं को जाँचने लगा जिनमें कोई एक चीज 'कॉमन' हो। पौधा लगाती हुई लड़की... फूलों का विकास... गमलों की चोरी... पेड़ों से गले मिलना... अब ऐसे में उसका दुख ख़त्म नहीं हुआ होगा तो उसने क्या किया होगा? मैं इसी क्रम में आगे सोचने लगा, मैं सोचता रहा, मैंने बहुत सोचा और फिर अचानक एक फैसले पर पहुँचा—हो सकता है अन्ततः वह जंगल की ओर चला गया हो! मेरा वन विभाग से सम्बन्ध था शायद इसलिये मुझे यही ख्याल आया। मैं अब दुखद क्षणों को लेकर जो छवियाँ सोच रहा था, वे भी जंगल से सम्बन्धित ही बनीं। मैंने इसी आधार पर छवियाँ बताईं और शर्त पूरी की।

मेरी छवियाँ—

मैंने बताने की कोशिश की कि ऐसे में इन्सान अपने अन्दर बहुत बीहड़पन महसूस करता होगा। वह अपनी कोशिकाओं, नसों और आँतों में जड़ी-बूटियाँ और झाड़-झंखाड़ उगा लेता होगा। वहाँ जमीन दिखाई नहीं देती होगी क्योंकि कड़वी-कसैली लताओं और जहरीले पेड़-पौधों वह से ढकी रहती होगी। कँटीली डालियों, गझिन बेलों और रस्सी जैसी लटकी लम्बी जड़ों के बीच सबकुछ अन्धकारमय लगता होगा और जंगली जानवरों का डरावना शोर सुनाई देता होगा। सारी पगडंडियाँ काँटों से भरी रहती होंगी और वे इतनी लम्बी होती होंगी कि कभी ख़त्म ही ना हों। जहाँ जंगल ख़त्म होता होगा, उसके पार दूसरा जंगल शुरू हो जाता होगा। आदमी अपने अन्दर एक पूरा जंगल बसा लेता होगा, वह पूरी तरह जंगल बन जाता होगा।

इस बयान के बाद वह कुछ देर तक मुझे देखती रही। इससे पहले कि वह मुझसे 'मेरा कोई छुपाव' उगलवाती, मैंने उससे उस नीले अँधेरे के बारे में पूछा जिससे मुझे मोर का भान हुआ था। उसने बताया कि जिस दिन मोर ने अडिगता पकड़ी, उसके बाद वह लगातार उस पक्षी का तीव्र रूप झेलती रही। दिन, हफ्ते, महीने गुजरे लेकिन मोर ने आना नहीं छोड़ा। यह सम्भव था कि वह प्राणी नहीं होता तो लड़की सँभल जाती और प्रेम को भुला देती। वह नहीं भुला पाई। उसने मोर को रोकने की कई छोटी-छोटी कोशिशें कीं जिसमें सबसे बड़ी कोशिश दाना-पानी डालना बन्द करना था। यह कोशिश नाकाफी थी क्योंकि अब वह कुछ खाने-पीने जैसे निम्न उद्देश्य से नहीं बल्कि एक बड़े उद्देश्य से आता था। उसकी वजह से उपजी असहजता से बचने के लिए लड़की सहेली के पास जाती थी लेकिन वहाँ भी ज्यादा समय नहीं कटता था, आखिर सहेली शादी के सपने में जुटी हुई थी। वह कई कामों, लोगों और जगहों पर समय काटने की फिराक में रहने लगी लेकिन पीछा नहीं छूटा। अब वह किसी भी एक आजाद दिन की कल्पना नहीं कर सकती थी।

''वह जैसे मेरी नियति बन गया था।''—ये उसके शब्द थे।

लड़की और मोर के इस सम्बन्ध को लेकर मुझे एक पुरानी कहानी याद आ रही थी जो मैंने बचपन में बुजुर्गों से सुनी थी। उस कहानी से लड़की भी परिचित थी और उससे उसका कोई सीधा सम्बन्ध नहीं था लेकिन कुछ था जो दोनों को जोड़ता था।

मैंने इस कहानी पर बात की –

एक राजा की सात बेटियाँ थीं। वे विवाह-योग्य हो रही थीं और राजा उनके लिये निरन्तर चिन्तित रहता था। एक दिन उसने अपनी बेटियों को बुलाया और पूछा— उन्हें किसकी मर्जी का वर चाहिए? छह ने कहा— आपकी मर्जी का। लेकिन एक का उत्तर भिन्न था। उसने कहा कि उसे तो अपनी ही मर्जी का वर चाहिए। यह सुनकर राजा क्रोधित हो गया। उसे यह दुस्साहस लगा और उसने इसे अहम पर ले लिया। उसने अपने मन्त्री को आदेश दिया कि अगली सुबह महल से बाहर जाओ और जो कोई सबसे पहले दिखाई दे, उसी को पकड़ कर लाओ, उसी से इसका विवाह कर दिया जाएगा। रात बीती। अगले दिन मन्त्री बाहर गया तो संयोग से उसे सुबह-सुबह एक मोर दिख गया। वह मोर को ही पकड़कर ले आया। राजा ने मोर के साथ बेटी की शादी करवा दी और उसे महलों से बाहर निकाल दिया। लड़की दुखी थी। मोर उड़ गया और वह उसके पीछे-पीछे भटकती रहने लगी। कई दिनों बाद मोर जंगल मे चला गया। वह भी उसके पीछे-पीछे जंगल में चली गयी। एक रात तेज

जारिश हो रही थी। गोर गेड़ गर बैठा हुआ था और वह वहीं नीचे बैती अपनी नियति पर सिसक रही थी। उसी रात जंगल से एक देवता अपनी संगिनी के संग गुजर रहा था— शिव। उन्होंने जब किसी के रोने की आवाज़ सुनी और वे आवाज की दिशा में गये तो उन्हें वह लड़की दिखाई दी। वह पेड़ के नीचे भीगी हुई सिमटी बैठी थी और रो-रोकर घायल हो रही थी। जब राजकुमारी ने व्यथा सुनाई तो शिव का हृदय पसीज गया। शिव ने मोर को एक सुन्दर युवक में परिवर्तित कर दिया और आशीर्वाद दिया कि वह भविष्य में एक महान राजा बनेगा। शिव ने निशानी के तौर पर उस युवक के माथे पर कलगियाँ छोड़ दीं और उसे मोरध्वज नाम दिया।

मुझे लड़की की दशा राजकुमारी जैसी लगी। वे दोनों ही मोर से जुड़ी थीं लेकिन अन्तर यह था कि यहाँ इसकी आवाज़ किसी देवता को सुनाई नहीं दी। ऐसी कोई शक्ति नहीं थी जो मोर को उसके प्रेमी में बदल सके। लड़की ने मेरी तुलना पर आपत्ति की और कहा कि यदि सचमुच तुलना करनी है तो उस कहानी से की जानी चाहिए जो सच्चे अर्थों में उससे समानता रखती है।

– वह प्रेम के देवता की कहानी थी।

उसने मुझे बताया कि उन दिनों मोर से बचने के लिए वह नये-नये रास्ते, नये-नये बहाने खोज रही थी। ऐसे में लम्बी ऊब से बचने के लिए वह ऐसी जगह पर रवाना हुई जहाँ देवता की कहानी को पुनः सुनने का मौका मिला। इससे पहले वह उस बूढ़े मुख से यह कहानी कई बार सुन चुकी थी लेकिन इस बार उसका अर्थ भी समझा। उसकी दादी—जो अंकल के पास दूर एक छोटे-से शहर में रहती थी, कई बुलावों के बाद एक दिन उनका फ़ोन आया और लड़की जाने को तैयार हो गयी। वह गर्मियों की छुट्टियों में कुछ दिन वहाँ बिताना चाहती थी। ''ये समझो मैं सब कुछ छोड़कर भाग गयी थी।''- उसने कहा। वह नयी हवा में साँस लेना चाहती थी। उसने इससे पहले नये लड़के का सहारा लिया, फिर सहेली का और अब दादी का। उसकी जरूरत बढ़ती जा रही थी। कई महीनों से वह टाल रही थी लेकिन अब उसे वहाँ जाना सही लगा। यह अजीब इन्सानी व्यवहार है जब हम स्वार्थ में दूसरों के पास सहारा ढूँढ़ते फिरते हैं, चाहे मामला प्रेम का ही क्यों ना हो।

वह रवाना हुई।

उन्नीस

जिस शहर में दादी रहती है, वह उतना दूर नहीं था जितनी मन की दूरियाँ थीं। जैसा कि लड़की ने बताया—उसके अंकल और पिता की कभी नहीं बनी। वे कई सालों से एक-दूसरे को लेकर चुप थे और पता नहीं कब तक उन्हें चुप ही रहना था। हालाँकि उस चुप्पी का असर बच्चों और दादी पर नहीं पड़ा। वह दो भाइयों की कोई निजी रंजिश थी जिससे पैदा हुई एक छोटी-सी हिचक दोनों परिवारों में यहाँ से वहाँ तक बनी रहती थी। लड़की के पास यही अवसर था जब वह दादी का बूढ़ा दुलार पा सकती थी और दादी उसे कहानियाँ सुनाकर पास सुला सकती थी। यह मोर से मुक्ति पाने की कोशिश थी जिसमें लड़की के अनुसार उसकी यह उम्मीद शामिल थी कि सम्भव है हफ्ते-दस दिन उसको अनुपस्थित पाकर मोर आना छोड़ दे। नयी जगह के लिए रेलगाड़ी से लगभग डेढ़ घंटे का सफर किया। इसे सँभलकर पूरा किया जाए, इसके लिये माता-पिता से हज़ार नसीहतें झेलनी पड़ीं। उसने माता-पिता की बात गाँठ में बाँधी और ट्रेन में बैठ गयी। उसने सफर में किसी से कोई बात नहीं की, किसी के हाथ से खाने का टुकड़ा नहीं लिया। वह लोकल ट्रेन में अपनी सीट पर एकाग्रचित होकर बैठी रही और पीछे भागती हुई धरती को देखती रही।

वह पहुँची।

दादी ने उसे बीते समय की आँखों से देखा और थूक रिसते होंठों से कई बार चूमा। दादी बार-बार चूमती रही और वह बार-बार थूक की छाप को कन्धों से पोंछती रही। काँपती उँगलियों से उसके माथे पर इतनी बार हाथ फेरा गया कि नये ज़माने के लड़की को सुलझे हुए बालों में उलझन होने लगी, बल्कि कोफ़्त भी हुई। उसके अंकल ने भी उसे प्यार दिया। वह इकट्ठा प्रेम जो उसके पिता की वजह से वे कम दे पाते थे, अब दे रहे थे। उन्होंने थोड़ा डाँटा भी क्योंकि वह इतने दिनों बाद मिलने आई थी। उसकी आंटी और चचेरे भाई-बहनों ने अच्छा स्वागत किया। वे रात भर शोर-शराबा करते रहे। पूरा परिवार साथ बैठा और लड़की की पढ़ाई से लेकर आगे की योजनाओं पर बातें कीं। उन्होंने लड़की के बड़े भाई के बारे में बातें कीं जिसकी कोई खोज-खबर नहीं थी और जो कभी-कभार ही फ़ोन पर बात करता था। उन्होंने माँ, घर, भैंस, दूध और खेत-खलिहानों से लेकर हर चीज पर बात की लेकिन जब पिता की तरफ बात आने लगती तो अचानक बातों का रुख मोड़कर दूसरी तरफ कर दिया जाता। यह समझदारी-भरी आपसी चालाकी थी। उनके सुन्दर शब्दों पर कोई टीस, कोई विराम ना लगे इसलिये यह जरूरी था। इस सारे मेल-मिलाप के दौरान दादी बार-बार उसकी सेहत को लेकर चिन्ता जता रही थी और ताने मार रही थी—अगर यही हाल रहा तो बाद में बच्चे कहाँ रखेगी?

''उनकी चिन्ता यानी सेहत''—लड़की ने कहा ''मैं कितनी ही मोटी हो जाऊँ, उन्हें हर बार पहले से कमजोर दिखती हूँ, अगर ऐसा होता तो मैं होते-होते लुप्त हो गयी होती।'' लड़की ने इस थकान का कारण 'फसल-कटाई' में योगदान को बताया जैसे वह श्रम कोई स्थायी सजा हो। सबने इस बहाने को ख़ारिज किया—'ये तो काफी पहले की बात है!' लड़की को याद आया कि उसने यही कारण पूर्व प्रेमी को तब बताया था जब टीलों पर उसने उसके दुबलेपन के बारे में पूछा था। वह किसी पुरानी याद में लौटना नहीं चाहती थी इसलिये वापस इस परिवार में घुलने लगी।

उसने वहाँ कुल आठ दिन बिताए। वे नये माहौल में रमने के दिन थे। इस दौरान वह मेहमान की तरह (ऐसी मेहमान जिसके पास अधिकार भी हैं) खातिरदारी का सुख भोगती रही। वह घर में रखी चीजों का बारीकी से निरीक्षण करती रही और उन्हें अपने घर के साथ जोड़कर देखती रही। वह चचेरे भाई-बहनों के साथ खेलती रही और वरिष्ठता के बल पर उन्हें ज्ञान देती रही। उसने कई बार अंकल की छोटी-सी कार में सफर किया और खरीददारियाँ कीं। वह आंटी के साथ किचिन में खड़े रहकर कई रेसिपी सीखती-सिखाती रही और दिन में कई-कई बार खाती रही। उसने काफी आज़ाद तरीके से अपने दिन और रातें बिताईं। वह रोज रात दादी के पास सोती रही और हर रात अनगिनत किस्म की बातें करती रही। उसने मुझे बताया कि सात रातें हज़ार बातों में गुजरी लेकिन वह बात नहीं आई जो ज्यादा जरूरी थी। आठवीं रात में उसने वह कोशिश की जिसके तहत उसे कहानी सुननी थी। यह अब इसलिये जरूरी था क्योंकि अगले दिन उसे वापस घर लौटना था।

''मेरे पिता का फोन था''—उसने मुझे बताया ''उन्होंने वापस आने का आदेश दे दिया जबकि मेरा मन नहीं था।''

उसे लौटना पड़ा।

आठवीं रात में उसने चारपाई दादी के पास खींच ली और समय से पहले बत्ती बुझाकर अँधेरा कर लिया। वह नहीं चाहती थी कि कहानी के बाद का भाव उसके चेहरे पर स्पष्ट दिखाई दे। उस रात उसने कई दूसरी बातों से बात शुरू की जिसमें जल्दी लौट जाने की मजबूरी भी शामिल थी। उसी रात दादी ने अपनी मिटती उम्र की वह अकेली इच्छा जताई जिसमें मरने से पहले लड़की की शादी होते देखना चाहती है। शादी?—इस शब्द से लड़की अनभिज्ञ थी। उसने इसे एक बुजुर्ग की स्वाभाविक कामना के रूप में देखकर टाल दिया और बात बदलकर आगे बढ़ी। वह अपने मिट चुके प्रेम के बारे में सोचने लगी और तब उसने दादी के सामने यह इच्छा रखी—'कोई कहानी सुनाओ।' कहानी कहने और सुनने का समय शायद काफी पीछे छूट गया था इसलिये दादी इस नादान-सी इच्छा पर हँसने लगी। जब लड़की ने बार-बार आग्रह किया तो दादी ने हारकर पूछा—'कौन-सी?' लड़की ने सीधे-

सीधे देवता की कहानी को इंगित नहीं किया। वह इस तरह चुप हो गयी जैसे कहानियों के भंडार में से किसी एक कहानी को चुन रही हो। उसने बचपन में वह कहानी बहुत बार सुनी थी और दादी भी उसे ही सुनाना सबसे ज्यादा पसन्द करती थी। कुछ जवाब ना मिलने का मतलब था कि दादी वही पुरानी कहानी सुनाएँगी, आखिर वह उनके अपने देवता की कहानी थी।

उस समय लड़की को यह कहानी दादी ने सुनाई।

इस समय लड़की ने यह मुझे सुनाई।

कहानी

लगभग सात सदी पहले— पहाड़ी की तलहटी में एक गड़रिया रहता था। वह एक युवा गड़रिया था जो कहीं दूर से चलता हुआ उन दिनों तलहटी में डेरा डाले हुए था। वह रोज सुबह अपने पशुओं को लेकर झोंपड़ी से निकलता और दिनभर पहाड़ी के आसपास चराता रहता। एक दिन उसकी भेंट एक युवती से हुई। पशुओं को चरता छोड़ वह एक पेड़ के नीचे सोया हुआ था। अचानक उसे एक गाय की चीख सुनाई दी और उठकर देखा तो पाया कि गाय की पीठ में एक तीर धँसा हुआ है। पीठ से बहता लहू देखकर गड़रिया क्रोधित हो गया। वह समझ गया था कि यह किसी निर्दयी शिकारी का काम है। वह इधर-उधर शिकारी को ढूँढ़ने लगा और फिर एकाएक उसकी आँखें एक पेड़ के पार झाड़ियों में अटक गयीं। उसने देखा— सामने एक युवती धनुष लेकर घोड़े पर सवार है। वह युवती को इस घृणित अपराध के लिए ललकारने लगा। युवती घोड़े से उतरी और विनम्रता से हाथ जोड़कर क्षमा माँगने लगी। उसने कहा कि वह एक हिरन का शिकार करना चाहती थी लेकिन गलती से गाय को तीर लग गया। उसने अपना परिचय देते हुए बताया कि वह राजकुमारी 'चन्द्रप्रभा' है जिसका मूल ठिकाना तो दूर का है लेकिन कुछ महीनों के लिए वह अपने ननिहाल आई हुई है। उसने कहा कि इस स्थान से अपरिचित होने के कारण ही उससे भूल हुई है और वह इसके लिये क्षमा चाहती है। राजकुमारी ग्लानि में झुकी हुई थी। उसकी नम्रता देखकर गड़रिए का हृदय पसीज गया और उसी पहली दृष्टि में राजकुमारी से प्रेम हो गया। उसने उसी क्षण प्रेम प्राप्ति का तीव्र विचार बनाया और राजकुमारी के सामने एक शर्त रख दी। उसने कहा कि अगर वह यहीं इसी स्थान पर 'प्रतिदिन' आकर क्षमा माँगे तो वह एक दिन उसे अवश्य क्षमा कर देगा। वह इस तरह राजकुमारी से प्रतिदिन भेंट करने की राह निकाल रहा था। यह शर्त एक बहाने की तरह थी जिसे युवती ने भी भली-भाँति समझ लिया। आखिरकार वह एक हट्टा-कट्टा युवक था जिसे देखकर उसके मन में भी प्रेम का

जन्मना स्वाभाविक बात थी।

– उसने शर्त स्वीकार कर ली।

उसके बाद वह प्रतिदिन पहाड़ी पर आने लगी और गड़रिए से भेंट करने लगी। समय के साथ धीरे-धीरे उनका प्रेम गहराता गया। वे प्रायः पहाड़ी पर एक-दूसरे के साथ समय बिताते और हमेशा प्रेम को अन्तिम क्षण तक जीने का विश्वास देते रहते। वे कई महीनों तक इसी तरह प्रेम करते रहे लेकिन अन्ततः वह समय भी आया जब चन्द्रप्रभा को ननिहाल से वापस अपने घर, अपने महलों की ओर लौटना था।

एक दिन अचानक चन्द्रप्रभा ने बोझिल शब्दों में कहा— उसके वापस जाने का समय आ गया है, अब वह शीघ्र ही जानेवाली है। यह सुनकर गड़रिए का हृदय भर आया। वह दुखी हो गया और प्रेमिका से ना जाने का निवेदन करने लगा। वे मिलकर एक ऐसी राह तलाशने लगे जिससे उनके रिश्ते को स्थायित्व मिल सके। उसकी प्रेमिका ने उससे कहा कि तुम मेरे साथ राजमहल चलो और मेरे पिता के सामने विवाह का प्रस्ताव रखो। हम उनके समक्ष अपनी बात रखेंगे और यदि वे स्वीकार कर लें तो वहीं महलों में नया जीवन आरम्भ करेंगे। गड़रिया विवाह के लिए तो तैयार था लेकिन महलों में रहने को लेकर असहज हो गया। वह असमर्थ था। उसने कहा कि वह एक फक्कड़ यायावर है जिसे ना महलों में रहने का अनुभव है, ना ही वह ऐसा कोई स्वभाव या सपना रखता है। वह अपने पशुओं के साथ यहीं पहाड़ी पर रहना चाहता है, उसके लिये प्रकृति से दूर जाना असम्भव है। चन्द्रप्रभा इस सरल स्वभाव को समझ सकती थी। उन्होंने मिलकर राह निकाली। राजकुमारी ने सोच-समझकर फैसला किया कि वह स्वयं जाकर पिता से बात करेगी और याचना करेगी कि उसे गड़रिए के साथ विवाह करके पहाड़ी पर रहना है। उसके पिता थोड़े कठोर हैं लेकिन वे अवश्य ही अपनी सन्तान के लिए झुक जाएँगे और बात मान जाएँगे। यदि पिता ने गड़रिए के फक्कड़पन और निर्धनता को लेकर विरोध किया तो वह इसी पहाड़ी पर एक छोटे-से महल की बात कहेगी ताकि यहीं जीवन पर्यन्त सुख से रह सके।

यह राह दोनों को अच्छी लगी। दोनों सहमत हो गये।

अब वह दिन आया जब उन्हें एक-दूसरे से बिछड़ना था। अगले दिन चन्द्रप्रभा को महल के लिए रवाना होना था। उस दिन वह देर शाम तक गड़रिए के साथ एक चट्टान पर बैठी रही। उसने गड़रिए से पूछा— जब तक वह वापस नहीं आएगी, वह क्या करेगा?

गड़रिए ने उत्तर दिया— 'प्रतीक्षा।'

गड़रिए ने जानना चाहा— उसे लौटने में कितना समय लगेगा?

उसकी प्रेमिका ने विश्वास दिलाया— अधिक से अधिक एक माह।

यह सुनकर गड़रिए ने ऊपर आकाश की ओर गर्दन उठाई। वहाँ उसे चन्द्रमा दिखाई दिया। उसने कहा कि वह 'चन्द्रप्रभा' की निशानी के रूप में 'चन्द्रमा' को देखता रहेगा और उसके लौटने तक इसी तरह प्रतीक्षा करता रहेगा।

अगले दिन चन्द्रप्रभा चली गयी और गड़रिया प्रतीक्षा करने लगा।

वह सूनी पहाड़ी पर अकेला बैठा रहने लगा। उसे जीवन नीरस और निरुद्देश्य लगने लगा लेकिन इस आस में कि प्रेमिका शीघ्र ही लौट आएगी, वह चन्द्रमा को देखता रहा। वह गिन-गिनकर अकेले दिनों को व्यतीत करता रहा। उसने चन्द्रप्रभा के वचनानुसार एक माह पूरा कर लिया और उसके बाद अगला माह भी बीत गया लेकिन चन्द्रप्रभा नहीं आई। यह मेरे साथ क्या हो रहा है?— वह दुखी हो गया। वह प्रेम को लेकर कई शंकाओं और दुर्भाग्यपूर्ण स्थितियों के बीच घिरने लगा। उसने तीन माह तक चन्द्रमा को देखकर प्रतीक्षा की और जब लगा कि इससे अधिक प्रतीक्षा सम्भव नहीं तो अन्ततः निर्णय लिया कि वह उसके द्वार तक जाएगा और स्वयं जाकर उससे भेंट करेगा।

उसने उस नगरी की राह पकड़ी।

उसने पैदल यात्रा आरम्भ की। यही उसके स्वभाव के अनुकूल थी। वह कई रातों तक लगातार चलता रहा, रास्ते में फल-फूल खाता रहा, किसी तालाब से पानी पीता रहा और दिन में सोकर रात में चन्द्रमा को देखते हुए आगे बढ़ता रहा।

वह दो सप्ताह बाद एक सुबह उस नगरी में पहुँचा।

वह जैसा अभावग्रस्त जीवन जीता था, उस दृष्टि से यह नगरी बहुत भिन्न, बहुत वैभवपूर्ण लगी। वह महल के सामने पहुँचा तो महल इतना विशाल था कि उसने अपने आपको एक चींटी की तरह पाया। उसने साहस करके द्वार पर खड़े प्रहरियों से बात करनी चाही लेकिन वेशभूषा देखकर ही उसे दूर रोक दिया गया। वह कई दिनों से पैदल चल रहा था इसलिये और भी दयनीय लग रहा था। गड़रिए ने उनसे विनती करते हुए कहा कि वह बहुत दूर से आया है, कष्ट में है और राजकुमारी से मिलना चाहता है। उसकी यह इच्छा जानकर प्रहरियों ने उसका मखौल उड़ाना शुरू किया। उन्होंने इसका कोई उचित कारण जानना चाहा तो गड़रिए ने स्पष्ट उत्तर दिया— चन्द्रप्रभा उसकी प्रेमिका है और वे एक-दूसरे से प्रेम करते हैं। यह सुनकर प्रहरियों के मुख पर ताला लग गया। वे क्रोधित हो गये। तेरा इतना साहस— उन्होंने गड़रिए की इस बात को किसी मूर्ख व्यक्ति का दुस्साहस समझा और उसे उसी क्षण महल से दूर कर दिया गया। वे गड़रिए को चेतावनी देते रहे और वह बार-बार उनसे विनती करता रहा। अन्ततः यह बात भीतर राजा तक पहुँची जिसे पता चला कि महल के बाहर कोई गड़रिया है जो राजकुमारी से मिलने के लिए अड़ा

हुआ है।

राजा ने उसे दरबार में बुलाया।

जब गड़रिया दरबार में उपस्थित हुआ तो यहाँ भी उसका मखौल उड़ाया जाने लगा। उसने यहाँ भी स्पष्ट कहा कि चन्द्रप्रभा उसकी प्रेमिका है और वे विवाह-बन्धन में बँधना चाहते हैं। राजा ने उससे कहा कि यदि उसकी पुत्री को किसी से प्रेम होता तो यह बात सबसे पहले उसे बताई जाती, उसे कुछ नहीं बताया गया इसलिये यह आग्रह ही झूठ है। उसने कहा कि चन्द्रप्रभा तो किसी उच्चकुल में ब्याहना चाहती है और इसलिये किसी राजकुमार की खोज भी जारी है। गड़रिया सोच में पड़ गया। उसने राजा की बात को असत्य बताया और केवल एक बार चन्द्रप्रभा से मिलने देने की याचना करने लगा ताकि सबके सामने वास्तविकता प्रकट हो सके।

राजा ने विनती स्वीकार कर ली।

राजा ने एक शर्त रखी कि यह भेंट सम्भव है लेकिन यह सबके सामने महल में ही होगी। उसने कहा कि यह भेंट आमने-सामने की सामान्य भेंट नहीं होगी बल्कि चन्द्रप्रभा को एक परदे के पीछे खड़ा किया जाएगा और गड़रिया जो भी प्रश्न पूछना चाहता है— उनके उत्तर राजकुमारी वहीं से देगी।

कोई चारा ना था, गड़रिए को सहमत होना पड़ा।

राजा ने गड़रिए के सामने गाढ़े रंग का एक पर्दा खिंचवा दिया और चन्द्रप्रभा को वहाँ आने का आदेश दिया गया। थोड़ी देर में परदे के उस पार एक स्त्री की परछाईं उभरी जिसकी चाल-ढाल से गड़रिया अनुमान लगाने लगा— कौन है? चन्द्रप्रभा ही है? हाँ! उसे वह उसकी प्रेमिका ही प्रतीत हुई। गड़रिए ने अपनी एक-एक बात कही। उसने प्रेम को स्वीकारने और विवाह करके सदैव साथ रहने के सारे वचन याद दिलाए। उसने परछाईं को बताया कि कैसे उन्होंने पहाड़ी पर प्रेम को जिया और कैसे वह चन्द्रमा को देखकर उसकी प्रतीक्षा करता रहा है। उसने अपने प्रेम का प्रत्येक शब्द सामने रखा लेकिन हर शब्द परछाईं द्वारा नकार दिया गया। परछाईं सारे शब्दों से अपरिचित दिखाई दी। परछाईं ने कहा कि वह कभी किसी गड़रिए से नहीं मिली और ये सारे शब्द झूठे हैं।

अपनी आस से उलट ऐसे शब्द सुनकर गड़रिया आश्चर्य और दुख में डूब गया। वह रोने लगा। वह बार-बार प्रेम की दुहाई देता रहा और बताता रहा कि किस तरह कई महीनों तक पहाड़ी पर उन्होंने सबसे सुखद समय बिताया था। उसने ऐसा हर दृश्य, हर निशानी गिनाई जिससे चन्द्रप्रभा की भावनाओं को जाग्रत कर सके और राजा के समक्ष प्रेम स्वीकार करवा सके। वह कुछ नहीं कर सका। उसकी लाख कोशिशों के बाद भी उसके पक्ष में परछाईं का कोई शब्द नहीं आया। वह रोता रहा और उसे देखकर दरबारी हँसते रहे।

यह क्या छलावा है? क्या उसकी प्रेमिका का प्रेम झूठा था या उसी ने चन्द्रप्रभा से प्रेम करके भूल की थी? क्या वह पिता के दबाव में झुक गयी या परदे के पार किसी अन्य युवती से ऐसे शब्द बुलवाए गये हैं? वह इस उधेड़बुन में इतना अनुशासनहीन हो गया कि परदे को फाड़ने के लिए दौड़ा। वह क्षुब्ध था। वह परछाईं की वास्तविकता जानना चाहता था और आमने-सामने की खरी-खरी बात करना चाहता था। उसकी अनुशासनहीनता देखकर राजा क्रोधित हो गया। उसने दरबारियों को आदेश दिया कि गड़रिए को बन्धक बना लिया जाए। सारे दरबारी राजा से क्षमा माँगने के लिए गड़रिए पर जोर डालने लगे। उसने क्षमा माँगने से मना कर दिया। राजा ने गड़रिए को छोड़ देने के लिए कहा। उसने आदेश दिया कि उसे नगरी से दूर फेंक दिया जाए और वह कभी फिर दिखाई ना दे। किसी भी प्रकार की आज्ञाहीनता की स्थिति में गड़रिए को मृत्यु दंड की चेतावनी दी गयी।

गड़रिया वापस पहाड़ी पर लौट आया।

गड़रिया अब दुखी था और जीवन में उठे इस नये फेर को समझने की कोशिश कर रहा था। वह नहीं समझ पाया। उसे निराशा में सिर्फ एक ही राह दिखाई दी। उसकी प्रेमिका ने पहाड़ी के पास जिस रास्ते से विदा ली थी और जहाँ वापस लौटने का वचन दिया था, वह वहीं बैठ गया और उसकी प्रतीक्षा करने लगा। उसे विश्वास था कि एक दिन चन्द्रप्रभा जरूर लौटेगी और वह दुबारा अपना प्रेम पा सकेगा। उसके दिन गुजरने लगे, महीने गुजरे और आगे भी ऐसे ही समय गुजरता रहा लेकिन चन्द्रप्रभा नहीं आई। जितने समय आकाश में चन्द्रमा रहता था, वह चन्द्रप्रभा के इस नामराशि को टकटकी लगाए देखता रहता था। जब रास्ते से कोई यात्री गुजरता तो वह उससे पूछने लगता कि क्या उन्होंने उसकी प्रेमिका को कहीं आते देखा है? वे सब हर बार मना करते रहे और गड़रिया नियति पर उदास होता रहा। यह उसके प्रेम की एक महान नैतिक जिद थी जिसे वह बहुत दृढ़ता से निभाता था। उसके इस असाधारण स्वभाव की चर्चा धीरे-धीरे एक मुँह से सौ मुँह होने लगी और वह आसपास के क्षेत्र में प्रसिद्ध होता गया।

अब वह सबके लिये श्रद्धा का पात्र था।

कई बरस बाद— उसी रास्ते से एक सन्त किसी तीर्थ के लिए गुजर रहा था। अन्य यात्रियों की तरह गड़रिए ने उससे भी प्रेमिका के बारे में कोई सूचना लेनी चाही। सन्त ने अन्य यात्रियों की तरह 'ना' में उत्तर दिया लेकिन वह उसकी दुखद दशा देखकर व्याकुल हो गया। सन्त ने उसकी सारी व्यथा सुनी तो उसे दया आने लगी। गड़रिए ने सन्त से निवेदन किया कि यदि सम्भव हो तो प्रेमिका से उसका मिलन करा दे। यह कैसे सम्भव था— सन्त ने अपने आपको असमर्थ पाया लेकिन वह चाहता था कि किसी तरह गड़रिए का दुख दूर हो। उसने गड़रिए से कहा कि वह

जिद त्यागकर किसी अन्य कन्या से विवाह कर ले ताकि नये सुख में पड़कर पुराने दुख को भुला सके। गड़रिया इस सलाह को मानने के लिए तैयार नहीं था। उसने ठुकराते हुए कहा कि वह अपनी प्रेमिका के अलावा कभी किसी स्त्री की कल्पना भी नहीं कर सकता। सन्त ने लाख समझाया, गड़रिए ने हर बार उसकी सलाह नकार दी।

उसे उसकी स्थिति में छोड़कर सन्त आगे बढ़ गया।

वह सन्त प्रत्येक बारह बरस बाद उसी रास्ते से तीर्थ के लिए जाता था। गड़रिए का समय इसी तरह प्रतीक्षा में गुजरता रहा और धीरे-धीरे आयु बढ़ती रही। जब अगले बारह बरस बाद सन्त उस रास्ते से जा रहा था तो उसने फिर देखा— गड़रिया उसी तरह चन्द्रमा को देखकर प्रतीक्षारत था। सन्त के आश्चर्य का ठिकाना नहीं रहा। वह आश्चर्य में पड़ गया कि कोई अपने प्रेम में इतना त्याग-तप कैसे कर सकता है? कोई कैसे इतना एकालाप कर सकता है? यह तो मूर्खता है! गड़रिए का हाल देखकर उसे बहुत गहरा दुख हुआ। उसने फिर समझाया कि वह अपने अमूल्य जीवन को व्यर्थ व्यतीत कर रहा है। उसने गड़रिए से कहा कि वह अभी भी कोई नया उद्देश्य तलाश सकता है और जीवन को किसी दूसरी दिशा में मोड़कर गतिमान बनाए रख सकता है। उसने समझाने की भरसक कोशिश की लेकिन गड़रिया अड़ा रहा। उसने कहा कि उसके लिये प्रेम ही सब कुछ है और चन्द्रमा को देखते रहना ही सबसे अधिक महत्त्वपूर्ण है। उसका पागलपन देखकर सन्त हैरान था। उसने उसकी कोई सहायता करनी चाही। वह चाहता था कि गड़रिए का कुछ भला हो। गड़रिए ने मना किया लेकिन सन्त के बार-बार आग्रह के बाद उसने उससे एक सहायता लेनी चाही— ठीक है अगर सहायता ही करनी है तो कृपा करके एक काम करें। गड़रिए ने कहा कि जब तक आकाश में चन्द्रमा उपस्थित रहता है, उसके लिये प्रतीक्षा की घड़ियाँ लगभग आनन्ददायक रहती हैं लेकिन उसकी अनुपस्थिति से उसे बहुत पीड़ा होती है। उसने निवेदन किया कि यदि सम्भव हो तो वह अपने चमत्कार से चन्द्रमा को आकाश में स्थायी कर दे। यह सुनकर सन्त को हँसी आ गयी। यह असम्भव था। सन्त ने इसके लिये अपने-आपको असमर्थ बताया और कहा कि उसके पास ऐसी कोई शक्ति नहीं है।

उसने गड़रिए को एक दूसरा रास्ता सुझाया।

सन्त ने कहा कि वह एक ऐसी दुर्लभ औषधि के बारे में जानता है जिसका सेवन यदि विरह के भीषण क्षणों में कर लिया जाए तो उन क्षणों से सम्बन्धित सारे व्यक्ति, विषय और पीड़ाओं को सदा के लिए भुलाया जा सकता है। यदि चाहे तो गड़रिया ऐसा कर सकता है और अतीत को भुलाकर नया जीवन जी सकता है।

गड़रिया कोई नया जीवन आरम्भ नहीं करना चाहता था।

उसने सन्त का आग्रह ठुकरा दिया और उत्तर दिया कि प्रेम की अमर स्मृतियाँ ही उसकी सबसे बड़ी पूँजी हैं। यही बची हुई पूँजी है जिससे वह प्रेम को जीवित रखे हुए है। यदि स्मृतियाँ ही नष्ट हो जाएँगी तो क्या बचेगा? सन्त बार-बार औषधि लेने की बात कहता रहा और गड़रिया मना करता रहा। सन्त ने हारकर गड़रिए के हाथों में औषधि थमाई और कहा कि कभी इच्छा हो तो इसका सेवन कर ले। इसी में उसकी भलाई है।

यह कहकर सन्त अपने रास्ते चला गया।

उसके जाने के बाद ही गड़रिए ने औषधि फेंक दी और उसी तरह प्रतीक्षारत रहने लगा। धीरे-धीरे और समय बीता। वह बुढ़ापे की ओर झुकता गया। अब उसके हाथ-पैर जवाब दे रहे थे। वह हमेशा आकाश की तरफ देखता रहता था इसलिये आँखों की जोत फीकी पड़ती गयी। वह अब अन्धेपन की कगार पर था। वह पहाड़ी की किसी चट्टान पर, अपनी झोंपड़ी के आँगन में या दिन के समय पशुओं को चराते हुए आकाश की ओर ऐसे देखता रहता था जैसे प्रेमिका बादलों के पर्दों को हटाती हुई धरती पर उतरनेवाली हो।

– वह कभी नहीं उतरी।

अगले बारह बरस बाद सन्त फिर से गुजर रहा था और इस बार भी गड़रिए को वहीं पाया। उसने देखा कि वह बूढ़ा होता जा रहा है लेकिन उसकी दृढ़ता समाप्त नहीं हुई। सन्त ने फिर समझाया और कोई सहायता करने की इच्छा रखी। गड़रिए ने इस बार एक प्रार्थना की। उसने कहा कि चन्द्रमा को देखते रहना ही उसकी नियति है और इसमें वह चन्द्रमा से उतना ही प्रेम अनुभव करता है जितना प्रेमिका के लिए। लेकिन बढ़ती आयु के कारण आँखें साथ छोड़े जा रही हैं जबकि वह इन्हीं आँखों से लम्बे समय तक प्रेम को अनुभव करते रहना चाहता है।

उसने प्रार्थना की कि कोई ऐसी औषधि प्रदान करो जिससे मैं जब तक जीवित रहूँ, आँखों की जोत कभी समाप्त ना हो। मैं अन्तिम क्षण तक चन्द्रमा को अविरल देखते रहना चाहता हूँ।

यह सुनकर सन्त का द्रवित हृदय पलटकर खीज और क्रोध से भर गया। ओह! समर्पण! उसे वह विचित्र प्राणी लगा जो किसी भी तरह सँभलने का नाम नहीं ले रहा था। उसे इतना बुरा लगा कि कहीं वश चलता तो वह चन्द्रमा को सदा के लिए भस्म कर डालता।

उसने एक उपाय सोचा—

सन्त ने गड़रिए को एक औषधि देते हुए कहा कि इसके सेवन से वह मृत्यु तक कभी अन्धा नहीं होगा। यह सुनकर गड़रिया बहुत खुश हुआ। उसने वह औषधि ले ली। गड़रिए की कृतज्ञता स्वीकार करते हुए सन्त भारी मन से अपनी

दिशा में बढ़ गया।

गड़रिए ने खुश होकर औषधि का सेवन किया। उसे पता नहीं था कि वह वही पुरानी औषधि थी जो पिछली बार सन्त ने स्मृतियों के क्षरण के लिए दी थी। उसके बाद गड़रिए की स्मृतियाँ उसके स्मृति-पटल से धीरे-धीरे मिटने लगीं। वह स्मृतिहीन हो गया। अन्धा-स्मृतिहीन गड़रिया कई बरसों तक पहाड़ी के आसपास भटकता रहा।

एक सुबह एक युवा ग्वाला पहाड़ी पर अपने पशुओं के साथ टहल रहा था। वह भागता हुआ गाँव में आया और लोगों को सूचना दी कि बूढ़ा गड़रिया एक चट्टान पर मृत पड़ा है। गाँववालों ने जाकर देखा। वह मर चुका है लेकिन उसकी आँखें खुली थीं। उसकी आँखें आकाश की ओर देख रही थीं। लोगों ने गर्दन उठाकर ऊपर देखा— सुबह के नीले आकाश में उन्हें चन्द्रमा की एक चमकती कोर दिखाई दी।

सब स्तब्ध थे।

उसके बाद गड़रिए का वहीं दाह संस्कार किया गया। उसके जीवन और प्रेम से प्रभावित होकर वहीं मन्दिर बनवाया गया और उसे 'प्रेम का देवता' कहा गया।

सब उसकी पूजा करने लगे।

वहाँ दादी ने कहानी समाप्त की।

यहाँ लड़की ने इसे ख़त्म किया।

वहाँ आधी रात को दादी के सोने के बाद लड़की उठी और बाहर बॉलकनी में जाकर खड़ी हो गयी। उसने गर्मियों के साफ़ आसमान में इमारतों के ऊपर आधा चाँद देखा। यहाँ मैं पहाड़ी की एक चट्टान पर खड़ा हो गया और बहुत गौर से मन्दिर को देखने लगा। मुझे लगा जैसे अभी-अभी, इसी क्षण मैंने उसे देखा हो। मैं पहाड़ी और आसपास की धरती को सदियों पुरानी आँखों से देखने लगा और सोचने लगा कि यहीं कैसे एक गड़रिए ने प्रेम किया होगा। मैं गड़रिए के बारे में सोचते-सोचते वापस इस समय में आया और अब लड़की के बारे में सोचने लगा। मैंने एक-एक आँख से दो अलग-अलग समय के किरदार देखे।

मैं दोनों आँखों की तुलना करने लगा।

बीस

वह दादी से विदा लेकर लौटी तो एक बार के लिए उसे अपना घर नया-सा लगा। उसकी आँखों में नितान्त नये स्थान की तस्वीरें चिपकी हुई थीं। इसलिये यह चिर-

परिचित जगह भी नयी-सी लगी। उसे लगा जैसे कितने समय बाद लौटी हो। यह पहले क्षण का भाव था लेकिन कुछ ही क्षणों बाद उसने आसपास ही हर चीज को उसी तरह महसूस किया जैसे छोड़कर गयी थी—बरामदे में झुकी खड़ी गाड़ी, उदास कमरा, अधखुली खिड़की और कोने में सिमटा पड़ा बिस्तर। कहीं कुछ भी नहीं बदला, बल्कि जो भी बदलाव दिखा वह उदासी में अतिरिक्त उदासी घोलने लगा। उसने उन्हीं पुरानी आँखों से छत को जाकर देखा—अब छत बिस्कुट, दानों और रोटी के टुकड़ों के बिना भूखी पड़ी थी। वहीं मुँडेर पर पानी का बर्तन प्यासा पड़ा था और अब कोरा ठीकरा लग रहा था। उसके पहुँचते ही मोर का सिलसिला फिर शुरू हो गया। वह बिलकुल वैसे ही चलने लगा जैसा चलता आया था। कहीं कुछ भी बदलता हो, वह नहीं बदला। अब मोर नाराज हो रहा था और जैसे पूछ रहा था कि इतने दिन वह कहाँ थी? लड़की ने कसम ले ली कि वह छत पर नहीं जाएगी, लेकिन यह मोर के लिए बेअसर थी। वह पक्षी जैसे बिना किसी फल की इच्छा किए अपना श्रम दे रहा था। घर से दूर लड़की ने जो क्षणिक मुक्ति पाई थी, अब वही उकताहट ज्यादा उग्रता से उसके सामने आ खड़ी हुई। उसकी वजह वह कहानी, वह विचार था जिसे ट्रेन के रास्ते वह घर ले आई थी और जो अब और ज्यादा चोटिल कर रहा था।

"यह यूँ था जैसे मैं डूबते पानी में एक झलक के लिए उभरी और वापस गहरे में डूब गयी"—उसने कहा "मैं अब देवता को लेकर अतल गहराइयों में उतर रही थी।"

उसका मानना था कि अब सवालों का एक हुजूम था जिससे उसे तटस्थ सामना करना था। जब मैंने मोरध्वजवाली कहानी पर बात की थी तो उसे वह तुलना सटीक नहीं लगी, उसने कहा था कि तुलना करनी ही है तो देवता की कहानी से की जानी चाहिए।

मैंने तुलना की।

देवता

—वह एक प्रेमी था जिसका प्रेम खो गया था।

—उसके पास सिर्फ स्मृतियाँ शेष थीं और वह प्रेमिका के नामराशि चन्द्रमा को देखता रहता था।

—वह स्मृतियों का धनी था जिसने प्रेम को कभी धुँधला नहीं पड़ने दिया।

—उसने एक नैतिक मान्यता स्थापित की जिसमें दृढ़ता और प्रतीक्षारत रहने का आह्वान था।

—वह असहनीय को सहने का आह्वान करता था।

लड़की

—वह भी प्रेम में थी, उसका प्रेम भी खो चुका था।

—उसके पास भी स्मृतियों के अलावा कुछ नहीं था। उसके प्रेम का दूसरा नाम मोर था जो रोज छत पर आता था।

—उसके पास भी स्मृतियों की शापित पूँजी थी जो प्रेम को धुँधला नहीं पड़ने दे रही थी।

—उसे मोर देवता की उस नैतिक मान्यता को स्वीकारने के लिए विवश करता था जिसमें दृढ़ता और प्रतीक्षारत रहने का आह्वान था।

—यहाँ भी असहनीय को सहते जाने की बात थी।

जब मैंने देवता और लड़की के तथ्यों की तुलना की तो पाया कि उनमें जबरदस्त समानता है। मैं सोचता रह गया। इस तुलना में मुझे लड़की का पक्ष मानना पड़ा जिसके नतीजे में उसने कहा कि दरअसल देवता के साथ उसका यही 'वास्तविक-सम्बन्ध' था। वह अन्ततः यहीं आकर टिकती थी और यही उनका लेन-देन था। जब उसने देवता के साथ अपने आपको इस तरह जोड़कर बताया तो एक क्षण के लिए मैंने उसे शक की निगाहों से देखा। यह अच्छी तरह स्पष्ट हो सके इसलिये कुछ अन्य लोगों से भी पूछताछ की जिसमें मैंने देवता की कहानी को बिलकुल इसी तरह पाया। मुझे विश्वास करना पड़ा। मैं सोचने लगा कि कोई कैसे किसी दूसरे समय, व्यक्ति और विचार से अपना ऐसा मेल-मिलाप कर सकता है और किस हद तक एक-दूसरे को पोषित करने से लेकर तेज टकराहट और रक्तिम संघर्ष तक के संकेत दे सकता है। लड़की खुद को गड़रिए से जोड़कर देखे, यह उसका मसला था लेकिन मुझे मानना पड़ा कि वे दो अलग-अलग समयों में एक ही नाव के यात्री थे। उसने बताया कि अब वह लगातार देवता के बारे में सोचती रही और बार-बार उसे लगता रहा कि देवता उसे बताना चाहता है कि क्या सही है और उसे क्या करना चाहिए?

लड़की के शब्दों में—"वह प्रेम और स्मृतियों का देवता था जो मोर भेजकर मुझसे अपनी नैतिक मान्यता मनवाना चाहता था।"

"तुम्हें लगता था या सचमुच ऐसा था?"—मैंने पूछा।

"मुझे ऐसा लगता था क्योंकि सचमुच ऐसा ही था।"—उसने जवाब दिया।

उसका कहना था कि देवता और मोर उससे प्रतीक्षा करते रहने और इस कार्य को श्रद्धेय मानकर चलने का आह्वान करते थे। वह हमेशा इसी उधेड़बुन में रहने लगी। इसमें एक पक्ष था जो ज्यादा जोरदार था, वह यह था कि लड़की आसानी से देवता को मानने के लिए तैयार नहीं थी, बल्कि इस मामले में अपने-आप को काफी 'अस्पष्ट' पाती थी। जब दुबारा मोर से सामना हुआ तो वह अकसर उस 'दैवीय-कानून' पर गहराई से सोचने लगी। ''ये समझिए कि मैं स्मृतियों की एक नन्हीं-सी नदी में बहने लगती थी''—उसने कहा ''एक ऐसी नदी जिसका कहीं कोई ओर-छोर नहीं, सिवाय उस गौरवमयी मृत्यु के जो गड़रिए ने पाई थी।''

''मृत्यु?''—मैंने इस शब्द को एक सवाल की तरह रखा।

''हाँ।''- उसने जवाब दिया।

उसने 'हाँ' में जवाब दिया क्योंकि वह देवता से इतनी जुड़ी थी तो निश्चित ही इस आखरी पड़ाव को भी खुद से जोड़कर देखती होगी। उसे ऐसा अहसास अकसर आईने के सामने बैठे हुए होता था। वह चेहरा देखने के लिए बैठ जाती और अपने खुले बालों को देखती रहती। वह उदासी में डूबकर रुआँसी हो जाती और खुद को आईने में देखकर रोना एक नितान्त अलग अनुभव बन जाता। उसे आईने में अपना भविष्य दिखाई देता जहाँ एक बहुत लम्बी सर्पिल पगडंडी दिखाई देती जिस पर चलना, ना चलना अभी स्पष्ट नहीं था।

''लेकिन अब मुझे कोई फैसला करना था।''—उसने कहा।

उसका कहना था कि वह जब भी देवता की तरह अपने भाग्य को स्वीकार करने के बारे में सोचती, उसे उसी तिकोने कमरे का ख्याल आता जिसके बारे में उसने पहले बताया था। अब इस ख्याल में वह धरती की सतह से लाखों मील नीचे चली जाती और वह छवि ज्यादा भयावह हो जाती। वह उसमें आगे जोड़ती कि तिकोना कमरा अब किसी काले लिसलिसे द्रव से भरा है और सुरंगनुमा खिड़कियाँ बाहर से बन्द हो गयी हैं। जिस खाली कटोरी के बारे में उसने कहा था, अब वह भार में डूबी बैठी है और झाड़ू तैर रहा है। वह लड़की जो छाती से घुटने चिपकाकर लेटी हुई थी, अब मर चुकी है।

''यह खुद को मार डालने जैसा था''—उसने कहा ''ऐसा ख्याल जो अपने-आप में शून्य समेटे हुए हो।''

यह एक ऐसा अजीब ख्याल था जो शायद कम उम्र लोगों में जल्दी समा जाता है, खासकर ऐसे में जब वे किसी सदमे को बर्दाश्त से बाहर समझते हों। वह शक्तिहीन थी। वह उन दिनों धारदार चीजों को ज्यादा गौर से देखने लगी। उसे ब्लेड, चाकू और खुरपी-फावड़े ज्यादा खींचते थे और वह उन्हें इस तरह देखती थी जैसे पहले कभी ना देखा हो, जैसे उनका अर्थ अभी-अभी समझ में आया हो।

"अब मैं अकेली पड़ रही थी।"—उसने कहा। उसने बताया कि वह लगातार बाहर से कटती जा रही थी और अब अपने आप में रहती थी, और क्योंकि वह अपने आप में रहती थी इसलिये अब यह डर था कि कहीं अपने आप से ना कट जाए। अब वह खुद से अपरिचित हो रही थी और हमेशा यही सोचती रहती थी—'मैं जीवन से कितनी रिक्त हो रही हूँ।' यही चीज थी जो उसके अन्दर मरोड़ें लेती रही। एक क्षण के लिए खालीपन का यह ख्याल उसे वरदान जैसा भी लगा। उसे लगा जैसे इसी के साथ सारे प्रश्न और परेशानियाँ ख़त्म हो गयी हों, जैसे मुक्ति मिल गयी हो। ऐसे में अकसर उसे एक गहरी शान्ति और सफ़ेद दुनिया का आभास होता था जो बहुत प्यारी लगती थी। यह ऐसा त्वरित क्षण था जो अगर लम्बा खिंच जाए तो अन्ततः सफ़ेद शान्ति में ही जाकर ठहरता है। वह वहाँ तक ना पहुँचे, इसके लिये जरूरी है कि उन क्षणों का क्रम किसी विपरीत क्षण की टक्कर से टूट जाये।

—किस्मत से वह टूटा।

वह आईने के सामने बैठी थी। वह आईने में उस लम्बी पगडंडी पर खुद को जाते हुए देख रही थी जिसका कोई ओर-छोर नहीं था। पता नहीं यह कहाँ जाए? उसके कदम बिना आहट के बढ़ रहे थे, वह शून्य में थी कि अचानक उसी समय उसे एक विरोधी स्वर सुनाई दिया।

"मुझे अचानक कोई खटक सुनाई दी।"—उसने बताया।

इस खटखटाहट ने उसकी सोच का तार तोड़ा। उसने आईने से नज़र हटाई और बाहर दरवाजे की ओर देखने लगी। वह जिस कमरे में बैठी थी, वहाँ से बाहर सीढ़ियों वाले दरवाजे की दूरी लगभग पन्द्रह सेकंड की थी, बीच में ड्रॉइंग हॉल और सँकरे जीने के नीचे की जगह थी। उसने सोचा—उठूँ कि नहीं? वह पता नहीं क्या सोचकर उठ गई, शायद उसे यह बीस फीट की दूरी ज्यादा लम्बी नहीं लगी। वह उठी। उसने चप्पल देखी, एक चप्पल उल्टी पड़ी थी जो उसे अच्छी नहीं लगी, उसने उसे पैर से सीधा किया और पहनकर दरवाजे तक गयी।

दरवाजा खोला—वहाँ कोई नहीं था।

उसने इधर-उधर देखा—कोई नहीं है।

उसने सामने देखा—उसे आँगन से दूर अहाते के एक कोने में खड़ा नीम का पेड़ दिखाई दिया। पेड़ की डालियाँ हवा में धीरे-धीरे हिल रही थीं।

उसने दरवाजे को इसी तरह खुला छोड़ दिया और वापस कमरे में आकर बैठ गयी। अब वह आईने के सामने नहीं थी, बल्कि कुर्सी पर बैठ गयी और किताबों की धूल झाड़ने लगी। वह किताबों के साथ बैठी थी शायद इसलिये उसे उस लड़के का ख्याल आया जो एक दोपहर दरवाजे पर किताब पकड़े हुए आया था। वह वहीं बैठे-बैठे एक ख़ास तरह की खटक के बारे में सोचने लगी। उसे कुछ-कुछ याद आया कि

यह खटक तो बिलकुल उस खटखटाहट जैसी है जो उस दोपहर सुनाई दी थी। उसे लगा यह उस लड़के की खटक है जिसे देखकर उसने दरवाजा बन्द कर दिया था। उसने अब कमरे से बाहर खुला हुआ दरवाजा देखा और नये लड़के के बारे में सोचने लगी। उसे याद आया कि उस लड़के ने आमों पर मिलने को कहा था लेकिन कितना समय बीत गया, वह गयी नहीं।

अब उसे फैसला लेना था, उसने फैसला लिया।

इसका निचोड़ अपने सीमित शब्दों में इस तरह बताया गया—''मुझे देवी बनने से डर लगता था।''—उसने मुझसे कहा।

इक्कीस

जब उसने अपने फैसले के बारे में बताना शुरू किया तो मैं भी अगली कहानी के लिए तैयार हो गया। यह कहानी का तीसरा और अन्तिम हिस्सा था। (हालाँकि दूसरा पूरी तरह ख़त्म नहीं हुआ था) उसने जो फैसला लिया, उसके बाद किस तरह दूसरी दिशा में कदम बढ़ाए, अब यह जानना था। उसका कहना था कि जब उसने उल्टी पड़ी चप्पल को सीधा किया तो पता नहीं क्यों, उसे पहन लेने का मन हुआ। जब पहन ही ली तो दरवाजे तक जाने की इच्छा हुई, दरवाजा खोला और फिर खुला ही रहने दिया। जब दरवाजा खुला रहा तो सोचा कि कमरे में मुर्दों की तरह पड़े रहने से अच्छा है, बाहर निकला जाए। उसने कपड़ों की हालत देखी—वे काफी तहस-नहस लगे। उसने कपड़े बदले और बाहर आ गयी।

घर की घेर के बाहर उसने एक पड़ोसन बुढ़िया को खड़ा देखा। बुढ़िया ललाट पर हाथ रखे खड़ी थी। उसने बुढ़िया से कई दिनों से बात नहीं की थी, आज ऐसे ही बात शुरू की। बुढ़िया ने उसे बताया कि आँगन में बच्चे मायूस बैठे हैं और वह इस लायक भी नहीं कि उनकी खोई हुई गेंद ढूँढ़कर दे सके।

लड़की ने घेर को फलाँगकर पार किया और बच्चों से गेंद के बारे में पूछा। एक जरा-से बच्चे ने बताया कि गेंद छप्पर की छत पर गोबर के उपलों में कहीं चली गयी है और क्योंकि वे छोटे हैं इसलिये वहाँ चढ़ना मुश्किल है। उसे बहुत दिनों बाद याद आया कि *'वह बड़ी है।'* उसने कुरते की आस्तीन खींची और एक तिपाहे का सहारा लेकर छप्पर पर पहुँची। वह गेंद ढूँढ़ने लगी। उसे दो मिनट लगे। वह उपलों में खोजबीन करती रही। गेंद मिल गयी। उसने गेंद नीचे फेंकी और बच्चे चिल्लाते हुए गेंद के पीछे भागने लगे।

वह वापस अपने अहाते में आ गयी।

उसने मुझे बताया कि वह कई दिनों तक इसी तरह खटक सुनती रही और दरवाजा खोलकर देखती रही, सामने हिलता हुआ नीम का पेड़ दिखता रहा। वह हर खटक के बाद दरवाजे को ऐसे ही खुला छोड़ देती और स्लीपर पहनकर बाहर निकल आती। वह आस-पड़ोस के लोगों से बात करती, कभी-कभी खेलते बच्चों की गेंद ढूँढ़ देती और इतनी-सी सार्थकता से खुश हो जाती।

अब धीरे-धीरे उसे वह खटक प्यारी लगने लगी। वह उसे सुनने के लिए इन्तज़ार करने लगी और सारी दोपहर बार-बार कुंडी को देखते रहने लगी।

"इसके अलावा तोतों की आवाज़ सुनाई देती"—उसने बताया "यह सुनकर मुझे आम के पेड़ों का ख्याल आता।"

एक दोपहर वह सोचते-सोचते थक गयी। वह अचानक बिस्तर से उठी। उसने स्लीपर पहने, चेहरा धोया, स्कार्फ लपेटकर कहीं बाहर निकलने की तैयारी करने लगी। उसने फ्रिज से पानी की ठंडी बोतल निकाली और स्कूटी के पास आकर उसका हाल जाना। वहाँ धूल छाई थी। उसने धूल साफ़ की और फिर धूल की एक लम्बी लकीर पीछे छोड़ते हुए खेतों की ओर चली गयी।

यह नया दिन था। वह रास्ते में हर चीज को नयी आँखों से देखती रही और थोड़ी देर बाद इस मुकाम पर पहुँची। वह अपने आम की छाँव में रुकी। उसने महसूस किया कि परिन्दे उसका स्वागत कर रहे हैं। वह चहक जो उस पेड़ पर पहले से थी, उसके आने के बाद बढ़ गयी। लड़की को यहाँ देखकर एक बूढ़ा आदमी दूर एक पेड़ के नीचे खड़ा हो गया और आँखों पर हथेली डालकर इधर देखने लगा। लड़की ने स्कार्फ उतारकर पसीने की बूँदें साफ़ कीं और आसपास का माहौल जाँचने लगी। उसे काफी दूर एक गाय खड़ी दिखाई दी जो इस तरफ झाँक रही थी। उसने गर्मियों के कुछ दृश्य देखे जिनमें दूर-दूर तक झुलसती धरती, तपते पेड़ और आवारा पशु दिखाई दिए। उसे धूल का एक भँवर दिखाई दिया जो पत्तों, फटी-पुरानी थैलियों और कागज के टुकड़ों को उड़ाते हुए किसी अनाम दिशा की ओर जा रहा था। उसने छाँव में आराम की साँसें लीं और फिर छाँव से बाहर निकलने लगी। वह धूप में उस पड़ोसी आम की तरफ पैदल चलने लगी जहाँ कितने दिनों से कोई उसकी प्रतीक्षा में था। वह अपने पेड़ के नीचे एक पत्थर पर बैठा था। उसने अपने पीछे बढ़ते हुए क़दमों की एक आहट सुनी। उसने गर्दन मोड़कर देखा—कौन है? उसे लड़की आती दिखाई दी। वह मुस्कराकर खड़ा हो गया।

वे अब आमने-सामने थे।

इस एक क्षण के लिए सबकुछ शान्त हो गया। उन्होंने किसी शब्द को जन्म देकर शान्ति भंग नहीं की। लड़के ने गर्दन झुकाकर जेब में हाथ डाला और कुछ निकालने लगा। लड़की की आँखें टिक गयीं—क्या हो सकता है? वह कोई

रहस्मयी-सी चीज थी जिसे सोचकर लड़की को डर लगा—बस कोई फूल ना हो। नहीं—फूल नहीं था। वह एक अधपकी कैरी थी। लड़के ने उसे जेब से बाहर निकालकर लड़की के सामने ऐसे पेश किया जैसे फूल हो। कैरी देखकर लड़की को राहत मिली। उसने कैरी को हाथ में ले लिया और बिना कोई शब्द बोले मुख से लगा लिया। वह कुतरने लगी।

''यह मेरे दूसरे प्रेम का प्रस्ताव था।''—लड़की ने मुझसे कहा।

मुझे इस मोड़ के बारे में पता था लेकिन इतने अप्रत्याशित ढंग से आएगा, यह पता न था।

''तुम्हें नहीं लगा यह जल्दबाजी थी?''—मैंने पूछा।

''हाँ! लगा।''—उसने कहा। इसके साथ उसने जोड़ा कि थोड़ी जल्दबाजी जरूर लग रही थी लेकिन सही मायने में जल्दबाजी नहीं थी। इसका कारण था कि पहले प्रेम की टूटन के बाद का समय सामान्य समय नहीं रहा, वे लम्बे क्षण थे जो स्थिर होकर सालते रहते थे इसलिये वहाँ एक तरह से 'समय के अन्दर समय' बसा हुआ था।

(मैं सन्तुष्ट नहीं हुआ, इस बिन्दु पर मेरा सन्तुष्ट होना बाकी रहा।)

उस दोपहर वे दोनों वहीं पेड़ के नीचे बैठ गये और बहुत छोटे-छोटे शब्दों से बातचीत शुरू की ताकि पिछले खालीपन को पुनः परिचय से भर सके। सबसे पहले लड़की ने उस दोपहर के लिए माफ़ी माँगी जब दरवाजा नहीं खोला। लड़के ने इस बात को ऐसे लिया जैसे कोई बात ही ना हो। लड़की ने आगे जानना चाहा कि क्या वह उसके बाद फिर से वहाँ आया था? नहीं—लड़के ने मना किया। हालाँकि उसने यह भी कहा कि वह वहाँ जाने के बारे में रोज सोचता था। उसने अपने ना जाने को भी एक सामान्य-सा रंग देते हुए अपनी सीमाएँ बयान कीं। उसने लड़की से उसकी तबियत के बारे में पूछा जिसका उद्देश्य कस्बे में बिताई दोपहर के बाद से लेकर अब तक का हाल जानना था। 'अब मैं ठीक हूँ'—लड़की ने झूठ बोला। उसके बाद लड़की ने पूछा कि क्या वह इतने दिनों से रोज खेतों पर आता है? लड़के ने 'हाँ' में गर्दन हिलाई और प्रतीक्षा वाले पक्ष को छुपा गया। उसने लड़की से नहीं पूछा कि वह इतने दिनों तक कहाँ थी? वह इस मुद्दे पर चुप रहा। थोड़ी देर बाद लड़की ने खुद बताया कि वह इस बीच दादी के पास चली गयी थी। हाँ मुझे पता है—लड़के ने उससे कहा। तुम्हें कैसे पता? लड़के ने किसी स्रोत का नाम नहीं लिया लेकिन स्पष्ट हो गया कि वह उसके बाद भी उसी के बारे में सोचता रहा है।

उन्होंने बात बदली, वे अब कैरियों पर बात करने लगे। अब कैरियाँ काफी बड़ी हो गयी थीं बल्कि कुछ तो मीठी होने लगी थीं। वे पहली बारिश के साथ ही मीठे आमों में बदल जाएँगी हालाँकि बारिश के मौसम में अभी देर है, अभी महीने-

डेढ़ महीने लग जाएँगे। हाँ-हाँ! महीने-डेढ़ महीने! उन्होंने मिलकर हामी भरी। उन्होंने आसपास की कई बातें कीं और तब लड़के ने उसे बताया कि उसकी अनुपस्थिति में बुजुर्गों ने उसे कितना याद किया है। वे अकसर पूछते रहते थे और लड़का उन्हें ढुलमुल जवाब देता रहता था। यह सुनकर लड़की ने दूर-दूर खड़े पेड़ों की ओर नज़र उठाई।

वे उन पेड़ों की ओर चलने लगे।

वहाँ उसकी बुजुर्गों से मुलाकात हुई। वे लड़की को देखकर सुखद आश्चर्य से मिले और मिलते ही इतने दिनों की अनुपस्थिति पर सवाल करने लगे। उसने पहला कारण तबियत ठीक ना होने को बताया और दूसरे कारण में दादी के पास चले जाने की बात कही। बुजुर्ग उसकी दलील से सन्तुष्ट हुए और फिर लगभग सबने लड़की के बिना इन गर्म दोपहरों को काफी नीरस और उबाऊ करार दिया। उन्होंने कहा कि उसके बिना मंडली अच्छी नहीं जमती थी। जैसा कि लड़की ने मुझे बताया—एक बुजुर्ग ने शिकायत भरे लहजे में उससे कहा कि उसकी 'फटफटी' के अभाव में टंकी से पानी लाने का काम बहुत मुश्किल रहा, जबकि एक दूसरे बुजुर्ग ने कहा कि उसके बाद वह राजनीति और इतिहास की कोई अच्छी बहस ही नहीं कर पाया। एक तीसरे बुजुर्ग ने इन दोनों के बीच में घुसकर बड़े गर्व से बताया कि इस बीच वह 'फिफ्टी' तक की गिनती सीख चुका है और अब वह 'ब्यूटीफुल' को 'ब्यूटीफुल' ही कहता है। लड़की ने वहीं उन छोटे बच्चों को भी फुदकते पाया जिनकी चंचलता का फायदा उठाकर उनसे तोते उड़वाए जाते हैं, उन्होंने भी लड़की की अनिवार्यता पर अपनी नन्हीं-नन्हीं मोहरें लगाईं।

''मुझे लगा कि कहीं तो है''—लड़की ने मुझसे कहा ''जहाँ मेरे होने को अनिवार्य समझा जाता है।''

वह अपनी अनिवार्यता पर खुश हुई और फिर सबने झोंपड़ी का रुख किया। वहाँ आज इतने दिनों बाद मंडली जमाई गयी। उस दोपहर इतने दिनों बाद वहाँ तोतले ठहाकों और हँसी-मजाक का माहौल बना। उन्होंने एक बार फिर भोजन बाँटा और मिलकर खाया। वे कई मुद्दों पर बातें करते रहे और सूनी दोपहर को अपने-अपने कोमल व्यवहार से भर दिया। जब कई घंटे बाद बुजुर्ग थक गये तो उन्होंने आज के लिए सभा विसर्जित की और अपने-अपने पेड़ों की ओर आराम करने लौट गये। यह अकेलापन कोई असहजता पैदा ना करे इसलिये लड़की भी उठ गयी और अपने पेड़ के नीचे जाकर झड़ी हुई कैरियाँ समेटने लगी। लड़के को आशंका हुई कि कहीं वह जानेवाली तो नहीं है—नहीं! लड़की ने उसे आश्वस्त किया कि वह शाम तक यहीं रहेगी।

उस दिन वह देर शाम तक वहीं रही। एक ही दिन में उनके बीच इतनी बातें

हुईं कि पिछली अजनबियत कुछ ही घंटों में मिट गयी। उन्होंने साथ बैठकर कई कैरियों को कुतरा और उन तोतों को कई-कई बार उड़ाया जो चोरी से कैरियाँ कुतर रहे थे। उन्होंने कई घंटे पढ़ाई पर बातें कीं। उन्होंने इधर-उधर की तमाम बातें कीं लेकिन लड़की के पिछले अध्याय को नहीं छेड़ा गया। वे जानते थे कि एक छोटी-सी छेड़ भी सहजता को बिगाड़ सकती है। उन्होंने सहजता बरकरार रखी।

जब सूरज पश्चिम की ओर ढह गया और शाम हुई तो लड़की ने अँधेरे के आगमन को देखकर अन्दाज़ा लगाया कि अब तक तो मोर थक चुका होगा, वह थक-हारकर लौट गया होगा और छत खाली हो चुकी होगी। अब घर जाना उपयुक्त लगा।

उसने लड़के से चलने के लिए कहा। वे तैयार हुए।

उसने लड़के को पीछे बिठाया और उस मोड़ तक साथ आई जहाँ एक त्रिशंकु खम्भा पड़ता था। वह बिजली का खम्भा था जिसकी चोटी पर त्रिशूल जैसी तीन नुकीली नोंकें निकली हुई थीं। वह एक दोराहे के पास खड़ा था जहाँ से उनके रास्ते अलग होते थे। यहाँ से लड़के का घर पास पड़ता था जबकि लड़की को दूसरी तरफ जाना पड़ता था। उस शाम वे रुके। लड़के ने उतरकर जाते हुए पूछा कि वह कल फिर आएगी? लड़की ने धुँधलके में गर्दन हिलाकर "हाँ" जवाब में दिया।

अब उसे रोज आना था।

बाईस

वह एक छोटा-सा फैसला था जिसे उसने 'दूसरा-प्रेम' कहा। दूसरा प्रेम?—यह क्या चीज है, मैं सोचने लगा। मेरा इन नये शब्दों से परिचय नहीं था। इसलिये मुझे अपने माथे पर थोड़ा जोर डालना पड़ा। मुझे लगा कि यह कुछ-कुछ किसी पौधे जैसा होता होगा जिसका तना तो ठीक हो लेकिन ऊपरी हिस्सा सूख गया हो और अब उसका सूखा हिस्सा अलगाकर वहाँ किसी अन्य पौधे की कलम काटकर जोड़ी गयी हो। अब तना वही हो लेकिन फल-फूल दूसरे आते हों। "क्या इसी तरह होता है?"—मैंने लड़की से पूछा। उसने इसे अलग तरह से बताया। उसका मानना था कि यह खुरदरी दीवार पर चढ़े रंग जैसा होता है जिस पर आप दूसरा रंग चढ़ाना चाहते हैं। ऐसे में एक ऐसा रंग तैयार होता है जिसमें नये और पुराने के बीच बचे धब्बों पर सिर्फ अफ़सोस रह जाता है। आप कोशिश करते रह जाते हैं कि पिछला रंग और पपड़ियाँ बार-बार उभरकर ना आएँ। यह उसकी उम्मीद भरी कोशिश थी। मुझे उम्मीद में पड़ते वे शब्द अच्छे लगे लेकिन जब उसकी परिणति जाननी चाही तो वह

चुप हो गयी। उसने अब इसे दूसरा प्रेम कहने के बजाय सिर्फ 'दूसरे प्रेम की कोशिश मात्र' कहा जिसकी सफलता-असफलता अभी सन्दिग्ध थी। जो भी हो, मुझे उसकी यह कोशिश भी अचरज-भरी लगी। वह प्रेम का दुखद पहलू देख चुकी थी और अब फूलों से घृणा करती थी इसलिये सम्भव था कि वह इस झमेले में दुबारा पड़े ही ना। इसमें कई परेशानियाँ थीं और वह उनसे लड़ने के मामले में शक्तिहीन थी। क्या उसे संकोच नहीं हुआ?

"तुम्हें नहीं लगा, फिर से पहली कहानी रिपीट हो सकती है?"—मैंने पूछा।

"हाँ! मुझे लगा"—उसने जवाब दिया "लेकिन फिर भी मैं दूसरी कहानी चाहती थी।"

उसने नयी कहानी में भी किसी दुखद क्षण की सम्भावना से इंकार नहीं किया लेकिन यहाँ भी इस बिन्दु को उस सपने से जोड़ा जो तब तक याद नहीं आता जब तक कि वह एक घटना की तरह सचमुच घट ना जाए। इसे लेकर सम्भवत: अभी ऐसा स्वप्न नहीं आया था।

"पहले प्रेम से दूर जाना"—मैंने पूछा "क्या इतना आसान था?"

"बिलकुल नहीं।"—उसने कहा।

उसने बताया कि इन दिनों वह जो भी सपने देखती थी, उनमें पहाड़ी की दिशा ही दिखाई देती थी। उसने सपने में ही कहीं करवट बदली और अब नयी दिशा—आम के पेड़ों की ओर देखना चाहा। यह सपनीला खेल कठिन था। वह रह-रहकर आगे-पीछे, दायें-बायें देखती रहती थी। वह पीछे हटने के बारे में भी सोचती रही लेकिन बावजूद इसके बढ़ता हुआ कदम ही ज्यादा हरकत में था। वह कदम उसने दाहिने पैर से भरा था। (उसने वह पैर दिखाया, मैं थोड़ी देर तक उसे देखता रहा।) उसने जिस कैरी को प्रेम के प्रस्ताव की तरह लिया था, वह लड़की के अनुसार एक तरह का 'हरा फूल' था, एक 'खटमीठा फूल' जो सच्चाई के ज्यादा करीब था। कैरी कुतर लेने के बाद ही उसने प्रेम पैदा होने के पर्याप्त अवसर देने शुरू कर दिए, बल्कि अपनी तरफ से भी कोशिशें कीं ताकि अकेले लड़के को ज्यादा माथापच्ची ना करनी पड़े। यह एक घिसी-पिटी कोशिश थी जिसमें एक को भूलने के लिए दूसरे की जरूरत होती है। यहाँ प्रेम जैसा रूप देने के लिए बहुत लम्बे समय की जरूरत नहीं पड़ी। उसने तुलना करते हुए बताया कि यहाँ बस, फूल, स्कूल या काफीशॉप नहीं थी, सिर्फ एक कोशिश थी जिसमें बहुत खुशी, उत्साह या उलवलापन भी नहीं था। पहले प्रेम में लम्बा समय लगा था क्योंकि वह अनायास था जबकि यहाँ उसे प्रयास करना पड़ा। जहाँ पहले प्रेम में उसे लगता था कि वह जीवन से कितनी भरी हुई है, यहाँ सिर्फ इतना लगा—*'हाँ! जीवन है।'* इन तमाम कोशिशों के बाद भी यह आसान नहीं रहा क्योंकि उसकी स्मृतियाँ जिद में थीं। उसका कहना था

कि वे इस तरह थीं जैसे आप सफ़ेद फर्श पर लगातार पोंछा लगाए जा रहे हों और बार-बार निकलते-पड़ते क़दमों से वह गन्दा हो रहा हो, और जितना गन्दा हो रहा हो, आप उतनी ही शक्ति से साफ़ करने में लगे हों। वे कदम जो फर्श पर पड़ते थे, जाहिर है मोर के थे। उन क़दमों की आहट से बचा जा सके, इसके लिये उसने दूसरी दिशा की ओर जाना चाहा। वह अपनी शामें बाहर बितानी चाहती थी जहाँ उस प्राणी की नीली छाँव से बच सके। इस बचाव के लिए उसने माँ से इजाजत ली। उसने बहाना बनाया कि कैरी चुराने वाले अँधेरा होने बाद ही आते हैं इसलिये तब तक वहाँ बने रहना जरूरी है। उसके बाद वह रोज देर शाम तक वहाँ रहने लगी। अब उसका यह कदम थोड़ा 'स्वार्थी' लेकिन मुझे 'स्वाभाविक' लगा।

(मेरा सन्तुष्ट होना बचा हुआ था, मैं सन्तुष्ट हुआ।)

अब कहानी आम के पेड़ों की तरफ मुड़नेवाली थी और उसके शब्द खटमीठे रस से भीगनेवाले थे। इससे पहले कि वे थोड़े भी गीले हों, मैंने इस सम्बन्ध में एक ऐसा सवाल किया जो मेरे लिये किसी (अन्ध)विश्वास की तरह था—*"क्या आम के पेड़ों की ओर जाने से दूसरा प्रेम होता है?"*

उसने कोई जवाब नहीं दिया।

मैंने अब तक की बातचीत पहाड़ी, तलहटी, टीलों और उसके प्रेम के विस्तार में आनेवाले आसपास के स्थानों पर की लेकिन अब मैं उनसे थक गया था। मैंने ऊपर आकाश में सूरज देखा जो चोटी से पश्चिम की ओर झुक चला था। यहाँ की थकान और आगामी शब्दों के अनुसार मेरा उन पेड़ों की ओर जाने का मन हुआ। लड़की ने मेरा आग्रह माना। मैं उसके साथ नीचे मैदानों में उतर गया। इस बीच रास्ते में मुझे एक बार फिर याद आया कि मैं एक मोर की हत्या के सिलसिले में आया हूँ लेकिन लड़की के शब्दों में फँसकर पता नहीं कहाँ आ गया?

– मैं आम के पेड़ों की तरफ आ गया था।

मैंने निरीक्षण शुरू किया। मैं खेतों और पेड़ों को बहुत करीब से देख रहा था। वे खेत जो पहाड़ी से चौकोर बिस्कुटों जैसे दिख रहे थे, करीब से सिर्फ बिखरी पड़ी मिट्टी-से लगे। सूखी रेत की परत के बाहर गर्मियों की झुलसन निकल रही थी और नयी घास अभी उगी नहीं थी। मैंने खेत की मेंड़ों पर घायल पड़े आक के पौधे देखे जिनके कमल जैसे नन्हें-नन्हें फूल धूप में चमक रहे थे। आक के डोडे अधखुली दशा में लटके हुए थे और उनकी दरारों से नन्हें-नन्हें बीज लिये फाहे हवा में मँडरा रहे थे। वहाँ खेतों के बीच कँटीली झाड़ियाँ और जवासे के पौधे थे। वे धरती से चिपककर घुटनों के बल बैठे थे। वहीं मेंड़ों के आसपास घापात के पौधे थे जो एक खेत से दूसरे खेत की दीवार बनकर खड़े थे। मैंने आम के पेड़ों पर गौर किया जो पहाड़ी से स्याही की बूँदों जैसे लग रहे थे, अब मेरे सामने वे आकाश में उठी बड़ी-

बड़ी छतरियों जैसे प्रतीत हुए। इस समय जब मैं इन्हें अपनी आँखों से देख रहा था, पहले अंधड़ और बूँदा-बाँदी के बाद के दृश्य थे लेकिन क्योंकि मेरा काम लड़की की आँखों से तस्वीरें देखना भी था इसलिये मैं यहाँ गर्मियों की तपन भी महसूस करता रहा। मैंने लड़की का वह खेत, वह आम का पेड़ देखा जिसकी कैरियाँ तोड़ी जा चुकी थीं और अब कुतरने को कुछ नहीं था। अब कोई भूलवश रह गयी कैरी ही बची होगी जो मीठे आम में परिवर्तित होकर कहीं पत्तियों में दुबकी होगी। वे दिखाई नहीं दीं। अब वहाँ तोते भी नहीं दिखे। वे अपना भूखा पेट लेकर शायद भोजन की तलाश में कहीं चले गये होंगे। वहाँ बूढ़े और बच्चे भी नहीं थे। अब रखवाली का काम ख़त्म था। इसलिये वे घरों में बैठे आराम कर रहे होंगे। मुझे सिर्फ टूटी हुई नन्हीं झोपड़ियाँ दिखाई दीं, जो अब सूनी पड़ी थीं। यह अजीब अहसास था, बिलकुल किसी त्योहार या उत्सव के गुजरने के बाद का बचा सूनापन जैसा। मैं हर चीज को बहुत तेज नज़र से देख रहा था। मेरी नज़र वहाँ उड़ते कागजों, फटी-टूटी थैलियों और कचरे पर पड़ी जो हवा के हल्के-हल्के झोंकों के साथ इधर-उधर उड़ रहे थे। ''ये आँधीवाली रात में यहाँ उड़कर आए होंगे।''—लड़की ने कहा। मैंने अगले ही क्षण गौर किया कि वहाँ डिस्पोजल थालियों और कटोरियों का कचरा भी बिखरा पड़ा है जो अवश्य किसी समारोह के गुजर जाने की निशानियाँ थीं। ''ये मेरी सहेली की शादी की निशानियाँ हैं।''—उसने मुझे चौंकाते हुए बताया। वह जिस सहेली के बारे में इतना कुछ बता रही थी, उसकी शादी सम्पन्न हो चुकी है, यह जानना मेरे लिये नया था। उसने कहा कि आँधीवाली रात से एक दिन पहले माता के मन्दिर में भोज दिया गया था, यह कचरा उस भोज का नतीजा है। मैं इन वाक्यों पर थोड़ी देर ठहर गया क्योंकि इनमें मुझे कहानी के आगामी सूत्र दिखाई दिए।

1. आँधीवाली रात!
2. सहेली की शादी का सम्पन्न होना!

''क्या आँधी और शादी की रात एक ही थी?''—मैंने पूछा।

''नहीं''—उसने जवाब दिया ''आँधीवाली रात यानी शादी से चार दिन पहले की रात।''

''और उस शादी को गुजरे कितने दिए हुए हैं?''

''तीन दिन।''

उसका जवाब पाकर मैंने हिसाब लगाया कि इसका मतलब मोर की हत्या अब से हफ्ते भर पहले हुई होगी। मैंने सन्दर्भ की तरह इन तथ्यों को याद रखा ताकि आगे इनकी महत्ता पकड़ सकूँ। उसने कहा कि अभी वहाँ पहुँचने में शब्दों को समय लगेगा, इसलिये मैं धैर्य रखने पर मजबूर हुआ। मैं कमर पर हाथ रखे, ठोड़ी खुजलाते हुए इस नयी जगह का और मुआयना करने लगा। मैंने वहीं वह छोटा-सा

कमरा देखा जहाँ कुछ दिन पहले तक लड़की मंडली के दूसरे सदस्यों के साथ बैठती थी। उस सूने झोंपड़ीनुमा कमरे में अब कोई नहीं था, सिर्फ कुछ सूखे मटके रखे हुए थे जिन पर धूल छाई हुई थी। उसने यहाँ सारी चीजें दिखाईं—पेड़-पौधों, झाड़ियों और टंकी से लेकर दूर एक माता का मन्दिर, जिसके भीमकाय पुजारी को मैंने अपने जवाबदारों की फेहरिस्त में शामिल भी किया। मुझे यहाँ एक बार फिर ऐसे गवाहों की जरूरत पड़ी जिनके बल पर कहानी के इस हिस्से को पूरा कर सकूँ। मैंने खेतों में नज़र दौड़ाई, वहाँ फ़िलहाल कम ही लोग दिखाई दे रहे थे इसलिये मैंने लड़की के सामने उस लड़के से मिलने की इच्छा रखी जो कहानी के इस हिस्से का अहम किरदार था। "नहीं—यह सम्भव नहीं है।"—उसने मना कर दिया। (यह प्रश्न ही बना रहा कि उसने क्यों नहीं मिलने दिया।) मैंने जब लड़की के परिवार से मिलने के लिए कहा तो यहाँ इतनी सम्भावना बताई गयी कि माँ से भेंट हो सकती है। उसकी माँ से बाद में मैंने छोटी-सी मुलाकात भी की लेकिन अभी यहीं के बयान जरूरी थे।

"वे कैसे दिन थे और लड़की क्या करती थी?"—यह जानने के लिए मैंने वहाँ मँडराते किसानों से बात की। वे इस समय ट्रैक्टर-ट्रॉलियों के साथ खेतों में गोबर की खाद फेंक रहे थे। वे गोबर के छोटे-छोटे टीले बना रहे थे। वहीं कुछ बुजुर्ग और बच्चे थे जिनसे बातचीत सम्भव हुई। इनके अलावा एक बुढ़िया से भी सवाल करने का मौका मिला।

लड़की ने कहा था कि दूसरे लड़के के साथ उसका जुड़ाव इतना उत्कट और स्पष्ट नहीं था कि उसे चमकीले वाक्यांशों में बयान किया जाए। पहले प्रेमी से अलगने और दूसरे से बँधने के समय को उसने दो धागों के आपसी जुड़ाव की तरह बताया, ऐसा जुड़ाव जहाँ पोरों की गाँठ ना दिखे। वे समय के धागे पर चलते ऐसे दो बिन्दुओं की तरह थे जो जुड़े हुए थे लेकिन रंग अलग-अलग था। 'दूसरे धागे का क्या रंग था?'—यह जानने के लिए मैं उन्हीं लोगों के पास गया जो सिर्फ दूसरे रंग से परिचित थे।

मैंने सबसे पहले उनसे लड़की के बारे में पूछा।

"हाँ! लड़की से हमारी लम्बी जान-पहचान है।"

जब मैं बुजुर्गों से मिला तो उन सबने कहा। उन्हीं मे से एक बुजुर्ग ने बताया कि वह लम्बे समय से उसे जानता आया है लेकिन उसे गर्मियों में साथ बिताए दिन ही याद आते हैं। वे यहाँ साथ खाते-पीते, उठते-बैठते और हँसते-बोलते थे। उसने उन दिनों को एक पंक्ति में इस तरह कहा—"आप समझिए कि हम एक बड़े परिवार की तरह थे।" एक दूसरे बुजुर्ग ने उस परिवार की लम्बी-लम्बी तारीफें कीं और लड़की का व्यवहार भी अच्छा बताया "लेकिन जहाँ तक लड़के का सवाल

है''—उसने शिकायत की ''वह बहुत शान्त और घुन्नाया हुआ रहता था।'' उन दोनों ने मिलकर मुझे बताया कि वह एक 'फौजी-पुत्र' था और गणित में रुचि रखता था इसलिये उसे कुछ मजाकिया नामों से बुलाया जाता था—'फौजी-प्लस' और 'फौजी-स्क्वायर।' उन्होंने ये भी कहा कि ये नाम लड़की द्वारा सुझाए गये थे।

उन्होंने मुझे कई सारी सामान्य जानकारियाँ दीं लेकिन ''जहाँ तक उनके बीच किसी आकर्षण का मसला है''—पहले बुजुर्ग ने कहा ''तो हाँ! कहना पड़ेगा—वे आकर्षित थे।'' वे शुरू से ही एक दूसरे के प्रति आकर्षित लगे शायद इसीलिये लड़का इतना घुन्नाया रहता था। वे समझते थे कि उन्हें बुजुर्ग नोट नहीं कर सकते लेकिन ऐसा नहीं था, नये समय और उम्र का प्रेम समझना मुश्किल है लेकिन ''एक ज़माने में हम भी युवा थे—अमैझिंग।''- यह दूसरे बुजुर्ग का कहना था। उसके बाद मैंने एक बुढ़िया से बात की जो दूसरे बुजुर्ग की पत्नी थी। ''मैं कभी-कभी घर से छूटने के लिए यहाँ आ बैठती थी''—उसने कहा ''मैंने उन्हें देखते ही पहचान लिया कि यहाँ जरूर कुछ चल रहा है।'' वे अकसर चोर-मन से बैठे रहते थे और उनके अन्दर उमड़ती भावनाओं से ही समझा जा सकता था कि वे किसी गुप्त भाषा में बतिया रहे हैं। ''मैं पेड़ों के नीचे कभी नहीं सोता''—एक किसान का कहना था ''लेकिन जब कभी दोपहर का खाना देने आता था तो देखता था, मुझे लगता था कि इनका चलन सही नहीं है, इन पर नज़र रखनी चाहिए।'' यह नज़र वाकई रखी जा सकती थी लेकिन पिता को खाना पकड़ाकर वह वापस चला जाता था, इसलिये नहीं रख पाया। ''उनके चलन में क्या खराबी थी?''—जब मैं मोटे पुजारी से मिला और पूछा तो उसने जवाब दिया—''मैं दूर धर्मशाला में बैठा हुआ देखता था, सूरज की तपन में दोनों साथ जलते दिखाई देते थे।'' वे साथ रहते थे और हमेशा खेतों में घूमते रहते थे जो पुजारी के अनुसार निस्सन्देह एक अनैतिक बात थी।

''वे ऐसा क्या करते थे?''—यह जानने के लिए जब बच्चों से पूछा तो उन्होंने बताया कि वे हमेशा खेलते रहते थे।

क्या खेलना गुनाह है? वे कौन-सा खेल खेलते थे?

''पता नहीं, वे साथ नहीं खेलने देते थे''—एक बच्चे ने कहा ''हम जैसे ही उनके पास फटकते, वे हमें भगाने लगते थे।''

क्या खुद नहीं खेलना या दूसरों को साथ नहीं खेलने देना भी एक खेल है?—मैं सोचने लगा।

''यही तो चाह का प्रमाण है।''—अन्ततः लड़की ने कहा।

तेईस

वह आकर्षित थी और रोज खेतों पर पहुँचती थी लेकिन उसने अपने 'जाने' और 'लौटने' में फर्क किया। वह जैसे जाती थी, लौटती नहीं थी। वह जिस 'प्राप्ति' को लेकर आश्वस्त होना चाहती थी, वो आसान नहीं थी। "वहाँ एक गहरी दुविधा थी।"- उसने कहा। इससे पहले कि वह कुछ बताती, इस दुविधा का दर्शन मैंने उन जवाबों में पा लिया जो आकर्षण के गवाह थे। उन्होंने आकर्षण को लेकर जो पुष्टि की, वहीं आगे कुछ ऐसे शब्द जोड़े जिनमें वह दुविधा झलकती थी।

जब एक बुजुर्ग ने मुझे बताया था कि वे परिवार की तरह थे तो उसी ने आगे कहा कि इस परिवार का एक सदस्य अपनी अन्दरुनी दुनिया से काफी परेशान रहता था। जाहिर है वह सदस्य लड़की थी। वह बाहर से जितनी खुश दिखती थी, अन्दर उतने ही बड़े तूफ़ान की शिकार थी। उन दिनों उसके शब्द अन्दर-ही-अन्दर घुटते रहते और वह बयान करने के लिए लालायित रहती। वह अपने आपको सहज दिखाने के लिए जो व्यवहार करती, वह असहजता को ढकने की कोशिश थी।

"दरअसल वह किसी पेंच में थी।"—ये उस बुजुर्ग के शब्द थे।

"वह शायद ऐसी लड़ाई में लिप्त थी जो खुद से लड़ी जाती है।"—यह दूसरे बुजुर्ग ने कहा।

जब उस बुजुर्ग ने बताया कि लड़का घुन्नाया रहता था तो उसी ने लड़की के बारे में यह असामान्य बात बताई। वह अपने युवा होने को याद कर रहा था। उसने लम्बे अनुभवों के आधार पर कहा कि—*गुजरा हुआ सचमुच 'गुजरा' नहीं होता।* जब वे एक-दूसरे के प्रति आकर्षित दिखते थे, ठीक उसी समय बहुत उचटे हुए या विरक्त भी लगे। "वह इतनी उचटी हुई दिखाई देती थी कि लगता था—यहाँ कुछ नहीं चल सकता।"—उस दूसरे बुजुर्ग की पत्नी ने कहा। यह वही बुढ़िया थी जिसे शक था उन दोनों के बीच कुछ चल रहा है। उनकी शुष्कता देख उस किसान ने भी अपना विचार दूर कर लिया जिसे लगता था उन पर नज़र रखनी चाहिए। उसने आगे कहा था कि वे इतने नीरस लगे कि उन्हें दूर करने की जरूरत ही नहीं थी, बल्कि लगा कि ये तो ऐसे ही होते-होते छिटक जाएँगे। अपने आप नष्ट होती हुई चीज को क्या नष्ट करना, उसे तो अपनी रौ में नष्ट होते हुए देखा जाना चाहिए। जिस पुजारी ने कहा कि वे धूप में साथ जलते दिखते थे, मैंने उसी से आगे जाना कि जिस झिलमिल तस्वीर को वह धर्मशाला में बैठा देखता था, उसमें एक पैनी दरार भी दिखती थी। जिस बच्चे ने कहा था कि वे हमें साथ नहीं खेलने देते थे, उसी ने यह बताया कि दरअसल लड़की इतने अनमने ढंग से खेलती थी कि उसके साथ तो वैसे भी नहीं खेला जा सकता था।

"वह क्या दुविधा थी?"—मैंने लड़की से पूछा।

"स्मृतियाँ।"—उसने जवाब दिया।

मुझे यह शब्द काफी बड़ा लगा। वह 'मेरी बुरी यादें', 'गुजरी हुई पीड़ा' या 'बीते कल की टीस' भी कह सकती थी लेकिन अपनी छोटी-सी दुनिया के हिसाब से उसने यही कहा। उसने बताया कि पहले प्रेम को भूलना असम्भव था। वह हर बार, हर घड़ी, हर जगह, हर हरकत में पुराने दृश्यों को याद करती थी और नये दृश्य रचना असम्भव लगता था। बल्कि उतना तो वह खुद को याद नहीं रखती थी जितना बीता समय याद रहता था। वह खुद को ऐसे याद करती थी जैसे प्रेम के सुखद क्षण जीनेवाली लड़की वह स्वयं नहीं, कोई और रही हो। वह खुद को किसी 'अन्य' के रूप में याद करती थी और प्रेम को जीनेवाली 'अन्य-लड़की' से जलन महसूस करती थी। उसे हमेशा वह सबेरा याद आता रहा जब पहली बार फूलों को देखा। उसे वह बस और खिड़की याद आती रही जिससे हाथ निकालकर फूल तोड़े जाते थे। वह अकसर उस सड़क को याद करने लगती जहाँ पहले प्रेम का प्रस्ताव स्वीकारा गया। उसे वे सारे पार्क और कॉफीशॉप याद आते रहे जहाँ उन्होंने एक-दूसरे से खूब मजाक किये थे। उसे कस्बे की गलियों, रास्तों और चौराहों से लेकर स्कूल की सारी बातें याद आती रहीं। उसे हर वह एडवेंचर याद आता रहा जिसे लड़के के साथ जिया गया था। वह उस दिन को याद करती रहती जब पूर्व प्रेमी से पहली बार पहाड़ी पर मिली और मोर ने आकर उसे जगाया था। वह पहाड़ी पर बिताई गयी सारी शामों को याद करती रही। वह 'उन दिनों' और 'इन दिनों' में तुलना करने लगती और इस लड़ाई में पुराने दिन जीत जाते।

"इन सारी बीती छवियों का वाहक था नीला पक्षी।"—उसने कहा।

उसने बताया कि जिस खटक के बाद मोर ने जिद पकड़ी, मोर को आगामी सारी खटकें उसी तरह नागवार गुजरीं। वह पहली खटक के बाद दादी के पास भाग गयी लेकिन जब वापस आई तो ज्यादा खटकें और मोर का अविरल आगमन ही नसीब हुआ।

"लेकिन मैंने कोशिशें शुरू कर दीं"—उसने बताया "मैं भी उसको रोकने के लिए अड़ गयी।"

उसने मुझे मोर को रोकने की कोशिशें बताईं -

सबसे पहले—वह मोर का भोजन बन्द कर चुकी थी। वह जैसे ही दादी के घर से लौटी, उसने छत का हाल देखा—छत अनाज के दानों के बिना में भूखी पड़ी थी। उसने वहीं मुँडेर पर ठीकरा देखा जिसे पानी से भरने के बजाय रीता कर दिया। उसने उसे उठाया और छत के पीछेवाली गली में सरका दिया। एक तेज 'चटाक' की आवाज़ के साथ वह कई टुकड़ों में टूटकर मिट्टी में मिल गया। छत पर भोजन ना

मिलने के कारण मोर नीचे बगीची और खेत में उतर जाता था इसलिये लड़की ने उस जगह को भी अनुपयुक्त बनाने की कोशिश की।

''मैंने वहाँ सारे पौधों पर राख डाल दी।''—उसने बताया।

यह उम्दा उपाय था जिसमें राख का प्रयोग खाद के रूप में किया जाता है ताकि कीड़े ना लगें। यहाँ राख की किरकिरी गन्ध से यह उम्मीद की थी कि मोर मुँह नहीं लगा पायेगा। उसके बाद यह हुआ कि मोर क्यारियों में अनमने ढंग से टहलते रहने लगा। वह मिर्ची और बैंगन के बेमौसम पौधों को सूँघता रहता था और राख से परेशान होकर चोंच दूर कर लेता था। वह भूखा रहता था लेकिन हर हाल में शाम तक वहीं बना रहता था।

लड़की ने अपने ट्यूबवैल के आसपास के सारे गड्ढों को मिट्टी से भर दिया ताकि वहाँ डबरियों में जमा पानी का मोर फायदा ना उठा सके। छत पर खाली बर्तन के बाद से ही मोर अकसर नीचे डबरियों में पानी पीता दिखता था, इसलिये जरूरी था कि उन्हें रपेट दिया जाए। लड़की ने एक सुबह परात और फावड़ा उठाया और कई घंटों तक गड्ढों को भरने में लगी रही। पानी के छोटे-छोटे टुकड़ों में मोर की परछाईं नीले आकाश की तरह प्रतिबिम्बित होती थी। उसने सारे प्रतिबिम्ब सूखी मिट्टी से रपेटकर मिटा दिए। इसके बाद वह पानी का कोई बर्तन घर के बाहर नहीं छोड़ती थी। उसने देखा कि प्यासा मोर यहाँ-वहाँ पानी ढूँढ़ता फिरता है इसलिये वह दिन-भर बर्तनों को ढूँढ़-ढूँढ़कर अन्दर रखती रहती थी। वह बार-बार माँ को चेताती रहती थी कि बाहर पड़े बर्तन अशुभ होते हैं, कोई बर्तन गलती से भी बचना नहीं चाहिए। जब वह भैंस को सानी-पानी करती तो अचानक पता चलता कि नीला प्राणी खोर में कुछ तलाश रहा है। वह झट से रखवाली करने पहुँच जाती और जैसे ही भैंस पानी पीती, बचे हुए पानी को मिट्टी में मिलाकर परात खाली कर देती। वह भैंस के बचे हुए चारे और अनाज को खुरच-खुरचकर परात में समेट लेती और घर के पीछे घूरे में फेंक आती। वह छत पर सुखाई जानेवाली लम्बी लाल मिर्चियों को अब बरामदे में ही सुखाने लगी, यहाँ भी मोर के आने का संशय होता तो उन्हें ड्रॉइंग हॉल के फर्श पर अख़बार डालकर बिछा देती और माँ से कहती—'बहुत गर्मी है, यहीं सूख जाएँगी।' जब छत पर मोर को देखती तो हमेशा कुछ ऐसा करने की सोचती रहती ताकि वह ना आ सके। वह वहाँ चढ़कर तेज बजता रेडियो छोड़ आती ताकि मोर आवाज़ से डर सके। मोर नहीं डरा। लड़की को पता था कि मोर छोटे बच्चों से डरते हैं। उसने कई बार पड़ोस के बच्चों को खेलने के लिए बुलाया और छत पर छोड़ दिया। मोर फिर भी नहीं सुधरा। बच्चे छत पर क्रिकेट खेलते रहते थे और मोर मुँडेर पर बैठा-बैठा देखता रहता था। उसके बाद लड़की ने कई बार गर्मियों में गर्म छत को ठंडा किया। वह ठंडा करने के बहाने गीला करके रखती थी ताकि

मोर को गीलापन ना सुहाए। मोर को गीलापन भी सुहाने लगा।

उसने एक नया उपाय सोचा—

एक दोपहर वह घर के पीछे मोहल्ले में गयी और इधर से उधर गलियों में घूमती रही। लड़की ने बताया कि उसने मोहल्ले के उन दो कुत्तों को आमन्त्रित करना चाहा जो पहले भी फूलों को जलते देखकर काफी चिन्तित रह चुके थे। वे इस समय एक दुकान के पास बैठे मिले। लड़की ने बिस्कुट और रोटी का लालच दिया और वे पीछे-पीछे घर तक आ गये। वह किसी तरह बहला-फुसलाकर छत पर ले गयी जहाँ उन्हें कई पैकेट बिस्कुट खिलाकर रखवाली का काम सौंप दिया। उसने एक कुत्ते को छत पर छोड़ा जिसका काम सिर्फ छत देखना था और दूसरे को आँगन में बिठाया ताकि वह नीचे अहाते और क्यारियों की निगरानी कर सके। उसने छत की सीढ़ियों का दरवाजा और बाहर बॉउंड्री का फाटक बन्द कर दिया ताकि आवारगी की लत से परेशान कुत्ते कहीं भाग ना सकें।

''तो क्या मोर की हत्या कुत्तों ने की?''—मैंने पूछा। मैं जल्दी से उत्तर पाकर तहकीकात ख़त्म करने के चक्कर में था।

''नहीं! मोर की हत्या नहीं हुई''—उसने जवाब दिया ''वह बाद में सिर्फ गायब हुआ लेकिन उसमें कुत्तों का कोई रोल नहीं।''

''मतलब?''—उसने मुझे उलझाने की कोशिश की।

''सब्र रखिये।''—उसने मुझे नीचा दिखाया और बात आगे बढ़ाई।

वह कुत्तों को काम पर लगाकर घड़ी में चार बजने का इन्तज़ार करने लगी—चार बजे, मोर आया, वह कुत्तों को देखकर डर गया। उस शाम वह सीधे छत पर नहीं उतरा बल्कि पड़ोस की एक छत पर उतर कर माहौल जाँचने लगा। छत पर काला कुत्ता था, वह मोर को देखकर लाल हो गया और पूरी जान लगाकर खा जाने को भौंकने लगा। वह गुरार्ता हुआ मुँडेर के पास चक्कर काटता रहा लेकिन मोर उसके वश से बाहर रहा। कुत्ता और मोर के बीच गली का चौड़ा फासला था जिसे लाँघना मुश्किल था। वह वहीं से पड़ोस की छत को घूरता रहा। जब खतरा महसूस हुआ तो मोर ने इस छत पर आने के बजाय नीचे टोपी जैसे छज्जे पर जाना उचित समझा। वह हल्की-सी छलाँग लगाकर वहाँ उतर गया। वह छज्जे से नीचे खिड़की को देखने लगा जहाँ उसे लड़की का पता करना था। लड़की नहीं दिखी। वह छुपी हुई थी। मोर की यह हिम्मत और चालाकी देखकर छत पर झाग टपकते मुँह से कुत्ता चिल्लाये जा रहा था। उसकी आवाज़ सुनकर नीचे क्यारियों में टहलता सफ़ेद कुत्ता भी साथ देने आ पहुँचा। वह छज्जे के नीचे आ गया और पूरी ताकत से उछल-उछलकर मोर को लपकने की कोशिश करने लगा। एक कुत्ता छज्जे के ऊपर छत से भौंकता रहा, दूसरा नीचे से, लेकिन मोर किसी की पहुँच में नहीं आया। वह छज्जे

पर निडर खड़ा रहा और बार-बार गर्दन झुकाकर लड़की को ढूँढ़ता रहा। उस शाम वह अँधेरे तक वहीं रहा और गूँजें देता रहा लेकिन लड़की नहीं दिखी। वह किचिन में खड़ी इस संग्राम का कोलाहल सुन रही थी और खिड़की के बाहर डूबते सूरज को देख रही थी। वह कुत्तों की मन्द होती आवाज सुनती रही और निराश होती रही। वे निरर्थक भौंक-भौंककर निढाल हो चुके थे।

जब अगले दिन लड़की ने फिर उन्हें आमन्त्रित करना चाहा तो उन्होंने बिस्कुटों को दूर से नकार दिया और हाथ जोड़कर भाग गये। वे ऐसे भागे कि फिर कभी लड़की के आसपास नहीं फटके।

जब कुत्ते भी असमर्थ रहे तो लड़की ने एक दूसरा तरीका निकाला। उसने सोचा कि फसलों में बिजूके देखकर मोर डरते हैं, इसलिये हो सकता है वह यहाँ भी डरे। उसने एक दोपहर चार मटकियाँ लीं और सब पर कोयले से नाक, कान, आँखें और मुँह उकेरे। उसने बहुत कलाकारी से ऐसी भयावह रेखाएँ खींचीं कि एक बार तो इन्सान भी देखकर ठिठक जाए। उसने फटे-पुराने कुरतों को नीम की सूखी टहनियों से बाँधा, हथोड़े से ठोक-ठोककर मजबूत क्रॉस बनाये और उन्हें दानव का रूप दे दिया। उसने ईंटों के सहारे छत के चारों कोनों पर चार दानव खड़े कर दिए।

अब ?

उस शाम मोर आया तो वह पिछली बार की तरह पड़ोस की छत पर ही उतरा। वह इन जीवों को देखने लगा। वह दानवीय आकृतियों को पहचानने की कोशिश करता रहा लेकिन उन्हें शान्त और स्थिर पाकर थोड़ा सहज हो गया। उसने हिम्मत बढ़ाई और उचककर मुँडेर पर आ बैठा। उसे शायद अभी भी शक था, इसलिये उन्हें गौर से देखता रहा। ऐसे जीव खेतों में तो खूब देखे थे लेकिन कभी किसी छत पर नहीं देखे। यह बहुत ही असाधारण बात थी। वह बिजूकों की तरफ गरदन उठाकर किलकारियाँ मारने लगा। बिजूकों ने कोई प्रतिक्रिया नहीं दी। उसने समझ लिया कि यह तो खेतोंवाले ही शान्त जानवर हैं जो गलती से छत पर आ खड़े हुए हैं। अगले कुछ ही दिनों में वह साहस बनाये रखने में सफल हुआ। अब उसे बिजूकों से कोई भय नहीं रहा। उसके बाद बिजूके चारों कोनों पर मृत पहरेदारों की तरह खड़े रहते थे। वे दूर से दिखाई देते थे और लू के तेज थपेड़ों में धीरे-धीरे हिलते रहते थे। वे अँधेरी रातों में आँखें फाड़े, दाँत निकाले जमे रहते थे लेकिन कोई लाभ नहीं था। अब कुछ ही दिनों में मोर इतना परिचित हो गया कि उन्हीं को आँख दिखाकर छत पर नाचता रहने लगा। वह उन्हीं के पैरों के पास खड़ा-खड़ा बीट कर जाता और लड़की को वह हरे रंग की बीट साफ़ करनी पड़ती।

छत पर बिजूके!

इस दृश्य के बारे में सुनकर मैं अहसज हुआ। मुझे मोर की जिद ज्यादा बड़ी

लगी लेकिन मैं धैर्य के साथ लड़की को सुनता रहा। उसने मुझे बताया कि जब बिजूके भी असमर्थ थे तो उसने एक ऐसा तरीका अपनाया जो उसके पूर्व प्रेमी ने ही एक बार सुझाया था।

"मैंने छत पर काँटे बिछा दिए।"—लड़की ने मुझसे कहा।

एक दोपहर वह घर के पीछे खेतों में गयी और मेंड़ों पर बाड़ के लिए पड़ी सूखी कँटीली डालियाँ इकट्ठा करने लगी। ये काफी नहीं थीं। वह वापस आकर घर से कुल्हाड़ी लेकर गयी और बबूल के पेड़ ढूँढ़ने लगी। उसे दूर एक खेत के पास बबूल के चार पेड़ों की कतार दिखाई दी। वे लगभग दस फीट लम्बे बबूल थे। उसने अपनी कमर कसी और उन्हें छाँटने लगी। वे खेत के किनारे खड़े फालतू पेड़ थे जो गीलापन सोख जाते थे। उसने पहले कुल्हाड़ी के प्रहारों से टहनियाँ अलग कीं और काँटों को हाथ में लेकर अच्छी तरह जाँचा। वे लम्बे सफ़ेद शूल थे जो इतने मजबूत और पैने थे कि उन्हें लोहे की कील कहा जा सकता था। उसने ढेर सारी टहनियाँ इकट्ठा कीं और फिर पसीना-पसीना होकर सबके तने काटे। कुल्हाड़ी के तेज प्रहार गूँजते हुए पहाड़ी की ओर जाते रहे और फिर एक उल्टी गूँज के साथ वापस लौटते रहे। उसने चारों पेड़ों को काटकर पटक दिया। उसने मोटी डालियों को ईंधन के लिए अलग से बचाकर रखा और कँटीली डालियों को चुन-चुनकर एक-दूसरे में लिपटाने लगी। वह इस काम में इतनी थक गयी कि पसीना पैरों तक बहने लगा, स्लीपर मिट्टी और पसीने में सनकर कीचड़ जैसे हो गये। उसने कँटीली डालियों के कई अलग-अलग गुच्छे बनाए और फिर रस्सी से बाँध-बाँधकर उन्हें घर पहुँचाने लगी। वह रस्सी को अपनी गाड़ी के पीछे बाँधती रही और कच्चे रास्तों को बुहारते हुए सारा माल घर ले आई। उसने छत का एक-एक चप्पा काँटों से भर दिया, पूरी छत काँटों का बिस्तर बन गयी।

"अब कुछ हो सका?"—मैंने पूछा।

"काश कुछ हो पाता।"- उसने जवाब दिया।

उसने बताया कि काँटें भी कारगर साबित नहीं हुए। उनसे सिर्फ इतना फायदा हुआ कि मोर बहुत आज़ादी से छत पर नहीं टहल सकता था। उसे पंजे रोपने में दिक्कत होती थी लेकिन वह शायद खेतों में काँटों से पार पाने का लम्बा अनुभव रखता था। इसलिये यहाँ चुन-चुनकर ऐसे डग भरता था कि काँटे इधर-उधर सरक जाते थे और पैर टिकाने लायक जगह बन जाती थी। वह काँटों के बीच खड़ा रहता और गर्दन उठाकर गूँजें मारता रहता।

अब काँटे भी हार चुके थे।

चौबीस

मैं लड़की के तथाकथित प्रेम के बारे में कई गवाहों से पूछ चुका था। वे आकर्षण और नीरसता पर अपना देखा हुआ बता चुके थे। इस बीच दुविधा की बात सामने आई जिसका आधार मोर और लड़की का आमने-सामने बने रहना था। यह संघर्ष की स्थिति थी जो पता नहीं कब तक चलनेवाली थी। उसने दूसरे लड़के से मिलते रहने की ठानी तो मोर ने भी रोकने का निर्णय ले लिया। वह निर्णय पर गम्भीर था। वह रोज आता रहा, लड़की छुटकारा पाने घर से गायब होती रही। त्रिशंकु खम्भे के पास खेतों पर मिलने आने की हामी भरके उसने रास्ता स्पष्ट कर लिया। उसके बाद वह माँ से इजाजत लेने लगी। इसमें बुजुर्गों से मिलने का छोटा-सा झूठ शामिल था जो सच की ओट में ज़िन्दा था। "वह तथाकथित प्रेम कैसा था और कैसे आगे बढ़ा?"—मैंने जल्दी से जानना चाहा क्योंकि मुझे तहकीकात पूरी करके जंगल लौटना याद आ रहा था। उसने इसके ख़ास-ख़ास बिन्दुओं के बारे में बताया। यह पहले प्रेम की तरह लम्बी प्रक्रिया नहीं थी, यहाँ दैनिक घटनाओं की बीच प्रेम जन्मा। उसने चुने हुए दृश्यों में यह सिलसिला बताया जिसे मैं नोट करता गया।

सबसे पहले उसने आँखों में आँखें डालकर किसी खोज के बारे में बताया -

जब मंडली के बुजुर्ग सदस्य हँसी-मजाक के बाद लौट जाते तो वे असहज होने लगते। खेतों में खड़ा कमरा वीरान ना लगे, इसलिये वे गणित के प्रश्नों पर झूठ-मूठ की बात करने लगते और मन-ही-मन अपने अन्दर बैठे हुए चोर को सान्त्वना देते रहते। जब वे प्रश्नों को हल कर लेते या किसी कठिन प्रश्न में उलझकर बोर होने लगते तो वक्त-गुजारी का दूसरा जरिया एक खेल था जिसे वे वहीं बैठकर खेलते थे—'सोलह-स्यार।' मैंने उस खेल के बारे में जानना चाहा। वह शतरंज जैसा खेल था जिसमें सपाट पटिया पर सोलह रेखाएँ खींची जातीं और बोर्ड की तरह उस पर अलग-अलग रंग के दो जोड़ी कंकड़ों की मोहरें रखी जातीं। वे बाजी बाँटकर चाल चलते रहते और एक गणितीय शान्ति के साथ एक-दूसरे को मात देते रहते। जब खेल के किसी ख़ास मोड़ पर दोनों अटक जाते तो बहुत ख़ामोशी से अपनी मोहर उठाने के लिए माथा-पच्ची करने लगते। अचानक उनकी नज़रें उठकर टकरा जातीं और बाजी भूलकर अपने अन्दर चल रही चाल का मूक प्रदर्शन करने लगते।

एक दोपहर वे लू से बचते हुए कमरे में बैठे थे और यह खेल खेल रहे थे। वह तेज सन्नाटेदार दोपहर थी जिसमें बाहर किसी पेड़ पर बैठा कोई अनजान पक्षी गीत गा रहा था। वे उसे सुनते हुए चाल चल रहे थे कि अचानक एक मोड़ पर फँसे और अपनी-अपनी मोहर पकड़े हुए माथापच्ची करने लगे। वे एक ही क्षण में आगे बढ़े और उनके हाथ टकरा गये। वे एक-दूसरे को एकटक देखने लगे। वे देखते रहे। उन्हें

अपनी आँखों से ज्यादा रोशनी दूसरे की आँखों में दिखाई दी। उनके उपजते प्रेम की यह पहली छवि थी। वे ऐसे देखते रहे जैसे अन्दर की हलचल आँखों से ही प्रकट की जा सकती है। उस दोपहर के बाद यह टकराहट अकसर होने लगी। ये एकटक क्षण जब उनकी हिचकिचाहट के मारे टूटते, वे लजाकर एकाएक कंकड़ उठाते और आँखों की बाजी टूट जाती। वे अन्दर-ही-अन्दर सहमत हो जाते कि अभी प्रेम को फलने में थोड़ा समय लगेगा।

जब वे उन दोपहरों में गणितीय शान्ति से थक जाते तो टहलने के लिए आम के पेड़ों के पास चले जाते। वे बारी-बारी एक-दूसरे का पेड़ चुनते और रखवाली करने की सच्ची जिम्मेदारी का अहसास जगा लेते। यह तब होता था जब उन्हें अचानक किसी तोते की आवाज़ से पता चलता कि कोई कैरी-चोर वहाँ सेंध लगा रहा है। उस पक्षी को डराकर उड़ाने के लिए कोई एक किलकारी मारता—'हरिया हो...!' किलकारी दूर तक गूँजती और फिर कहीं जाकर शान्त हो जाती। वे इन्तज़ार करते, तोता नहीं उड़ता। अब सहमति से दोनों मिलकर एक साथ बहुत लम्बी किलकारी मारते। तोते को डरना पड़ता। वह पत्तों से निकलकर उड़ जाता और कुतरी हुई कैरी पेड़ में ही कहीं अटकी रह जाती। "हम तोते को दूर तक उड़ते हुए देखते रहते और कभी पाते कि वह किसी परिचित बुजुर्ग के पेड़ पर जा बैठा है।"—लड़की ने बताया। थोड़ी देर बाद उन्हें उस बुजुर्ग की आवाज 'हरिया हो...' सुनाई देती और वहाँ से तोतों का एक पूरा झुंड भूखा पेट लिये अन्य दिशा में उड़ जाता। उन्हें वहाँ कभी-कभी पकी हुई कैरी दिखाई देती जो निश्चित ही किसी तोते की झूठन होती। वे उसे उठाकर धोते और खाते हुए यह लालसा जगाने लगते कि कब पहली बारिश होगी, कब आम पकेंगे? अगर कोई पकी कैरी पेड़ में ही लटकी दिखाई दे गयी तो वे उसे पाने की कोशिश करते। वे खेत से मिट्टी के गोले बीन लेते और अपने लक्ष्य पर निशाना लगाने लगते। कभी-कभी गोला डालियों या झुरमुटों से टकरा जाता और कभी किसी कच्ची कैरी से भिड़ जाता। हर स्थिति में वे मिट्टी, गोला और कैरी से बचते हुए इधर-उधर भागने लगते। वे अभी भी पके फल को गिराने में असफल रहते तो चप्पलों से हमला करते। लड़की निशाना लगाती, अचानक उसकी चप्पल किसी डाल में अटक जाती और वे मायूस हो जाते। वे पहली चप्पल की अटक को हल करने के लिए दूसरी चप्पल का इस्तेमाल करते और जब वह भी अटक जाती तो उन दोनों को उतारने की जिम्मेदारी लड़के को निभानी पड़ती। वह जिम्मेदार साबित होता। वह चढ़कर डाली को जोर-जोर से हिलाता और चप्पलों के साथ-साथ कोई पका हुआ फल भी नीचे टपक जाता। वे अन्ततः जीत जाते। वे पकी हुई कैरियों को चूसते रहते और गुठलियाँ ऐसी जगह फेंकते जहाँ उम्मीद हो कि बारिश के दिनों में वे उग आएँगीं। वे एक और खेल

खेलते थे—'गुलाक लाकड़ी।' मैंने इस खेल के बारे में भी जाना। इसमें एक डंडी को टाँगों के नीचे से दूर फेंकना होता था, इससे पहले कि दूसरा व्यक्ति भागकर डंडी उठाकर लाए, पहले व्यक्ति को पेड़ पर चढ़कर 'टच' होने से बचना पड़ता था। लड़की यह खेल खेलते समय उस पुराने खेल को याद करने लगती थी जिसमें पकड़ा-पकड़ी के दौरान ही उसने अपना बहुत कुछ खो दिया था।

''मैं अकसर तुलना में फँस जाती थी''— लड़की ने बताया ''लेकिन नया खेल ख़त्म ना हो इसलिये पुराने को भुलाती रहती थी।''

एक दोपहर डंडी फेंकते समय अन्दाज़ा नहीं रहा कि कितनी दूर जाएगी, डंडी दूर कहीं जाकर गुम हो गयी। उन्होंने खोजकर फिर खेलना शुरू किया। वे नयी बाजी हथियाने के लिए छीना-झपटी करने लगे। इसी दौरान उन्होंने एक-दूसरे के हाथ पकड़े, उनके हाथ अनचाहे ही अटक गये। लड़की ने हाथों की अटकन को नजदीकी का दूसरा पायदान बताया और यह भी बताया कि उसके बाद वे अकसर अटक जाते थे।

अटकन के बाद—उसने बताया वे कन्धों पर सिर रखकर बैठने लगे। वहीं पेड़ों के पास पशुओं के टोले मँड़राते थे जिन्हें देखकर मन में आवारगी भर उठती थी। यह प्रकृति के संग-साथ का असर था। वे कई बार किसी गाय की पीठ पर बैठकर उसे घोड़े की तरह इस्तेमाल करते। पहला व्यक्ति सवारी करता तो दूसरा उस पशु को हाँकने का जिम्मा लेता। इस मशक्कत के दौरान वे कभी-कभी धूल में गिर पड़ते और गुस्सैल सींगों से बचते हुए भाग जाते।

एक दिन लड़की ने एक भैंस की सवारी करनी चाही जिसके बदले उसे गर्म धूल खानी पड़ी।

''मैं कन्धों के बल गिर पड़ी थी और कुछ हल्की चोटों की शिकार हुई।''— उसने बताया।

उसने आम के पत्ते तोड़े और भैंस को लालच देने पास गयी। जैसे ही भैंस पत्तों के लिए झुकी, वह उछलकर पीठ पर चढ़ गयी। भैंस ने इसे नाइंसाफी समझा, उसने जल्दी से पत्ते मुँह में दबाये और वहीं गोल घेरा-सा बनाते हुए चक्कर काटने लगी। उसे गुस्सा आ गया था। उसने लड़की को एक जोरदार पटकी दी और फिर तैश में आकर भाग गयी। लड़की की धूल में मिचमिचाती आँखें देखकर लड़का आया और उसे उठाया। उसका चेहरा पोंछा। वह उसे झोंपड़ी की तरफ ले गया। लड़की धीरे-धीरे लँगड़ाती हुई चली गयी। लड़के ने घड़े से पानी लेकर उसका चेहरा धुलाया। लड़की रुआँसी हो रही थी। इन्हीं क्षणों में लड़के ने उसका सिर अपने कन्धों पर रखा और सान्त्वना देने लगा। अब वे शान्त थे और थोड़ी देर ऐसे ही बैठे रहे।

उसके बाद वह कई बार ऐसे ही गिर पड़ती थी।

अगले दृश्य में लड़की ने पहली बार गले मिलने के बारे में बताया। उसने बताया कि एक दोपहर वे टंकी पर पानी लेने गये। उन्होंने हाथ-मुँह धोने के बाद अपनी गाड़ी को धोने का विचार बनाया जो धूल में काफी दयनीय लग रही थी। वे अकसर किसी ख़ास दोपहर को इसके लिये आरक्षित रखते थे। इसका दूसरा उद्देश्य भी था। वे एकान्त में अपनी भावनाएँ प्रकट कर लेते थे। जब लड़की वहाँ हाथ-मुँह धोने में मग्न रहती तो लड़का स्कार्फ को थामे रहता ताकि कीचड में लटककर गन्दा ना हो। वह खड़ा-खड़ा लड़की और पानी के छपाकों को देखता रहता। पैरों को धोते समय लड़की जीन्स ऊपर चढ़ा लेती और जब उसकी त्वचा उभर आती तो लड़का ज्यादा गौर से देखने लगता।

''मुझे पता था उसे यह कामुक लगता है''—लड़की ने कहा ''यह जानकर मैं पैरों को जरा-भी गन्दा नहीं छोड़ती थी।''

उस दोपहर वे गाड़ी धोने में लगे हुए थे। वे धोते-धोते अचानक मजाक में आ गये और पानी के पछाटों से खेलने लगे। वे साबुन से निकले इन्द्रधनुषी झागों को एक-दूसरे पर फूँकने लगे। वे हवा में बुलबुलों को पकड़ने की कोशिश करते रहे और हल्के स्पर्शों से बुलबुले गायब होते रहे। वे मूड में थे। लड़के ने हँसती हुई लड़की को गौर से देखा। उसकी हँसी उजाड़ धरती पर उगी ताजा दूब-सी दिखी। लड़के ने इस चेहरे पर लम्बी ख़ामोशी और रूदन के बाद का हलका-सा उत्साह देखा। वह हँसी थोड़ी बनावटी और दयनीय लगी। वे देर तक गाड़ी धोते रहे, हँसते रहे। अचानक हँसती हुई लड़की ने गर्दन झुका ली। वह इतना हँस रही थी कि लड़के से चेहरा छुपाने के लिए गाड़ी की ओट में पेट पकड़कर बैठ गयी। लड़का अपनी हँसी रोककर अब सिर्फ उसको सुनने लगा। उसने हँसी के बदलते हुए रंग को महसूस किया और लड़की की आँखों से कुछ बूँदें गिरती हुई देखीं—क्या हुआ? वह समझने की कोशिश करने लगा—ये बाहर से उछटी बूँदे हैं या अन्दर की? उसने हँसी और रुलाई, पानी और आँसू के फेर में उसका चेहरा पकड़कर ऊपर उठाया। इससे पहले कि वह देख पाता, लड़की ने मुड़कर चेहरा इतना बढ़ा लिया कि वह लड़के के कन्धों से आगे निकलकर गले मिल गयी। हँसते हुए माहौल में अचानक शान्ति फैल गयी। वे एक-दूसरे की गीली छातियों को महसूस करते रहे। उन्होंने उन क्षणों में जाना कि यह निकटता कितना महत्त्व रखती है। वे देर तक गले लगे रहे।

लड़की ने बताया कि सूरज ढलने के बाद वे घर के लिए तैयार हो जाते थे। इस तैयारी में झड़ी हुई कैरियाँ इकट्ठा करते थे जो दिनभर में तोतों और हवाओं की वजह से गिरी होती थीं। वे उन्हें समेटकर कपड़ों में बाँधते, लड़की अपने हिस्से की कैरियाँ गाड़ी की डिग्गी में रखती और रोज अपने साथी को त्रिशंकु खम्भे के पास

छोड़ती। इस दौरान पीछे बैठा लड़का दूर हटकर बैठता था। लड़की सँभलकर गाड़ी चलाती थी लेकिन जब कभी किसी मेंड़ पर पहिये लहरा जाते तो लड़का डरकर उसे पकड़ लेता। ''बल्कि कभी-कभी तो भींचकर पकड़ लेता और यह पकड़ना हम दोनों को अच्छा लगता।''- ये लड़की ने बताया था। इस दौरान वह लड़के को गाड़ी चलाने का भी न्योता देती जिसे लड़का कभी-कभार ही स्वीकार करता। जब स्वीकार कर लेता तो वह कँपकँपाते हाथों से आगे बढ़ता। वह अच्छा चालक नहीं था, लड़की पीछे बैठकर उसे अच्छे चालक के गुण बताती रहती। वह कितना ही ज्ञान दे, लड़के का ध्यान भटक जाता। इस भटकाव का क्या कारण था? मुझे बताया गया कि लड़का अपनी पीठ से चिपकी उसकी गोल छातियों के स्पर्श से डगमगा जाता था। उसे अजीब-सी गुदगुदी होती और अचानक किसी मुश्किल जगह पर रुककर वापस यह जिम्मेदारी लड़की को सौंप देता।

लड़की ने मुझे बताया कि एक शाम लड़का गाड़ी चला रहा था। उस समय अँधेरे में उसके पीछे बैठने का लड़की ने फायदा उठाया। वह सारी दोपहर और रास्ते भर लड़के से बात करती रही लेकिन बीच रास्ते में अचानक चुप हो गयी। उसने बाहें फैलाकर लड़के को आगोश में भर लिया। उसकी छातियों को महसूस करने के बाद लड़का हमेशा की तरह डगमगाया लेकिन जल्द ही काँपते हाथ सँभल गये। यह डगमगाहट किसी दुर्घटना की सम्भावना बन सकती थी लेकिन शायद उसे धीरे-धीरे आदत-सी पड़ गयी। आज वह स्थिर और सहज रहा।

''यह हमारे सम्बन्ध की सहजता थी।''—लड़की ने कहा।

वे त्रिशंकु खम्भे के पास रुके। लड़के ने मुड़कर देखा। चिपकी हुई लड़की अभी भी चिपकी थी। वह छूटना नहीं चाहती थी। वह जैसे नींद में थी। लड़के ने उसे कोहनी से हिलाकर जगाया, वह जागी। एक अलसाई हुई 'आह' के साथ वह अँधेरे में मुस्कराई और वहीं बैठे-बैठे सीट पर आगे सरक आई जहाँ से लड़का उतरा था। वे आज आसानी से अलग होने को तैयार नहीं थे। वे वहीं खड़े रहे। वे अँधेरे में आसपास आने-जानेवालों का जायजा लेने लगे। जब आश्वस्त हुए कि कोई नहीं है तो लड़की ने आँखों से अपनी सहमति का कोमल हस्ताक्षर पेश किया। उसने अपने प्रेमी को उत्तेजना से भर दिया। उन्होंने एक बार फिर से चारों ओर देखा—अँधेरे के अलावा कोई नहीं था। यह उपयुक्त क्षण था। वे चूमने लगे। अँधेरे में ना कोई उन्हें देखनेवाला था, ना वे किसी को देख सकते थे लेकिन फिर भी उन्होंने आन्तरिक संगीत की लय में डूबकर आँखें बन्द कर लीं। वे तब तक होंठों की फिसलन में तैरते रहे जब तक कि संगीत में बेहोश होती लड़की ने प्रेमी को रोक नहीं दिया। उसने एक झटके से प्रेमी को दूर कर दिया जैसे उसे यह कर्म अच्छा ना लगा हो। वह अब झुकती हुई गाड़ी को सँभाल रही थी जो शायद तरंग में हाथों से छूटनेवाली थी।

लड़का लय में था, शायद और भी रहना चाहता था लेकिन उसे रुकना पड़ा। उसने सँभलती हुई लड़की से इस रुकावट का कारण जानना चाहा। लड़की ने कुछ नहीं बताया। लड़के ने अनुमान लगाया कि यह कोई बेरुखी नहीं बल्कि तरंग में झोल खाती हुई गाड़ी की वजह से उसे रोका गया होगा।

– ऐसा नहीं था।

लड़की ने इस रुकावट का उत्तर अपने प्रेमी को नहीं दिया लेकिन अब मेरे सामने कारण बताने लगी। उसने बताया कि वह रुकावट चुम्बन के सिर्फ इस पायदान पर ही नहीं बल्कि दूसरे प्रेम के सारे विस्तार, सारे खंडों में उसे झेलनी पड़ी। उसने आँखों में आँखें डालने से लेकर चुम्बन तक हर बार, हर जगह जोरदार 'हस्तक्षेप' महसूस किये। उसके प्रत्येक दृश्य का अन्तिम क्षण हमेशा ऐसे ही एक अधूरेपन में टूट जाया करता था जिसे अब वह विस्तृत ढंग से बतानेवाली थी। वह हस्तक्षेप किस तरह झेला गया?—यह बताने से पहले उसने तमाम कश्मकश के स्रोतों के बारे में बताया। उसने बताया कि वे सारे हस्तक्षेप देवता और मोर द्वारा किये गये थे।

पच्चीस

उसने बाहर समय बिताने के फैसले के बाद सोचा था कि अब वह उस प्राणी से बच सकेगी। जब तमाम कोशिशें विफल रहीं तो उसे यही रास्ता सही लगा। उसने सोचा कि मोर आता रहेगा लेकिन उसे अनुपस्थित पाकर लौट जाया करेगा लेकिन वह गलत सिद्ध हुई। अब सबकुछ उसकी युक्ति के विपरीत हुआ। उसने बताया कि इससे देवता और मोर ज्यादा रुष्ट हो गये। वे अब ज्यादा सतर्क थे और उसे और भी ज्यादा हस्तक्षेप झेलने पड़े। त्रिशंकु खम्भे के नीचे हामी भरने के बाद से झेले गये सारे हस्तक्षेपों को यहाँ उसी क्रम में बताया गया—

वह अँधेरे में खड़ी थी। उसके साथी ने पूछा कि क्या वह कल फिर आएगी? तो उसने 'हाँ' में जवाब दिया। कब से अकेला आमों पर इन्तज़ार करता लड़का खुश हो गया था। लड़का 'हाँ' सुनकर अपने रास्ते चला गया और वह अपने रास्ते मुड़ गयी।

उस शाम उसे विश्वास था कि वह पक्षी परेशान होकर जा चुका होगा। वह पता नहीं कितने नये सपने लेकर घर पहुँची थी। उसने दूर से घर देखा। उसे अपनी छत अँधेरे में डूबी दिखाई दी। वह फाटक के पास जाकर रुकी, फाटक खोला और गाड़ी की लम्बी रोशनी में आँगन और बरामदा देखा, सब खाली था। उसे सुखद

शान्ति का अहसास हुआ। उसे खिड़कियाँ और हॉल के दरवाजे के पास रोशनी के कुछ धब्बे दिखाई दिए और अन्दर टेलीविजन की नाटकीय आवाज़ सुनाई दी। टीवी पर कोई किरदार किसी बात पर हँस रहा था। उसने गाड़ी अहाते के एक कोने में खड़ी की जहाँ पास में एक खूँटे से भैंस बँधी थी। भैंस जुगाली कर रही थी। भैंस ने रोशनी देखकर एक बार गर्दन उठाई, तेज उसाँस लिया और वापस गर्दन झुका ली। लड़की ने गाड़ी बन्द की, उसी के साथ रोशनी बुझ गयी और भैंस अँधेरे में गायब हो गयी। लड़की गाड़ी से उतरी और भैंस का माथा छूकर प्यार से पुचकारा। वह बरामदे की ओर बढ़ने लगी। घर के बाहर अँधेरे में उसे सारी चीजें अनजान-सी लग रही थीं। उसने बरामदे की तीन सीढ़ियाँ चढ़ीं और चलते-चलते एक-एक पाँव से स्लीपर उतारती गयी। वह हॉल के दरवाजे पर पहुँचने ही वाली थी कि अचानक सीढ़ियों के दरवाजे पर कोई पदचाप-सी सुनाई दी। एक ऐसी आवाज़ जैसे कोई छत से उतर रहा हो। उसने सोचा कि शायद माँ होगी, छत पर सूखते कपड़ों को उतारकर ला रही होगी। उसने गर्दन मोड़ी और सीढ़ियों के पास जाकर वहम पुष्ट करना चाहा। उसने दो कदम बढाकर सीढ़ियों को देखा—नहीं, कोई नहीं है। वह अँधेरे में देखती रही, सचमुच कोई नहीं था। वह थोड़ी देर नज़रें टिकाये रही। उसने ज्यादा गौर से देखा—उसे अँधेरे में रोशनी के दो-चार धब्बे दिखाई दे रहे थे और फिर वहीं धीरे-धीरे उभरती कोई आकृति दिखी, वहाँ मोर था। वह अब तक वहीं था और सीढ़ियों से उतर कर नीचे आ रहा था। इससे पहले कि वह सामने आकर पूरी शक्ल उजागर करे, लड़की ने तेजी से कदम बढ़ाकर दरवाजा बन्द कर दिया। अगले ही क्षण अँधेरा और मोर दरवाजे के उस पार ओझल हो गये।

"मुझे विश्वास नहीं था वह सीढ़ियों तक आएगा"—लड़की ने मुझसे कहा "अब वह निडर हो रहा था।"

मुझे भी मोर का यह साहस काफी भारी लगा। मैं उसके शब्दों को टोकना चाहता था लेकिन टोका नहीं, मैं समझने की कोशिश करने लगा। उसका कहना था कि यह निडरता मोर की जिद की पैदाइश थी। वह आज सामना करके बताना चाहता था कि नये लड़के के हाथ से कैरी खाकर उसने अपराध किया है और इसका नतीजा बहुत भयानक हो सकता है।

"वह मुझे सुधर जाने की चेतावनी दे रहा था।"—उसने कहा।

"मोर का यह रूप"—मैंने पूछा "वहम था या सच?"

"यह वहम में छुपा सच था।"—उसने जवाब दिया।

उसने कहा कि शुरू में उसे भी यह एक वहम ही लगा। लेकिन जब उसने इस नये प्रेम के प्रत्येक पायदान पर नीला दंश झेला तो पता चला कि मोर तो सचमुच उसे रोकने की शपथ ले चुका है। जिस दोपहर 'सोलह-स्यार' के खेल में उसने प्रेमी

से आँखें मिलाईं, उस समय आँखें तब तक जुड़ी रहीं जब तक कि 'हस्तक्षेप' महसूस नहीं किया। वे एक-दूसरे की आँखों में यूँ उतर रहे थे जैसे कुएँ के गहरे पानी में उतर रहे हों। अचानक लड़की ने इसी कुएँ में एक नीली परछाईं तैरती देखी। लड़के की पुतलियों में उसने एक नीलापन देखा जिससे वह सहम गयी। उसने झट से आँखें नीची कीं और परछाईं तुरन्त नकारनी चाही। उसने पीछे मुड़कर उस प्रतिबिम्ब के स्रोत को देखना चाहा—क्या उधर कोई नीली वस्तु है? नहीं, कुछ नहीं था। लड़की शान्त हुई। इस समय उसने इसे वहम समझा लेकिन जब घर पहुँची तो जाना कि यह वहम तो सच्चाई है।

उस रात घर पहुँचकर उसने सीढ़ियों के पास से गुजरते हुए बहुत गौर से देखा—कल जो दरवाजा बन्द किया था, बन्द ही मिला। उसने इत्मीनान की साँस ली। वह खुश हुई कि आज मोर अँधेरा होने के बाद छत पर नहीं रुका। वह खुश होकर घर में चहकने लगी, उसने खाना खाया, टीवी के सामने बैठी और फिर अपने कमरे में जाकर बैठ गयी। वह दिन में जिए हुए क्षणों को याद कर रही थी जिसमें निश्चित ही लड़का शामिल था। इस क्षण वह खिड़की के पास कुर्सी पर थी और सामने मेज पर किताबें टटोल रही थी। वह किसी सोच में थी कि अचानक एक खटक सुनी। उसने गर्दन उठाकर दरवाजे की ओर देखा—दरवाजा शान्त था। उसने वापस गर्दन सीधी की और खिड़की देखी—वह एक झटके से पीछे हटी, खिड़की से दूर होना चाहा। कुर्सी फर्श पर गिर गयी और वह उससे उलझती हुई दीवार के पास जा खड़ी हुई।

"मैंने देखा कि खिड़की के पार मोर खड़ा है।"—उसने बताया।

क्या मोर खिड़की-दरवाजों तक आ सकता है?—मैं सोचने लगा। उसने बताया कि खिड़की के बाहर वह तीखी आँखों से एकटक घूर रहा था और बता रहा था कि आँखों की टकराहट कितनी बुरी बात है। लड़की ने अपने आपको सँभालकर कुर्सी सीधी की और तेजी से खिड़की की तरफ बढ़ी। उसने मोर को हाथ से डराते हुए खिड़की के शीशे बन्द कर लिये। मोर झिझका। वह उतर कर पीछे बगीची में चला गया। वह जा रहा था लेकिन बार-बार मुड़कर घूरता रहा। इस घटना के बाद लड़की ने खिड़की को हमेशा के लिए बन्द कर दिया। जो दुनिया उसके पार दिखती थी, उस पर एक गाढ़ा पर्दा खींच दिया ताकि वहाँ किसी के दर्शन ना हो।

तीसरी बार—जब एक दोपहर 'गुलाक-लाकड़ी' के खेल में उनकी डंडी झाड़ियों में गुम हो गयी तो लड़की ने वहीं एक हरकत महसूस की। वह डंडी को ढूँढ़ने के लिए झाड़ियों को जाँच रही थी, इसी दौरान उसने झाड़ियों में एक सरसराहट सुनी। उसे लगा—कोई खरगोश, तीतर या बटेर धूप में छुपकर बैठा होगा। उसने उस क्षण सरसराहट पर ज्यादा गौर नहीं किया। उसके तुरन्त बाद जब

डंडी को लेकर छीना-झपटी करने लगी और उनके हाथ एक-दूसरे में अटके तो लड़की ने एक 'हस्तक्षेप' महसूस किया। वह लड़के के हाथ में अपना हाथ दिए आम के नीचे आई ही थी कि उसे एक गूँज सुनाई दी। वह इतनी अप्रत्याशित-सी गूँज थी जैसे आसमान से बिजली गिरी हो। लड़की ने डरकर एकाएक प्रेमी का हाथ छोड़ दिया। वह गूँज का स्रोत ढूँढ़ने लगी—यहाँ कोई मोर नहीं हो सकता था। उसने गर्दन उठाकर आम की टहनियों और सघन पत्तों की ओर देखा—क्या वह पेड़ पर आ बैठा है? यहाँ कैसे आ सकता है? उसे आम की एक शाख पर वही झाड़ियोंवाली सरसराहट सुनाई दी। उसने अनुमान लगाया—कोई तोता होगा। उसने डरी हुई आवाज़ में 'हरिया हो...' की तेज लहरदार किलकारी मारी, किलकारी गूँजी और शान्त हो गयी—तोता नहीं था। उसे अगले ही क्षण फिर से सरसराहट सुनाई दी। यह कोई झोल-सा था जिससे शाख झुक रही थी और पत्ते काँप रहे थे। उसने कदम इधर-उधर मोड़ते हुए देखा—"मुझे हरी पत्तियों के बीच एक गाढ़ा-सा रंग दिखाई दिया"—लड़की ने मुझसे कहा "जहाँ किसी बड़े पक्षी के लम्बे पंख झाँक रहे थे।" उसने बताया कि वह बहुत डर गयी थी। उसे सकपकाते देख लड़के ने इसकी वजह पूछी। लड़की चुप रही। लड़का इस झंझट से अनजान था और अनजान ही रहा। उसे वहीं छोड़कर लड़की झोंपड़ी की ओर चली गयी।

उस शाम भी वह अँधेरे के बाद घर पहुँची। उसने सीढ़ियों का दरवाजा पूर्ववत बन्द पाया और कमरे की खिड़कियाँ भी ढकी मिलीं। उस रात लगभग दस बजे तक शान्ति रही। उसे यह राहत काफी लम्बी लगी। उसने सोचा हो सकता है वह आज पहाड़ी से उतरा ही ना हो। अब रात साढ़े दस बजे का समय था। पिता घर पर नहीं थे और माँ बाहर बरामदे में किसी पड़ोसन से बात कर रही थी। लड़की किचिन में थी और कुछ सोचते हुए अनमने ढंग से खाना पका रही थी। वह शायद किसी पेंच में थी या गर्मी की वजह से इतना पसीना आ रहा था। वह थककर किचिन से बाहर निकली और पसीना पोंछते हुए दीवार पर हाथ घसीटते हुए पंखे का स्विच दबाया। पंखा घूमने लगा। वह पसीना सुखाने एक स्टूल पर बैठ गयी। अचानक उसकी नज़र हॉल के कोने में टिकी। उसने अँधेरे में कोई पदचाप सुनी। वह डरकर खड़ी हो गयी और कदम बढाकर उस हरकत को जाँचने लगी।

"मुझे हथेली के पंजो की तरह खुलते-फैलते पंख दिखाई दिए"—लड़की ने कहा "वह मोर किसी कर्कश तान में फर्श पर नाचने लगा।"

"यह असम्भव है।"—मैंने लड़की का जोरदार खंडन किया।

वह अपने शब्द कहे जा रही थी लेकिन मैंने बीच में रोक दिया। मुझे उसके शब्द दूसरी दिशा में जाते हुए लग रहे थे। मुझे लगा—ऐसा हो ही नहीं सकता। एक मोर अपनी जिद के चलते खिड़की-दरवाजों तक आ जाए, यह सम्भव है लेकिन

अन्दर तो नहीं घुस सकता। ऐसे कई बिन्दु थे जो मुझे मोर की सीमा से बाहर लगे। मैं उनका विरोध करने लगा। वह प्राणी घर के आसपास मँडराता फिरे, मैं इसे मान सकता था लेकिन वही फिर दिन में खेतों तक पीछा करे, यह कैसे सम्भव है?

"यह बिलकुल सम्भव है।"—लड़की ने मेरे विरोध का विरोध किया।

मैंने इसका ठोस कारण पूछा, उसने इसके बदले खुद एक सवाल कर लिया।

"अगर लाख कोशिशों के बाद भी वह ना रुके"—उसने पूछा "तो आप उसे कैसे बयान करेंगे?"

मैं सोचने लगा... मैं सोचता रहा... मैं चुप हो गया।

'शायद उसी तरह जैसे तुम कर रही हो।'—मैं हारकर बोलते-बोलते बचा। इससे पहले कि मैं कोई जवाब देता, उसने कहा कि यह बात समझने के लिए पर्याप्त समय है। (मैंने घड़ी में समय देखा, समय था।) इससे पहले कि वह समय आए, यह जरूरी था कि हस्तक्षेप का यह क्रम पूरा हो। जो जाहिर है उसी के शब्दों में उसी के अनुसार होना था।

उसने एक बार फिर सच्चे शब्दों का वादा दोहराया।

मैंने एक बार फिर इजाजत दी।

उसने आगे बताया कि मोर सामने फर्श पर नाचता रहा और वह कुछ क्षण आँखें फाड़कर देखती रही। मोर ने नाचते हुए उसकी ओर बढ़ना चाहा, वह डर गयी। वह जोर से चिल्लाई और घर से बाहर निकल गयी। उसने चिल्लाते हुए माँ से कहा कि घर के खिड़की-दरवाजे बन्द रखा करो, वह 'राक्षस' अन्दर आ जाता है।

माँ अपनी बेटी को अवाक् देखती रह गयी।

चौथी बार जब वे आवारा पशुओं को सता रहे थे और लड़की ने भैंस की पीठ से पटक खाई तो लड़के ने उसे उठाया। उसने कन्धे का सहारा दिया और झोंपड़ी तक लेकर आया। लड़की ने बताया कि उसे चोट से उतना दर्द नहीं हुआ जितना लड़के के स्पर्श से खुशी मिली। उसने आँखें बन्द कर लीं और प्रेम की कोमल कल्पनाओं में दौड़ने लगी। कल्पनाओं के इसी रास्ते पर अचानक उसने एक भगदड़ सुनी। उसने सोचा—पशुओं का कोई टोला होगा जो किसी खेत में दौड़ रहा होगा। वे अकसर जानवरों की यह शैतानी देखा करते थे। यह भगदड़ जब काफी देर तक सुनाई देती रही तो उसने आँखें खोलीं, वह कन्धे से दूर हुई और झोंपड़ी की छोटी-सी खिड़की के पास जा खड़ी हुई।

"मैंने देखा कि पूरा खेत असंख्य मोरों से भरा है"—उसने कहा "वे धरती पर धूल का विशाल गुबार उड़ाते दौड़ रहे थे।"

जब लड़की मुझे यह बता रही थी, मैं उसी खेत में खड़ा था। मैंने देखा—वह पूरा खाली था।

लड़की के कहे अनुसार उस क्षण वह हुड़दंग देखती रही। थोड़ी देर बाद जब धूल शान्त हुई तो उसने आँखें झुका लीं। अब वह रात में दिखनेवाले उस सम्भावित दृश्य के बारे में सोचने लगी जिससे उसे घर में सामना करना पड़ेगा।

वह घर पहुँची तो देखा कि माँ ने खिड़की-दरवाजे बन्द कर रखे थे। उस रात वह कमरे में थी और आधी रात तक कोई खटक या पदचाप नहीं सुनी। यह आश्चर्यजनक बात थी कि जब वह मोर से मुक्त होने के विचार से सन्तुष्ट होने लगती थी तभी सामना अधिक होता था। उसने आधी रात को लैम्प बुझा दिया और सोने की कोशिश करने लगी। उसने नींद का पहला झोंका लिया कि एक हल्की-सी धमक महसूस की। आँखें खोलीं—कुछ नहीं था। शायद वहम था, हाँ वहम ही था। उसने दुबारा आँखें बन्द कीं, थोड़ी देर बाद फिर धमक सुनाई दी। उसके बाद उसने आँखें खुली छोड़ दीं और बार-बार धमक सुनती रही।

''बाहर मोर था, वह खिड़की पर चोंच मारे जा रहा था''—उसने मुझसे कहा ''मैं सारी रात खिड़की के नीचे लेटी रही और वह अन्दर आने की जिद करता रहा।''

इस बार जब सारे खिड़की-दरवाजे बन्द थे, वह रातभर खिड़की के बाहर टिका रहा। वह खिड़की खुलने के इन्तज़ार में था। वह कब तक शान्त रहता। वह थक चुका था। इससे अगली बार वह सिर्फ खिड़की तक सीमित नहीं रहा। उसने जिद को और विस्तार देना शुरू किया। अगली बार कोई खिड़की, कोई दरवाजा, कोई रोशनदान नहीं छोड़ा जहाँ उसने दस्तक ना दी हो।

लड़की के कहे अनुसार एक दोपहर वह टंकी के पास गाड़ी धोते समय भावुकता में डूब गयी थी। उसका प्रेमी हँसी और रुलाई, पानी और आँसू के फेर में था, इसलिये उसने लड़की को गले लगा लिया। वे गीली धड़कनें महसूस कर रहे थे और जान रहे थे कि यह निकटता कितनी महत्त्वपूर्ण है। लड़की ने तब तक धड़कनें महसूस कीं जब तक कि सामने बहता हुआ पानी नहीं देखा।

''मैंने देखा कि पानी का रंग बदलता जा रहा है''—उसने बताया ''वह कुछ क्षणों में इतना नीला हो गया मानो आसमान घुल गया हो और बहकर डबरी में जमा हो रहा हो।''

जब इस रात वह नींद में उतरने की कोशिश में थी तो वही पिछली धमक सुनी। मोर खिड़की खटखटा रहा था और लड़की प्रण करके बैठी थी कि किसी भी सूरत में रास्ता नहीं देगी। उसने सारे रास्ते रोक दिए थे। जब थोड़ी देर बाद खिड़की शान्त हुई तो लड़की ने साँस ली—शायद लौट गया है! वह सोच ही रही थी कि सीढ़ियों के दरवाजे से आवाज़ आने लगी। वह भी बन्द था। उसके बाद दूसरे दरवाजों और खिड़कियों से भी आवाज़ें आईं लेकिन वह बिस्तर से नहीं उठी। वह

नकारती रही। उसने कानों पर एक चादर सरका ली और रात भर धमक सुनती रही। मोर ने हर खिड़की, हर दरवाजे, हर रोशनदान पर दस्तक दी। वह घर के चारों ओर घूम-घूमकर ठोक-पीट करता रहा लेकिन अन्दर नहीं आ सका। आज लड़की को उससे सीधा सामना नहीं करना पड़ा।

"वह पूरी रात खाना माँगता रहा"—लड़की ने कहा "वह कह रहा था—दरवाजा खोलो, मैं बहुत भूखा हूँ।"

उसके बाद लड़की ने मुझे वह दृश्य बताया जब वह त्रिशंकु खम्भे के नीचे चुम्बन में खोई थी। वे अँधेरे में थे और लय में थे कि अचानक संगीत टूटा। लड़की उस क्षण तक तरंग में साथ रही जब तक कि एकाएक पलकें नहीं खुल गयीं। जब खुलीं तो एक क्षण के लिए नज़रें खम्भे पर गयीं जिसके साथ ही संगीत को टूटना पड़ा।

"मैंने खम्भे की नोंक पर मोर जैसी आकृति देखी"—उसने बताया "वह आसमान में चाँद पर छपकर काली दिखाई दी और गर्दन हिलाकर मेरे कृत्य को घृणित करार दे रही थी।"

मोर की मनाही के कुछ घंटे बाद वह घर में थी। वह कई दृश्यों और विचारों में गुम होकर समय के दो छोरों को जोड़ रही थी। इस जुड़ाव में कई मुस्कराहटें, कई आँसू, कई स्वप्न, कई लम्बी और छोटी-छोटी नींदें सामने पड़ी दिखीं। क्या था? क्या है? क्या होगा? आज रात आधी से भी ज्यादा हो गयी और आहट अभी तक सुनाई नहीं दी। क्या यह कोई वरदान है? क्या चुम्बन के साथ ही उसने मोर को पराजित कर दिया? क्या देवता पीछा छोड़कर कहीं भाग गया है? वह सवालों में घिरी हुई थी। धीरे-धीरे सोच ने करवट ली और चुम्बन की ताजा महक ने उसे कमरे में आ घेरा। वह लम्बे मधुर संगीत की कल्पना करने लगी। वह चुम्बन से आगे की कल्पना कर रही थी। वह आनन्द के एक छोटे-से गिलास में उतर गयी और प्रेमी के साथ खुद को घोलने लगी। वह आनन्द की यात्रा पर थी। अब वह पराकष्ठा पर थी और अन्तिम छोर की ओर बढ़ रही थी। वह सर्वोच्च चोटी पर पहुँचने ही वाली थी कि अचानक एक आहट ने उसके हृदय पर दस्तक दी। वह चोटी से नीचे देखने लगी जैसे एक ही क्षण में सबसे निचले पायदान पर आ गयी हो। उसने पैरों के पास कोई हलचल महसूस की। वह भयभीत हुई। शरीर का कोई हिस्सा कँपकँपाहट से अधिक हरकत नहीं कर सका। वह उन सपनों-सा भाव था जिनमें हम किसी संकट में होते हैं लेकिन कोई पार नहीं पा सकते। हम एक ही जगह स्थिर पड़े छटपटाते रहते हैं जैसे लकवा मार गया हो। वह इसी तरह कम्पित हुई पड़ी रही। अचानक चादर का निचला सिरा उठता हुआ प्रतीत हुआ जैसे कोई चीज सरकती हुई चढ़ रही हो। वह चीज अन्दर ही अन्दर चढ़कर उसके ऊपर आ गयी। उसने किसी तरह

हिम्मत करके चादर उठाई, देखा—एक लम्बी गर्दन और दो आँखें पेट से होते हुए छाती और चेहरे की ओर बढ़ रही थी। *'मोर!'* वह चीखी। उसने चादर उछालकर दूर फेंक दी और खुद बिस्तर से नीचे गिर पड़ी। उसने बताया कि गिरते समय उसका हाथ पेट के नीचे फँसा था। उसने तुरन्त हाथ हटाया ताकि आनन्द से दूर इस सच्चाई से लड़ सके। वह लड़ने लगी।

"मोर बिस्तर तक आ गया था।"—उसने मुझसे कहा।

छब्बीस

वह मोर के बढ़ते रूप के बारे में बता रही थी। उसने मेरे विरोध के बावजूद यही तरीका चुना और समझने का बोझ मुझ पर छोड़ दिया। उसका कहना था कि वह पक्षी अब ज्यादा शक्तिशाली हो रहा था और उसकी उपस्थिति निरन्तर बढ़ती जा रही थी। अब वह अपने निश्चित स्थान 'छत' और निश्चित समय 'चार बजे' तक ही सीमित नहीं रहा। वह अपने ही नियमों को तोड़ चुका था और अपनी सीमा के पार फैलता जा रहा था। अब उसकी क्षमता यह थी कि वह किसी भी स्थान पर किसी भी समय प्रकट हो सकता था और लड़की का रास्ता रोक सकता था।

"अब वह दरवाजों से परे था।"—ये लड़की के शब्द थे।

मैं उसके शब्दों का सही अर्थ निकालने लगा। अब यह मेरी जिम्मेदारी थी और क्योंकि मुझे अपने जिम्मेदार होने का गुमान था इसलिये मैंने अर्थ निकला कि—सचमुच! स्मृतियाँ दरवाजों से परे होती हैं। जब उसने कहा कि मोर नियम तोड़कर आगे बढ़ रहा था तो मैंने समझा कि बीते समय की उपस्थिति आनेवाले समय में कहीं भी सम्भव है। वह किसी प्रेत की तरह कहीं भी प्रकट हो सकता है। लड़की जिस भीतरी दुर्घटना से गुजरी, उन नन्हीं स्मृतियों का कटु-दंश अभी भी था। वह उनसे कभी-भी, कहीं-भी टकरा जाती। जब उसने अँधेरे के बाद भी मोर की उपस्थिति को लेकर बात की तो इसका अर्थ था कि बीते समय की टीस अँधेरे और उजाले को लेकर बेपरवाह होती है। यदि वह पक्षी सीढ़ियों से नीचे आ सकता था या खिड़की-दरवाजों से लेकर घर के अन्दर या बिस्तर तक आ गया तो मैंने अनुमान लगाया कि स्मृतियाँ बहुत लचीली और आवेग में रहती हैं। जब उसने कहा कि वह खेतों पर भी आने लगा तो मैंने यह समझा कि उसकी टीस कहीं भी बिजली की तरह टूट कर गिर पड़ती होगी।

"वह अपना रंग-रूप और आकार भी परिवर्तित कर सकता था।"—उसने कहा।

यह सुनकर मैं सोचने लगा कि किसी द्रव की कहीं कोई आकृति नहीं होती। वह हर आकार में ढल सकता है। स्मृतियाँ आकारविहीन होती हैं और उनकी उपस्थिति दृष्टि की बजाय कहीं मन में जमी होती है। उसका कहना था कि वह आन्तरिक पटल को बार-बार बुहारने की कोशिश करती थी क्योंकि वहाँ बहुत कचरा और गन्दगी दिखाई देती थी। वहाँ कुछ सड़ने लगता था और बदबू आती थी। वह बुहारने की लाख कोशिश करे लेकिन कुछ था जो मन में पड़ा रहता था। मुझे लगा कि स्मृतियाँ किसी गहरी गुफा में बन्द ऐसी चीजें होती होंगीं जो बारी-बारी से अपने क्षण में बाहर निकलकर कार्य करती रहती होंगी। मैंने लड़की के शब्दों में यह 'स्मृति' शब्द पाकर सोचा कि क्या दो अलग-अलग क्षणों की आपसी टकराहट इतना कम्पन पैदा कर सकती है? वह क्या है जिसके तहत पिछला क्षण इस क्षण को बाधित करता है और इसके बाद आनेवाला क्षण भी इसी टकराहट से जन्म लेता है? मैं नहीं समझ पाया। लड़की भी नहीं समझी, कम-से-कम हम दोनों के लिए यही 'ना समझ पाना' हमारा सच था। यही बिन्दु था जहाँ हम एक साथ खड़े होते थे। यही वह कारण था कि उसे अपने शब्द कहने थे और वे मुझे सुनने थे।

"मेरा सच मेरे सपनों से गुँथा था।"—जब उसने यह कहा तो इसका अर्थ था कि लड़की—जो पहले जागृति के लम्बे क्षणों के बाद कभी-कभी स्वप्न देखती थी, अब पूरी तरह (दु:) स्वप्नों में जिया करती थी और उन क्षणों में कभी-कभार ही जागृति प्राप्त करती थी।

जब मैंने समझने की यह कोशिश पूरी कर ली तो उसने आगे कहा कि वह सपनों में अब भी वही दिशा देखती थी, जहाँ देवता था। लेकिन जहाँ तक जागृति का प्रश्न है—वह हमेशा उस दिशा से मुँह मोड़कर रहने लगी। उसने बताया कि वह अब घर या बाहर जहाँ भी रहे, उस दिशा से मुँह मोड़े रहती थी। वह अपने कमरे में खाते-पीते समय, बाहर रास्तों पर चलते हुए हमेशा टेढ़ी गर्दन करके चलने लगी ताकि पहाड़ी ना दिखाई दे। वह उस तरफ से पीठ किये रहती थी। उसने कहा कि यह कोशिश भी कारगर नहीं थी क्योंकि पहाड़ी ने खुद उसकी तरफ मुँह कर रखा था। यह शुतुरमुर्ग जैसी अन्धी कोशिश थी। वह पहाड़ी की ओर चाहे ना देखे, देवता और मोर का मुँह उसी की ओर उठा रहता था। वह कुछ भी करे, उनकी आँखों से नहीं बच सकती थी। उसने कहा कि वह जब भी खेतों पर लड़के से मिलती थी, पहले प्रेम से सम्बन्धित कई चीजें सामने आ गिरती थीं। अपने दूसरे प्रेमी को स्पर्श करते ही जैसे उस दिशा से कोई आँधी उठती थी और वह उसमें डूब जाती थी। अब मुझे उसके शब्द समझने में थोड़ी सफलता मिली। अब मैंने उससे उस दृश्य को खोलने की माँग की जिसमें वह आँधी आती थी। मैंने उसकी स्थिति को उसी के शब्दों में जानना चाहा जो उसकी अपनी देखी हुई दुनिया थी। उसने उस आँधी के

बारे में बताया और मैं उसे समझने लगा—

उसने बताया कि वह घर से निकलती थी तो ऐसे निकलती थी जैसे गर्दन में दर्द हो। वह हर चीज टूटी हुई गर्दन से देखती थी। वह रास्ते में पहाड़ी की ओर देखने से बचती थी और जब भी किसी खेत में होती थी तो तिरछी खड़ी होती थी। वह दूसरे लड़के का स्पर्श पा चुकी थी लेकिन तुरन्त बाद ही पेंच में पड़कर उससे दूर खिसक जाती थी। वह पेंच में होती थी तभी पहाड़ी से धूल का एक ऊँचा गुबार उठता था जो कई चीजें समेटता हुआ बढ़ता था और अन्ततः वह उसकी चपेट में आ जाती थी। जो जानी-पहचानी चीजें उड़कर आती थीं, वह गर्दन झुकाए उन्हें देखने लगती थी।

"वे क्या चीजें थीं?"—मैंने उससे पूछा।

उसने वे चीजें गिनाईं—

उसने बताया कि वहाँ एक बस थी जो आँधी में उड़ती, पलटे खाती हुई आती और सामने खेत में औंधी आ गिरती। उसकी खिड़कियाँ टूटी हुई थीं जिनसे अब गर्दन या कोई हाथ बाहर नहीं निकाला जा सकता था। वह किसी कबाड़ की तरह खेत में पड़ी रहती थी। बहुत दूर से फूलों के कुछ ताजा गुच्छे उड़ते हुए आते और लड़की के चारों ओर बिखर जाते। लड़की मिट्टी से सने गन्दले फूलों के घेरे में किसी भयभीत बच्ची की तरह खड़ी रहती। उस आँधी में पहाड़ी से कुछ कागज़, बिस्कुट की रंगीन थैलियाँ और चाय-कॉफी के झूठे कप उड़कर आते और खेत में बिखर जाते। वहाँ से कुछ फूलोंवाले कपड़े जमीन से उठते और हवा में मरोड़े खाते हुए किसी झाड़ी में उलझ जाते। वहीं से एक जानी-पहचानी बाइक भी पलटियाँ खाती हुई आती और बीच खेत में लड़की के पास घिसटती हुई गिर पड़ती। बाइक पूरी तरह कबाड़ थी लेकिन फिर भी इंजन मूर्छित-सा घड़घड़ाता हुआ चालू रहता। वह इन्हें पहचानने के लिए आँखें खोलती लेकिन आँधी में आँखें मिचीं रहतीं। वह तेज हवा में लगभग बहने लगती और पेड़ या खम्भा पकड़ने के लिए छटपटाती रहती। आसपास कुछ नहीं होता, वह बचाव में वहीं झुककर धरती से चिपक जाती।

जिस खेत के बारे में लड़की ने यह सब कहा, मैं तब वहीं था। मैं दृश्य को अन्दर उतारने लगा। मैं उस खेत में टहलता हुआ मुआयना करने लगा और शब्दों से बाहर उन चीजों को नोट करने लगा -

मैंने आँखों की सीमा से बाहर चलकर देखा—

हाँ! वहाँ बीच खेत में एक बस औंधी पड़ी है। यह तो बिलकुल पिचक गयी है और सचमुच कबाड़ में बेचने लायक है। यह देखो—उस तरफ खेत में मोटरसाइकिल है, यह आँधी से पहले कितनी अच्छी दिखती होगी, अब क्या हाल हो गया है। पूरे खेत में बिखरा हुआ यह कचरा कैसा है? ये तो फूल, प्लास्टिक के कप और कपड़े

हैं। ये अपनी जगह पर होते तो कितने सुन्दर होते, अब कैसे अर्थहीन लग रहे हैं। मैंने खेत में पड़ी उन सारी चीजों को देखा और विश्वास करता गया।

उसके बाद लड़की ने मुझे खेत से आगे बढ़ने को कहा।

उसने यहाँ से थोड़ी दूर एक ऐसे स्थान पर चलने की गुजारिश की जहाँ घोर आँधी को उसने शान्ति और सन्नाटे से मारने की कोशिश की थी। वह कौन-सी जगह है? वहाँ क्या दिखाना चाहती है?—मैं सोचते हुए और उसके पीछे-पीछे चलने लगा। मुझे लगा कि उसके प्रेम के बढ़ते क्रम में कोई ऐसी बात होगी जहाँ उसने बहुत बड़ा हस्तक्षेप झेला होगा।

– हाँ यही बात थी।

मैं सोच रहा था कि वह कितनी भी दूर गयी हो, क्या हस्तक्षेप से बच पाई होगी?

''नहीं।''—मैंने खुद को जवाब दिया।

सत्ताईस

वह उतरती गर्मियों की दोपहर थी जिसके बारे में उसने विस्तार से बताया। उस दिन वह प्रेमी के साथ देर तक झोंपड़ी में बैठी रही और बुजुर्गों से कई-कई मसलों पर बातें करती रही। जब बुजुर्गों ने थककर अपने-अपने पेड़ों का रुख किया तो वे वहाँ अकेलापन झेलने लगे। उन्होंने अकेलापन तोड़ने के लिए कोई राह ढूँढ़नी चाही। उन्होंने आँखों ही आँखों में इशारा किया। प्रेम पल्लवित होने में जितना समय चाहिए था, वे दे चुके थे। अब अगला पायदान उनके लिए वह सुख था जिसे उन्होंने कभी शाब्दिक चर्चा में तो शामिल नहीं किया लेकिन उसे पाने को दोनों उत्सुक थे। लड़की पूर्व परिचित थी, इसलिये वह उस परिचय को दुबारा दूसरी शक्ल में पानेवाली थी जबकि लड़का पूरी तरह अपरिचय का शिकार था। उसके लिये यह जिज्ञासा का विषय था।

''हम अन्तरंग परिचय चाहते थे।''—लड़की ने मुझसे कहा।

उसने मुझे बताया कि वे इसके लिये तैयार थे लेकिन यह झोंपड़ी में सम्भव नहीं था। उन्हें कोई दूसरा स्थान चाहिए था जहाँ अधिक एकान्त में इसे सम्पन्न किया जा सके। उस स्थान की खोज में लड़की 'हस्तक्षेप' से भी बचना चाहती थी जिसकी वजह से हर कदम बीच में ही लड़खड़ाकर टूट जाता है। बुजुर्गों के बाद वे अकेले में बैठकर खाना खाने लगे। यह दृश्य उस दृश्य से अलग था जब लड़की अपने कमरे में अकेली खाती थी। अब वह किसी के साथ थी और ऐसे में खाना खाते हुए उनकी

बातों का इशारा दूर तक जा रहा था। वे आश्चर्यजनक ढंग से एक-दूसरे की इच्छाएँ समझ रहे थे।

खाना खाने के बाद उन्हें पानी याद आया। उन्हें ऐसे ही एक बहाने की जरूरत थी ताकि बिना बोले इच्छा जाहिर कर सकें। दोनों के आन्तरिक प्रकाश ने सहमति जताई। उन्होंने टंकी की तरफ चलने का मन बनाया। उन्होंने वहाँ के लिए गाड़ी की सवारी सही नहीं समझी बल्कि पैदल जाना उचित लगा। गाड़ी से जाने का अर्थ था कि पानी लेकर तुरन्त वापस लौटना है जबकि वे लौटना नहीं चाहते थे। वे उसी तरफ कहीं आगे किसी गुप्त दिशा की ओर जाना चाहते थे। उन्होंने गाड़ी को पेड़ के नीचे ही रहने दिया और पैदल चलने लगे। इसका अर्थ था कि कोई देखे तो लगे कि टंकी तक देर से पहुँचेंगे और लौटने में भी समय लगना स्वाभाविक है।

मुझे उनकी समझदारी पर गर्व हुआ।

वे खेत के माथे पर उकरी पगडंडियों पर चल रहे थे। उनकी नज़र एक दूसरे से अधिक उन 'तीसरों' पर थीं जो बूढ़ी नींद में पेड़ों तले लेटे हुए थे। इस बीच धूल के छोटे-छोटे गुबारों ने रास्ता काटा, उनसे बचने के लिए लड़की ने स्कार्फ और उसके प्रेमी ने एक सफ़ेद कपड़ा चेहरे पर लपेट लिया। वे लू से बचते हुए कानों को ढककर चलते रहे।

वे टंकी तक पहुँचे। उन्होंने पानी पीकर अपने आप को यूँ भुलावा दिया जैसे पानी पीने ही आए हों। पानी पी लिया, अब? उन्होंने हाथ-पैर धोये, चेहरा धोया, चेहरे पर लिपटे कपड़े भिगोए ताकि गर्मी से कुछ राहत मिले। उन्हें क्षणिक राहत मिली क्योंकि कुछ ही मिनट में सूरज सब कुछ सुखा डालेगा। वे सूरज को कोसने लगे जैसे वह उनकी सुनता हो। वे ऐसे बातें करते रहे जैसे सचमुच सहज हों और किसी गुप्त लक्ष्य के बारे में बिलकुल ना सोच रहे हों। उन्हें अब कोई अगला बहाना चाहिए था जिसके सहारे टंकी से दूर किसी दिशा में जा सके। लड़की पैर धोते हुए इन्तज़ार करती रही, शायद लड़का कोई बात चलाएगा जिसके बल पर वे यहाँ से आगे निकल सकेंगे। लड़के की हिम्मत नहीं हुई। वह कुछ कहना चाहता था लेकिन हिचकिचाहट में होंठ बन्द ही रहे। बेवकूफ! डरपोक कहीं का। आखिर लड़की को कहना पड़ा। उसने लड़के से कहा कि क्या उसने कभी 'अठ-नलियाँ' देखी हैं?

नहीं—लड़के ने मना किया।

अठ-नलियाँ—यह टंकी से चारागाह की ओर जाते समय बीच में पड़नेवाला एक सूना स्थान था जिसे इसकी खासियत की वजह से इस नाम से जाना जाता था। यह वही स्थान था जिसे बाद में लड़की ने मुझे भी दिखाया और मैंने भी इसकी खासियत देखी। वहाँ आठ नालियाँ धरती पर उकरी हुई थीं। वे खुली सुरंग जैसी लम्बी दरारें थीं जो बारिश के तेज बहाव से लम्बे समय में स्वत: आकारित हुई थीं।

वह दोनों के लिए निश्चित ही जाना-पहचाना स्थान था बल्कि सारे स्थानीय लोग इसके बारे में खूब जानते थे और आश्चर्य से इसकी संरचना देखते थे। इससे लड़का भी निश्चित ही परिचित था लेकिन उसने खुद को अनभिज्ञ बताया। यह उसकी समझदारी थी, यही मौका था जिसके सहारे वे वहाँ जा सकते थे। लड़के ने उससे कहा कि उसने इस बारे में सुना तो बहुत है, एक बार फौजी पिता के साथ उधर से गुजरा भी था लेकिन पिताश्री ने करीब से नहीं देखने दिया। जैसे वे हर कामना को बकवास समझते हैं, इसे भी लड़के के लिए काफी हानिकारक समझा।

यह सुनकर लड़की मुस्कराई।

चलो! चलकर देखते हैं।—लड़के ने प्रेमिका के सामने प्रस्ताव रखा।

किसी भाव-प्रदर्शन के बिना लड़की ने बात स्वीकार कर ली—'ठीक है।'

वे अब यहाँ से उस दिशा में चलने लगे। वे रास्ते-भर अपने उद्देश्य पर कोई बात नहीं कर पाए। यह उनकी गहरी समझदारी थी जिसके चलते वे असहज नहीं होना चाहते थे। रास्ता सहज रहे, इसके लिये वे यहाँ-वहाँ की फालतू बातें करते रहे।

लड़की ने मुझे वे बातें बताईं—

लड़की—धूप कितनी तेज है, सिर जल रहा है।

लड़का—शाम को तपन कम हो जाती है, रात तो काफी ठंडी होती है।

लड़की—कैरियाँ पक गयीं लेकिन अभी उन्हें आम नहीं कह सकते।

लकड़ा—हाँ! पहली बारिश के बाद ही आम कहा जाएगा। पता नहीं बारिश कब होगी?

लड़की—इस टंकी में दो साल पहले पानी नहीं था, बीते साल अच्छी बारिश हुई तो पानी हुआ।

लड़का—तुम आगे कौन-सा विषय चुनोगी?

लड़की—रिजल्ट के बाद तय करुँगी। तुम ट्यूशन क्यों नहीं पकड़ते?

लड़का—पापा मना करते हैं, फौजियों का दिमाग घुटनों में होता है, वे 'बन्दूक' के अलावा कहीं ध्यान नहीं देते।

(विराम)

लड़की- 'बन्दूक?' (लम्बा विराम) किसी दिन लाना, हम नीले आसमान में निशाना मारेंगे।

लकड़ा—ठीक है, लेकिन कैसे लाऊँगा? किस बहाने से?

(बहुत लम्बा विराम)

लड़की—छोड़ो! कुछ दिन बाद मेरी फ्रेंड की शादी है, मैं नाचना चाहती हूँ।

लड़का—मुझे डांस नहीं आता लेकिन सीखना है।

(कोई विराम नहीं)

लड़की—देखकर चलो, पाँवों में सरसों के ठूँठ गचक जाएँगे।

लड़का—ओके।

वे धरती से आँखें जोड़कर चलते रहे ताकि कोई ठूँठ या काँटा जख्मी ना कर दे। वे जख्मी नहीं हुए।

वे पहुँचे।

वे गर्म आकाश के नीचे चलते-चलते थक गये थे। इसलिये उन्होंने एक पेड़ चुना जिसके नीचे थोड़ा सुस्ता सके। वह एक कम पत्तीदार पेड़ था—शिरीष, जो एक पतली दरार के मुहाने पर खड़ा था। उन्हें घनी छाँव नहीं मिली, वे जालीदार झिनमिनी धूप में बैठ गये और पसीना पोंछने लगे। उन्होंने थोड़ी देर थकान पर बात की और फिर दरारों पर यूँ बात करते रहे जैसे उन्हें देखने ही आए हों और देखकर ही वापस लौट जाएँगे। वह स्थान सचमुच धरती की देह पर उकरी भूरी नसों जैसा था जिसे जब मैंने खुद लड़की के साथ देखा तो मुझे भी आश्चर्य हुआ। वे आठ से बारह फीट गहरी दरारें थीं जिनकी भीतरी दीवारों पर छोटे-छोटे जंगली पौधे उगे थे और मुहानों पर खड़े पेड़ों की जड़ें नीचे तक लटकी थीं। चिकनी मिट्टी का उबड़-खाबड़ तल और किनारों की लहरदार लकीरों से स्पष्ट था कि पानी के तेज कटावों से यह शक्ल तैयार हुई है और बारिश का पानी अब भी हर साल इन्हें पैना करता रहता है।

वे कटावों पर बात करने लगे—बहुत पहले किस तरह यहाँ एक छुपे हुए चोर को पकड़ा गया था। किस तरह एक चरवाहे की भैंस दरारों में फँस गयी थी और उसे तड़प-तड़प कर जान गँवानी पड़ी। किस तरह एक महिला—जो घर लीपने के लिए मिट्टी खोदने आई थी, यहाँ दरार के मुहाने पर खड़ी झाँक रही थी और अचानक दरार टूटने से उसकी दायीं टाँग टूट गयी। उन्होंने ऐसी कई बातें कीं, जब सारी औपचारिक बातें और थकान ख़त्म हो गयी तो लड़के ने सावधानी से इच्छा रखी—

चलो! करीब से देखते हैं।

वह झिनमिनी छाँव से धूप में निकलते हुए एक दरार की तरफ बढ़ने लगा। लड़की चुप रही। वह उसे जाते हुए देखती रही। लड़का कोई कँपकँपाता-सा गीत गुनगुनाता हुआ जा रहा था। उसके कुछ क्षण बाद वह भी खड़ी हुई और पीछे-पीछे चलने लगी। वहाँ उतरने से पहले लड़की ने एक बार मुड़कर खेतों की ओर देखा—उसे बहुत दूर अपने खेत और पेड़ दिखाई दिए। सूरज के तेज उजाले में वे काँपते हुए-से लगे। उसने एक बार सारी दिशाएँ देखीं—सारी दिशाएँ बहुत खाली लगीं। उसे सन्तोष हुआ कि उन्हें देखनेवाला कहीं कोई नहीं है। वह भी दरार में उतरकर

गायब हो गयी।

वे जिस दरार में थे वह लगभग दस फीट गहरी थी। दरार की दीवारों को देखते हुए, हाथ फेरते हुए वे इस तरह चलते रहे जैसे किसी प्राचीन धरोहर का निरीक्षण कर रहे हों। वे चलते-चलते ऐसे मुकाम पर पहुँच गये जहाँ दरार का ऊपरी सिरा सिकुड़ा होने के कारण झीना अँधेरा था।

यह उपयुक्त स्थान था। वे रुके।

अब वे किसी निरर्थक बात से खुद को नहीं बहला सकते थे। वे एक-दूसरे की तरफ देख कर एकाएक खड़े रह गये। एक असीम एकान्त में इस देखने का अर्थ था—मौन सहमति। उन्होंने इस निर्जन एकान्त को अपने अन्दर भरा, झाड़ियों में छिपे झींगुरों की आवाज़ें सुनीं और एक बार दरार के ऊपर देखा—वहाँ खाली आकाश था जिसमें बादल का एक छोटा-सा टुकड़ा सरकता दिखाई दिया। यह बता रहा था कि जल्द ही गर्मियाँ ख़त्म होनेवाली हैं और आषाढ़ दस्तक देनेवाला है।

लड़के ने प्रेमिका का हाथ पकड़ा। लड़की ने एक क्षण के लिए हाथ दिया और फिर कँपकँपाती हुई मुस्कराहट के साथ वापस खींच लिया। लड़का अधिक साहस नहीं दिखा पाया। उसने लड़की से नीचे बैठ जाने को कहा, इससे पहले कि वह बैठती, वह खुद बैठ गया। उसने फिर से लड़की का हाथ पकड़ा और करीब आकर बैठ जाने के लिए झुकाने लगा, लड़की को बैठना पड़ा। उन्होंने कुछ क्षण इसी तरह खींच-तान और संकोच में बिताए, फिर दरार के दोनों ओर खाली जगह को देखने लगे—कहीं कोई झंझट नहीं था। अब देखने को कुछ नहीं बचा, अब उन्हें खुलकर सामने आना था, उन्होंने एक-दूसरे को छूना शुरू किया।

वे चूमने लगे।

यह एक कँपकँपाते संगीत की शुरुआत थी। संगीत जैसे ही शुरू हुआ, लड़खड़ा कर टूट गया। क्या हुआ? कुछ नहीं। वे फिर से सामान्य होकर बैठ गये। क्या किसी को आपत्ति है? नहीं! अगर किसी एक को भी आपत्ति होती तो उठकर जा सकता था—कोई नहीं गया। एक क्षण के लिए लड़का खड़ा हुआ—उसने उचककर फिर से दरार के बाहर देखना चाहा—क्या वे पूरी तरह सुरक्षित हैं? हाँ। उसे इत्मीनान हुआ। उसने अपना सफ़ेद कपड़ा गले से उतारा और फैला कर मिट्टी पर बिछाने लगा। उसने बहुत जल्दी एक महीन-सा बिस्तर बनाया, फिर घुटनों के बल बैठकर लड़की का हाथ खींचने लगा। वह पास आई। वे फिर से चूमने लगे। यह धुन लम्बी चली, उन्होंने एक-दूसरे की तेज काँपती साँसों को करीब से जाना। वे निढाल होकर कपड़े पर फैलने लगे। लड़के ने खुद नीचे लेटकर लड़की को ऊपर आने का आमन्त्रण दिया। वह प्रेमी के ऊपर झुकी, एक क्षण के लिए होंठों को दूर करके एक-दूसरे को गौर से देखा—दोनों की आँखें नम थीं। इस खामोश क्षण में

उन्हें सिर्फ साँसों का शोर सुनाई देता रहा।

वे लिपटने लगे।

वे उन्मत्त थे। जितना सम्भव था, उन्होंने एक दूसरे को हाथों और हल्के दाँतों में भरा। लड़की ने छातियाँ उसके चेहरे पर टिकाईं। उसके प्रेमी ने उन्हें पकड़ा। वह इससे अधिक प्रतीक्षा नहीं कर पाया। उसने अपना हाथ प्रेमिका के सीने से हटाया और अपनी पैंट का हुक खोलने लगा। उसने पैंट घुटनों तक सरकाया और लड़की के पैंट की तरफ बढ़ा। वह उसके कुरते के नीचे हुक तलाशता रहा। उसने अँगूठे को कुरचते हुए बटन खोला। लड़की ने खुद अपनी पैंट की जिप खोली। वे अब अन्तिम कपड़ों में थे। उन्होंने अपने चेहरे इतने अधिक सटा लिये थे कि एक-दूसरे को पूरी तरह नग्न ना देख सके। वे अन्तिम कपड़े भी खोलने लगे।

वे शुरू हुए।

एक स्वप्निल तरंग...अनगिनत रंगीन किरणों का भँवर...शून्य में संगीत भरता हुआ-सा क्षण...

वे बढ़ते रहे, वे अब बीच में थे।

अचानक तरंग पर कोई 'खटक' पड़ी...! किरणें किसी सपाट नीले धातु से टकराईं...! शून्य और संगीत ने एक-दूसरे को तोड़ा...!

उसी दरार में दूर कहीं गहरा अँधेरा था। वहाँ हलका-सा उजास हुआ। उजास में कोई चमकीला-कौंधता हुआ-सा रंग उभरने लगा। वह रंग एक आकार लेता गया और धीरे-धीरे एक लम्बी-सी गर्दन में परिवर्तित होने लगा। उस गर्दन पर छपी दो आँखों ने सामने देखा, उसे आत्मीयता में लिपटे दो प्राणी दिखाई दिए। उसने अपनी आँखों में क्रोध उतारा। उसकी बदसूरत टाँगों ने धीरे-धीरे चलना शुरू किया। वह डग भरता गया। उसने एक-दो-तीन-चार... कदम बढ़ाए और फिर तेजी से धरती पकड़ी। उसके शरीर के पीछे लटके लम्बे पंख दरार की दीवारों से टकराते हुए, बुहारते हुए आगे बढ़ने लगे। लड़की इस क्षण नीचे थी, प्रेमी बन्द आँखों से ऊपर झुका था। लड़की ने तरंग के मध्य में एक बार अलस-भरी आँखें खोलीं—एक गाढ़ा नीला रंग उसकी आँखों पर कूद पड़ा। वह बुरी तरह चीखी। वह भय के मारे हड़बड़ाकर प्रेमी को दूर हटाने लगी। उसने उसे तेज धक्का देकर दूर किया और अपने कपड़े उठाकर नीले प्राणी से संघर्ष करने लगी। वह दरार में तेज धारा की तरह भागने लगी। लड़का वहीं स्थिर पड़ा कपड़े ढूँढ़ता रह गया। वह एक अनसुलझे आश्चर्य में था और लड़की की इस हरकत को समझने में लगा था। वह कपड़े पहनने लगा। लड़की नंगे बदन भागती हुई उस प्राणी से बचने की कोशिश करती रही। वह दरार की दीवारों से टकरा रही थी और मुहानों पर खड़े पेड़ों की जड़ों में उलझ रही थी। वह नीला प्राणी पंजों और पंखों का दुगना दम रखता था इसलिये

दौड़ता-उड़ता हुआ उसके पीछे पड़ा रहा। लड़की अपनी आँखों, हाथों और नग्न शरीर के दूसरे हिस्सों को पैनी चोंच के तेज झपट्टों से बचाने के लिए चीखती रही। आज वह प्राणी दयाभाव से मुक्त था और बहुत हिंसक होकर चीर-फाड़ के लिए पागल हो रहा था। वह टूटता रहा, लड़की बचाव करती रही। लड़की छटपटाते हुए अपने हाथ-पैर उस पक्षी के पंखों, पंजों और चोंच पर मारे जा रही थी। उसका प्रतिरोध देखकर वह प्राणी और भी क्रोध और हुंकार से शिकार को क्षति पहुँचाने के लिए लड़ता रहा। लड़की उलझती रही, सँभलती रही। वह कई बार गिरी, उठी, फिर गिरी, फिर से उठी। आखिर वह उससे पीछा छुड़ाकर दरार के मुहाने तक आने में सफल हुई। उसने रोते हुए मुड़कर देखा—अब मोर नहीं था। वह शायद दरारों की भूल-भुलैया में कहीं खो गया था। लड़की जल्दी-जल्दी कपड़े पहनने लगी, उसे याद आया कि स्लीपर वहीं छूट गये हैं। उसने कपड़े पहने और नंगे पैर ही उस दिशा में तेजी से चलने लगी जहाँ बहुत दूर आम के पेड़ थे। वह अभी भी रो रही थी और बार-बार मुड़कर संशय से उस क्रूर प्राणी को टटोल रही थी। कई खेतों से गुजरने के बाद उसे पीछे आता हुआ लड़का दिखाई दिया। उसने लड़की के स्लीपर थाम रखे थे और रुक जाने के लिए आवाज़ दिये जा रहा था। लड़की नहीं रुकी। वह दोपहर के झिंगुरी सन्नाटे में तेज-तेज चलती रही। अचानक उसका पैर एक ठूँठ पर पड़ा। उसे एक क्षण के लिए रुकना पड़ा। उसने रुआँसी कराह के साथ सरसों की फाँस बाहर निकाली। फाँस के साथ ही खून की पतली लकीर फैल गयी। उसने पैर का ख्याल छोड़ा और फिर से चलने लगी। खून मिट्टी में मिलकर किरकिराता रहा।

वह तेज-तेज चल रही थी, लड़का पीछे से आवाज़ दे रहा था।

जब लड़का झोंपड़ी तक पहुँचा तो देखा कि वह वहाँ नहीं थी। उसने पेड़ के नीचे खड़ी उसकी गाड़ी देखी, वह भी नहीं थी।

उसने रेत पर सिर्फ पहियों के निशान पाए।

अट्ठाईस

लड़की ने मुझे बताया कि वह घर चली गयी थी। उसने अपनी आँखें सुखाईं और बहते हुए खून को कपड़े से बाँधा। उसकी माँ ने घाव देखकर चिल्लाना शुरू कर दिया और उसे ख़बरदार किया कि आज के बाद खेतों पर जाने की जरूरत नहीं। माँ जितना जानती थी, उस तरह से उन बुजुर्गों पर बरसती रही जिनकी सोहबत में लड़की चोट खाती रहती है।

माँ ने घाव की पट्टी की और आराम करने का आदेश दिया।

"मैं उन्हें घाव का असली कारण कभी नहीं बता सकी।"—उसने कहा।

वह कमरे में चली गयी। आराम कब गहरी नींद में बदला, पता नहीं चला। वह उस क्षण तक सोती रही जब तक कि शाम के चार नहीं बज गये। जैसे ही शाम हुई और चार बजे—छत पर मोर की सुरीली आवाज़ सुनाई दी।

नींद गहरी कराह के साथ खुली—'ओह! फिर वही।'

वह गूँजें सुनकर इस तरह चौकस हो गयी जैसे सम्भव हो कि वह प्राणी नीचे कमरे में उतर आए। वह नहीं उतरा। उस शाम वह छत पर ही रहा और वहीं से भोजन माँगता रहा। लड़की को आश्चर्य हुआ कि जिसने कुछ घंटे पहले ही इस तरह जख्मी किया हो, वही इतनी बेशर्मी से उसे कैसे पुकार सकता है? लड़की ने स्कार्फ कानों पर डालकर करवट ले ली और कड़वी-कसैली पुकार को अनसुना करने लगी।

उन दिनों वह अँधेरा होने तक खेतों पर रहती थी, इसलिये मोर से सामना रात में होता था। अभी रात होने में देर थी। आज वह खेतों से जल्दी भाग आई। इसलिये नियत समय पर ही मोर को झेलना पड़ा। उसने सोचा—हो सकता है वह छत पर टिका रहे और रात होने का इन्तज़ार करता रहे। उसने धीरे-धीरे मोर की आवाज़ मन्द होते सुनी—उसे लगा शायद लौट गया है।

"हाँ! वह लौट गया था।"—उसने बताया।

थोड़ी देर बाद लड़की ने फिर से कोई आवाज़ सुनी, यह माँ का हस्तक्षेप था। माँ ने पैर में दर्द के बारे में पूछा जिसे लड़की ने 'सामान्य-सा' बताकर उन्हें शान्त रहने को कहा। माँ बोली कि शाम हो चुकी है, अँधेरे-उजाले के मिलन के समय सोना अशुभ है—चलो, बाहर निकलो। वह बाहर निकलने को तैयार नहीं थी। वह अशुभ समय की चेतावनी के बाद भी लेटी रही और अगली रातों के बारे में सोचने लगी जब उसे हर हाल में मोर से टकराना होगा। वह आज रात के बारे में सोचने लगी। अभी रात होनी बाकी थी और उस राक्षस का आना तय था। माँ के कहे अनुसार आज के बाद खेतों की ओर जाना लगभग बन्द हो गया, ऐसे में अब वह कहाँ समय काटेगी? वह आज की रात कहाँ बिताएगी? वह यह सोच ही रही थी, सोच के इन्हीं क्षणों में उसने बाहर आँगन से कुछ महिलाओं की आवाज़ें सुनीं। वे माँ से बतिया रही थीं। लड़की ने बिस्तर पर पड़े-पड़े ही उनकी बातें सुनीं जो संयोग से उसे बाहर वक्त बिताने का इशारा दे रही थीं।

"क्या यह सम्भव है कि हम किसी चीज की चाह करें"—उसने मुझसे पूछा "और उसी क्षण वह हमारे सामने फलित हो जाए?"

"नहीं।"—मैंने जवाब दिया।

मुझे लगा यह इन्सान के लिए कहाँ सम्भव है, कम-से-कम मुझे जैसे आदमी

के लिए ऐसा सुखद संयोग नामुमकिन है। हाँ! मेरे लिये यह सम्भव है कि मैं कोई उम्मीद भरा क्षण पाना चाहूँ और तभी एकाएक कोई कड़वा संयोग सामने आ टपके। मुझे अपने सन्दर्भ में कुछ छोटे-छोटे दृश्य याद आए। मैं जब कभी कोई इच्छा, कोई आस जगाने की कोशिश करता हूँ, ठीक उसी क्षण कोई नकारात्मक फल जरूर फलित हो जाता है।

मैंने लड़की को कुछ झलकियाँ बताईं—

मैं यदि सोच रहा होता हूँ कि चलो! आज अपने सरकारी कमरे की छत पर जाके उगता हुआ सूरज देखा जाए, तो ठीक तभी मेरा कोई साथी दूसरे साथी से बोलता है—'घूर मत, आँखें फोड़ दूँगा।' यह किसी अन्य मसले पर उनका नितान्त आपसी संवाद होता है लेकिन परोक्ष रूप से मुझ पर लागू हो जाता है और मैं ठिठक जाता हूँ। मैं इस समय मन-ही-मन उगता हुआ सूरज देखने के बारे में सोच रहा था लेकिन यह अप्रत्याशित-सी धमकी सुनकर इच्छा त्याग देता हूँ। मैं जब कभी आईने के सामने खड़ा होकर अच्छा दिखने की कोशिश करता हूँ, मेरा कोई साथी किसी चीज पर कोई गन्दा शब्द बोल देता है। जैसे मेरे मन में चल रहा होता है कि 'क्या मैं अभी भी अच्छा दिखता हूँ?' तो ठीक उसी क्षण वह सरकारी मोटरसाइकिल को देखकर बोलता है—'इसका थोबड़ा देखो, कद्दू की जात।' यह बात मोटरसाइकिल के बोनट को लेकर कही जाती है लेकिन मैं इसे खुद पर आरोपित करके आईने के सामने से खिसक लेता हूँ। जब कभी मैं जंगल से थक जाता हूँ और बाहर जाकर नये दृश्य देखने के बारे में सोचता हूँ तो उसी समय मेरा साथी अपने कुत्ते से कहता है—'बेटा, कमरे से बाहर मत निकलना, टाँगें तोड़ दूँगा।'

—और मैं बाहर निकलने का विचार त्याग देता हूँ।

लेकिन लड़की के साथ ऐसा नहीं था। वह सुखद संयोग की भोक्ता थी। वह सोच रही थी—काश यह रात कहीं बाहर बिताई जाए और उसी क्षण उसने ये शब्द सुने—'नहीं-नहीं! उसे बाहर निकलना पड़ेगा।'

''वे सहेली के घर से आई महिलाएँ थीं''—लड़की ने बताया ''जो शादी के गीतों में शामिल होने का बुलावा दे रही थीं।''

वे बाहर अहाते में खड़ी थीं और माँ से आग्रह कर रही थीं कि वह स्वयं, अपनी बेटी को साथ लेकर जमावड़े में शामिल होने आएँ। उसकी माँ ने लड़की के बारे में ताने देकर कहा कि वह तो भीतर चोट खाई बैठी है। माँ अपनी बेटी की असमर्थता जताना चाहती थी लेकिन वे महिलाएँ इतनी-सी चोट को ज्यादा गम्भीरता से लेने को तैयार नहीं हुईं। उन महिलाओं ने नकारकर कहा कि इत्ती-सी फाँस का

बहाना नहीं चलेगा, आना पड़ेगा, उसकी सहेली ने खास तौर पर उसे बुलाया है।

इसके बाद वे आवाजें दूसरे घरों में बुलावा देने आगे बढ़ गयीं।

वह अपने-आप में इतनी गुम थी कि उसे शादी की तारीख तक याद नहीं रही। लड़की ने बताया कि बारह दिन बाद उसकी सहेली की शादी थी जिसकी रस्म में रोज गाए जानेवाले गीतों की आज से शुरुआत हुई थी। उसे एक क्षण के लिए ग्लानि हुई कि वह उस तारीख को कैसे भूल सकती है लेकिन अगले ही क्षण यह सोचकर अच्छा लगा कि घर से बाहर रहने का मौका तो लगा! वह अच्छा अवसर था। वह देर रात तक मोर से बच सकती थी। इस विचार ने उसे राहत दी। उसकी माँ ने, जो स्वयं जमावड़ों में दिलचस्पी नहीं रखती, बेटी को जाने की जिम्मेदारी दे दी।

लड़की ने खुश होकर पैर से पट्टी उतारी, खाना खाया और चली गयी।

सहेली का घर!

वहाँ उत्सवी माहौल था। अभी शादी बारह दिन बाद थी लेकिन जैसे गाँवों की शादियाँ लम्बी होती हैं, यहाँ भी इतनी चहल-पहल थी कि इसको उत्सवी-माहौल कहा जा सके। जैसा कि लड़की ने बताया—उसने इसे ताजे दृश्य की तरह अपने अन्दर उतारा। आते-जाते लोग, लपझप करती बत्तियाँ, आँगन में खेलते-कूदते बच्चे, तम्बाकू उड़ाते बुजुर्ग। वह सीधे छत पर चली गयी जहाँ वह कार्यक्रम था। वहाँ कुछ अस्थायी बल्बों का इंतज़ाम था जो खूँटियों के सहारे झूल रहे थे। लड़की ने पीले बल्बों के नीचे बैठी हुई नयी-पुरानी महिलाओं को देखा—वे गहरे अपनत्व में चहक रही थीं। बूढ़ी महिलाएँ कम उम्र औरतों को बात-बात में ज्ञान देने की कोशिश में थीं और छोटी बच्चियाँ अपने-अपने गुटों में खेलती नज़र आईं। वहाँ पुरुषों का प्रवेश वर्जित था, कुछ शरारती बच्चे बार-बार उनके बीच शामिल होने को लेकर लुका-छुपी करते दिखे जिन्हें चेतावनी के साथ दफा होने का आदेश दिया जा रहा था। उसने सहेली को देखा—वे हँसकर करीब आईं और गले मिलीं। कुछ बूढ़ी महिलाओं ने लड़की को देखा—वे भी पास आईं और लड़की से उसकी माँ के ना आने का कारण पूछने लगीं, लड़की ने उन्हें यूँ ही टाल दिया। उसके बाद कुछ अन्य महिलाओं और लड़कियों से मुलाकात की और दोनों सहेली छत के कोने में पड़ी एक खटोली में धँस गयीं। वे आत्मीयता से कई विषयों पर बातें करने लगीं।

थोड़ी देर बाद कई छोटी-छोटी रस्मों के साथ गीत शुरू हुए। उन गीतों को गाने वालियों में सबसे ज्यादा बुजुर्ग महिलाएँ थीं। नयी लड़कियाँ सिर्फ चुपचाप बैठी सुन सकती थीं या बीच-बीच में एक-आध पंक्तियाँ गुनगुना सकती थीं। उन गीतों को याद रखना दूर की बात थी। इधर गीत चलते रहे, उधर वह सहेली के साथ दूसरी बातों में लिप्त रही। इस बीच वे कोल्ड-ड्रिंक्स के कई गिलास और

नमकीन-बिस्कुट की कई प्लेटें खाली करती रहीं। जब खाना और गीत ख़त्म हुए तो नाचने की बारी आई। महिलाओं ने मिचीर्ले मजाकों के साथ नाचना शुरू किया। लड़की नाच देखती रही लेकिन जैसे ही कुछ महिलाओं ने उसे नाचने के लिए उठाना चाहा, वह असहज हो गयी। उसने जख्मी पैर का बहाना बनाया। वह बच गयी। उसने खुद का बचाव कर लिया लेकिन अब वह खुद ही अन्य लड़कियों और महिलाओं को उठाने लगी। उसने सहेली को भी नाचने के लिए मजबूर किया। वह देर तक यह नाच-गान देखती रही।

यह आधी रात तक चला। जब आज की सारी रस्में ख़त्म हो गयीं और महिलाएँ थक गयीं तो सभा विसर्जित करने का समय आया।

"मुझे दहशत हुई—अब क्या होगा?"—लड़की ने बताया "मैं इतनी जल्दी छूटना नहीं चाहती थी।"

वह डर रही थी कि उस प्राणी के लिए यह समय अभी अनुपयुक्त नहीं है। अभी सम्भव था कि वह वहीं छत पर बैठा इन्तज़ार कर रहा हो। लड़की का वश चलता तो सुबह तक जमावड़ा बरक़रार रखती और सूरज उगने के बाद ही अपनी दहलीज पर कदम रखती लेकिन यह नहीं हो सकता था। उसका कोई वश नहीं चला। सभा विसर्जित होने लगी। सारी महिलाएँ कल फिर से उपस्थित होने का वादा करके छत से उतरने लगीं। जाते समय सब ने रस्म के अनुसार अपनी-अपनी झोलियों में उबले गेहूँ की घूघरी और बतासे ग्रहण किये और चबाते हुए जाने लगीं। वह सहेली से यहीं उसके घर रुक जाने का आग्रह करनेवाली थी लेकिन उसे रिश्तेदारों और मेहमानों का ख्याल आ गया। यहाँ उन्हीं के लिए जगह कम थी और ऐसे में अलग से बोझ बनना गलत था। ना उसने रुकने को कहा, ना उसे रोका गया। वह जाने को तैयार हुई। उसने कल फिर से आने का वादा किया और छत से उतरने लगी।

वह जिस 'इच्छा-फलन' को रात-भर की खुशी समझ रही थी, वह आधी रात की निकली।

अब वह रास्ते में थी। उसने घूघरी और बतासे स्कार्फ में बाँध रखे थे और साथ चलती महिलाओं से बातें करते हुए लौट रही थी। रास्ते में अँधेरा था, ऐसे में दूसरों से बोलते हुए चलना डर को कम करता था। वे महिलाएँ बीच-बीच में अपने-अपने घरों, गलियों और पगडंडियों पर छिटकती हुई कम होती जा रही थीं और अन्ततः सब गायब हो गयीं। अब लड़की अकेली थी, उसका घर सबसे आखिर में था लेकिन यहाँ से ज्यादा दूर नहीं था इसलिये उसने तेजी से कदम बढ़ाए। इस बीच उसने कई बार ऊपर आकाश की ओर देखा—चाँद बहुत छोटा था। उसे कोफ़्त हुई कि वह इतना क्यों नहीं है कि चाँदनी बिखेर सके। चाँद ने उसकी नहीं सुनी। इस बीच उसे दिन में घटित हुई अपनी घटना याद आई। उसने एक बार मोर

की असमय दस्तक को लेकर सोचा कि हो सकता है आज वह ना हो।

उसने रास्ता पूरा किया।

अब वह घर के सामने थी। उसने अँधेरे में फाटक देखा, मुख्य-द्वार काले धातु का कोई विकराल-सा जीव लगा। यहाँ उसकी दहशत बढ़ गयी—क्या माँ सो चुकी है? क्या आज भी मोर से सामना होगा? नहीं। उसने फाटक खोला, बन्द किया और अन्दर अहाते में नज़र दौड़ाई—कोई नहीं है, सब शान्त है। उसे एक धुँधले बल्ब के प्रकाश में बरामदा और आँगन दिखाई दिया। उसने छत की ओर देखा—वहाँ अँधेरे में कुछ नहीं दिखा। छत के ऊपर चाँद की एक हल्की-सी फाँक थी जिसे देखकर उसने गर्दन झुका ली। उसने अँधेरे में बँधी हुई भैंस को देखना चाहा—भैंस अँधेरे में नहीं दिखी। वह जल्दी से बरामदे की ओर बढ़ने लगी। उसे लग रहा था कि आज वह निश्चित रूप से बचने में सफल हुई है। वह आँगन तक आ चुकी थी और बरामदे की सीढ़ियों के पास पहुँचनेवाली थी कि अचानक उसे किसी धातु की टनकती मन्द आवाज़ सुनाई दी। वह वहीं ठिठक गयी। यह ऐसे था जैसे किसी ने लोहे पर कंकड़ मारा हो। उसने पीछे मुड़कर देखा—कोई नहीं था। उसे लगा कि उसे देखकर अँधेरे में बैठी भैंस ने गर्दन हिलाई होगी और यह आवाज़ साँकल की आवाज़ होगी। वह उस आवाज़ को भुलाकर दो कदम और बढ़ा पाई थी कि—''सामने मोर था''- उसने बताया ''वह पहरेदार की तरह रास्ता रोके खड़ा था।'' यह देखकर वह भयभीत हो गयी। उसने जल्दी से भागकर बरामदा पकड़ना चाहा लेकिन वह प्राणी भी उसी गति से आगे बढ़ा और सामने आकर अड़ गया। लड़की के हाथ से स्कार्फ छूटकर गिर गया, वह शक्तिहीन होकर खड़ी रह गयी। वह मोर को देखती रही, मोर उसे देखता रहा। मोर अँधेरे में था। लड़की ने गौर किया कि आज उसका रंग नीला नहीं, बल्कि धुँधलके में काला दिख रहा है। काला मोर! वे दोनों थोड़ी देर इसी तरह पत्थर-से जमे रहे। धीरे-धीरे मोर ने हलचल शुरू की। वह अँधेरे से निकलकर बाहर आने लगा। वह धीरे-धीरे पास आया और पूरी तरह उजागर हुआ तो लड़की ने उसकी चोंच देखी। मोर के मुँह में कुछ फँसा हुआ था। उसने गौर से देखा—मोर ने चोंच के बीच एक पतला-सा साँप दबा रखा था। वह उसे निगलने की कोशिश में था और साँप मरने से पहले अन्तिम बार छटपटा रहा था। मोर ने अन्तिम बार गर्दन फड़फड़ाई और एक गटक के साथ साँप को निगल गया। वह तैश में था। अब वह लड़की को देखने लगा। वह बहुत भूखा था और जता रहा था कि भोजन के अभाव में उसे क्या नहीं झेलना पड़ रहा! उसने लड़की की ओर दो कदम और बढ़ाये। उसने गर्दन नीची की और तेज फरफराहट के साथ पंख फैला लिये। पंखों का घेरा यूँ था जैसे वह लड़की को आगोश में भरना चाहता हो। वह नाचने लगा। वह पूरे वेग से बल खाता हुआ, झूमता हुआ, गोल-गोल

घूमकर नाचता रहा। लड़की उसे देखकर ढीली पड़ने लगी। वह इस तरह मुरझाने लगी जैसे खुद कोई मोरनी हो और पंखों की भव्यता देखकर सम्भोग के लिए रीझ गयी हो। उसे इस नाच में कुछ शब्द, कुछ छवियाँ, सुख-दुख के कुछ प्रश्न दिखाई दिए। वे सब उसकी आँखों के सामने नाचने लगे। वह धराशायी होने लगी। उसने टूटकर उसके सामने घुटने टेक दिए जैसे वह खुद कोई आहार हो। सामने बैठी लड़की को देखकर मोर ने नाचना तेज कर दिया। वह लड़की के चारों ओर घूम-घूमकर नाचता रहा। वह उसे मूर्छित होते देखना चाहता था। थोड़ी देर में लड़की लगभग मूर्छित-सी हो गयी। यह देखकर मोर ने भी नाचना बन्द किया। वह थोड़ा शान्त हुआ। उसने पंखों को समेटकर पीछे किया और आगे बढ़कर लड़की को देखने लगा। वह मोम की मूरत-सी शान्त बैठी थी। उसने लड़की की आँखों में आँखें डालकर कोई अज्ञात इशारा किया। लड़की ने गर्दन उठाई। वह जैसे मोर की बात मानने को तैयार हो गयी। मोर लड़की को कहीं ले जाना चाहता था, लड़की जाने को तैयार थी। मोर आँगन से फड़फड़ाकर उड़ा और अँधेरे में फाटक के पास दीवार पर जा बैठा। उसने मुड़कर देखा—लड़की आँगन से उठकर उसकी ओर आ रही थी।

उस रात मोर इसी तरह छोटी-छोटी उड़ाने भरता रहा और मुड़-मुड़कर देखता रहा। वह आश्वस्त होता रहा, लड़की पीछे-पीछे चल रही थी। लड़की अँधेरे खेतों में पगडंडियों पर थी। वह उन रास्तों पर चल रही थी जहाँ जाना उसने कब का छोड़ दिया था।

''मैं पहाड़ी की ओर जा रही थी।''—उसने स्पष्ट किया।

उसने मुझे बताया कि वह घर से कैसे निकली, कैसे खेतों और तलहटी को पार किया? उसे कुछ भी याद नहीं। उसे सिर्फ इतना आभास रहा कि वह किसी तरह पहाड़ी की चोटी पर पहुँची और उस चपटे पत्थर पर जाकर बैठ गयी जहाँ पहले रोज शाम चार बजे किसी के इन्तज़ार में बैठती थी। उसने बताया कि वह अपलक उस दिशा को देखती रही जहाँ दूर रेल की पटरियाँ और क़स्बा था। वह रात-भर रेलगाड़ियों की भागती हुई रोशन खिड़कियों को देखती रही। वह वहाँ कब तक बैठी रही, यह बात वह नहीं बता पाई। वह सुबह कब और कैसे वापस लौटी, कुछ भी याद नहीं था।

''क्या यह सच है?''

जब लड़की ने मुझे उसकी माँ से मिलवाया तो यह सवाल मैंने उनसे पूछा। यह मेरी तहकीकात का एक बचा हुआ चरण था जिसे उसने वादे के अनुसार पूरा किया था।

''हाँ, यह सच है।''—उसकी माँ ने जवाब दिया।

उसकी माँ ने मुझे बताया कि अगली सुबह जब लड़की को चाय देने उसके

कमरे में गयी तो वहाँ उसे अनुपस्थित पाया। यह बात लड़की के पिता को पता चली तो उन्हें भी चिन्ता हुई। उसकी माँ ने उन्हें यह कहकर शान्त किया कि वह गीतों के बाद सहेली के घर ही रुक गयी होगी। उनका सब्र तब खोजबीन में बदला जब एक महिला से मालूम हुआ कि लड़की तो रात में आधे रास्ते तक उसके साथ आई थी। माँ ने यह बात अपने पति के सामने लगभग रोते हुए रखी। पति-पत्नी ने हाहाकार मचाया तो उन्हें एक बुजुर्ग से पता चला कि रात में जब वह पेशाब के लिए उठा तो उसने लड़की को पहाड़ी की ओर जाते देखा था।

माता-पिता ने पहाड़ी पर जाकर देखा—उन्होंने लड़की को एक अज्ञात मुद्रा में बैठा पाया।

उसकी माँ का कहना था कि उन दिनों उनकी बेटी बहुत असहज दिखाई पड़ती थी और वे पति-पत्नी उसे देखकर बहुत दुखी रहते थे। इससे पहले कि मैं कुछ और जानकारी हासिल करता, माँ ने लड़की के लाइलाज रोग से अनभिज्ञता प्रकट करते हुए मुझसे पूछा "क्या आप कुछ बता सकते हैं"—उन्होंने कहा "उस मूर्छा के पीछे क्या कारण रहा होगा?" मैं उल्टे सवाल का क्या जवाब देता? मैं पूरी कहानी फिर से दोहराना नहीं चाहता था।

मैं चुप हो गया।

लड़की का कहना था कि अगले दिन जब आँखें खुलीं तो उसने खुद को बिस्तर पर पड़े पाया। अपने परिवार को चिन्तित देखकर उसे अहसास हुआ कि कल अवश्य ही कुछ बुरा हुआ था। उसने पिछले दिन और रात को जोड़कर याद किया। उसे याद आया कि कल उसने एक अपराध किया था जिसके नतीजे में यह सब झेलना पड़ा। उसने बताया कि जब आँखें खुलीं तो उसने पिता को एक गहरी मुद्रा में देखा। वह उस छवि को देखकर दहल गयी। उसके पिता कमरे में स्टूल पर बैठे थे और गर्दन झुकाए कुछ सोच रहे थे। उन्होंने हाथों में लड़की के स्लीपर थाम रखे थे जिन्हें शायद पहाड़ी से ही उठाकर लाए थे। वे गर्दन झुकाए उन्हें एकटक देख रहे थे। यह लड़की के लिए भयानक बात थी। पिता को इस तरह दुखी पाकर उसे ग्लानि हुई। उसने फैसला किया कि अब वह ऐसा कोई काम नहीं करेगी जिससे उसका परिवार दुखी हो। अब वह उन्हें कभी दुखी नहीं होने देगी।

उनतीस

"अब सारी सीमाएँ पार हो चुकी थीं।"—ये लड़की के शब्द थे। उसने बताया कि अब वह एक क्षण के लिए भी उस प्राणी से स्वतन्त्र नहीं थी। अब वह हमेशा उसके

साथ रहता था। अब शाम या रात की चिन्ता नहीं रही बल्कि इसे चिन्ता कहा जाए तो यह हर समय, हर क्षण, क्षण के एक छोटे-से हिस्से में भी संग चिपकी रहती थी। वह प्राणी रास्तों से लेकर घर तक, उसके कमरे और बिस्तर तक साथ रहता था। अब वह परछाईं की तरह हो गया था और कभी भी, किसी भी क्षण उसके सामने उपस्थित होकर अपनी बात मनवा सकता था। अब लड़की कितने ही खिड़की-दरवाजे बन्द करे, उसे रोकना असम्भव था। अब उसकी क्षमताएँ असीमित हो रही थीं। लड़की ने अपनी भीतरी आँखों से देखी हुई दुनिया के बारे में बयान किया कि अब वह खिड़की-दरवाजों की छोटी-छोटी सुराखों से हवा और रोशनी के साथ प्रवेश कर जाता और छोटा-सा रूप धरकर चादर की हल्की-सी उठन में से घुसकर अन्दर आ जाता। अब वह नन्हा रूप लेकर घर में उड़ता रहता। वह टेबल, फ्रिज और किताबों पर आ बैठता और नाचने लगता। वह किचिन में कनस्तर पर, बाथरूम में नल पर और खाना खाते समय उसकी थाली में आ बैठता और नन्हीं-नन्हीं गूँजे देने लगता। वह मक्खी की तरह इतने छोटे रूप में आकर भिनभिनाने लगता कि उसे पकड़कर बाहर भी नहीं फेंका जा सकता था। अब वह कन्धे और कान पर आ बैठता और किलकारी मारकर उड़ जाता। वह कभी-कभी बालों में उलझ जाता और अगर बाल खोलकर ढूँढ़ों तो गायब हो जाता। अब वह एक चिड़िया की तरह छातियों पर आ बैठता और नाचने लगता। वह जब छातियों से दूर होता तो अपना रंग वहीं छोड़ जाता और छातियाँ नीली हो जातीं। अब वह पानी की तरह होता जा रहा था और कपड़ों के पार रिस जाता था। ''अब मैं निरन्तर नीली पड़ती जा रही थी।''- ये उसके शब्द थे। अब उस रंग को लाख रगड़ने की कोशिश करो, वह छूटता नहीं था बल्कि जितना रगड़ो, उतना ही फैलता जाता। अब वह जहाँ भी कदम रखता, उसका नीला रंग किसी साबुन की तरह फर्श पर फैल जाता और किसी जीवित द्रव की तरह रिसता हुआ दायरा बढ़ाता जाता। उसके बढ़ते स्पर्श में हर वस्तु लील जाती। वह अपनी सीमा में आनेवाली हर वस्तु पर चढ़कर उसे नीले रंग में लीप देता। अब लड़की महसूस करती थी कि उसका रक्त, नसें, हड्डियाँ और आँतें नीले रंग में रंगती चली जा रही हैं। अब उसकी आँखें नीली हो गयी थीं और दिखाई देनेवाली हर चीज नीली दिखाई देती थी। उसे घर, खेत, पहाड़ी सबकुछ नीलेपन में लिपटा दिखाई देता। अब वह रंग आँखों की पुतलियों में समा गया था। इसलिये आँखें बन्द करने के बाद भी उसे छुपाया नहीं जा सकता था। अब उसके आँसू इसी रंग में छलकते थे—ओह! नीले आँसू। अब इस एक अकेले रंग के अलावा सारे रंग मर चुके थे और सबको इसी ने मारा था।

''अब मैं पूरी तरह मोरीली हो चुकी थी।''—उसने कहा।

अब वह जिस नीले संसार में रहती थी वहाँ दुख और पछतावे के अलावा कुछ

नहीं था। अब वह हार मानना चाहती थी। अब उसे मानना पड़ा कि देवता और मोर ही सही हैं और उन्हें ही जीत जाना चाहिए। उसे लगा कि अब जिद छोड़कर सारे रास्ते बन्द कर लेने चाहिए। लड़की ने पिता को दुखी देखकर आमों पर जाना छोड़ दिया। प्रेमी अभी भी आता था और इन्तज़ार में बैठा रहता था लेकिन लड़की नहीं जाना चाहती थी। अब वह पहाड़ी की पुरानी दिशा को ही सत्य समझने लगी इसलिये खेतों की ओर पीठ कर ली। अब उसे अपने प्रेमी से सिर्फ कुछ शब्द कहने थे ताकि यह किस्सा ख़त्म हो और शान्ति मिले। अब वह अपने घर में, अपने कमरे में रहना चाहती थी।

उसने एक सुबह त्रिशंकु खम्भे के पास जाकर लड़के से बात की। उसने साफ़ कहा कि अब वह नहीं आएगी। इस पेचीदा मोड़ पर उसका प्रेमी उसे खोना नहीं चाहता था। वह प्रेमिका के सामने मूरत की तरह खड़ा रहा। वह उसके अन्तिम शब्द सुनने और उसके बाद रुआँसा होने को विवश था। लड़की ने सिर्फ इतना कहा– ''मुझे माफ़ करना।'' यह कहकर वह किस्सा ख़त्म कर आई। इन शब्दों के तुरन्त बाद वह मुड़कर वापस घर की ओर जाने लगी। वह जिस रास्ते में थी, उसके दोनों ओर एक लम्बी दीवार थी जिस पर लोहे की रेलिंग गचकी हुई थी। लड़की ने बताया कि रेलिंग के पास से गुजरते हुए यह रास्ता उसे बहुत लम्बा लगा। उसका प्रेमी उसे देखता रह गया। उसको शायद रास्ता बहुत छोटा महसूस हुआ और जाती हुई लड़की बहुत जल्दी जाती दिखाई दी। वह कुछ ही क्षणों में आँखों से ओझल हो गयी। जिस दूसरे प्रेम से देवता और मोर को विरोध था, अब वह ख़त्म कर आई थी। अब हस्तक्षेप का कोई कारण नहीं बचा था। अब वह चाहती थी कि देवता कुछ दया करे और उसे सामान्य रहने दे। स्मृतियों में स्थिर।

अब वह प्रेम के देवता से अन्तिम क्षमा चाहती थी।

लड़की के शब्द सुनते हुए मैं खेतों से वापस पहाड़ी पर आ गया। उसे सुनते हुए काफी समय हो चुका था, थोड़ी देर बाद शाम होनेवाली थी और मुझे बार-बार जंगल लौटना याद आ रहा था। ''समय देखो।''- मैंने लड़की से कहा। अब मैं उसके शब्दों के विराम के बारे में जानना चाहता था। उसने कहा कि विराम बहुत दूर नहीं। अब उसके कुछ ही दृश्यों से गुजरना था और फिर मुक्त होना था। इन अन्तिम शब्दों और दृश्यों में दो ख़ास बिन्दु थे जिनका हवाला लड़की ने पहले दिया था—

- शादी से चार दिन पहले की रात यानी अन्धड़वाली रात।
- और उस रात देवता से माफ़ी माँगने का ख्याल।

मैंने दोनों बिन्दुओं के बारे में जाना—

उसने बताया कि यह शादी से चार दिन पहले की रात थी और जब वह शाम से ही सहेली के घर गीतों में शामिल होने को लेकर उत्साहित हो रही थी। जब

अँधेरा हुआ और घर से निकली तो वह रास्ते-भर आसमान को देखती रही, उसे लगभग पूरा चाँद दिखाई देता रहा। उसने गौर से देखा—उसे चाँद के आसपास बादल भी मँड़राते दिखाई दिये। उसे लगा कि आषाढ़ दहलीज पे दस्तक दे चुका है।

अब शादी नजदीक थी इसलिये भीड़-भाड़ ज्यादा थी और जश्न का माहौल था। वहाँ अहाते में मेहमान और गाँववालों का जमावड़ा काफी बढ़ गया था। वे रोशनी के इन्तज़ाम और हलवाइयों के काम को लेकर इधर-उधर चकराते फिर रहे थे। वहाँ भैंस बाँधनेवाले झोंपड़े में हलवाई पेट्रोमैक्स के हल्के उजाले में बड़े-बड़े बर्तनों को खुरच-खुरचकर धोने में लगे थे और कुछ बुजुर्ग रिश्तेदार उन्हें नसीहत दिए जा रहे थे। कुछ नौजवान लड़के छत, आँगन और अहाते के बाहरवाली दीवारों पर चढकर रंगीन बत्तियों की कतार लगाने में उलझ रहे थे, बाकि कुछ लड़के पटाखे फोड़ने में व्यस्त थे। इनके अलावा कुछ युवा और बच्चे डीजे की ठुमक पर नाचने को तैयार खड़े थे लेकिन बार-बार शोर-शराबे के लिए मना किया जा रहा था। ये मना करनेवाले कुछ बुद्धिमान शराबी थे जो वहीं एक अँधेरे कमरे में खाट बिछाकर जमे हुए थे। आज उनकी चाँदी थी। वहीं कुछ महिलाएँ थीं जो उन्हें तिरछी नज़रों से देखती हुई गालियाँ दे रही थीं और ऊपर आसमान को देखकर आशंकित हो रही थीं कि कहीं मौसम ख़राब ना हो जाये।

इस समय लड़की छत पर थी। वह सहेली के साथ खटोली में धँसी हुई थी। उसने नीचे अहाते में चल रही धमा-चौकड़ी पर नज़र डाली तो उसे वह लड़का दिखाई दिया जिसे कुछ दिन पहले त्रिशंकु खम्भे के नीचे छोड़ आई थी। वह उस रात वहीं अपने हमउम्र साथियों के साथ काम में हाथ बँटा रहा था। लड़की ने मुँह मोड़ लिया। उसने देखा कि लड़का उसे देखकर उससे बात करने को उतावला हो रहा है लेकिन क्योंकि छत पर पुरुषों का आना मना है इसलिये वह वहीं रुका रहा। उनकी नज़रें दुबारा ना मिलें और बन्द अध्याय फिर से ना खुले, इसलिये लड़की ने अपने बैठने की जगह बदल ली। वह उठकर दूसरे कोने में उन महिलाओं के बीच जा बैठी जो गीतों की शुरुआत करनेवाली थीं। वह हफ्ते भर से शादी की रस्म में शामिल हो रही थी और इन गीतों को सुनते हुए उनका अर्थ समझने की कोशिश में थी। इन्हें समझने में उसे समय लगा क्योंकि ये गीत पुराने समय से सम्बन्ध रखते थे। ये कई पीढ़ियों से इस तरह रिसकर यहाँ तक आए थे कि नयी उम्र के लिए उस भाषा में घुसना थोड़ा कठिन था। छत पर जो महिलाएँ इन्हें गा रही थीं, वे भी ज्यादातर इनके अर्थों से अनभिज्ञ थीं। यहाँ तक कि उसकी सहेली भी इन्हें ज्यादा नहीं समझ रही थी। वे सिर्फ उस रिवाज की तरह थे जैसे संस्कृत मन्त्रों को दूल्हा-दुल्हन खुद नहीं समझते, हालाँकि वे उसी से शादी को सम्पूर्ण मानकर चलते हैं।

उस रात लड़की ने ध्यान से गीतों को सुना, गीत शुरू हुए—

बूढ़ी आवाज़ें जैसे किसी पुरानी कोठरी से धीरे-धीरे निकलने लगीं। विलुप्त होते शब्द बाहर आए और धीरे-धीरे पूरी छत, छत के ऊपर का आसमान लहराते स्वरों से भर गया। लड़की हर शब्द को गहराई से पकड़ने लगी, हालाँकि वे सहेली के लिए गाए जा रहे थे लेकिन वह परोक्ष ढंग से खुद को सम्बद्ध कर रही थी। ''वे शब्द देवता के नाम समर्पित थे और मुझे सोचने को बाध्य कर रहे थे''—उसने कहा ''उन्हें सुनकर ही मुझे माफ़ी माँगने का ख्याल आया और मैं उसी रात पहाड़ी पर गयी।'' उसने मुझे उन गीतों के बारे में बताया। वे बहुत लम्बे गीत थे जो आधी रात तक चले लेकिन लड़की ने मेरे सामने कुछ चुने हुए टुकड़े ही पेश किये। वे चार गीतों की छोटी-छोटी पंक्तियाँ थीं जिन्हें मैंने पेपर पर नोट किया था—

पहला :
थारौ नाओं जुड़्यौ जुड़वादै सब आसीस देऔ कौ
याही अनत डोर पीऊ की दे दै सीस देऔ कौ
दूसरा :
पल्ला गाँठ बाँधै रीज्यौ दूरया जाज्यौ मति सुण ले
याही सीस समझ्ज्यौ देऔ का आसीस कौ सुण लै
तीसरा :
जद जौ दूरया जाए प्रीत वाकू आप सुमिरज्यौ तू
धरज्यौ ध्यान घड़ी-घड़ मन में मति पिण दूरया जाज्यौ तू
चौथा :
जद कोई सपणों आयौ यार परायौ रात-बिरात्या में
देऔ ऐसौ देगौ डंड जलैगी आग परात्या में

उसने इन पंक्तियों के पुर्जे खोलते हुए मुझे अर्थ बताया कि जिस व्यक्ति से एक बार नाम जुड़ चुका है, वह देवता के ही द्वारा जोड़ा गया है। इसलिये देवता के नाम त्याग करने को सदा तैयार रहना चाहिए। अपने प्रेम को कभी भुलाना मत, यही देवता की सच्ची पूजा है। जब कभी प्रेमी दूर चला जाए और यदि उसका प्रेम मिट भी जाए तब भी उसे स्मृतियों में बसाए रखना। ऐसे में कभी भूलवश दूसरे प्रेम के बारे में सोचने की कोशिश मत करना वरना देवता बहुत कठोर दंड देगा। वह तुम्हें जलती आग में झोंक देगा।

लड़की ने उन पंक्तियों को अपने अन्दर उतारा और शान्त हो गयी। उसके बाद भी गीतों का शोर-शराबा चलता रहा लेकिन वह कुछ नहीं सुन सकी। उसके पास बैठी कुछ महिलाएँ अभी भी गीत सुन रही थीं और बीच-बीच में मौसम की चिन्ता कर रही थीं। वह इस चिन्ता और धूमधाम से दूर एक अलग सन्नाटे में गुम होकर ये अर्थ निकालती रही और उसे अपनी आपबीती से जोड़ती रही।

''मैं देवता की शक्ति के बारे में सोचकर इतना डर गयी''— लड़की ने कहा ''कि तभी माफ़ी माँगने के बारे में सोचने लगी।''

देवता से क्षमा!

इस फैसले के कुछ देर बाद वह महिलाओं के बीच से उठी। वह जाने को हुई। वह छत से उतरी भी नहीं कि अचानक कहीं दूर से हवा का एक तेज झौंका आया। छत पर नाचती-गाती महिलाओं ने स्वर नीचे कर लिये और गर्दन उठाकर मौसम का जायजा लेने लगीं—'सचमुच मौसम ख़राब हो गया है, आँधी आनेवाली है।' अब चाँद बादलों के नीचे कहीं दब गया था और पूरा आसमान काला दिख रहा था। यह एक ठंडा झोंका था जो इस बात का प्रमाण था कि दूर कहीं बूँदें बरसी हैं। लड़की ने वहाँ खड़े-खड़े आँधी से पहले का कम्पन महसूस किया। कुछ ही क्षण बाद हवा और तेज हुई। आसपास के पेड़ झूमने लगे। सारी महिलाएँ सतर्क हो गयीं। वे अपने कपड़े सँभालने लगीं। अचानक एक तेज उठती हुई धूल ने सबकी आँखों को मुँदने के लिए मजबूर कर दिया। आँधी आ चुकी थी। अगले कुछ ही क्षणों में सबकुछ अंधड़ की हड़बड़ाहट में तब्दील हो गया। धूल की इसी हिलोर के साथ दूर अँधेरे में लोगों का शोर बढ़ गया जो ऐसे मौसम में 'सँभलने' के लिए आता है। नीचे अहाते में पुरुषों ने चिल्लाना शुरू कर दिया। वे जरूरी सामान को भाग-भागकर उठाने लगे। छत पर महिलाओं ने भी अपने-अपने सामानों और बच्चों को भींचकर पकड़ लिया। अब डीजे का शोर-शराबा भी बन्द हो चुका था और लड़के यूँ ही चिल्लाने लगे। वे आँधी पर गुस्सा दिखा रहे थे। महिलाओं को आनन्द में रुकावट अच्छी नहीं लगी। वे दुल्हन को कोसने लगीं—'लगता है इसने कड़ाही में खूब खाया है।' वे अपने बालों, चुनरी और स्काफ़ों को सँभालती हुई जल्दी-जल्दी छत खाली करने लगीं। आज घूघरी और बतासों को सलीके से नहीं बाँटा गया, कुछ ने लिया, कुछ बिना लिये ही अपने घरों की ओर भागने लगीं। लड़की ने अपना स्कार्फ चेहरे से लपेटा और बिना यह शगुन लिये छत से उतरने लगी। इसी समय बुरे मौसम का चिर-परिचित क्षण भी सामने आया—लाइट चली गयी। जैसे ही अँधेरा हुआ, हड़बड़ाहट और बढ़ गयी। एक ऊँचा शोर उठा और चारों ओर फैल गया। वह कई महिलाओं से धक्का-मुक्की करते हुए सीढ़ियों से नीचे उतरने लगी। वह किसी तरह आँगन से गुजरी और बाहर आ गयी। नीचे पुरुषों के शोर-शराबे में उसने कई घुले-मिले शब्द सुने। कोई कह रहा था—'मौसम ख़राब हो गया है।' कोई कह रहा था—'मौसम अच्छा हो गया है।' यह अच्छा बतानेवाले शायद मस्त शराबी थे जो कमरे से बाहर आकर अँधेरे में लड़खड़ा रहे थे। यह एक अनसुलझा प्रश्न है कि ऐसे मौसम को लेकर कुछ लोग इसको 'अच्छा' और कुछ 'बुरा' क्यों कहते हैं? यह सच्चाई है कि इस मुद्दे पर कभी एकमत नहीं हुआ जा सकता। इन्हीं घुली-मिली

आवाज़ों में लड़की ने उस लड़के की आवाज़ पहचानी। वह किसी अन्य लड़के से टॉर्च जलाने के बारे में कुछ बड़बड़ा रहा था। वह उसे अनसुना करके बाहर निकल गयी।

वह रोज की तरह दूसरी महिलाओं और लड़कियों के साथ रास्ते में थी। वे सब तेजी से अपने-अपने घरों की ओर बढ़ रही थीं। कोई महिला कह रही थी—उसका पति लड़ेगा। किसी ने कहा—वह अपने बच्चे को अकेले सुला आई थी, अब आँधी में वह डर के मारे रो रहा होगा। रास्ते में जैसे-जैसे पगडंडियाँ निकलती रहीं, साथ चलती महिलाएँ छिटकती रहीं। अन्ततः लड़की अकेली रह गयी। उसने जल्दी से अपना बचा हुआ रास्ता पूरा किया और घर के सामने तक पहुँची। वह फाटक पर पहुँचकर ठिठक गयी। वह अँधेरे में खड़ी हुई कुछ सोचने लगी—क्या आज भी मोर मिलेगा? वह अन्दर गयी। आज वह नहीं मिला। वह सम्भवतः लड़की के विचार को जान गया था। मोर को पता चल गया था कि वह देवता से माफ़ी माँगनेवाली है इसलिये अब उसने हस्तक्षेप उचित नहीं समझा। अब लड़की को पहाड़ी पर हाथ पकड़कर ले जाने की जरूरत नहीं थी, वह अपनी मर्जी से जाने को तैयार थी।

लड़की बरामदे में आई। (विराम)

उसने अँधेरे में घर टटोलते हुए अपने कमरे का दरवाजा खोला। (लम्बा विराम)

वह 'कोई चीज' ढूँढ़ने लगी। (बहुत लम्बा विराम)

उसने वहाँ से एक टॉर्च निकाली, (कोई विराम नहीं) और वह उन्हीं चोर क़दमों से वापस बरामदे में आ गयी।

उसने गाड़ी उठाई और पहाड़ी की ओर निकल पड़ी।

तीस

"उस रात क्या हुआ था?"—अब मुझे सिर्फ यह जानना था और फिर जंगल लौट जाना था। यह सवाल मैंने लड़की से पूछा, उसने जो जवाब दिए, उनके प्रमाण के लिए जरूरी था कि इस बारे में दूसरे लोगों से भी पूछताछ की जाए। उसके शब्द कितने सच हैं?—यह जानने के लिए मैंने कई नये और पुराने गवाहों से शब्द इकट्ठे किए। मेरे पास कुछ निश्चित रेखाएँ मौजूद थीं, इसलिये मैंने अब 'आँधीवाली रात' ही केन्द्र में रखी। मैं सवाल करता गया, वे उस रात को अपनी-अपनी याददाश्त में ताजा करते गये और जवाब देते गये।

लड़की ने बताया कि वह आषाढ़ की पहली आहट थी जब भयंकर आँधी आई थी और वह अपने घर से निकली। अहाते से बाहर निकलते ही उसने आँधी के

प्रचंड प्रहारों को इस तरह झेला कि पहाड़ी तक पहुँचना नामुमकिन लगा। यह देखकर एकबारगी उसे अपना निर्णय बदलने का ख्याल भी आया लेकिन तब तक वह फाटक से बाहर निकल चुकी थी। अब वह मोहल्ले के मकानों और दीवारों की ओट में आ गयी थी जहाँ सीधी हवा से बच रही थी और लग रहा था कि शायद पहाड़ी पर पहुँचा जा सकता है।

"हाँ! वह सचमुच भयानक आँधी थी।"—एक महिला ने मुझसे कहा। वह लड़की के पड़ोस में रहती थी। उसने बताया कि वह आँधी में छत पर कपड़े उठाने गयी थी, उसी समय अँधेरे में कोई दुपहिया गली से गुजरते देखा लेकिन पहचानना मुश्किल था कि कौन सवार है? जाहिर है—लड़की सवार थी। वह अँधेरे में सँभल-सँभलकर चल रही थी और आशंकित थी कि कोई पड़ोसी देख ना ले। उसे देख लिया गया। वह मोहल्ले के कई रास्तों और गलियों से गुजरी और फिर घरों के झुंड से बाहर निकल आई। वह जैसे ही बाहर हुई, आँधी को और ज्यादा प्रचंड महसूस किया। उसके हाथ लड़खड़ा रहे थे और लग रहा था कि कहीं तेज हवा अपने साथ ना उड़ा ले जाए। वह उड़ते-उड़ते बची। वह हवा और धूल से इतना जूझ रही थी कि मिचमिचाती आँखें लगभग बन्द थीं और गाड़ी की रोशनी में धूल के भिनभिनाते कण ही दिखाई दे रहे थे। "उस रात मुझे खेतों में रोशनी की लम्बी लकीर दिखाई दी"—एक गड़रिए ने मुझसे कहा "वह लकीर पहाड़ी की ओर घिसट रही थी।" यह एक अलग गड़रिया था जो मेरी बातचीत में नया-नया शामिल हुआ। उसका घर पहाड़ी के पास ही था। उसने बताया कि आँधी के बाद वह सो नहीं पाया, तभी उसने खेतों की ओर वह लकीर देखी। उसने सोचा कि कोई शराबी है जो आधी रात में दारू के लिए भटक रहा है। गड़रिए ने उस अज्ञात रोशनी के बारे में काफी लम्बा बयान दिया लेकिन वह अन्त तक अड़ा रहा कि रात में भटकती हुई मोटरसाइकिल का एक ही अर्थ है—शराबी। "बिलकुल! वह शराबी ही था"—एक दूसरे गड़रिए ने कहा। उसने बताया कि वह खुद अपनी झोंपड़ी में लेटे-लेटे उस लकीर पर नज़र टिकाए हुए था। उसने यह पुष्ट करने के लिए कहा कि वह दुपहिएवाला इतना धुत्त था कि एक बार तो रोशनी बीच रास्ते में लड़खड़ाकर गिर पड़ी।

"मैं एक मेंड़ से टकरा गयी थी।"—लड़की ने स्पष्ट किया।

वह पेड़ों की साँय-साँय सुनकर बुरी तरह डरी हुई थी और कँपकँपाहट में नजरें इधर-उधर बाँट रही थी। वह इसी फेर में अचानक एक मेंड़ से टकराई और धड़ाम से गिरी। उसने हवा के तेज थपेड़े झेलते हुए किसी तरह गाड़ी सीधी की, शरीर पर चढ़ी धूल की परतें झाड़ी और फिर से मुकाम की ओर बढने लगी। "शराब की लत बहुत बुरी चीज है साब।"—पहले गड़रिए ने रोशनी के निरन्तर आगे बढ़ते जाने को एक लाइलाज बीमारी बताते हुए कहा। उसके बाद मैं उन प्रसिद्ध

पियक्कड़ों से जाकर मिला जो सुबह से खंडहर की छत पर नशे में चूर थे। ''वह कोई शराबी नहीं था''—एक शराबी ने कहा ''ये गड़रिए बकवास लोग हैं, मैंने खुद रोशनी को देखा था, वह तलहटी की ओर जा रही थी, वहाँ कोई ठेका नहीं है कि शराबी इत्ती मेहनत करे।''

''सवाल ही नहीं उठता।''—दूसरे शराबी ने जोर देकर कहा।

लड़की ने मुझे बताया कि वह आँधी और भय से लड़ती हुई तलहटी तक पहुँच गयी। उसने एकबारगी उसी चिर-परिचित बबूल के नीचे गाड़ी खड़ी करनी चाही, जहाँ पहले रोजाना शाम को किया करती थी। उसे बबूल के टूट जाने का ख्याल आया इसलिये खुले खेत में ही गाड़ी रोक दी। उसने गाड़ी बन्द की और उसी क्षण रोशनी बुझ गयी। जो थोड़ा दिख रहा था, वह भी दिखना बन्द हो गया। उसने ऊपर आकाश की ओर देखा—वहाँ कुछ नहीं था। वहाँ धूल और घुमड़ते बादल थे जो उसे अँधेरे में दिख नहीं रहे थे। उसे गाड़ी के उड़ जाने की शंका हुई। उसने उसे सीधे खड़े करने के बजाय धरती से चिपकाकर लिटा दिया। उसे यही तरीका सुरक्षित लगा। अब वह गाड़ी से अलग होकर तलहटी में उस जगह जाकर खड़ी हो गयी जहाँ से पहाड़ी का उठान शुरू होता था। वह मन्दिर की ओर देखने लगी। उसे अँधेरे में वह नहीं दिखा, सिर्फ पीपल की तेज फड़फड़ाहट सुनाई दे रही थी जिससे भय और बढ़ रहा था। वह तलहटी में थी और पहाड़ी पर चढ़ने को तैयार थी—यह कोई नहीं जानता था लेकिन संयोगवश कुछ लोग थे जो उस समय पहाड़ी के उस दृश्य को देख रहे थे। ''मुझे ज्यादा नहीं पता लेकिन तलहटी में अचानक कोई रोशनी-सी जली जो बड़ी डरावनी लगी।''—एक बुजुर्ग किसान ने मुझसे कहा। यह बयान देते समय वह एक खेत में बैठा था। उसने बताया कि उस रात वह अपने सूखे खेतों में गोबर का खाद बिखेरने में लगा था। यह काम बारिश से पहले निपटाना होता है ताकि गोबर अच्छी तरह मिट्टी में मिल सके। जब आँधी आई तो उसने ट्रैक्टर रोका और वह उसी की ओट में दुबक गया। वहीं बैठे-बैठे उसकी नज़र पहाड़ी पर गयी। किसान ने उस रोशनी को किसी प्रेत का उड़ता हुआ चिराग समझा जो ऊपर चढ़ रहा था। ''नहीं, वह चिराग नहीं था''—एक दूसरे बुजुर्ग ने बात काटकर कहा। वह उसी का साथी था। उसने कहा कि वह एक टॉर्च थी जिसे लेकर कोई भक्त मन्दिर की ओर चढ़ रहा था।

''वह मैं थी, देवता की पुरानी भक्तिन।''—ये लड़की के शब्द थे।

लड़की ने बताया कि वह टॉर्च जलाकर चढ़ने लगी। एक से दो, दो से दस और फिर सैकड़ों कदम बढ़ाकर चोटी पर पहुँची। जो आँधी घरों के झुंड से निकलने के बाद ज्यादा प्रचंड लग रही थी, अब पहाड़ी पर और भी प्रचंड लगी। वह मन्दिर के सामने पहुँची और स्लीपर उतारकर तुरन्त चबूतरे पर चढ़ गयी ताकि मन्दिर की

ओट में हत्ता से बच सके। उसने टॉर्च की सीधी रोशनी में देवता की प्रतिमा देखी। उसे लगा—ऐसी भयानक आँधी में देवता आराम कर रहा है? उसने थोड़ी देर बाद उस पेड़ की तरफ टॉर्च घुमाई जहाँ किसी शाख पर मोर था। वह पीपल की पत्तियों में कहीं छुपा बैठा था और हवा से झूलती डालियों के संग हिचकोले खा रहा था। मोर की नींद भंग ना हो, इसलिये लड़की ने टॉर्च बुझा दी। अगले ही क्षण सारी पहाड़ी, सारा संसार अँधेरे में डूब गया।

''मैंने देवता के सामने घुटने टेके''—लड़की ने कहा ''मैं क्षमा माँगने लगी।''

''उसके बाद?''

इसका जवाब पाने के लिए मैंने कई लोगों से बातें कीं। उनमें ज्यादातर ऐसे लोग थे जिनकी नज़रें पहाड़ी से टकराई ही नहीं, वे मेरी तहकीकात के हिस्सा नहीं बन पाए। जो यह दृश्य देख सके या किसी तरह इससे जुड़े हुए थे, मैंने उन्हीं के बयान नोट किए। इन देखनेवालों में एक युवा किसान शामिल था जो इस समय तलहटी में ट्रैक्टर हाँक रहा था। मैंने जाकर पूछा। उसने ट्रैक्टर रोककर बात की। ''उस रात मैं देर से सोया क्योंकि मेरा और मेरी पत्नी का झगड़ा हुआ था''—उसने कहा ''जब आँधी के साथ हमारा झगड़ा बढ़ा तो मैंने देवता की ओर हाथ जोड़े और तभी वह रोशनी बुझ गयी।'' उसने बताया कि यह बात काफी अशुभ लगी कि आप प्रार्थना के लिए कहीं हाथ उठाओ और तभी लाइट चली जाए। ''देखा! देवता सब देखता है।''—उसकी पत्नी ने कहा जो अभी वहीं थी और दुबारा लड़ने को तैयार थी। मैंने उन्हें वहीं लड़ते छोड़ा और पुलिसवालों से जानकारी ली। उन्होंने बताया कि उस रात उन्हें एक गुप्त सूचना मिली थी जिसके अनुसार कुछ ट्रकवाले पत्थर चुरानेवाले थे। वे बेचारे इस शंका में सोये ही नहीं, बल्कि पकड़ने को उतावले बैठे रहे। (जब वे यह बता रहे थे, मेरी नज़र उसी कोने में थी जहाँ कुछ ट्रकवाले अभी भी 'काम से काम' रखे हुए थे।) ''हम आधी रात तक बैठे रहे, आधी रात के बाद अचानक हमने एक धमाके की आवाज़ सुनी।''—एक पुलिसवाले ने कहा। उसने बताया कि वह बन्दूक या छोटी तोप जैसी आवाज़ थी। बारूद के ऐसे धमाके अकसर पत्थर तोड़ने के लिए होते हैं। इसलिये उन्हें लगा कि चोरी शुरू हो चुकी है। वे भागे, उन्होंने खूब गश्त मारी लेकिन कोई चोर पकड़ में नहीं आया। वहाँ कोई नहीं था। ''दरअसल वो इसका वहम था।''—यह कहकर दूसरे पुलिसवाले ने पहले का साथ दिया।

''वह धमाके की आवाज़ क्या थी?''—मैंने लड़की से पूछा।

''मुझे नहीं पता, मैं आँखें बन्द किए क्षमा माँग रही थी।''—उसने जवाब दिया।

धमाका! अब मैं इस शब्द पर अटक गया। इसके बाद मैंने लड़की से कोई सफाई नहीं ली। अब मैंने जिससे भी पूछा, यही सवाल पूछा।

इसके जवाब के लिए कई लोग मौजूद थे। उन्हीं में एक ऐसा व्यक्ति था जो इसी गाँव का था और पास ही कस्बे में नौकरी करता था। उसने बताया कि वह रेलवे कर्मचारी है जो रोज रात की ड्यूटी करके घर लौटता है। उस रात वह रास्ते में था और आँधी में घिरने के बाद एक धर्मशाला में अटका हुआ था। उसने वहीं से देखा—"वह चिंगारी जैसी चीज थी जो अँधेरे में कौंधती दिखाई दी।"—उसने कहा। उसने बताया कि वह काफी तेज आवाज़ थी लेकिन ऐसी आवाज़ तो किसी पटाखे की भी हो सकती है। "वे पटाखे ही थे जिन्हें कुछ लड़के फोड़ रहे थे।"—यह एक हलवाई ने बताया जो उस रात शादी में ही था। उसने बताया कि वह आँधी के समय घर लौट आया था क्योंकि बाहर फैला सामान अन्दर रखना था। उसका कहना था कि उस समय शादी का माहौल था इसलिये चार-पाँच दिन पहले से ही पटाखे फूटने शुरू हो चुके थे। "शादी घर में थी, पहाड़ी पर नहीं, वहाँ पटाखों का क्या मतलब?"—एक दूसरे हलवाई ने उससे सवाल पूछा और फिर वे दोनों ही चुप हो गये। इसके बाद मैं ऐसे लोगों से मिला जो शादी में सम्मलित थे। मैं एक ऐसे शख्स से मिला जो मेहमान था और शादी के इतने दिन बाद भी जान नहीं छोड़ रहा था। "मैं उस रात वहीं था और काम में हाथ बँटा रहा था।"—उसने बताया "वहाँ पटाखों की मनाही की जा रही थी क्योंकि बच्चे डर रहे थे।" "लेकिन बाद में कुछ लड़के पटाखे लेकर दूर खेतों में चले गये।"—एक अन्य रिश्तेदार ने बताया जो इस समय पहाड़ी के पास सड़क पर खड़ा मिला और हफ्ते-भर की खातिरदारी भोगकर वापस लौट रहा था। उसने बताया कि शादी वाले घर में पटाखों और डीजे के शोर-शराबे को लेकर विरोध चल रहा था। इसलिये लड़के ट्रैक्टर में सारा सामान भरकर खेतों में आ गये। वे वहाँ आज़ादी से जश्न मनाने में लगे थे। "बिलकुल! हमने पटाखे फोड़े थे।"—एक लड़के ने बीच में आकर कहा जो खुद जश्न में शामिल था। उसने खेतों में आतिशबाजी की बात तो स्वीकारी लेकिन यह भी कहा कि पहाड़ी पर कोई आतिशबाजी नहीं की गयी। हो सकता है यह सच हो लेकिन मुझे कई अन्य लोगों से पता चला कि कई ऐसे युवा भी थे जो उस रात पीकर इधर-उधर घूम रहे थे और बार-बार पटाखे फोड़ रहे थे। "हाँ! उनकी चिंगारियाँ आकाश में फूलों की तरह फैल रही थीं।"—ये एक बुढ़िया के शब्द थे। मैंने उससे एक दुकान के पास खड़े-खड़े बात की। उसका कहना था कि आँधी में अचानक परिन्दों का रोता-चिल्लाता हुआ शोर सुनाई दिया जो बहुत भयानक था। उसी ने आगे कहा कि परिन्दे तो पूरी रात चिल्लाते रहे क्योंकि बार-बार पटाखे फूट रहे थे और बार-बार उनकी नींद भंग हो रही थी। उसने बताया कि आँधी के बाद शोर-शराबा इतना बढ़

गया कि परिन्दों और इन्सानों की आवाज़ में फर्क मुश्किल था। उस रात कोई परिन्दा, कोई इन्सान चैन से नहीं सो पाया।

''उस शोर-शराबे में मुझे एक बूढ़ी कराह सुनाई दी जो चोटी से आई थी।''—यह उस चायवाले ने कहा जो लड़की के प्रेम का साक्षी था। मैं पूछना चाहता था कि वह कितनी बूढ़ी आवाज़ थी, कितनी सदी पुरानी? लेकिन पूछा नहीं। वह इन शब्दों के बाद शान्त हो गया था क्योंकि वाकई वह बहुत कम बोलनेवाला आदमी था।

जो भी हो—वह रात बहुत भयानक थी। यह बात लगभग सबने स्वीकारी।

लड़की ने बताया कि वह देवता से बार-बार क्षमा माँगती रही। उसने देवता से कहा कि उसे अपने अपराध पर गहरा दुख है। उसने सौगन्ध ली कि अब वह कभी अपराध नहीं करेगी और उसके बताए रास्ते पर चलने को तैयार है।

''उसके बाद मोर सदा के लिए गायब हो गया।''—यह उसका अन्तिम जवाब था।

उस रात वह हाथ जोड़कर देर तक प्रार्थना करती रही। उसने तब तक प्रार्थना की जब तक कि आँधी धीमी नहीं पड़ गयी। जब आँधी थमी तो बूँदा-बाँदी शुरू हो गयी। वह कब तक भीगती रही, कब वापस लौटी? मैंने इस बारे मे कुछ नहीं पूछा। मुझे उस गड़रिए ने बताया था कि जो लकीर पहाड़ी की ओर जाते देखी, उसने उसे लौटते नहीं देखा। इसकी वजह शायद यह हो कि उसे नींद आ गयी हो।—मैंने सोचा। मैं पहाड़ी पर लड़की के सामने बैठा-बैठा सोचने लगा कि शायद वह भीगती हुई घर पहुँची होगी। वह काफी डरी हुई होगी और कमरे में जाकर लेट गयी होगी। उस रात उसे लम्बी नींद आई होगी क्योंकि अब उसके जीवन को खटखटानेवाला पक्षी कहीं नहीं था। अब वह मुक्त थी।

उसके बाद लड़की ने कुछ अन्तिम शब्द कहे। मैंने उन्हें सुना—वे कुछ अनसुलझे प्रश्नों की तरह थे। मैं उसके प्रश्नों का कोई उत्तर नहीं दे पाया, जल्दबाजी में उत्तर देने से प्रश्नों की असमय मृत्यु हो जाती है, वे झूठे उत्तरों से मरे नहीं, इसलिये जरूरी है कि उन्हें प्रश्न ही रहने दिया जाए। मैंने इस सारी घटना पर विचार करने और फैसला लेने के लिए अतिरिक्त समय की जरूरत महसूस की। मैंने सोचा कि जंगल में अच्छी तरह सोच-समझकर ही कोई नतीजा निकालूँगा।

हमारी बातचीत ख़त्म हुई।

उसने घर लौटना चाहा।

वह लौट गयी।

मैं उसे मैदानों में जाते हुए देखता रहा। वह पगडंडियों पर रेंगती हुई जा रही थी। वह मेरी आँखों से दूर होते हुए छोटी, बहुत छोटी होती गयी और अन्ततः घरों

के झुंड में कहीं गुम हो गयी।

मैंने एक बहुत लम्बी-सी साँस ली।

वहाँ से लौटने से पहले मैं एक बार मन्दिर को करीब से देखने लगा। मैंने चबूतरे पर चढ़कर उस पत्थर को देखा जो देवता के नाम रखा था। मैं एकटक देखता रहा। मैं उससे कुछ प्रश्न पूछना चाहता था, कुछ सुनना चाहता था लेकिन यह कहाँ सम्भव था? मैंने एक बार पीपल और सूनी डालियाँ देखीं। मैंने अन्तिम बार चट्टानों और झाड़ियों को देखा। मैंने दूर मैदानों, पेड़ों और घरों को देखा। मैं जाते-जाते सोचने लगा कि इन्हीं घरों में एक छत के नीचे लड़की होगी। वह इस समय क्या कर रही होगी? मुझे लगा कि वह कमरे में बैठ गयी होगी और कोई किताब पढ़ रही होगी। मैंने खेतों में रेंगते गड़रियों और किसानों को देखा। मैंने वह सड़क देखी जिसमें बहते हुए लोग अपने 'घरों' की ओर लौट रहे थे। मैंने दूर कस्बे की ओर पटरियाँ देखीं, पटरियों के पार डूबता सूरज देखा। वह मुझे 'जंगल' रवाना होने के लिए कह रहा था।

मेरी रवानगी।

•••

अब मैं जंगल में था। बहुत दिनों बाद इतने लोगों से मिला और पूरा दिन बाहर बिताकर आया, इसलिये मैं बहुत थक चुका था। मेरे साथियों ने तहकीकात के बारे में पूछा, मैंने उन्हें मोरपंखों का वह गट्ठर दिखाया जिसे पहाड़ी पर पंख बीन-बीनकर बनाया था। मैं जल्दी ही सरकारी कमरे की चारपाई में धँस गया और आँखें बन्द किए कुछ सोचता रहा। मैं रातभर इस कहानी के बारे में सोचता रहा। मैं सोच रहा था कि उसने मुझे यह क्यों सुनाई होगी? क्या शब्द बाँटने से दर्द कम होता है? मुझे लगा कि शब्दों से दर्द कम नहीं होता होगा लेकिन उन्हें बाँटकर हम किसी असहनीयता को दूसरों में उतार देते हैं और फिर उस दर्द पर सारे मिलकर साझा चिन्तन करने लगते हैं। यह दुखद सिलसिला है जो हमेशा ऐसे ही चलता रहता है। इस कहानी को कहने के पीछे उसका जो भी उद्‌देश्य रहा हो, मुझे अब इसकी एक रिपोर्ट तैयार करनी थी। उस रिपोर्ट की कुछ पंक्तियाँ मैंने पेपर पर नोट की थीं। ये किसी 'सनकी आदमी' की तरह लिखी गयी पंक्तियाँ थीं जिन्हें खुद दोहराकर लगा कि इन्हें कोई नहीं समझ पाएगा, बल्कि इन्हें पढ़कर ऊपरी कुर्सियाँ तो अपना सिर फोड़ लेंगी।

कच्ची रिपोर्ट कुछ इस तरह थी—

मुझे एक मोर की हत्या की सूचना मिली। मैं फ़ौरन घटनास्थल पर पहुँचा। मुझे शरीर

तो नहीं मिला, लेकिन वहाँ लगभग 125 पंख मिले। वे निर्जीव थे हालाँकि ज़िन्दा उड़ान उन्हीं से भरी जाती है। मैंने लगभग 50 लोगों से पूछताछ की। एक लड़की पर शक गया। मैंने देखा तो मुझे वह काफी मरी हुई लगी। वह बीच में सचमुच मर गयी थी लेकिन बाद में फिर जीवित हो गयी। ऐसा अकसर होता है, बल्कि यही तो होता है। मेरा मानना है—वह लम्बे समय तक जीवित रहेगी। मैंने वहाँ एक मन्दिर भी देखा जो किसी प्रेम के देवता का था। वह बहुत पहले कोई जीता-जागता इन्सान था लेकिन बहुत पहले मर भी गया था। उसके मरने के बाद लोगों ने उसे फिर जीवित कर दिया। मुझे लगता है—उस रात उस देवता की हत्या हुई थी।

एक पुनर्हत्या। वास्तविक हत्या।

यह कच्चा चिट्ठा मेरे हाथ में था लेकिन लगा कि इसे पेश कर दिया गया तो मुझे नौकरी से हाथ धोना पड़ेगा। मैंने ऐसा नहीं किया। मैं सोचने लगा कि छुट्टियों में घर जाऊँगा तो उसके बाद अच्छी तरह सोच-समझकर असली रिपोर्ट पेश करुँगा। अब जंगल में आधी रात से ज्यादा समय हो चुका था। मेरे साथी अपने-अपने कुत्तों को बगल में सुलाकर सो गये थे। मैं अकेला जागता रहा। मैं अँधेरे में पड़ा था और कहानी के विभिन्न पक्षों के बारे में सोचे जा रहा था। मैं सोचने लगा कि क्या उस पहाड़ी पर सचमुच कोई देवता रहता था? क्या वह अब भी रहता होगा? नहीं—मुझे लगा कि शायद वह अब तक रहता आया हो लेकिन अब नहीं रहता होगा। वह मन्दिर से कहीं किसी अज्ञात दिशा की ओर निकल गया होगा। मैं सोचने लगा कि मुझे लड़की ने उस दूसरे लड़के से क्यों नहीं मिलने दिया? क्या वह अब भी उससे मिलने खेतों की ओर जाती होगी? क्या पता? मैं कैसे जान सकता हूँ? मैं अब उन लोगों के बारे में सोचने लगा जो प्रेम को अनन्त प्रश्न की तरह जीते हैं और कभी कुछ नहीं समझ पाते। यह सोचते हुए बार-बार मुझे 'आम के पेड़' और 'दरवाजे की खटक' याद आती रही।

इस समय मेरे हाथ में पंखों का गट्ठर था। मैं उन्हें देखने लगा। मेरी उँगलियों को उनका मुलायम स्पर्श समझ में आ रहा था लेकिन वे अँधेरे में दिख नहीं रहे थे। पता नहीं क्यों—मैं उनके रंग के बारे में सोचने लगा। मुझे कोई रंग नहीं दिखा। ऐसे घोर अँधेरे में कोई रंग कैसे दिख सकता है? यही अँधेरा है जो सारे दूसरे रंगों को निगल लेता है। मैंने आँखें बन्द कर लीं, शायद जल्दी ही नींद आनेवाली थी। आँखें बन्द कीं तो मुझे हलका-सा लाल रंग का आभास हुआ। पलकें बन्द करने के बाद यही गहरा लाल रंग दिखाई देता है जिसे बस महसूस करने की जरूरत होती है। मैं यह महसूस नहीं करना चाहता था। मैंने घबराकर वापस आँखें खोल लीं। अब मुझे कमरे का अँधेरा भी लाल-सा दिखाई देने लगा। मैंने उन पंखों को देखना चाहा, वे

भी अब लाल दिखाई दिए। यह जैसे रक्त का रंग था जो मेरी आँखों पर हावी होता जा रहा था। मुझे अपना बिस्तर लाल दिखाई देने लगा और लगा जैसे वह किसी लिसलिसे द्रव से गीला होकर सना हो। मैंने कमरे को रक्तिम-सा महसूस किया जैसे वह रक्त से भरा हो। मैंने आसपास सोये साथियों को देखा—वे अँधेरे में दिखाई नहीं दिए। मैंने कुत्तों को देखना चाहा—वे भी अँधेरे में कहीं अदृश्य पड़े थे। जो गीलापन और चिपचिपाहट मैंने बिस्तर पर महसूस की, अब वही मैं हाथों में महसूस करने लगा। मैंने पंखों का गट्ठर खोला और अँधेरे में उनका रहस्य जाँचने लगा। वे मुझे रक्त में भीगे हुए-से लगे। मैंने वहीं बैठे-बैठे अपनी जेब को गीला महसूस किया। मैंने जेब में हाथ डाला और पर्स निकाला। वहाँ पर्स की दरार में वह पहला मोरपंख रखा हुआ था जिसे पहाड़ी पर पहुँचकर सबसे पहले उठाया था। मुझे वह भी रक्त में लिथड़ा हुआ और चिपचिपा-सा लगा। मैं रक्तिम अहसास में बेहिस हो रहा था। मैं दरवाजे की ओर देखने लगा। मुझे वह भी गाढ़े लाल रंग में रंगा दिखाई दिया। मैं उस सपने की तरह शक्तिहीन होकर पड़ा था जिसमें तमाम कोशिशों के बाद भी कोई कदम नहीं उठाया जा सकता। मेरे कदम कुन्द थे। वे इस तरह जकड़े थे जैसे जंग लगी हो। मैं रक्तिम अँधेरे से बाहर निकलने के लिए तड़पने लगा। मैं सोच रहा था—काश! कोई दरवाजे की खटक सुनाई दे और मैं बाहर निकलूँ। मुझे कुछ सुनाई नहीं दिया। मैं किसी तरह खुद ही बिस्तर से उठने लगा। मैं उठा, मेरे उठने की खटपट से मेरा एक साथी जाग गया। शायद उसकी नींद भंग हो रही थी। उसे लगा यह कमरे में बैठे किसी कुत्ते की खटपटाहट है।

वह नींद में बड़बड़ाया—बाहर मत निकलना।

मैंने दरवाजा खोला और बाहर निकल आया।

□□□

णाणं

पयासयं

2470

1944

भारतीय ज्ञानपीठ